# 김용섭의 리빠똥 장군 외

## 김용성(金容誠)

1940년 일본 고베에서 출생, 1945년 6월 귀국하여 서울에서 성장했다. 국립교통고등학교를 졸업 후, 국제대 영문과를 거쳐 경희대학교 영문과를 졸업하고, 같은 대학원 국문과에서 석·박사학위를 취득하였다. 1961년 한국일보 장편소설 공모에 당선하여 작품활동을 시작하였다. 주요작품으로 중·단편소설 「리빠똥 장군」「슬픈 양복 재단사의 나날」「아카시아꽃」 등과 장편소설 『잃은 자와 찾은 자』『도둑 일기』『큰 새는 나뭇가지에 앉지 않는다』 등 다수가 있으며, 저서로 『한국현대문학사 탐방』『한국소설의 시간의식』 등이 있다. 1984년 제29회 현대문학상, 1986년 제1회 동서문학상, 1991년 대한민국문학상을 수상하였다. 현재 인하대학교 인문학부 국어국문학 전공 교수로 재직하고 있다.

청동거울 문학선❹

김용성의 리빠똥 장군 외

2000년 11월 16일 1판 1쇄 인쇄 / 2000년 11월 22일 1판 1쇄 발행

지은이 김용성 / 펴낸이 임은주
펴낸곳 도서출판 청동거울 / 출판등록 1998년 5월 14일 제13-532호
주소 (135-080) 서울 강남구 역삼동 832-52 상봉빌딩 301호 / 전화 564-1091~2
팩스 569-9889 / 하이텔I.D. 청동 / 전자우편 cheong21@freechal.com

편집장 조태림 / 편집 문해경 / 북디자인 우성남 / 영업관리 정덕호

값 9,000원

잘못된 책은 바꾸어 드립니다.
지은이와의 협의에 의해 인지를 붙이지 않습니다.

First published in Korea in 2000
by CHEONGDONGKEOWOOL Publishing Co.
Printed in Korea.

ISBN 89-88286-35-9

청동거울 문학선 ④

# 김용성의 리빠똥 장군의

아카시아 꽃

슬픈 양복 재단사의 나날

안개꽃

탐욕이 열리는 나무

홰나무소리

그해 이르기

청동거울

# 새로운 시대로 이어 가는 작가 김용성의 40년 문학

1940년 11월 출생인 김용성이 작가로 첫발을 내딛은 것은 1961년 한국일보 장편소설 공모에 『잃은 자와 찾은 자』가 당선되면서이다. 그때로부터 40년 세월이 흘렀고, 그와 함께 그의 자연적인 나이도 갑년에 이르렀다. 첫 출발이 장편이어서인지, 그는 40년 동안 많은 중단편소설을 썼지만, 그 이상으로 장편소설 발표에 주력한 작가로 알려져 있다. 그의 상당수의 장편소설은 실제로 장안의 지가를 올리는 데 일조하기도 했고, 각색된 내용으로 영화나 드라마로 제작되어 세인들의 사랑을 받기도 했으며, 또 그 문학적 성과를 인정받아 출간 즉시 문학상 수상의 영예를 누리기도 했다.

이는 다양한 소재와 풍성한 서사성, 극적인 이야기 구조를 자랑하는 그의 소설작법이 장편소설에서 빛을 발한 경우라 하겠는데, 한편으로는 그러한 특징이 중단편소설의 구조 안에서도 적절한 어울림을 가지면서  높은 문학적 성취를 이룩한 것에 대해 꾸준한 평가 작업이 이루어져 왔음도 우리는 알고 있다. 그런데 그의 그 많은 중단편소설들이 이런저런 출판물의 판본 속에 갇히게 된 일이 무엇보다 아깝다 하지 않을 수 없다. 사정이 이렇다면, 좋은 작품이 오래 우리 곁에서 읽혀질 수 있는 문화적 인프라가 구축되지 못한 우리 시대를 안타까워하고 있기보다, 우리가 직접 나서서 그의 중단편소설 중 이 시대 사람들, 또는 우리의 후학들이 함께 읽으며 문학적 자장에 흠뻑 젖을 수 있는 작품들을 한 자리에 다시 모아 보는 편이 좋겠다는 의견이 나오기에 이르렀다.

게다가 그는 여전히 현역인 채로 어느덧 원로의 반열에 들어가게 된 작가이기도 하지만, 대학 강단에서 소설이론과 소설창작을 가르치고 지도하는 교수이기도 하다. 그런 만큼 그의 빼어난 소설을 후학들에게 함께 읽히게 하여 소설의 정신과 방법을 배울 기회를 열어 놓을 필요도 있다. 이렇듯, 작가로서의 그의 성과를 작게나마 한 자리에 모아 그 동안의 문학적 업적을 작품 읽기로 확인하고 즐기려는 차원에다, 그것을 다시 후학들의 공부를 위한 텍스트로 삼게 하겠다는 뜻이 보태어져 이 책의 출간 작업이 시작되었다.

이 책을 위해서는 주로 두 부류의 사람들이 마음을 모았고 또 미력을 다했다. 그 중 한 부류는 그가 교수로 있는 인하대학교에서 만나 그에게 소설 수업을 받고 있던 제자들이다. 이들은 스승의 작품을 모두 꼼꼼히 읽고 수 차례의 논의를 하면서 많은 중단편소설 중 여섯 편을 가려 모으기에 이르렀다. 그 과정에서 그 중의 한 제자는 작품론으로써 스승의 업적을 더듬어 보기도 했다. 또 한 부류는 그가 존경해 마지않던 스승인 작가 황순원 선생을 함께 모시던 경희대학교 후배들이다. 황순원 선생을 중심에 모시고 문학과 인생에 대해 격의 없이 토론하며 거의 20년 가까운 세월을 그와 함께 웃어온 후배들이 이번에 그의 작품을 되살리는 또 하나의 모태가 되었다. 그 중 한 후배는 옛부터 그의 소설을 즐겨 읽어온 추억을 살려 연대기적 비평을 붙여 주었다.

한 작가의 40년 창작 생활과 60년 인생을 어찌 한 권의 책으로 집약할 수 있을까. 게다가 그는 아직 오래도록 끄지 못할 창작열로 더욱 원숙한 작품을 쓰게 될 것이다. 이 책이 일단은 그의 많은 작품들을 다시 만나게 할 수 있는 계기가 됨과 아울러 동시에 그의 앞날을 위한 성원이 될 수 있으리라는 욕심을 가져 본다. 책을 출간하는 과정에서 그의 문학적 인생에 조금이나마 동참해 보았다는 기쁨에 젖어 혹시 서툴게 그의 노작들의 원형을 해치지나 않았나 하는 걱정은 조금 남아 있다.

2000년 11월

간행위원회 삼가 씀

# 김용성의 리빠똥 장군 외

차례

홰나무는 우지끈 소리를 내며
서서히 냇물 쪽으로 기울어졌다. 마치 핏빛으로 물든
수십 마리의 구렁이가 얽키고 설킨 듯한
붉은 뿌리가 드러났다. 그때 비를 몰고 온 바람이
홰나무 가슴속을 뚫고 나가면서 뷔이잉 하고 울었다.

# 홰나무 소리

## —나

넓은 들판을 가로지르며 달리는 밤바람에는 아직 겨울의 여운이 남아 있었다. 냇물 위에는 콘크리트로 된 튼튼한 다리가 새로 놓여져 있었으나 나는 일부러 구두와 양말을 벗어 들고 발목에 차는 냇물 속으로 걸어 들어갔다. 물의 따뜻함과 발바닥에 닿는 자갈들의 매끄럽고도 신선한 감촉은 어린 시절에 감동 깊게 받아들였었던 느낌과 조금도 다르지 않았다. 나는 냇물을 건너자 손수건을 꺼내 발의 물을 닦고 다시 양말과 구두를 신었다.

마침내 나는 고향 마을 동구에 서 있는 홰나무 앞에 온 것이다. 우람한 가지들을 하늘에 뻗친 채 꿋꿋이 버티고 섰는 거대한 홰나무 앞에 다다른 것이다. 앞 냇물은 조용히 흘러와서 조용히 가는가 하면 때로는 거세게 소용돌이치며 와서는 소용돌이치며 갔다. 그래서 물은 항상 새로워지고 있었다. 그러나 홰나무는 수백 년 쓰디쓴 추억을 간직한 채 그 자리에 변함없이 서 있었다. 마치 그것은 죽지 않는 옛 늙은 장수와도 같았다.

나는 세 아름이나 되는 홰나무 몸통을 한 바퀴 돌며 두 손으로 쓰다듬었다. 홰나무 앞에 왔다는 기쁨보다도 가슴을 저미는 비통 때문에 껄끄러운 껍질이 주는 다정함을 더 이상 견뎌낼 수가 없었다. 나는 홰나무의 비참한 운명을 위안하러 왔다기보다는 오히려 위안을 받으러, 인생에 대한 구원을 받으러 고향에 온 방탕아같이 한쪽이 썩어 바람에 날려 휑뎅그렁하게 비어 버린 홰나무 가슴에 몸을 기대었다. 바람이 불었다. 검은 구름들이 나뭇가지 사이를 지나 마을 뒷산 너머로 사라져 가는 것이 보였다. 밤이 이슥해서인지 마을 쪽은 깜깜했다. 이따금 개 짖는 소리가 아득하게 들려 왔다. 나는 홰나무 빈 가슴에 기댄 채 귀를 기울였다. 들린다. 뷔이잉, 뷔이잉 하며 홰나무가 소리를 내고 있었다. 그때 내 어린 시절처럼 나무는 온통 가슴을 떨어대며 말을 하는 것이었다. 나는 할아버지의, 아버지의 음성을 그 속에서 듣고 있었다.

"육신은 냇물이나, 저 하늘의 구름과 마찬가지로 한 번 왔다가 가는 것이다. 그러나 마음은 이 홰나무처럼 한 군데 머무르는 법이다."

나는 오랫동안 이 말의 참뜻을 잊고 있었다. 아니, 참뜻뿐만 아니라 말 자체를 까마득히 잊고 있었던 것이다. 나는 이제 홰나무 소리가 일깨워 주는 모든 과거의 일들을 낱낱이 되살릴 수가 있게 되었다. 그러나 아무리 깊은 추억 속에 잠기더라도 모두 지나간 일들이다. 할아버지 할머니도, 아버지 어머니도, 그 어떤 피를 나눈 단 한 사람의 육신조차도 고향에는커녕 이 세상 어디에도 남아 있지 않았다. 나는 외톨이며 흡사 고향을 등진 장돌뱅이가 장터를 찾아 옮겨 다니듯이 책을 팔기 위해 전국 방방곡곡의 학교를 찾아 떠도는 책장수다. 사람들은 듣기 좋게 외판사원이라 부르며 또 나는 내 나름대로 서정성을 덧붙여 그저 세상을 떠도는 방랑아라고 소개했다. 하지만 외판사원이라는 낱말에는 얼마나 치열한 생존경쟁의 신음이 질식할 듯 숨막혀 있으며 방랑아라는 자칭 속에는 얼마나 비겁한 자기 비하의 열등의식이 도사리고 있었던 것일까. 그래서 세상을 떠돌면서도 짐짓 고향 근처에는 얼씬도 하지 않았다. 더구나 할아버지와 아버지의 고귀한 혼령이 서려 있는 고향 마을에 내 구질스러운 발길이 닿는 것을 무척 두려워했다.

내가 마음먹고 고향에 돌아온 것은 덕보의 편지 때문이었다. 그보다 앞서 나는 우연히 신문에서 고향의 면 일대가 공업단지로 책정되었다는 기사를 읽었으나 그때만 해도 설마 고향 마을이야 대상에서 빠졌을 테지 하고 건성으로 넘겨 버렸었다. 그로부터 석 달이 지난 어제 호남 일대를 돌다가 일 주일 만에 목동 나의 하숙방에 돌아오니 바로 덕보의 편지가 기다리고 있었던 것이다. "형님께 올립니다"로 시작된 가지런한 글씨의 편지를 읽어 내려가면서 나는 가슴이 답답하게 미어져 드는 것을 느꼈다.

먼저 형님께 글월을 올리게 된 것을 외람되게 생각하며 용서를 빕니다. 형님께 드리는 저의 이 글은 최초이자 아마도 마지막이 될 것입니다. 그리고 더하여 용서를 바라는 것은 제가 형님이라고 부르고 있다는 것에 대해서입니다. 우리들의 소년 시절 형님이 제게 허락하신 이 호칭을 지금도 허락하시는지 알지 못하기 때문입니다. 한 대(代)에는 충직한 하인이었으나 그 다음 대에는 주인을 죽음에 몰아넣은 반역적 신분의 자손인 제가 형님께 감히 글을 드린다는 것부터 무례인 줄 압니다. 저는 백방으로 수소문하여 형님의 거처를 알아내고 며칠 밤을 고심하던 끝에 이렇게 쓰기로 결심한 것입니다. 제가 말씀드리고자 하는 요지는 그 동안 고향에 머무르면서 형님과 어르신네께 누를 끼친 제 선대의 죄를 속죄하고자 미력하나마 고향을 위해 살과 피를 바쳐 왔다고 믿어 왔습니다만 제 의사가 아닌 타자의 힘에 의해 속죄의 땅을 잃어버리게 되었다는 제 변명입니다. 이제 저는 성장기로부터 가슴에 품어 왔던 제 삶의 의미를 상실해 가고 있습니다. 형님께서도 혹 신문에서 읽으셨는지 모르겠습니다만 우리 마을이 수출공업단지 조성지에 포함되어서 머지않아 뿔뿔이 이주해야 한답니다. 이미 떠나간 사람들도 있습니다. 저의 마음은 갈피를 잡지 못하고 절망 상태에 빠져 있습니다. 제게는 도시로 진출한다든지 타동리에서 낯선 사람들과 어울려 산다든지 하는 것은 상상조차 할 수가 없습니다. 제 아버지의 형님네에 대한 증오심에도 불구하고, 제 할아버지가 형님의 할아버지에게 종속되어 있었듯이 저는 아직도 형님에게 종속되어 있다고 믿고 있습니다. 물론 형님께서는 전근대적인 주종관계에 젖어 있는 저의 사고의 잘못을 지적하고 부정하리라는 것도 알고 있습니다. 저도 형님의 아버지에 대한 제 아버지의 반역이 없었다면 홀가분하게 형님의 환영을 제 머리에서 지워 버릴 수 있었을지도 모르겠습니다.

그러나 전 형님이 들려 주신 제 아버지의 '어처구니없는 반역의 손짓'으로 인한 업보를 제가 짊어져야 한다는 운명론에서 벗어날 수가 없는 것입니다. 그럼으로써 형님의 아버지께서 설립하신 국민학교에서 십오 년 동안 저를 바쳐 아이들을 가르칠 수 있었던 것입니다. 형님, 동구 앞 냇가에 홰나무를 아시죠? 형님의 할아버지의, 아버지의 음성이 들린다고 제게 주장하던 형님의 홰나무……. 궂은 날이거나 비 오는 날이면 형님은 홰나무가 말을 한다고 냇가로 달려갔었지요.

뷔이잉, 뷔이잉 하고 홰나무가 소리를 내었던 원리를 형님이나 저나 모두 알고 있었음에도 형님은 그것이 사람의 음성이라고 딱하리만큼 우겨댔던 것을 잊을 수가 없습니다. 그래요, 그때 전, 이해하지 못했습니다. 그러나 형님이 고향을 떠난 뒤 어느 비 오던 날 저도 홰나무가 말을 하는 것을 듣게 되었습니다. 형님의 할아버지의, 아버지의 음성뿐만 아니라, 저의 할아버지의, 아버지의 음성도 들었던 것입니다. 그 소리들은 홰나무의 텅 빈 가슴에서 터져 나와서는 비 뿌리는 하늘에 사무치고 다시 내 가슴속으로 기어들어 울리는 것이었습니다. 아니, 온 천지에서 아득하게 들려 오는 것이었습니다. 그런데 날이 갈수록 그와 같은 기적은 나의 것으로만이 아니라 온 마을 사람들의 것이 되어 갔습니다. 그리하여 홰나무는 하나의 전설을 지니게 된 것입니다. 그러나 갑자기 모든 것이 끝장나게 되었습니다. 홰나무가 새달 초닷새 뿌리째 뽑혀진답니다. 단지 조성의 제 1차 공사로 수로(水路)를 변경하기로 되었는데 그 때문에 동구 앞에는 둑도 냇물도 없어지고 만다는 것입니다. 또 며칠 뒤에는 마을도, 학교도 없애 버린다는 것입니다. 형님, 이 급변하는 시대에 지난 시대의 마지막 인간 같기도 한 제가 갈 곳은 어디입니까. 속죄도 다 하지 못한 채 어디론가 물거품처럼 꺼져 갈 이 덕보를 용서하십시오. 형님, 이제 우리들의 가슴속에는 아무것도 간직할 것이 없습니다. 그럼 내내 안녕하십시오.

옛 종의 자손인 덕보 올림.

나는 그렇게 끝을 맺은 덕보의 편지를 가슴에 품고 왔다. 그의 양심은 고향을 등진 나의 마음에 파고들었다. 그를 보지 않고서는 견딜 수가 없었다. 그리고 뿌리째 뽑히고 말 홰나무의 원혼을 달래 주어야 할 것이다. 그러나 지금 나는 애초의 그러한 작정과는 달리 오늘의 나 자신의 처지에 대해 홰나무로부터 위안을 받으려는 심정밖에 없었다. 얼마 뒤에는 마을에 들어가 덕보를 만날 것이다, 하는 생각을 하면서 나는 홰나무가 우는 소리를 듣고 있었다. 뷔이이잉 하고 우는 소리에서 나는 얼굴조차 보지 못한 할아버지의 통곡을 듣는다.

**—할아버지**

정미년(丁未年) 팔월 초순이라고 할머니는 말했다. 황토길이 벌겋게 타오르는 염천 대낮에 때아니게 하늘에 사무치는 통곡 소리가 들렸다. 논에서 물꼬를 트던 사내도 밭에서 김을 매던 아낙네도 짐바리를 싣고 벌판을 가로질러 대처로 가던 소달구지의 주인도 마을 안에서 닭모이를 주던 할망구도 젖 달라 칭얼대던 꼬마녀석도 돌연 목을 놓아 우는 한 소리에 모두들 온몸이 굳어진 듯했다. 소리는 동구 쪽 이제 막 노리끼리한 꽃이 피기 시작한 홰나무 아래에서 났다. 무슨 영문인지 몰라 어리둥절하던 사람들이 잠시 후 정신을 가다듬고 홰나뭇가로 우우 몰려들었다. 거지 중에도 상거지라 할, 땀에 절은 남루한 옷을 걸친 한 젊은 사내가 칼자루를 앞에 놓구 무릎을 꿇어 앉아 고개를 떨군 채 마른 땅의 풀포기를 쥐어뜯으며 통분의 울음을 터뜨리고 있었다. 당장 그가 누구인가를 알아보는 사람은 없었다. 행색이 기이할 뿐만 아니라 통곡 소리가 간장을 끊어 피를 토하는 듯하여, 아무도 감히 그의 앞으로 썩 나서지를 못하는 것이었다. 삽시간에 그의 주위에는 어른 아이 남자 여자 할 것 없이 사람들이 벌떼처럼 모여들었으나 서로들 눈치를 보며 수군거릴 뿐이었다.

"나리, 이게 어찌 된 일입니까?"

그때 동네에서 칠성이라 부르는 장정이 군중을 헤치며 사내 앞으로 달려나갔다. 칠성이는 사내의 어깨를 부둥켜안으며 일으켜 세우려 했다. 그러나 그는 칠성이의 손을 뿌리치고는 여전히 무릎을 꿇고 앉았다. 얼마 동안이나 울었을까. 겨우 울음을 그치더니 말했다.

"죽지 못해 목숨을 부지하고 돌아온 이 못난 홍순구(洪淳九)를 용서해 주오."

비통에 젖어, 그러나 쩌렁쩌렁 울리는 목소리를 듣고서야 사람들은 그가 한병(韓兵) 장교로 서울에 가 있는 마을 홍씨 집안의 종손이라는 것을 알고 저마다 슬픈 탄성을 질렀다.

"이제, 나라는 망했소. 우리 한병은 일본의 총칼 앞에서 해산을 당하고 말았으니 나라를 지킬 동량은 없어졌소. 나의 상관 박승환(朴昇煥) 대장은 군인으로서 나라를 지키지 못하고 신하로서 충성을 다하지 못했으니 만 번 죽어 마땅하다 하고 자결을 했소. 그분의 뜻을 받들어 우리들은 일병의 기관포와 맞서 싸웠으나 구식 소총으로는 신식 무기를 당할 재간이 없어 피를 뿌리며 우리의 많은 병졸이 죽어갔소. 내 이제 쫓기는 몸이 되어 군복을 벗고 목숨을 달아 고향에 돌아왔으나 굴욕으로 더러워진 몸을 어이 꼿꼿이 들 수가 있겠소? 그러므로 순하나 대세를 모르는 몽매한 내 고향 사람들에게 호곡으로 고하고 삼 일 동안 금식으로 이 홰나무 아래에서 뉘우치려 하니 여러분들은 나를 상관하지 마시오."

그 사내가 나의 할아버지였고 칠성이는 덕보의 할아버지였다. 할아버지는 그의 말대로 홰나무 아래에서 냇가 물만 마시며 삼 일을 지냈다. 그리고 그는 마을에 들어왔으나 집에 머무는 날은 별로 없었다. 덕보의 할아버지와 함께 어디론가 며칠씩, 어느 때는 보름씩이나 훌쩍 떠났다가는 밤이면 잠깐잠깐 나타나고는 하는 것이었다. 그 무렵 할머니는 산기가 있었으나 할아버지는 가정일에는 조금도 눈을 돌리지 않았다.

"홍순구가 의병을 한단다."

누구 입에서 나왔는지 마을에는 그런 소문이 돌았고 누구누구는 할아버지를 따라 산간으로 들어갔다고들 했다. 그와 거의 때를 같이 해서 집안의 논과 밭이 뭉텅뭉텅 남의 손 안으로 떨어져 나갔다. 의병의 군비와 식량을 조달하기 위해서 할아버지는 조상이 길러온 재산을 팔아 버렸던 것이다. 그 임무를 수행한 것은 덕보의 할아버지였다. 그는 칠흙 같은 어둠을 타고 집으로 몰래 숨어 들어왔다. 그리고는 다음날 새벽에 떠나갔다.

"달이 없는 밤이면 칠성이가 네 할아버지의 소식을 가지고 오리라는 생각 때문에 잠을 이룰 수가 없었단다. 얘야, 허지만 정작 칠성이가 나타나서 땅문서를 가지고 가면 이번에는 가슴이 덜컹 내려앉고 떨리는 게 앞으로는 어찌 살까 아득하기만 하여 또 잠을 이룰 수가 없었단다."

할머니는 내 어린 시절에 할아버지의 이야기를 들려 주면서 눈물짓고는 했다. 그 무렵 할아버지는 가까이는 오십 리요, 멀리는 이백리 밖까지 위세를 떨쳤다. 수하에 거느린 병사가 삼백이었고 무기는 화승총 서른 자루, 나머지는 칼이나 낫을 휴대하고 있었다. 일병은 신식 무기를 가지고 있었으나 의병들은 의기와 야습으로 적의 간담을 서늘하게 했다. 내가 아직도 보관하고 있는 할아버지의 격문(檄文)에는 이런 구절이 있다.

"백성은 의기로 궐기하여 오적을 칼로 베고 왜구의 침노를 무찔러야 한다. 임금이 왜놈들과 매국공적들의 협박을 받아 무력하게 되었으니 대신 백성이 나라를 구하는 도리밖에 없다. 내 칼은 사사로움이 없고 내 목숨은 의에 바쳤다. 동포들이여, 잠에서 깨어나라!"

할아버지는 뜻을 일으킨 뒤 두 달을 버텼다. 더위도 한 고비 수그러져 가던 어느 날 열댓 명의 일본 병졸들이 마을에 들어왔다. 그들은 의병 주둔지를 염탐하러 온 것이 틀림없었으나 사람들이 모른다 하고 함구했고 또 마침 비가 내리고 있었으므로 화풀이로 마을 집집에 들어앉아 애꿎은 가축과 닭을 도살하고 한바탕 저의 나라 노래를 부르며 흥청대다가 저녁때서야 돌아갔다.

그러나 그날 그들이 마을에서 부른 노래는 그들의 마지막 노래였다. 마을을 벗어나 이십여 리 벌판을 지나면 떡고개라는 야트막한 언덕이 있었다. 다음날 아침에도 여전히 비가 내렸는데 열댓 명의 일본 병졸들이 고개 위에 시체로 나뒹굴고 있는 것을 첫길을 들어오던 나그네가 보고 기겁을 하듯 놀라 벌판을 가로지르며 달리면서 만나는 사람에게마다 소리쳤던 것이다.

"왜놈들이 떡고개에서 참살을 당했다. 놈들의 피가 내를 이루어 흐르고 있다!"

그들이 모두 죽은 것은 사실이었지만, 그리고 사람들은 다소 과장된 나그네의 말을 듣고 매우 통쾌하게 여기고 있었지만 할머니는 벌써부터 한 비극의 전조를 맛보며 벌벌 떨었을 따름이었다. 아니나 다를까 이틀이 지나자 대처로부터 일본의 긴 병대가 떡고개를 넘어와 벌판을 가로질러 산간으로 들어가는 것을 마을 사람들과 함께 할머니는 보았던 것이다. 비는 온 천지를 잠기울 듯이 퍼붓고 있었다. 할머니의 기억에 따르면 그 일본 병대는 낮부터 저녁까지 줄기차게 줄을 지어 갔다는 것이다. 나흘 동안 퍼붓던 비는 그 다음날 말짱하게 갰다. 하늘이 한층 멀어 보이도록 푸른, 한낮이 되었을 때 마을 사람들은 생전 한번도 들어 보지 못했던 첫 총성을 들었다. 총소리는 시간이 흐를수록 콩볶듯 치열해 갔다. 할머니의 애간장을 끊어내는 그 소리는 날이 완전히 깜깜해질 때까지 계속되었다.

"천지신명께 비나이다. 산 속에 계신 그분의 목숨을 건져 주십사 이렇게 두 손을 모아 빌고 또 빕니다."

할머니는 총소리 뒤에 찾아든 죽음과 같은 정적 속에서 육신과 마음의 고통을 겪으며 몸부림쳤다. 그날 밤 자정에 못 미쳐 그녀는 해산을 했다. 아들을 낳았다.

"그날 밤, 이 할미가 겪은 것은 하나를 잃어버리고 하나를 얻는 아픔이었다."

할머니는 말했다. 아버지를 얻은 다음 다음 날 할아버지는 죽어서 돌아왔다. 마을 사람들이 산부에게 이 사실을 알리려고 집안으로 몰려왔을 때 이미 그들의 표정에서 할아버지가 죽었음을 알았다. 그녀는 누운 자리에서 벌떡 일어났다.

"그분의 영구가 어디에 있소?"

사람들은 마을 앞 홰나무 아래에 있다고 말했다. 그리고 영구는 알아서들 모실 테니 부인은 몸조리를 하라고 일렀다. 그러나 할머니는 완강히 거절했다.

"아무도 내가 보기 전에는 그분을 건드리지 말아요. 아무도…… 절대로……."

할머니는 부축하려는 사람들을 뿌리치고 걸었다. 온 천지가 노랗게 흔들렸다. 그녀는 쓰러지지 않으려고 이를 악물고 허위적거리며 비틀거리며 홰나무 앞으로 걸어 나갔다. 그때까지 할머니는 할아버지의 죽음이 그렇게 참혹한 줄은 몰랐다.

두 개의 모가지가 밖으로 뻗은 홰나무 가지에 매달려 있었다. 할아버지의 얼굴은 온통 피투성이었고 산발한 머리카락이 그 위를 덮어 내렸다. 두 눈은 뜬 채여서 햇빛에 시퍼렇게 빛이 났다. 얼른 보아 그것은 할아버지의 얼굴 같지가 않았다. 그러나 그 밑에 매어단 흰 무명 천에 죽은 사람이 흘린 피로 썼을 검붉은 글씨가 보였다.

"자칭 의병장이라 일컫던 산도적의 두목 홍순구의 목이니 찾아 가라."

그 옆에는 할아버지와 똑같은 모습으로 갔다가 역시 똑같은 모습으로 돌아온 덕보의 할아버지 목이 걸려 있었다.

"산도적의 부두목이자 홍순구의 가노인 칠성이의 목이니 찾아 가라."

그때 할아버지의 나이 스물여섯이었고 덕보의 할아버지는 갓 서른이었다. 할머니는 장차 덕보의 아버지가 될 여섯 살 난 칠성이의 어린 아들이 울음을 터뜨리는 순간, 자신은 울어 볼 사이도 없이 그 자리에 혼절하여 쓰러졌다.

**—아버지**

내 기억을 새롭고 뿌리깊게 하려는 듯이 할머니는 때때로 그 일이 일어난 것은 벌판에 누렇게 익은 벼 이삭이 한껏 고개를 숙이던 무자년(戊子年)의 초가을 어느 날이었다고 말하고는 했다. 그러나 나는 할머니보다 더욱 또렷하게 그날을 기억하고 있다. 왜냐하면 바로 그날 나는 아버지를 잃었기 때문이다.

"너희들은 왜 마을 앞 홰나무가 소리를 내는지 아니?"

하고 아버지는 내가 포함되어 있는 우리 아동반 아이들을 향해 물었다. 선뜻 대답하는 아이가 없었다. 한낮의 태양은 그다지 뜨겁지도 않고 한기를 느낄 만큼 차갑지도 않게 교실 유리창 안으로 비쳐들고 있었다. 나라가 해방되자 아버지는 마을 어른과 아이들에게 한글을 가르쳐야 한다고 마지막 남은 할아버지의 유산을 털어 교실 한 개짜리 학교를 지었다. 학생을 아동반 소년반 성인반으로 나누고 삼교대로 매일 열두 시간씩 가르쳤다. 이태를 지나는 사이 그 성과가 좋아 인근 마을에서도 아이들이 공부를 하러 오는 바람에 조그만 교실은 초만원이었다. 여든 명을 헤아리는 아이들은 아버지의 질문에 서로 눈을 말똥거리며 바라볼 뿐 대답이 없다. 나는 그때 몇 번이고 아이들을 둘러보는 아버지의 눈길이 두려워 창가에 앉아 있는 고추잠자리의 큰 눈을 바라보고 있었다.

"알아요!"

무거운 침묵을 깨뜨리고 벌떡 일어난 아이는 아홉 살인 나보다 두 살이 아래인 덕보였다. 나는 그때 처음으로 우리 집에 얹혀 살고 있던 덕보의 존재를 우러러 보았던 것이다. 교실을 압도하는 그의 기개를 보는 순간 나의 가슴은 나도 모르게 움츠러들고 있었다.

"홰나무는 소리를 내지 않습니다. 사람들이 들린다고 생각하기 때문에 들리는 것 같은 것입니다."

몇 대를 눌려 지낸 신분의 자손이었던 덕보는 그렇기 때문에 나이에 비해 당돌하고 야물찬 대답을 할 수 있었던 것이라고 나는 훗날 생각하고는 했다.

"누가 그러던?"

"아버지가 그랬어요."

"그렇지만 네 아버지의 말은 옳지가 않은 것 같구나. 홰나무는 스스로가 소리를 내는 것은 아니지만 몇 가지 중요한 것들로 인해서 홰나무 안에서 소리가 나게 되는 것이다. 너희들은 마을 앞 홰나무가 속이 텅 비어 있는 것을 알겠지? 밑은 큰 구멍이 나 있고 위쪽에는 아주 작은 구멍이 하나 나 있지. 무서워서 그 안을 들여다보지 못한 학생들이 있다면 공부가 끝난 뒤에 한번 안을 들여다보렴. 구멍으로 파란 하늘이 보일게다. 밤에 보면 먼 별빛도 보이지. 귀신이 붙은 나무라는 말은 틀린 것이니 무서워 말고 들여다봐요."

아버지는 잠시 말을 끊고 덕보를 뚫어지게 바라보았다. 그 모습은 왜 덕보에게 그의 아버지가 그렇게 가르쳐 주었을까 그것을 곰곰이 생각하는 것처럼 보였다. 아버지는 다시 말했다.

"너희들은 퉁소가 아름다운 소리를 내는 것을 알 게다. 아니, 퉁소뿐만 아니라 보리피리도 소리를 낸다. 구멍 속으로 바람이 한쪽으로 들어갔다가 다른 쪽으로 빠져 나오면서 소리가 나지. 그와 마찬가지로 바람이 홰나무 큰 구멍으로 들어가서 위의 작은 구멍으로 빠져 나올 때 소리가 나게 되는 게다. 바람이 불고 비가 오는 날에는 물기나 물방울이 구멍 벽에 방울방울 맺혀 더욱 묘한 소리를 내기 마련이란다. 우리들은 그 나무에 귀신이 붙었다고 생각해서도 안 되지만 그렇다고 그 소리를 너무 가치 없이 생각해서도 안 된다. 홰나무는 머지않아 잎이 모두 지겠지만 한여름엔 꽃도 피우고 시원한 그늘을 내리며 때때로 아름다운 소리를 내어 우리들 마음을 흐뭇하게 해주기 때문이란다."

아버지는 여전히 덕보를 내려다보며 말했다. 아버지는 아이들 모두를 향해 말하고 있는 것이 아니라 오직 덕보 하나만을 상대로 하고 있는 것 같았다. 아니다. 아버지는 덕보의 얼굴 속에서 그의 아버지의 얼굴을 떠올리고 있는지도 몰랐다. 그의 아버지는 지난 봄부터 사십여 년 전에 그의 할아버지가 나의 할아버지를 따라 산간을 드나들었던 것처럼 그 누구를 따라 산간을 드나드는 것이라는 소문이 온 마을에 파다하게 퍼져 있었던 것이다.

"이제 알겠니? 홰나무에서 소리가 나는 까닭을……."

이윽고 아버지가 이렇게 덕보를 향해 물었을 때 덕보의 대답을 대신하듯 벌판에서 탕 하고 총소리가 났다. 나는 벌떡 몸을 일으켜 세워 창 밖을 보았다. 아버지의 제지에도 아랑곳하지 않고 아이들이 창가로 우루루 덮쳐 왔다. 멀리 누렇게 익은 벼 이삭 위로 무엇인가 붉은 것이 펄럭거리며 움직이는 것이 보였다. 그것은 논두렁 사이로 난 좁은 길을 따라 마을 쪽으로 다가오고 있었다. 붉은 깃발 뒤로 서른 명쯤의 사람들이 따라오고 있었다. 벼 이삭에 가리어 그들의 몸뚱이는 보이지 않고 얼굴만 드러나서 마치 누런 들판 위에 수많은 검은 공들이 굴러오고 있는 것 같은 느낌이 들었다. 그 머리통들은 아주 빠른 속도로 다가오고 있었다. 다시 한 발의 총소리가 울리자 나는 총소리가 그들로부터 나고 있는 것을 알았다. 그들이 마침내 냇물을 건너 홰나무 앞에 이르렀을 때 비로소 그들을 똑똑히 볼 수 있었다. 총을 가지고 있는 사람은 모두 아홉 명이었다. 더러는 군복 따위를 입고 있었으나 거의 검은 바지 차림에 흰 와이셔츠 바람이었다. 총을 들지 않은 나머지 사람들은 조그만 짐을 등에 짊어지고 긴 죽창을 꼬나들고 있었다. 그들의 맨 앞을 달리고 있는 사람이 그 붉은 깃발의 장대를 어깨에 걸어메고 있었는데 그 역시 등에는 조그만 짐을 지고 있었다.

다시 세 발의 총성을 신호로 미리부터 계획되어 있었던 듯이 총을 든 사람들이 곧장 학교 쪽으로 꺾어져 들어오고 나머지 죽창을 든 사람들은 마을 쪽으로 달려갔다.

"모두들 밖으로 나오시오! 수상쩍은 사람은 그 자리에서 사살할 것이니까 도망갈 생각은 추호도 하지 마시오!"

운동장으로 들어온 아홉 명 가운데 키가 크고 비쩍 마른 한 사내가 앞으로 나서며 우리들을 향해 소리쳤다. 그러자 아버지가 말했다.

"자, 모두들 겁내지 말고 조용히 운동장으로 나가자."

그러나 아버지의 얼굴은 창백하게 질려 있었다. 우리들은 아버지를 둘러싸고 운동장 한가운데에 두려움에 떨며 섰다. 잠시 후에 죽창을 든 사람들이 마을의 청장년들을 끌고 학교로 들어왔다. 그 뒤를 울며불며 아낙네들이 따라왔다. 그리고 우리보다도 더 나이 어린 아이들 또한 울면서 따라왔다. 또 그 뒤를 노인네들이 따라왔다. 마을에 살고 있는 사람들이 모조리 운동장에 모였다. 그들의 주위를 총과 죽창을 가진 삼십여 명의 사람들이 빙 둘러쌌다. 아까 우리들에게 밖으로 나오라고 소리쳤던 사내가 단 위로 뛰어올라갔다.

"여러분들! 여러분들은 이제 사회주의 혁명에 의해서 해방이 되었습니다."

이렇게 말문을 연 그는 우리들이 알아들을 수 없는 말을 핏대를 세우며 한동안 떠들어댔다. 그리고는 말했다.

"혁명과업 완수를 위해서, 오늘, 이 마을에서 가장 악랄한 수법으로 인민을 착취했던 부르주아 계급의 한 인종을 처단할 것이오. 바로 이 시간에……. 그럼 어느 혁명 전사가 이 악랄한 자를 적발해내겠소?"

그의 말이 끝나자마자 때를 기다렸던 것처럼 죽창을 든 한 사내가 단 위로 뛰어 올라섰다. 그때 나는 내 눈을 의심했다. 나는 몇 번이고 두 눈을 껌뻑거려 보았으나 틀림없이 그는 종적을 감췄던 덕보의 아버지였던 것이다. 그는 마을 사람들의 슬픈 탄성을 듣지 않은 것처럼 마을 사람들을 날카롭게 훑어보았다. 산 사람의 눈이 그토록 무시무시하게 빛날 수 있다는 것을 나는 그때 처음으로 알았다. 눈, 한밤중에 인가로 접근하는 삵괭이의 눈, 탐욕으로 불이 켜진 바로 그 눈.

"저 사람!"

그는 아버지를 향해 손을 들어 가리켰다. 아버지는 잠시 어렴풋한 시선으로 그를 올려다보았다. 아버지는 이내 고개를 떨구고 허리를 부둥켜안고 있는 나를 내려다보았다. 나는 아버지의 눈을 보면서 모든 것을 알아차렸다. 끝장이라는 것을…….

"저 사람의 집안은 조상 대대로부터 가난하고 천한 사람들을 가혹하게 학대해 온 이 마을의 대표적 부르주아 계급이오. 그의 노비로 우마처럼 희생당해 온 것이 나의 집안입니다. 이 마을에 사는 여러분들은 잘 알 것이오. 내 아버지가 그의 아버지의 강요에 의해서 개죽음을 당했다는 것을 말이오. 내 아버지는 나를 교육시킬 의무가 있었던 것입니다. 그러나 아버지는 저 사람의 아버지 때문에 일찍 죽었습니다. 나는 온갖 천대를 받으며 살아온 것이오. 나는 이제 주종관계에서 해방된 것이며 혁명과업을 위해서 저 사람을 처단할 것을 바라오."

마을 사람들은 숨소리조차 크게 내지 못하고 침묵을 지키고 있었으나 그들을 뻥 둘러싼 폭도들은 총과 죽창을 높이 치켜올리며 "옳소" "처단합시다" 하고 일시에 소리쳤다. 덕보는 아이들과 떨어져 나를 바라보고 있었다. 그의 얼굴에는 아무런 감동도 두려운 표정도 떠오르지 않았다. 그는 그의 아버지가 한 말이 옳다고 생각하고 있었는지 모르며 그 말의 결과가 얼마나 무서운 것인지 알고 있지 못했는지 모른다. 이런 나의 추측은 전혀 틀려서 덕보는 아무것도, 실로 아무것도 모르고 있었는지도 모른다. 할머니는 훗날에 말하고는 했다.

"증오심이란 사람을 잡아먹어야 풀리는 법이란다."

덕보의 아버지의 증오심이 그가 말한 내용과 같은 이유에서 비롯된 것이라면 어쩐지 공허한 것처럼 느낀 것은, 그리고 그가 새로운 삶을 살기 위해서 한 수단으로 갑자기 증오심을 마음속에 키운 듯이 여겨진 것은 아버지가 세상에서 사라지고 난 훨씬 뒤의 일이었다.

그날 아버지는 홰나무 밑으로 끌려갔다. 죽음을 예견한 마을 사람들은 할머니와 어머니와 나를 붙들고 놓아 주지 않았다. 나는 있는 힘을 다하여 발버둥쳤다. 그들로부터 내 몸이 자유롭게 되었을 때 나는 논을 가로질러 정신없이 홰나무 밑으로 달려갔다. 시야를 가리는 눈물 저쪽에 아버지의 모습이 어릿어릿 보였다. 아버지는 새끼줄로 홰나무에 꽁꽁 묶여 있었다. 그 순간 나는 탕, 탕 하는 두 발의 총성을 듣고 그 자리에 흠칫 멈춰 서고 말았다. 아버지의 머리가 힘없이 가슴 앞으로 떨어졌다. 홰나무에서는 때이른 낙엽이 한 잎 졌다.

**—덕보**

어쩌면 그 동안 나는 참담한 추억 때문에 고향에서 도망쳐 나와 외지를 떠돌며 살았는지 모른다. 지난날들을 회피하고 잊으려고 했다. 덕보의 편지만 아니었더라면 홰나무를 찾아오지도 않았을 것이며 홰나무가 언제 사라져 버렸는지조차 알지 못했을 것이다. 이따금 지난 일들을 들려 주던 할머니도, 아버지의 죽음 이태 뒤 일어난 전쟁통에 마을을 휩쓴 전염병에 감염되어 신음하던 어머니도 세상을 떠났다. 두 사람 다 불행한 여자들이었다. 할머니는 생존시에 아버지가 설립한 학교를 면에다 바쳤다. 이제 나는 홀로였으며 일단 홰나무를 찾아온 이상 내가 무엇인지 깨닫지 않으면 안 되었다. 그러나 그것은 그저 해본 막연한 생각에 지나지 않았다. 나는 죽을 때까지 나 자신을 발견하지 못할 것이다. 이 생각만이 가장 확고한 것 같았으며 그럭저럭 세상을 살아가는 데 필요한 합리적인 사고가 아니겠는가.

바람이 분다. 뷔이잉 뷔잉 하고 홰나무가 운다. 할아버지가 운다. 아버지가 운다. 할머니가, 어머니가 운다. 그 울음소리에 어울려 내가 운다. 별 없는 하늘이 운다. 들판이 운다. 냇물이 운다. 마을이 운다. 온 천지가 운다. 형님 하고 덕보가 운다.

나는 꿈에서 깨어나듯 쾌나무 가슴에서 떨어져 어둠 속을 응시했다. 한 사내가 내 앞에 우뚝 서 있었다.

"형님, 나 덕보요."

하고 그가 말했다.

"형님이 이렇게 오리라고 생각지 않았습니다. 그러나 나는 형님을 기다리고 있었죠."

그의 얼굴은 어둠 때문에 잘 보이지 않았다.

"우리가 헤어진 뒤 너무나 오랜 세월이 흘러갔군. 편지를 받고 쾌나무나 한번 보고 가려고 왔지. 자네두 볼 겸. 어두워서 자네 얼굴은 알아 볼 수가 없구만 그래."

"차라리 잘됐어요. 얼마나 세월이 흘렀는지, 구태여 따져 볼 필요는 없으니까요. 저로선 어둠 속에서 형님과 대면하는 것이 훨씬 더 마음 편해요."

그는 나의 손을 잡으려다가 말고 왜 그런지 뒤로 물러섰다.

"지금도 어르신네들의 음성이 들립니까?"

"음, 듣고 있었어."

"오늘이 마지막이에요. 쾌나무를 그대로 보존시킬 수는 없을까요?"

"자네두 아다시피 나는 아무런 능력도 없네."

"저도 당국에 진정해 봤지만 소용이 없었어요. 나라를 위해서는 조그만 마을 하나쯤은, 새로운 시대를 위해서는 짤막한 전설쯤은 없어져도 할 수 없지 않느냐는 것이었어요."

"옳은 말이겠지."

덕보는 잠시 어둠 속에서 꼼짝 않고 서 있었다.

"형님도 그렇게 생각하는군요. 하지만 전, 어쩝니까?"
"마을을 떠나게. 모든 과거를 잊고 새로운 곳에서 새롭게 출발을 하게."
"전 그럴 수가 없어요. 그럴 생각이었다면 벌써 그렇게 했을 거예요. 저는 저에게 주어진 고통을 벗어날 수가 없는 겁니다."
나는 그의 앞으로 한 걸음 다가섰다. 그의 두 눈이 빛나고 있는 것을 볼 수 있었다.
"옛일들은 우리들의 소년 시절에 내가 다 용서한다고 말하지 않았나. 모두 잊어버리자고……. 자네는 자신을 학대하고 있을 뿐이야."
"학대가 아닙니다. 피하고 싶지가 않을 따름이죠. 절망은 저의 고통 자체에 있는 것이 아니라 고통을 받을 터전이 없어진다는 데서 생깁니다. 전, 제게 주어진 고통이라는 운명과 맞붙어 싸움으로써 고통을 극복하려고 했어요. 그게 제 인생이었던 거죠."
나는 그와는 반대의 길을 걸어왔던 것이 부끄러웠다기보다는 위선인지도 모르는 그의 주장에 은근히 부아가 치밀어 올랐다.
"똥 같은 고집은 버리라구. 자네 아버지는 자네 아버지이지 자네가 아냐. 덕보는 덕보일 뿐 그 이상도 그 이하도 아니라구."
그는 아무 대꾸도 하지 않았다. 속으로 나를 끼룩끼룩 비웃고 있음에 틀림없었다. 그는 장승처럼 서 있었다. 나는 침묵이 두려웠다. 그래서 말했다.
"아버지 소식 들었나?"
그의 아버지는 나의 아버지를 죽인 뒤, 이틀 동안 마을에 머물며 식량을 공출했다. 그러나 곧 이어 정부 토벌대가 들이닥치자 그의 아버지 일당은 산으로 도망가서는 종내 소식이 없었던 것이다.
하지만 내 물음에 대답하는 대신에 그는 이렇게 말했다.

"홰나무는 제게 말하고는 합니다. 냇물은 왔다가 가는 것이지만 흐름 자체는 언제나 있는 법이다. 홰나무는 한 군데 서 있기는 하지만 씨앗은 어디론가 날아간다. 그와 마찬가지로 너 자신은 너 이상도 되고 너 이하도 되는 것이다, 라고 말입니다. 전, 제게 주어진 운명, 제게 주어진 고통을 피할 수가 없는 것입니다."

나는 그 순간 그가 나보다도 더 많은 것을 홰나무 소리 속에서 배웠음을 깨달았다. 나는 그가 두려워졌다.

"자, 형님. 공기도 차가운데 들어갑시다. 전, 학교 숙직실에서 기거하고 있어요. 누추하기는 하지만 하룻밤 묵어 가는 데에야 불편은 없을 것입니다."

그러나 여기 올 때의 생각과는 달리 나는 그와 함께 있는 것이 싫어졌다. 전혀 친근감이 일지 않았다. 그는 그런 나의 마음을 눈치채고 다시 말했다.

"아니죠. 저와 함께 같이 가지 않아도 좋습니다. 전 형님의 얼굴을 보는 것이 두려우니까요. 마을로 가면 누구든지 형님을 따뜻하게 맞이해 줄 거예요. 이것으로 그만 헤어지는 것이 좋겠습니다. 이 어둠 속에서……."

덕보는 나를 남겨 둔 채 돌아섰다. 그는 그의 발자국 소리와 함께 짙은 어둠 속으로 사라졌다.

나는 다음날 아침 늦잠에서 깨어났다. 어젯밤 젊은 이장이 내어 준 방은 구석진 방이었던 데다가 새벽부터 가랑비가 내리고 있었으므로 날이 새는 줄을 몰랐던 것이다. 아득하게 어떤 소음이 들려와서 깼다. 마침내 나는 그 소음이 불도저 소리라는 것을 알았다. 나는 옷을 주섬주섬 꿰어차고 밖으로 나갔다. 이장 아내가 조반을 들고 나가라는 것을 마다하고 곧장 홰나무 쪽으로 걸어 나갔다. 아직 홰나무는 그대로 서 있었다. 나는 걸으면서 문득 어제 덕보와의 대면이 떠올라 학교 쪽을 돌아다보았다. 학교는 예전보다 크고 넓어졌다. 거기, 어느 교실에서 덕보가 아이들을 향해 홰나무에서는 왜 소리가 나는지 아느냐고 묻고 있는 것만 같은 착각이 들었다. 아이들은 어리둥절해서 서로의 얼굴을 바라보며 껌벅거리고 있겠지.

"너희들은 퉁소가 아름다운 소리를 내는 것을 알 게다. 아니, 퉁소뿐만 아니라 보리피리도 소리를 낸다."

나는 빙그레 웃고 싶었는데 근육이 마비된 채 전혀 웃음이 떠오르지 않았다. 불도저가 막 홰나무 앞으로 다가가고 있었기 때문이었다.

"이걸 뽑아내고도 성할까?"

불도저 위에 앉아 있는 사내가 밑에서 신호를 보내는 사내에게 물었다.

"이따위 나무를 한두 번 뽑아 봤나? 얼기는 왜 얼어?"

"어젯밤 꿈자리가 꽤나 뒤숭숭했단 말야. 구렁이가 내 몸을 칭칭 감는 꿈을 꾸었거든. 포항 어디선가는 고목 하나 밀어냈던 사람이 그날 밤으로 반신불수가 되었다더구만."

"그걸 믿어? 공연히 하는 수작이야. 비가 더 내리기 전에 어서 뽑아 버리자구."

"에라, 모르겠다."

그와 함께 불도저는 푸른 연기를 뿜으며 힘차게 홰나무 밑 흙을 긁어 올렸다. 마을 사람들이 멀찌감치 서서 그 광경을 묵묵히 바라보고 있었다. 십여 분 동안 흙을 긁어 올리던 불도저는 드디어 정면으로 홰나무 몸뚱이 앞으로 다가갔다. 홰나무는 우지끈 소리를 내며 서서히 냇물 쪽으로 기울어졌다. 마치 핏빛으로 물든 수십 마리의 구렁이가 얼키고 설킨 듯한 붉은 뿌리가 드러났다. 그것은 갈색이었는지,

아주 흰색이었는지 몰랐다. 어떤 환상이 나로 하여금 핏빛으로 보이게 했는지도 몰랐다. 그때 비를 몰고 온 바람이 홰나무 가슴속을 뚫고 나가면서 뷔이잉 하고 울었다.

"나무가 울고 있잖아?"

불도저 위의 사내가 소리쳤다.

"울면 대순가? 곧 죽어 버릴 텐데."

사내가 불도저 위에서 뛰어내렸다.

"그 나무는 말을 할 줄 안답니다."

내가 그렇게 외치려고 하는데 누군가 나의 어깨를 잡았다. 나는 흠칫 놀라면서 뒤를 돌아보았다. 이장이었다.

"덕보 씨가 ……."

"네?"

나는 무엇인가 불상사가 일어났음을 직감했다.

"죽었어요."

"죽었어요?"

"자살했어요."

"어젯밤 여기 이 자리에서 만났었는데요?"

"학교 숙직실에 죽어 있었어요. 아이들은 공부 시간이 되었는데도 선생님이 나타나지 않자 교무실로 갔지요. 덕보 씨를 본 선생님은 없었어요. 전에는 한 번도 그런 일이 없었거든요. 불길한 생각이 든 아이들이 본 건물과 떨어져 있는 숙직실로 찾아갔더니 이미 싸늘하게 죽어 있었대요."

나는 돌연스런 그의 죽음에 말문이 막혔다.

"약병이 머리맡에 있는 것으로 보아 음독자살 같습니다. 얼굴을 보시겠습니까?"

"내키지 않는군요."

나는 겨우 이렇게 말했다.

"그러실 테죠. 이미 죽은 사람이니까요."

덕보의 시체는 그날 오후 화장장을 향해 떠났다. 나는 장의차에 앉은 이장에게 부탁했다.

"이걸 함께 태워 주십시오."

"이게 뭡니까? 나무 뿌리가 아닙니까?"

"네. 동구 앞 홰나무 뿌립니다."

젊은 이장은 내가 건네 준 뿌리를 소중하게 받아 관 위에 올려놓았다.

"불행한 사람을 기억해 주십시오."

이장은 감수성이 예민하고 매우 동정적인 사람이었던지 내게 울먹거리며 말했다. 나는 멀어져 가는 장의차의 뒤꽁무니를 바라보며 한동안 꼼짝 않고 빗발 속에 서 있었다. 그러나 불행한 것은 덕보가 아니라 살기 위해서 이제부터 어디론가 정처없이 떠돌아 다녀야만 하는, 바로 나 자신인 것이다.

화덕의 넘실거리는 불빛을 받으며
휘파람을 합창하고 있는 두 사람을 번갈아 바라보았다.

그들은 서로의 얼굴을 바라보고 있었으나
그 눈길에는 이미 의심과 적의는 사라지고 없었다.

그 휘파람 소리는 한없이 맑으면서도 구슬픈 가락을 띠고 있었다.

어느덧 나는 나도 모르게 휘파람을 불기 시작했다.

# 그 해 일기

## 1

겨울도 다 지나간 3월 중순이었으나 바람은 하루 종일 불어대고도 모자라 밤까지 그악을 떨었다. 수 개월 동안 버려져 있는 거리에서는 늘어지고 끊어져 못쓰게 된 전깃줄들이 윙윙 소리를 내며 울었고 깨어진 창틀에다 바람막이로 친 레이션 상자 쪼가리들은 불룩하게 부풀어올랐다가는 다시금 우그러들기를 되풀이하고 있었다. 안을 밝히고 있는 것은 콘크리트 바닥 한가운데에 각각 벽돌 세 개씩을 쌓아 걸림다리 구실을 하도록 만든 작은 화덕에서 나무토막들이 타느라고 찌글찌글 소리를 내며 피워 올리고 있는 검붉은 불길뿐이었다. 안에는 늘 매캐한 연기가 가득 괴어 있었으나 우리는 출입구의 거적대기를 걷어올리지는 않았다. 우리는 추위를 느끼는 것보다는 매캐한 연기가 지니고 있는 온기를 더 좋아했다. 더욱이 형들은 불빛을 새어

나가게 하는 것은 매우 위험스런 일이라고 말하고는 했다.

큰형은 짧은 각목을 깔고 앉아서 화덕 위에 시꺼멓게 그을린 양은 냄비를 걸어 놓고 보리쌀을 끓이느라고 이따금 고개를 갸우뚱히 불길을 들여다보았다. 작은형은 내 머리맡에 앉아서 개머리판과 방아쇠가 떨어져 나가고 없는 앙상한 총신을 헝겊대기로 열심히 문지르고 있었다. 작은형이 그것을 처음 주워 왔을 때에는 형편 없이 녹이 슬어 있었으나 밤마다 문질러댄 탓으로 이제는 반짝반짝 윤이 났다. 형은 그 총구멍에 맞는 탄알도 두 개나 가지고 있었다. 그러나 그 총은 아무짝에도 소용이 없는 것이었다. 그는 내가 무심코 토해 놓는 신음소리에 제정신이 들어 내 이마 위에 얹어 놓은 물수건을 엄지와 집게손가락으로 집어들어 대야물에 첨벙 담갔다. 그리고는 휘휘 몇 번 휘저어 높이 치켜들고 물이 떨어지기를 기다렸다. 그의 손은 총을 닦느라고 더러워져서 수건을 짤 수가 없었던 것이다. 나는 오줌줄기처럼 떨어지는 물소리를 한동안 듣고 있지 않으면 안 되었다. 그 물줄기 소리는 마침내 방울져 떨어지는 소리로 바뀌고 그 방울 소리마저 끊어지는가 싶으면 물수건이 내 이마 위에 조심성 없이 철퍼덕 얹히는 것이었다. 그 대야물은 너무나 오래 사용했기 때문에 조금도 시원스럽게 느껴지지 않았다. 그러나 나는 한마디 불평도 없이 그나마 그렇게 해주는 작은형의 성의를 고맙게 생각했다.

나는 밤이 되면 고열로 신음했다. 머리는 어지럽고 가슴은 답답했으며 팔다리는 늘 무거웠다. 나는 거의 매일 밤 악몽으로 시달렸다. 나는 때때로 어떤 것이 현실이고 어떤 것이 꿈인지를 분간하지 못하는 경우도 있었다. 그러다가도 날이 밝으면 입에서 단내가 가시고 대신 한기가 찾아왔다. 나는 아무거나 몸에 둘둘 말아 감고 어서 아침 해가 뜨기를 기다렸다. 어쩌다 하늘이 찌푸리면 햇빛이 그리워 미칠 지경이 되었다. 게다가 큰형은 요 며칠 사이 내가 거리로 나가 햇볕을 즐기도록 내버려 두지 않았다.

"며칠만 참아. 마음껏 햇볕을 즐길 수 있는 날도 그리 멀지 않은 것 같으니까."

큰형은 고통스러워하는 나를 보고 안쓰러운 듯이 달랬다. 나는 너무 추워서 견딜 수가 없으면 형들의 윽박지름에 숨소리조차 제대로 내뿜지 못한 채 내 담요자락 곁을 떠나지 않고 있는 발발이를 꼭 끌어안았다.

작은형이 다시금 묵묵히 총을 닦는 데 열중했다. 아무짝에도 소용없는 총을 그는 왜 열심히 닦고 있는지 나는 도무지 알 수가 없었다. 뜨뜻미지근한 물줄기가 내 귓가를 타고 흘러내리고 있었다. 이따금 바람소리에 섞여 포탄이 하늘을 가르며 날아가는 소리가 들렸다. 아주 먼 곳에서 총소리도 났다. 그러나 밤이 이슥해지자 모든 소리는 정적 속에 묻혔다. 오직 하느님이 내는 소리만이 들렸다. 바람소리.

그때 발발이가 이상한 반응을 보였다. 언제나 기가 죽어서 홀쭉하게 꺼진 배를 내 곁 담요자락에 깔고 너부죽이 엎드려 있던 개가 느닷없이 몸을 일으켜 세웠던 것이다. 개는 바람막이를 친 창가로 다가가서 비쩍 마른 목을 치켜들고 밖을 향해 마구 짖어대기 시작했다.

"어렵쇼, 개새끼가 왜 저 지랄이지? 어서 이걸로 아가리를 틀어막아!"

큰형은 허리에 차고 있던 지저분한 수건을 작은형에게 던져 주면서 나지막이 말했다. 동시에 큰형은 내 발치에 쌓아 놓은 이부자리 중에서 요를 한 장 가져다 화덕 주위에 둘러치고 그것이 쓰러지지 않도록 붙잡고 서 있었다. 작은형은 닦고 있던 총을 내려놓고 수건을 들고 창가 쪽으로 날쌔게 달려갔다. 발발이는 자기를 신용하지 않는 어설픈 주인들에게 지금까지 입은 은덕을 다 갚고 죽을 각오가 되어 있는 양 처절하게 짖어댔다.

작은형은 겨우 열네 살이었지만 개를 다루는 솜씨가 비상했다. 그는 개의 입을 틀어막을 수건을 쥐고 있었음에도 불구하고 그런 구차한 방법을 쓰지는 않았다. 그는 다짜고짜로 뭉툭한 군화발을 한껏 들어올리더니 개의 똥창을 냅다 걷어찼다. 발발이는 비명 한 번 지르지 못하고 콘크리트 바닥을 설설 기더니 판자때기 위 내가 누워 있는 곳으로 돌아와서는 낡은 담요 속에 코를 박았다.

작은형이 창가에 바싹 붙어서서 밖의 동정을 살피기 위해 뚫어 놓은 구멍에 눈을 갖다 대었다. 어디선가 홈통이 바람에 덜거덕거리며 흔들리는 소리가 들려 왔다.

"뭘, 보고 짖은 거야?"

큰형이 연기 때문에 숨이 막혀 쿨룩거리며 물었다. 작은형은 구멍에서 눈을 떼고 발소리를 죽이며 큰형에게로 다가갔다.

"짱깨 같아. 두 놈이야. 이리로 들어오고 있어."

하고 그는 내 머리맡으로 와서는 개머리판과 방아쇠가 없는 앙상한 총을 움켜들었다.

"이 개새끼 때문이야."

작은형은 총으로 개의 머리통을 짓이기는 시늉을 해보였다.

"침착하게 굴어. 별일 없을 거야. 배가 고파서 개라도 끌고 가려는 속셈인지도 모르지."

큰형은 연장자답게 태연을 가장하고는 불길을 가리웠던 요를 치웠다. 하지만 우리들 가운데 겁을 집어먹지 않은 사람은 아무도 없었다. 우리는 숨을 죽이며 그들을 기다리고 있었다. 우리는 건물의 현관 안으로 들어서는 그들의 발걸음 소리를 들을 수 있었다. 그 소리는 두 사람보다 더 많은 사람이 걷는 듯이 매우 어수선했다. 그들은 복도를 돌아 바로 우리 방 앞까지 왔다. 발걸음 소리는 멈추었고 내게는 몹시도 긴 침묵이 흘렀다.

이윽고 거적문이 소리 없이 젖혀졌다. 어둠 속에서 먼저 총구가 삐죽 디밀어 오더니 이어서 창 아가리가 너덜거리는 군화가 성큼 안으로 들어섰다. 거기 벙거지를 눌러쓰고 더러운 누비옷 위에 탄약 주머니처럼 생긴 전대(纏帶)를 멘 보통 키의 중공군이 하나 서 있었다. 그는 주의 깊게 눈을 굴리며 천천히 방 안을 훑어보았다. 그는 작은형이 엉거주춤 들고 있는 번들거리는 총을 발견하고 냉큼 내려놓으라고 허리에 바짝 붙이고 있던 그의 총을 흔들어대면서 위협했다.

"어서 버려!"

큰형이 말했다. 작은형은 총을 콘크리트 바닥에 내려놓았다. 중공군은 안으로 들어와 작은형의 총을 발로 건드려 보고는 그것이 제 구실을 하지 못한다는 것을 알아채고 작은형을 향해 씩 웃음을 던졌다. 그는 우리가 반항할 능력이 없는 소년들이라는 점에 대해 매우 만족해 하고 있는 것 같았다. 그렇다고 우리를 완전히 믿고 있는 것은 아니었다. 그는 천천히 뒷걸음질치며 거적문 밖으로 나갔다. 그는 곧 한 사람의 동료를 부축해 들어왔다. 부축을 받고 있는 중공군은 오른쪽 다리를 바닥에 질질 끌며 들어왔다. 부상을 당한 것이 오래된 듯 바짓가랑이에는 피딱지가 말라붙어 있었다.

성한 중공군은 형들이 자야 할 내 옆 자리에다 동료를 눕혔다. 부상병은 몸을 움직일 때마다 고통스럽게 비명을 질렀다. 그가 옆에 눕자 구린 고름 냄새가 훅 코를 찔렀다.

두 중공군은 저희들끼리 무슨 말인가를 서로 주고받았다. 성한 군인이 큰형 앞으로 다가가더니 냄비를 가리키며 뭐라고 지껄였다. 그러나 우리는 아무도 그 말을 알아들을 수가 없었다. 그가 냄비 뚜껑을 열어 보았다. 보리밥은 자글자글 뜸이 들고 있었다. 그는 코를 킁킁거리며 구수한 냄새를 맡고는 도로 뚜껑을 닫았다. 그는 큰형에게 손짓을 하며 말했다. 그는 부상병을 가리키고 또 자기의 배를 가리키며 배가 고프다는 시늉을 해보였다. 그리고 냄비를 가리키고 다시 부상병과 그 자신의 입을 가리키며 밥을 넣는 시늉을 해보이고 나서 조금은 비굴한 웃음을 띠면서 고개를 서너 번 숙여 보였다. 대체로 보아서 밥을 그들에게도 나누어 주면 고맙겠다는 뜻인 것 같았다. 큰형은 알겠다고 고개를 끄덕거렸다.

그날 밤 중공군들은 떠나지 않았다. 별러 먹으면 다음날 아침까지 때울 수 있는 끼니를 축내 놓고도 떠나지 않았다. 식사를 마친 중공군들은 다시금 서로 무슨 말인가를 주고받았다. 목소리는 침울하고 표정은 슬퍼 보였다. 마침내 성한 중공군이 마음에 내키지 않는 듯이 느리느릿 부상병의 옷을 벗기기 시작했다. 속옷만을 입은 대로 남겨두고 부상병이 몸에 지니고 있던 물건이란 물건은 모조리 한데 모았다. 그리고 화덕 앞으로 다가가서는 밤새도록 부상병의 옷과 소지품들을 하나씩 태우는 것이었다. 나는 누린내 때문에 숨을 쉴 수가 없었다. 형들은 이따금 거적문 밖으로 나가서 신선한 바람을 쐬고 들어왔으나 나는 꼬박 그 연기를 마셔야만 했다.

바람막이로 친 레이션 상자 쪼가리들의 틈바구니로 새벽빛이 흘러들어올 즈음에서야 화덕의 불씨는 꺼졌다. 화덕 앞에서 꾸벅꾸벅 졸고 있던 중공군은 새벽 공기를 가르는 첫 포성에 퍼뜩 눈을 뜨고 자신이 태워야 할 물건들이 다 재로 변한 것을 확인했다. 그는 신음소리를 내다가 지쳐서 새벽녘에야 잠이 든 부상병 앞으로 다가가 무릎을 꿇고 앉았다. 그는 한동안 일그러진 채 잠든 동료의 얼굴을 내려다보았다. 그는 다시 조용히 일어나 자신의 총과 동료의 총을 양어깨에 울러메고 깊은 소망이 담긴 눈빛으로 우리 세 형제를 말없이 둘러본 뒤 거적문 밖으로 나가 사라졌다.

"우리더러 어떻게 하라는 거지, 형?"

작은형은 어안이 벙벙하여 입을 딱 벌렸다.

"죽을 때까지만이라도 봐달라는 거야."

큰형이 대꾸했다.

"쉽사리 죽을 것 같지도 않아. 우리가 뭐 잘났다고 되놈 치다꺼리까지 해? 거리에다 내다 버리든지 칵 죽여 버리든지……."

작은형은 불만을 터뜨리며 투덜거렸다.

"작은형, 아직 살아 있는 사람을 죽여서는 안 돼."

내가 오한으로 이빨을 달달 떨면서 말했다. 사실 우리는 많은 주검들을 보아 왔고 특히 나로서는 죽음과도 친숙해 있었다. 나는 때때로 의식을 잃었고 다시금 정신을 되찾아 형들의 얼굴을 보게 되면 무척 반가웠고 죽음과 가까이 있던 그 망각의 순간이 얼마나 두렵게 느껴지던지 몰랐다.

"넌, 잠자코 있어. 네가 끌어들인 그 개새끼 때문에 저 더러운 불청객이 끼어들게 된 거잖아."

작은형이 소리쳤다. 그 소리에 깨어난 부상병은 퀭하게 뚫린 커다란 두 눈을 멀뚱거리며 우리를 바라보았다. 큰형이 결론적으로 말했다.

"골칫덩어리이긴 하지만 내다 버리거나 죽일 수는 없어. 그건 사람이 할 짓이 아니야."

## 2

아침이 되자 형들은 식량을 구하러 밖으로 나갔다. 속이 텅 빈 박제된 도시에서는 상행위도 이루어지지 않았다. 우리에겐 돈이 없기도 했으려니와 있다고 해도 식량을 구할 수가 없었다. 내가 병이 들지 않았던 한 달 전만 하더라도 나는 식량을 구하러 형들을 따라다녔다. 우리는 빈집을 무단으로 넘나들었다. 큰형은 지팡이 만한 길이의 장대를 가지고 다녔고 작은형은 삽을 들고 다녔으며 나는 식량 자루를 들고 다녔다. 큰형은 집주인이 피난을 떠나면서 식량을 묻어 둔 곳을 장대 하나로 귀신처럼 알아내었다. 그는 빈집의 부엌 바닥이나 앞마당이나 뒤뜰 같은 곳을 장대로 툭툭 두들기며 탐사를 했다.

"여기다!"

하고 말하면 작은형은 신이 나서 그 자리를 삽으로 팠다. 언 땅은 잘 파지지를 않았으나 작은형과 나는 큰형의 신기에 가까운 그 기술을 습득하려고 했으나 언제나 엉뚱하게 빗나가곤 했다. 땅을 두드릴 때 장대를 타고 손에 느껴지는 감촉으로 안다고 했지만 나는 그 느낌을 분간할 수가 없었다. 그러나 식량을 구하러 다닐 때마다 식량을 구하게 되는 것은 아니었다. 왜냐하면 빈집들이라고 해서 모두가 식량독이 묻혀 있는 것은 아니었기 때문이다. 좁쌀 한 낱알 캐지 못하고 하루해를 보내는 날도 여러 날이 있었다. 그럼에도 불구하고 우리는 그럭저럭 빈 도시에서 끼니를 거르지 않고 지내 왔다.

"야, 너희들 우리가 털어낸 집들을 기억해 둬야 할 거야."

언젠가 형이 말했다.

"왜?"

작은형이 물었다.

"우리가 잘 되면 배로 갚아 줘야 하니까."

우리는 낄낄거리고 웃었다. 그러나 그것은 단순히 우스갯소리로만 한 말을 아니었다. 사실을 말하면 식량을 묻어 두고 간 그 낯모르는 사람들에게 우리는 늘 고맙게 생각하고 있었다. 한갓 염원에 지나지 않을는지 모르지만 우리는 그렇게 보답을 할 날이 그 언젠가 올 것을 기대하고 있었다. 하얀 쌀로 더도 말고 한 말만 구해 왔으면 좋겠다 하고 나는 생각했다. 그러면 그렇게 먹고 싶은 쌀죽도 끓여 먹을 수 있을 텐데. 우리는 반찬 걱정은 하지 않았다. 빈집 장독대에는 적어도 간장과 된장과 고추장은 무진장으로 있었으니까 말이다.

내 곁에서는 중공군 부상병이 허리를 세우고 앉아서 허벅다리의 피고름을 짜내고 있었다. 고약한 냄새. 나는 모로 누워서 그가 하는 모습을 지켜보았다. 처음의 상처는 어떠했는지 몰라도 그때의 상처 부위는 크게 번져 있었다. 치료도 받지 못하고 무리해서 걸은 탓으로 덧난 것임에 틀림없었다. 살점은 패이고 너덜거렸으며 주위의 살갗은 팽팽하게 부풀어올라 있었다. 그는 아픔을 참느라고 찡그리며 입술을 악물었다. 그러나 그는 용기를 내어 피고름을 짰다. 피고름이 뭉클뭉클 솟아났다. 그는 속바지를 찢은 헝겊으로 그것들을 닦아내었다. 그러나 헝겊은 곧 바닥이 났다. 그는 난처한 듯이 두리번거리더니, 나를 보고는 피고름이 묻은 검붉은 헝겊을 지켜올려 보이며 헝겊을 달라는 시늉을 했다.

나는 자리에서 일어났다. 현기증으로 눈앞이 빙글빙글 돌고 허공에는 별똥들이 무수히 부숴지며 흘러내렸다. 나는 가까스로 균형을 잡고 맞은편 벽 쪽에 놓인 궤짝을 향해 갔다. 그 궤짝 속에는 우리가 입기 위해 훔쳐 온 옷가지들이 들어 있었다. 나는 궤짝 뚜껑을 열고 헌 속옷을 하나 꺼내 그에게 갖다 주었다. 그는 고맙다고 고개를 끄덕거렸다. 피고름을 짜내고 나니 상처는 푹 꺼졌다. 상처 자국을 더 명확히 볼 수 있었다. 그것은 총알이나 파편이 깊숙이 살점을 도려내고 지나간 자국 같았다. 그는 내가 준 속옷으로 상처를 동여매었다. 그리고는 지친 듯이 자리에 누웠다.

그는 팔을 뻗어 내 손을 잡았다. 내 이마도 만져 보았다. 그리고는 힘을 내라는 듯이 내 등허리를 탁탁 두들기며 미소를 지었다. 몇 살이나 되었을까. 턱에 듬성듬성 돋아난 수염 때문인지 퍽 나이가 들어 보였다. 서른 살? 내가 어렸던 탓일까. 그보다는 덜 먹었을지도 몰랐다. 어쨌든 누구에게도 환영받지 못할 그 가련한 사람은 자기를 증명해 보일 만한 아무런 물건도 지니고 있지 못했다. 다른 사람에게 그가 중공군이었다는 것조차 밝혀 보일 만한 증거물을 그 자신이나 우리는 갖고 있지 못했다. 다만 다른 말은 할 줄 모르고 중국말만 한다는 것 그것 하나로 그가 겨우 중국 사람이라는 것을 증명해 보일 수 있었을 것이었다.

나는 오한 때문에 견딜 수가 없었다. 레이션 상자 쪼가리들의 틈바구니로 긴 화살과 같은 햇살이 우리의 어둠침침한 방 안으로 흘러들고 있었다. 나는 햇볕이 그리웠다. 나는 큰형의 금지사항을 무시하고 담요 한 장을 들고 거적문 밖으로 나갔다. 복도를 돌아가니 눈부신 햇살이 현관 안에 비껴들고 있었다. 현관이라고 해야 말이 현관이지 문짝은 오래 전에 달아나서 건물을 드나드는 출입구에 불과했다. 벽 회칠은 떨어지고 군데군데 깨어진 유리 조각들이 널려 있었다. 나는 현관 밖으로 나가 건물 벽에 등을 기대고 담요를 쓰고 쪼그려 앉았다. 발발이가 따라나와 낑낑거리며 내 발 옆에 자리를 잡고 엎드렸다. 내 온몸에 햇빛이 쏟아졌다. 벌벌 떨리던 내 몸은 차츰 안정을 되찾았다. 나는 거리 쪽에 시선을 던졌다. 근처 거리는 온통 쑥대밭이었다. 그것은 지난 해 여름의 전투에서 그렇게 된 것이었다. 건물이 라고는 우리가 살고 있던 이층집 외에는 아무것도 남아 있지 않았다. 보이는 것이라고는 무너진 벽과 벽돌 무더기와 꾸부러진 철주와 검게 타다 만 나무 기둥들뿐이었다. 그 사이로 녹슨 전차길이 저 멀리 아스팔트 끝으로 곧장 뻗어 있었다. 전봇대 사이로 전깃줄은 늘어져 땅에 닿아 있었다. 바람은 불지 않았다. 그래도 죽지 않은 가로수 나뭇가지에서는 푸릇푸릇 새싹이 움트고 있었다. 우리는 피를 나눈 친형제는 아니었다. 모두가 고아였다. 큰형이라고 해야 작은형보다 고작 한 살이 더 많은 열다섯 살이었고 나는 작은형보다 한 살이 적은 열세 살이었다. 우리는 좀 너그럽게 말하면 친구 사이라고 해도 좋았다. 그러나 우리는 고아원에 있을 때부터 질서를 존중했다. 목숨을 부지하자면 누군가 명령을 내리는 사람이 있어야 했고 그 명령은 준수되지 않으면 안 되었다.

"우리 아버지는 일제 때 징용 나가서 소식이 없어. 어머니는 날 큰집에다 남겨 두고 어디론가 도망쳤구 말이야. 그때부터 구박받는 고달픈 고아 신세가 된 거지."

하고 큰형이 언젠가 말했다.

"나는 시골에 엄마와 아버지가 다 계셔. 지난 가을에 양공주한다는 누나 찾아 서울 왔다가 누나도 못 찾고 쫄쫄 굶으며 거리를 헤매게 되었지. 누군가 배고프면 고아원을 찾아가라고 일러 주더군. 제기럴!"

작은형이 말했다. 그러나 나는 언제부터 고아가 되었는지 기억에 없었다. 아버지나 어머니 얼굴이 머리에 떠오르지 않았다. 기억나는 것은 아주 오래 전부터 깡통을 팔목에 걸고 집집마다 찾아다니며 문전 걸식을 하던 거지였다는 것과 여러 고아원을 전전했다는 것뿐이었다. 하느님만이 나의 부모를 알고 있을 것이었다. 그러므로 따지고 보면 내 나이조차 정확한 것이 아니었다. 지난 겨울 중공군이 밀려온다는 소식과 함께 유엔군이 지친 모습으로 퇴각을 하고 있을 무렵, 원장은 우리를 안심시켰다.

"너무 걱정들 하지 마라. 미군 부대에서 너희들을 태워 갈 트럭을 보내겠다고 했어. 그러니 소란을 떨지 말고 기다리고 있으란 말이다."

2백 명이나 되는 고아들은 원장의 말을 믿고 기다렸다. 고아원 담 너머 고갯길에는 피난민의 대열과 유엔군이 뒤범벅이 되어 남쪽으로 밀려가고 있었다.

하루는 자고 일어났더니 세상이 쥐죽은 듯이 고요했다. 우리는 담 너머 거리를 내려다보았다. 사람의 그림자는 얼씬도 하지 않았다. 살을 에이는 듯한 바람이 황량한 거리를 휩쓸고 지나갔다. 어제 저녁까지 보이던 원장의 모습도 보이지 않았다.

아이들은 어찌할 바를 모르고 술렁거리기만 했다.

"중공군은 사람이란 사람은 씨알갱이도 남기지 않고 죄다 죽인대."

누군가의 입에서 그런 소리가 흘러나왔다. 그 소문은 삽시간에 고아원 안에 쫙 퍼졌다. 아이들은 공포에 떨기 시작했다. 그리고 순식간에 삼삼오오 짝을 지어 고아원을 빠져 나갔다. 마음씨 좋은 보모 한 사람만이 유아들을 돌보느라고 남아 있었다. 나는 큰형과 작은형과 한짝이 되어 마지막으로 고아원을 빠져 나왔다.

우리는 도심을 통과하여 무조건 남쪽으로 걸었다. 우리는 보리쌀 한 줌씩을 주머니에 넣고 나왔을 뿐 그 외에 가진 것이라고는 큰형이 가지고 있던 성냥 한 통밖에 없었다. 겨울날은 금세 어두워졌고 날씨는 몹시 추웠다. 우리는 도시를 다 빠져 나가지도 못하고 지쳐 버렸다.

"이렇게 걷다간 귀신도 모르게 꽛꽛하게 얼어죽고 말겠어. 이래 죽으나 저래 죽으나 마찬가지야. 불이나 뜨뜻하게 쬐다가 죽자구."

작은형이 씹어 뱉었다. 우리는 폐허가 된 거리에서 유일하게 남아 있던 이층 건물 '우리 집'을 발견했다. 집은 비어 있었다. 큰 형도 '우리 집'에서 하룻밤 머무는 것을 마다하지 않았다. 이미 현관문은 뜯어져 없었다. 우리는 거침없이 안으로 들어갔다. 그리고 나무란 나무는 닥치는 대로 뜯어 불을 지폈다. 우리는 불을 쬐며 생보리쌀을 씹었다. 나는 무릎 위에 양팔을 얹고 그 위에 얼굴을 묻은 채 졸고 있었는데 새벽녘에 이상한 소리를 들었다. 나는 창가로 다가가서 거리를 내다보았다. 일단의 군인들이 누런 누비옷을 입고 쌸라쌸라 지껄이며 행군을 하고 있었다. 그것이 내가 처음 본 중공군이었다. 우리는 갈 곳을 잃고 말았던 것이다. 우리는 그날 하루 종일 중공군이 우리를 죽일지도 모른다는 두려움 때문에 꼼짝하지 못하고 집 안에 갇혀 있었다. 한 줌씩 주머니 속에 넣고 나온 보리쌀도 그날로 떨어지고 말았다. 무엇보다도 배가 고파서 견딜 수 없었다.

"형, 이래 죽으나 저래 죽으나 마찬가지야. 내일 아침엔 뭣 좀 먹을 것을 구하러 나가 보자구. 안 되면 고아원으로 되돌아가든가……."

작은형이 큰형에게 말했다. '이래 죽으나 저래 죽으나'는 우리에게 있어서는 일종의 삶의 철학이 되어 있었다. 우리는 다음날 양식을 구하러 밖으로 나갔다. 거기에는 중공군이 지천으로 깔려 있었다. 그러나 그들은 우리를 거들떠보지도 않았다. 어떤 이유에서 도시를 빠져 나가지 못한 사람이 고양이처럼 살금살금 걸어다니는 것을 더러 볼 수도 있었다. 우리는 빈집에 들어가서 도둑질을 시작했다. 식량을 훔치고 옷과 이부자리도 훔쳤다. 남의 집 문짝을 뜯어 땔감으로 삼았다. 우리는 그렇게 두 달 이상을 버텨 왔던 것이다.

나는 햇볕과 나뭇가지에서 봄을 느끼며 꾸벅꾸벅 졸고 있었다. 나른하고 혼몽한 쾌감이 내 몸에 흐르고 있었다. 얼마나 잤을까. 발발이가 짖어대는 소리에 눈을 떴다. 개는 현관 쪽으로 꽁무니를 빼고 저 먼 전찻길 끝을 향해 악을 쓰며 짖었다. 나는 갑자기 눈을 떴으므로 아무것도 볼 수가 없었다. 나는 자꾸 눈을 비비며 길 끝을 보려고 애를 썼다. 뭔가 보였다. 검은 물체가 길 끝에서, 움직이고 있었다. 그 물체는 커지면서 이쪽으로 다가오고 있었다. 그러는가 싶자 내 귀가 번쩍 열렸고 지축을 흔드는 탱크 소리를 들었다. 그리고 양쪽 보도에 총을 든 군인들이 길게 줄을 서듯 늘어서서 다가오는 것을 보았다. 나는 집 안으로 들어가야겠다고 생각을 하면서도 웬일인지 꼼짝을 할 수가 없었다.

## 3

탱크가 '우리집' 앞을 지나갔다. 두 사람의 미군이 총을 들고 집 안을 수색하러 들어갔다. 나는 곧 부상당한 중공군을 사살하는 총소리가 들릴 것이라고 생각했다. 그러나 총소리는 울리지 않았다. 이층까지 샅샅이 수색을 끝낸 두 미군이 밖으로 나왔다. 그들 가운데 한 미군이 그들이 왔던 쪽을 향해 누군가를 불렀다.

부상병 하나가 검둥이 미군에게 부축을 받으며 왔다. 집 안을 수색했던 두 미군은 건물을 가리키며 검둥이 미군에게 뭐라고 설명했다. 검둥이 미군은 고개를 끄덕거렸다. 부상병은 고통 때문에 얼굴이 일

그러져 있었다. 그는 붉게 피로 물든 옆구리를 움켜쥐고 있었는데 손에 묻은 피가 마르지 않은 것으로 보아 맞은 지가 얼마 되지 않은 것 같았다. 집 안을 수색했던 미군은 전진하는 부대를 따라갔고 검둥이 미군이 부상병을 끌고 집 안으로 들어갔다. 그리고 얼마 뒤에 검둥이 미군도 부상병을 남겨 두고 가버렸다. 그렇게 한때의 미군들은 한낮의 유령들처럼 거리를 지나갔다. 그리고 거리에는 아무것도 보이지를 않았다. 그때까지 내내 짖어대던 발발이도 조용해졌다. 내 몸에서 햇볕이 물러가고 있었다. 나는 추위를 느꼈다. 나는 발발이를 가슴에 안았다. 발발이의 가슴이 내 가슴과 함께 뛰고 있었다.

닷새 전이었던가. 아침 나절에 건물 벽 밑에 쭈그리고 앉아 햇볕을 즐기고 있는데 개 한 마리가 비실비실 걸어왔다. 개는 누런 빛의 짧은 다리를 지니고 있었다. 까만 콧등은 메말라 있었고 눈곱이 낀 두 눈에서는 눈물이 얼어붙어 있었다. 등뼈가 앙상히 드러나고 뱃가죽은 홀쭉했다. 영양 실조로 병들고 추위에 지친 주인 없는 개였다. 개는 내 앞에 와서 걸음을 멈추고는 나를 하염없이 바라보았다.

"저리 가!"

나는 꼴불견인 개를 향해 소리쳤다. 그러나 개는 내가 죽기를 기다리는 저승사자이기나 한 듯이 내 앞을 뱅뱅 맴을 돌았다. 이따금 황량한 거리 쪽을 향해 목을 빼고 바라보다가는 내 눈치를 살피듯 흘금거렸다. 나는 개에 대한 두려움을 떨쳐 버리지는 못했으나, 병마는 기어이 나를 꾸벅꾸벅 졸도록 요술을 부렸다. 내가 추위를 느끼며 잠에서 깨어났을 때 뜻밖에도 그 개는 내 발 옆에 조용히 엎드려 있었던 것이다. 나는 더 이상 개를 쫓지 않았다. 내가 개의 머리를 쓰다듬어 주니까 개는 살레살레 꼬리를 흔들며 내 정강이에 머리를 비볐다.

"네 이름은 이제부터 발발이다. 알겠지?"

개는 두 눈을 꿈뻑거리며 나를 바라보았다. 개가 내 말을 알아들은 것 같았다. 그리하여 발발이는 형들의 구박을 받으면서도 늘 내 곁에 있게 되었다.

나는 발발이의 체온을 느끼면서도 조금 전에 일어났던 일들을 모두 꿈결인 것처럼 여기려고 애를 썼다. 왜냐하면 아무래도 방 안에서는 두 부상병 사이에 끔찍한 일이 벌어지고 있을 것 같은 기분이 들었기 때문이었다. 양식을 구하지 못해도 좋으니 형들이라도 빨리 돌아왔으면 좋겠다고 생각했다. 나는 현관 안쪽으로 귀를 기울였다. 그러나 집 안에서는 아무 소리도 들려오지 않았다. 어쩌면 둘이서 싸우다가 모두 죽어 버렸는지도 모르지.

해는 이미 기울고 있었다. 햇볕은 거리 건너 언덕 위로 물러가 있었다. 바람이 살랑거리며 일기 시작했다. 나는 오한을 참아낼 수가 없었다 내 몸 속에서는 열기가 소용돌이치기 시작했다. 내 입술은 바싹 마르고 목에서는 갈증이 났다. 그때 아주 먼 곳에서 포성이 울렸고 그와 거의 동시에 집 안에서 그릇 깨지는 소리가 들려왔다. 발발이가 내 품을 빠져 나가 현관 안으로 달려 들어갔다. 발발이가 그악스럽게 짖어대었다. 나는 두려움을 떨쳐 버리고 가까스로 일어섰다. 나중에라도 무슨 일이 집 안에서 일어났었는지를 형들에게라도 알려 줄 의무가 내게는 있었다. 나는 허위적거리며 집 안으로 걸어 들어갔다. 거적문을 치켜들고 방 안으로 들어섰다.

나는 두 부상병이 이쪽 벽과 저쪽 벽 가까이 서서 서로 마주 노려보고 있는 광경을 보았다. 중공군은 한쪽 가랑이가 찢겨진 속바지를 입은 채 다리를 의지삼아 땔감으로 놓아둔 길다란 각목을 짚고 비스듬히 서 있었고 미군은 한 손으로 배를 움켜쥐고 다른 손에는 아무짝에도 소용이 없는 작은형의 앙상한 총을 들고 서 있었다. 그의 발 밑에는 내가 누워 있던 침상이 있었는데 그것은 아마도 그 검둥이 미군이 동료를 눕히기 위해 그쪽에다 끌어다 놓은 것 같았다. 왜 그런 일이 벌어지게 되었는지 알 수는 없었으나 어느 순간엔가 그들은 서로가 적군이라는 것을 깨닫게 된 모양이었다. 아니, 중공군은 미리부터 알고 있었다. 깨닫게 되었다면 미군 쪽이었을 것이다. 그렇지가 않은지도 몰랐다. 단순한 어떤 오해가 그들에게 의심과 적의를 심어 주었는지도 알 수 없었다. 아뭏든 그들은 고통을 참아 가면서 그러나 두 눈에는 적의를 내뿜으면서 버티고 서 있었다. 그러나 그 누구도 움직이려고 들지 않았다. 나 또한 병든 몸이라는 것을 잊어버리고 숨을 죽이면서 그 두 사람을 지켜보았다. 그들은 땀을 흘리기 시작했으나 서로가 더 강하다는 것을 보여주기 위해서 신음소리조차 내지 않았다. 미군은 스무 살도 안 된 듯 앳되어 보였다. 그는 당장 울음이라도 터뜨릴 것 같은 얼굴이었다. 그에 비해 중공군은 다소 여유가 있어 보였다. 그 방 안에서 움직이는 것이라고는 두 부상병 사이를 왔다 갔다 하면서 짖어대고 있는 발발이뿐이었다.

사발 하나가 중공군이 누워 있던 쪽의 벽 밑에 깨어져 있었다. 원래 식기들은 미군이 있는 쪽 벽에 기대어 세워 놓은 궤짝 위에 올려 놓았었는데 그 중에 하나가 반대쪽에서 박살이 난 것으로 보아 미군이 중공군을 향해 그 사발을 던진 것임에 틀림없었다. 그러나 그때의 정황을 이야기할 수 있는 사람은 아무도 없었다. 우리는 그 누구도 말이 통하지 않았으니까.

그 침묵의 싸움을 멈춘 것은 미군이었다. 그는 옆구리의 통증을 더 참을 수가 없었던지 쌀자루 구겨지듯 풀썩 주저앉았다. 그러자 중공군도 각목을 버리고 이부자리 위에 다친 다리를 뻗으며 꺾어져 앉았다.

두 사람은 싸움을 포기하고 벌렁 드러누웠다. 그러나 고개만은 서로의 얼굴을 바라볼 수 있도록 돌려 놓고 있었다. 나는 불행한 사건이 벌어지지 않으리라고 생각했다. 하지만 내가 누울 수 있는 자리는 없었다.

나는 추위를 느끼기도 했으려니와 형들이 양식을 구해 오면 얼른 밥을 지어먹을 수 있도록 화덕의 불길을 되살려야 했다. 두 사람은 그때까지도 서로 노려보고 있기는 했으나 내가 하는 일에 대해 흡족하게 여기고 있는 것 같았다. 나는 화덕에 나무를 얹었다. 짖기를 멈춘 발발이는 연기 때문에 화덕에서 멀찍이 떨어져 엎드려 있었다. 나는 어느 정도 불길이 붙자 연기가 빠져 나가도록 거적문을 젖혀 놓았다. 이제 불빛을 발견했다고 해도 우리 집을 향해 폭탄을 떨어뜨릴 비행기는 없었다.

날은 어두워 가고 있었으나 방 안에는 훈기가 감돌았다. 그때 가느다란 휘파람 소리가 방 안을 울리기 시작했다. 처음에 그 소리는 머뭇머뭇거리며 흘러나왔다. 그러나 그것은 차츰 제 곡조를 찾았다. 나도 고아원에서 배워 알고 있던 '클레멘타인'이란 곡이었다.

넓고 넓은 바닷가에
오박살이 집 한 채

나는 휘파람을 불고 있는 사람이 다리를 다친 사람이라는 것을 알았다.

고기잡는 아버지와……

거기까지 이어졌을 때 또 하나의 휘파람 소리가 끼어들었다. 그 젊은 사람은 배를 움켜쥐고 헛김이 새어 나가지 않게 하려고 입을 잔뜩 오므리고 휘파람을 불었다. 나는 그때 화덕의 넘실거리는 불빛을 받으며 휘파람을 합창하고 있는 두 사람을 번갈아 바라보았다. 그들은 서로의 얼굴을 바라보고 있었으나 그 눈길에는 이미 의심과 적의는 사라지고 없었다. 그 휘파람 소리는 한없이 맑으면서도 구슬픈 가락을 띠고 있었다. 어느덧 나는 나도 모르게 휘파람을 불기 시작했다.

철모르는 딸 있다.

우리 세 사람은 모두 다른 말을 쓰는 사람들이었지만 똑같이 휘파람을 불었다. 내가 문득 두 사람을 보니까 그들은 서로 미소를 짓고 있었다. 그래서 나도 웃음을 띠며 휘파람을 불었다. 그날 저녁 형들이 양식을 한 자루 가득 구해 올 때까지. 밤이 이슥해서야 앰뷸런스가 와서 그 젊은 미군 부상병을 태우고 갔다. 그 뒤 나는 혹시나 미군들이 그 중공군을 붙들러 오지 않을까 걱정했다.

"붙잡혀 가면 더 좋지. 포로로 대우를 받을 테니까. 그리고 총맞은 다리도 고칠 수 있을 테니까."

작은형이 말했다. 그러나 작은형은 우리가 부상당한 중공군을 데리고 있다고 고발하지는 않았다. 작은형은 그가 머지않아 우리 곁을 떠나가리라는 것을 알고 있었던 것이다.

형들은 미군 부대 주변을 떠도는 구두닦이로 나섰다. 어느 날인가 큰형은 주사기와 페니실린 한 병을 구해 가지고 왔다. 그리고 겁도 없이 손수 우리의 식객의 궁둥이에다 주사기를 쿡 꽂았다. 그로부터 식객의 다리는 나날이 다르게 나아갔다. 나도 형들이 가지고 오는 노란 알약을 먹은 뒤로 차츰 원기를 회복해 가고 있었다.

그는 어느 만큼 거동을 할 수 있게 되자 우리의 땔감나무 중에서 단단한 나무를 골라 목발을 깎아 만들기 시작했다. 그는 불과 이틀 만에 아주 튼튼하고 훌륭한 목발을 만들어냈다. 그 목발로 방 안을 오락가락 걷는 연습을 하는가 싶더니 이번에는 또 다른 무엇을 깎아 만들었다. 그것은 밤톨만한 것이었는데 나는 그가 그것을 다 만들어 발발이의 목에 걸어 줄 때까지 그것이 방울임을 몰랐었다. 그 나무 방울은 아주 깨끗한 소리를 내었다. 발발이는 그 방울소리를 듣기 위해서 열심히 집 안을 돌아다녔다. 그 즈음 그는 밤이 되어 우리 형제들이 모이게 되면 알아들을 수 없는 말로 무엇인가 열심히 설명하려고 들었다. 그러는 그의 표정은 때로는 슬퍼 보였고 때로는 심각해 보였다.

"뭐라는 거야?"

큰형은 답답해서 말하고는 했다.

"얼굴 보면 모르겠어? 고향으로 가고 싶다는 거야."

작은형은 그렇게 말하고는 잘 알아들었다는 듯이 그를 향해 말했다.

"그래, 네게도 사랑하는 처자식이 있다. 이거지? 가라구, 가. 우리도 네가 없으면 한 식구 더는 셈이니까. 띵 호아, 띵 호아, 어서 떠나란 말이야."

그가 우리에게 번뇌를 주러 온 지가 한 달쯤 되던 어느 날 아침, 일어나 보니까 목발과 함께 그의 모습이 보이지 않았다. 그는 낮이 지나고 밤이 되어도 돌아오지 않았다. 우리는 그가 어떤 경로를 밟아 고향에 갈 것인지는 알 수 없었으나 틀림없이 자기 집을 찾아나선 것만은 분명하다고 생각했다.

봄비가 자주 내리기 시작할 무렵부터 집을 버리고 떠나갔던 사람들이 되돌아오고 있었다. 도시에는 사람들이 늘어났고 폐허 위에서는 명아주와 잡풀이 자라났다. 나도 완전히 건강을 되찾았다. 나는 집에 죽치고 있기가 미안했다. 그래서 나는 쫓아나오려는 발발이를 집에다 묶어 놓고 형들을 따라 구두닦이를 나섰다.

그날은 오후부터 비가 뿌리기 시작했으므로 일찍 집으로 돌아왔다. 반가이 맞아 주어야 할 발발이의 목소리가 들리지 않았다. 나는 머리칼이 쭈뼛 곤두서는 것을 느꼈다. 보니 발발이를 묶어 두었던 끈이 끊어져 있었다. 그러나 나는 누군가 발발이를 끌고 간 것이 아니라는 것을 이내 알아챘다. 그 헝겊 끈은 이빨로 끊은 자국이 분명하게 실밥이 너덜너덜거렸다. 발발이는 우리를 버리고 가버린 것이었다. 그 나무 방울을 목에 건 채로, 옛주인을 찾아갔을까. 그것은 알 수가 없었다.

그렇게 모든 것은 떠나 왔던 데로 되돌아갔다. 여름이 되자 '우리 집'의 주인이 나타나서 우리를 밖으로 내어쫓았다. 그러나 우리는 고아원으로 되돌아가지는 않았다.

「김용성 대표중단편소설」
탐욕이 열리는 나무
탐욕이 열리는 나무
사람들이 비명을 지르며 사방으로 쫙 갈라섰다.
한 개의 보따리처럼 잔뜩 몸을 웅그리고 죽어 있는 사람은
앉은뱅이 거지였다. 가슴에 모은 그의 손에는
나일론 끈과 만 원짜리 지폐가 쥐어져 있었다.

# 탐욕이 열리는 나무

햇빛이 하얗게 반사하는 네거리 모퉁이에 12층짜리 건물이 서 있었다. 당신이 만약에 그 네거리 한복판에 서서 어느 쪽 도로이든 하나를 선택하여 바라보았다 하더라도 당신은 그 도로가 겨우 자동차 네 대가 서로 스치듯 비집고 다닐 수 있을 만큼 비좁다는 것을 깨닫게 되었을 것이다. 물론 비좁다는 느낌은 현대 도시의 도로 공간 개념상의 선입감에서 비롯되는 것이긴 하지만 말이다. 그리고 틀림없이 또 하나의 사실을 깨닫게 되었을 터인데 그것은 12층짜리 건물을 제외하고는 주위의 건물들이 대체로 납작하다는 것이다. 그러므로 그 건물은 상대적으로 퍽이나 높아 보였고 네거리의 풍경은 일종의 과도기적인 불균형 현상을 드러내 보이고 있었다.

다시 말해서 그 건물은 직각을 이루는 두 도로를 끼고 자리를 잡고 있는 꼴이었는데 정문이 나 있지 않은 쪽 길은 밋밋한 언덕길이었다. 한 무리의 소년들이 장난을 치면서 그 건물의 정문이 있는 맞은편 쪽으로부터 신호등도 없는 거리를 건너와서는 건물 모퉁이를 돌아 밋밋한 언덕길로 접어들었다. 하오의 햇볕이 너무나 뜨거웠기 때문에 소년들은 수십 년 묵은 플라타너스 그늘 밑을 따라 걸었다. 소년들은 웃으며 떠들기도 하고 뛰기도 하다가 등에 멘 서로의 가방을 잡아당기기도 했다. 부모들은 등교길이나 하학길에 자동차나 사람에 주의하여 다니라고 이르지만 그것을 귀담아 들으려고 하는 아이들은 없었다. 소년들은 자동차나, 수상하게 접근하는 어른들로부터 쉽사리 벗어날 수 있는 자신을 가질 만한 나이였다.

그 건물이 끝나는 곳까지 왔을 때 한 아이가 은근한 목소리로 친구들을 불러 세웠다. 다섯 중 키가 가장 작은 아이였다. 갑작스러운 변화에 네 아이는 걸음을 멈추고 키 작은 아이를 호기심어린 시선으로 바라보았다.

"나무에 돈이 열렸어."

키 작은 아이가 말했다.

"어디?"

"어디?"

아이들이 두리번거렸다.

"봐라, 저 나뭇가지를……."

키 작은 아이는 손을 들어 바로 옆에 서 있는 나무 위를 가리켰다.

"야아, 진짜다, 나무에 돈이 열렸다!"

가장 뚱뚱한 아이가 소리를 치는 것과 동시에 나머지 아이들도 무성한 잎사귀들 사이에 5백 원짜리 지전 한 장이 걸려 있는 것을 발견할 수 있었다.

"어떻게 해서 돈이 저 위에 열려 있지?"

뚱뚱한 아이가 말했다. 그러니까 키 작은 아이가 순진하게 되받았다.

"나무가 요술을 부렸나 봐."

"임마, 얼간이 같은 소리 하지 마. 어떻게 나무에 돈이 열리니? 어디선가 바람에 날려 온 걸 거야."

빼빼하지만 그 중 가장 키가 큰 아이가 어른스럽게 말했다.

"바람이 그랬다구? 어제도 오늘도 바람은 불지 않았어."

키 작은 아이는 지지 않겠다고 버티었다.

"좋아, 열렸다고 치자. 너희들은 그대로 저걸 보고만 있을 거니?"

키 큰 아이가 돈과 아이들을 번갈아 쳐다보고 바라보았다.

아이들은 서로의 얼굴을 바라보다가 시선을 거리 쪽으로 돌렸다. 그 높은 건물이 끝나는 곳에는 짧은 벽돌담이 있었고 그리고 거기서부터 단층이거나 이층의 낡은 목조 건물들이 보도를 사이에 두고 가로수들과 나란히 서 있었다. 그 건물들은 원래 순수한 주택들이었으나 거리가 번성하기 시작하자 집주인들이 거리에 면한 벽을 헐고 상점을 차렸다. 복덕방, 중국집, 약방, 담배가게, 양복점, 그리고 잡화상 따위들이 쏠쏠히 재미를 보고 있었다. 그러나 그날의 뜨거운 하오의 보도에는 행인조차 뜸해서 아이들은 그 어떤 어른도 자신들이 행할 행동에 대해 의심을 품고 있지는 않을 것 같다고 생각했다. 아이들은 이윽고 자동차들이 헉헉거리며 기어다니는 도로 건너편으로 시선을 돌렸다. 그곳에는 다방과 전기상과 빵집이 있었고 그 위에 그들이 가장 경계해야 할 파출소가 자리를 잡고 있었다. 그러나 파출소 문 앞에는 경관이 서 있지 않았다. 절호의 기회였다.

"누가 저걸 가지고 내려올 거야?"

키 큰 아이가 물었다. 아이들은 두 눈만 멀뚱거릴 뿐 아무도 선뜻 나서지 못했다.

"좋아, 내가 올라가겠어."

키 큰 아이가 무거운 책가방을 땅바닥에 내려놓았다.

"하지만 돈은 나누어 가져야 해. 처음 발견한 사람은 나니까."

작은 아이가 말했다.

"좋아, 좋아. 모두 다섯 명이니까 정확하게 백 원씩 나누어 주겠어."

키 큰 아이는 나무에 매달렸고 아이들이 달려들어 키 큰 아이의 엉덩이를 받쳐 주었다.

그리하여 아이들은 5백 원을 가지고 도망쳤다. 다음날 그맘때쯤 아이들은 하학길에 다시금 그 가로수 밑을 지나가게 되었다. 아이들은 그런 횡재가 또다시 생겼으면 좋겠다고 떠벌렸다.

"우연히 바람에 날려 온 거라구. 기대를 걸지 않는 게 몸에 좋을 거야."

키 큰 아이가 말했다.

"바람은 불지 않았어."

작은 아이가 우겼다. 그러나 아무도 그 나무에 또 돈이 걸려 있으리라고는 믿지 않았다.

"야, 오늘도 있다!"

뚱보가 소리쳤다. 정말 돈은 거기에 있었다. 키 큰 아이가 나무에 매달려 기어 올라가서 돈을 따냈다. 이제 아이들은 나무가 돈을 열리게 하는 것이 아닐 뿐만 아니라 돈이 바람에 날려 와 걸린 것도 아니라는 것을 알게 되었다. 전날처럼 5백 원짜리 지전은 잎을 뜯어낸 짧고 가느다란 가지 끝에 꽂혀 있었으니까. 그것은 누군가 거기에 돈을 가지고 올라가 일부러 꽂아 놓은 것임에 틀림없었다.

"도대체 어떤 사람이 그 나뭇가지에 돈을 갖다 놓는 것일까."

아이들은 고개를 갸우뚱거렸다. 그렇지만 그런 걸 골치 아프게 생각할 필요는 없었다. 돈이 거기 있었고 아이들은 그 돈을 가지고 무사히 줄행랑을 칠 수만 있다면 그것처럼 즐거운 일은 없었다.

사흘째 되던 날에도 계속 돈이 나뭇가지에 매달려 있는 것을 본 아이들은 자신들이 몹쓸 꿈을 꾸고 있는 것이나 아닐까 은근히 두려웠다. 아무리 따내도 여전히 돈이 매달려 있다니 아무래도 어떤 마술에 걸려 있는 것 같은 착각이 들었다.

"저 돈으로 무얼 사 먹으면 키가 크지 않는 건 아닐까."

키 작은 아이가 심각한 표정으로 의문을 제기했다.

"그래, 그래, 키는 크지 않고 더 뚱뚱해지기만 하는 마법에 걸릴지도 몰라."

뚱보가 말했다.

"그러고 보니 넌 며칠 전보다도 훨씬 뚱뚱해진 것 같다. 드럼통처럼."

하고 다른 녀석이 뚱보를 향해 놀려댔으나 그 누구도 웃는 아이는 없었다.

"겁이 나면 모두들 꺼져 버려. 나 혼자서 저 오백 원을 독차지할 테니까."

키 큰 아이가 가방을 땅바닥에 팽개치고 나무에 기어오를 자세를 취했다.

"겁이 난 건 아냐."

한 녀석이 말했다.

"그래, 우리 모두 네 편이야."

또 한 녀석이 말했다. 아이들은 키 큰 아이의 엉덩이를 밀어올렸다. 그래서 그날도 5백 원을 가지고 빽소니를 쳤다.

사실 아이들은 그 돈이 아침부터 매달려 있다는 것을 알고 있었다. 그러나 등교길에는 오고가는 행인들이 많아서 돈 따내는 일을 짐짓 기피했다. 아이들의 비밀스러운 돈따내기 작전은 월요일부터 금요일까지 닷새 동안 그렇게 하교 시간을 이용하여 전개되고 끝났다.

그런데 바로 그날 그 가로수를 비스듬히 내다볼 수 있는 위치에 자리잡고 있는 복덕방 주인이 마침내 아이들의 괴상한 행동에 흥미를 느끼기 시작했다. 아이들 가운데 한 녀석이 책가방을 팽개치고 나무를 타고 오르자 복덕방 주인은 고양이 걸음으로 살며시 아이들의 등뒤로 다가갔다.

복덕방 주인은 나무에 올라간 아이가 손을 뻗치는 쪽을 유심히 올려다보았다. 옳거니, 거기 돈이 매달려 있었구먼. 하교길에 녀석들이 나무 밑에서 쑤군쑤군대고 이윽고 한 녀석이 나무를 기어 올라가자마자 왜 올라갔는가 싶게 쏜살같이 내려와서는 우루루 몰려 담배가게 골목으로 뺑소니를 쳤던 것은 바로 저 돈 때문이었다 이 말씀이지. 그는 다가갔을 때처럼 살금살금 뒷걸음질을 쳐 복덕방 안으로 들어가서는 아이들이 도망치는 모습을 회심의 미소를 머금고 바라보았다.

다음날 어슴푸레 날이 밝을 무렵이었다. 한 사내가 복덕방 점포 옆으로 난 쪽문을 밀고 밖으로 나왔다. 그는 보도 가운데로 두어 걸음 걸어나와서는 주위를 살펴보았다. 이따금 한두 명의 행인이 지나갔다. 새벽 장사를 나가는 사람이거나 간밤에 외박을 한 술꾼들이었다. 때때로 빈 택시가 높다란 건물 아래를 어슬렁거리며 지나갔다. 아직 꺼지지 않은 건너편 파출소의 외등이 안개를 휘감고 희뿌옇게 빛나고 있었다.

사내는 어제 오후 아이들이 돈을 따내던 가로수 밑으로 살금살금 발소리를 죽이며 다가갔다. 그리고 가로수 무성한 가지를 향해 손전등을 비쳤다. 있었다. 어제 나무에 올라갔던 녀석이 손을 내뻗던 그 가지에 돈이 매달려 있었다. 그는 손전등을 끄고 그것을 바지 주머니에 넣었다.

그는 다시 한 번 사방을 주의 깊게 둘러보았다. 마음에 걸리는 사람은 눈에 띄지 않았다. 저 돈은 내 거다! 그는 그의 몸통만큼이나 굵은 나무 밑둥치에 두꺼비처럼 달라붙었다.

그는 위로 기어 올라가려고 기를 썼으나 절구통 속의 떡덩어리 두 개를 잇대어 놓은 것 같은 둥글 펑퍼짐한 엉덩이는 조금도 미동을 하지 않았다. 한 삼 분 가량 매달려 땀을 흘리다가 그는 땅바닥에 털썩 나동그라지고 말았다. 한순간 세상이 빙빙 도는 것 같았으나 정신을 가다듬고 복덕방 옆으로 난 쪽문을 밀고 안으로 들어갔다. 왜 진작 그걸 생각하지 못했을까. 그는 안에서 사닥다리를 들고 나왔다. 그리고 그것을 나무에 기대어 놓고 쉽게 위로 올라갈 수가 있었다.

그렇게 하여 복덕방 주인은 그날 새벽에 5백 원을 벌었다. 아이들은 그날이 토요일이어서 일찍 학교에서 돌아오고 있었다.

"어, 돈이 없다?"

키 작은 아이가 말했다.

"우리들 중에 배반자가 생긴 모양이야."

하고 키 큰 아이가 다른 아이들을 하나씩 쏘아보았다. 아이들은 모르는 일이라고 저마다 결백을 주장했다.

"내가 학교 갈 때 보니까 그때에도 보이지 않았다."

뚱보가 말했다.

"넌, 이제 더 뚱뚱해지지 않을 테니까 좋겠구나."

키 큰 아이가 뚱보를 향해 이죽거렸다. 아이들은 돈이 없다는 아쉬움에 넋을 놓고 가로수 무성한 잎을 쳐다보다가 맥빠진 걸음걸이로 타박타박 언덕길을 걸어 올라갔다.

"녀석들, 그만큼 가져갔으면 됐지 더 먹으려구? 고얀놈들 같으니."

복덕방 주인은 출입문 사이로 아이들이 사라지는 모습을 바라보며 나무라듯 중얼거렸다. 그러면서도 그의 입가에는 함박꽃 같은 웃음이 번지고 있었다.

돈은 휴식을 모르고 일요일에도 매달렸다. 복덕방 주인은 다시금 5백 원을 따내었다. 축 늘어진 양볼에 탐욕이 더덕더덕 붙은 그는 돈이 어떻게 해서 거기에 매달려 있게 된 것인지 따위에는 관심이 없었다. 하긴 한 번쯤 그런 의문에 사로잡히긴 했었으나 생각하노라니 머리가 지끈지끈 아파서 아예 그만두기로 작정했다.

아이들이 최초로 돈을 따냈던 일이 있던 그날부터 따져 만 일주일이 되던 월요일 새벽이었다. 복덕방 주인이 사닥다리를 나무에 기대어 놓고 사닥다리의 세째 가로막대기에 막 발을 옮겨 놓는 순간이었다. 누군가 그의 뒤에서 허리춤을 잡아당겼다. 그는 머리칼이 쭈뼛 곤두서고 손발이 굳어지며 눈앞이 캄캄해져서 하마터면 그만 낙상을 할 뻔했다. 그는 그의 몸에서 달아나려고 하는 혼백을 가까스로 수습하고 고개를 돌려 아래를 내려다보았다.

"어느 놈인가 했더니 복덕방 첨지로구나."

허리춤을 움켜잡고 걸걸한 목소리로 일갈을 한 것은 복덕방에 잇대어 영업을 하고 있는 중국집 주인이었다. 허리춤을 잡고 있지 않은 다른 손에는 낙지와 오징어와 소라, 파와 양파, 배추와 당면 따위들이 하나 가득 든 커다란 바구니가 들려 있었다. 복덕방 주인은 그의 허리춤을 움켜잡고 있는 사람이 중국집 주인이라는 데에 다소 안심이 되었다.

"오오, 짱개로구먼. 아니 벌써 장에 다녀오는감?"

중국집 주인은 그 말에는 아무 대꾸도 않고 복덕방 주인을 쳐다보면서 웃음을 흘리며 되물었다.

"도대체 새벽부터 나무엔 왜 올라가나?"

"운동 좀 하려구."

복덕방 주인은 얼렁뚱땅 얼버무리려고 했으나 오히려 의심만 더 샀다.

"내 오십 평생 살아왔지만 그런 희한한 얘기는 처음 들어. 운동을 하기 위해 나무에 사닥다리를 갖다 놓고 오르락내리락거린다? 어딘가 이상하잖은가. 그러지 말고 솔직히 털어놓는 게 어때, 이놈의 첨지야."

중국집 주인은 바구니를 땅바닥에 내려놓더니 이번에는 두 손으로 허리춤을 움켜잡고 복덕방 주인의 몸을 흔들어댔다. 복덕방 주인은 다리에 바짝 힘을 주고 잠시 생각했다. 이 비밀은 오래 가지 못할 거야. 저 친구는 새벽마다 장을 보기 위해 이 앞을 지나가니까. 그리고 일단 의심을 품으면 끝까지 물고 늘어지는 성미거든. 진짜 중국인도 아니면서 짱개 근성은 제대로 물려받은 놈이야.

"그래, 짱개야. 내가 운동을 하려고 사닥다리에 올라선 건 아니다. 허나, 자네가 내 허리춤을 놓아 주지 않는다면 나는 아무 말도 하지 않겠네."

"좋아, 자네를 믿겠어."

중국집 주인이 복덕방 주인의 허리춤을 놓아 주었다. 복덕방 주인은 바지 주머니에서 손전등을 꺼내 나뭇가지 사이를 비췄다

"보여?"

복덕방 주인이 물었다. 중국집 주인은 머리를 뒤로 잔뜩 젖히고 손전등이 가리키는 곳을 보았다.

"돈이잖은가?"

"맞았어. 돈이야. 매일 저 가지에 오백 원짜리 돈이 열리고 있다네."

"매일? 따내도 따내도 말인가?"

"그렇다니까."

"그거 참 괴상한 일이로군. 그래, 자넨 얼마나 따냈나?"

"그저께부터. 그러니까 저걸 따내면 천 오백 원이 되는 셈이지."

"거짓말 말아. 더 많이 따냈을 거야. 솔직히 이실직고하라구. 그러지 않으면……."

중국집 주인은 다시금 이웃 친구의 허리춤을 움켜잡았다. 이제 그는 단순히 장난삼아 그러는 것이 아니었다. 돈에 대한 탐욕이 그의 손으로 왈칵 몰리는 것이 서투르게 나오면 이웃 친구를 잡아 끌어내리고 대신 자신이 올라가지 않으면 안 될 것만 같은 충동에 사로잡히는 것이었다.

"이보게, 우리가 한두 해 사귄 사인가? 어쩌자고 거짓말을 하겠어. 그전에 열린 것들은 동네 꼬마들이 따갔다네. 그게 얼마나 되는지는 모르겠지만."

"동네 꼬마들이라구? 좋아, 그 말을 믿지. 허나 오늘부터는 나하고 같이 나누어 가져야 해. 그렇지 않으면 내일 새벽엔 내가 먼저 올라갈 모양이니까."

"겨우 오백 원이야. 그걸 쪼개어 누구 배를 불리겠나?"

"욕심부리지 마. 일 년을 삼백 일로 잡아도 십오만 원이나 되는데? 자네 말마따나 운동하고 돈 벌고……. 나 그런 꼴 눈뜨고 볼 수 없다구. 배가 아파서 말이야."

"빌어먹을! 알았어. 오늘 당장부터 이백오십 원씩 쪼개어 먹자구."

드디어 복덕방 주인은 백기를 들고 말았다. 중국집 주인이 그의 허리춤을 놓아 주었다.

"진작 그렇게 나올 일이지."

그리하여 그 두 이웃 사람은 그날부터 어김없이 나무에 열리는 돈을 똑같이 나누어 가졌다. 그들은 하루 중에 이따금 눈이 마주치면 조금은 어색한 웃음을 흘리면서도 그 비밀스러운 놀이를 즐기고 있었다.

그러나 세상에는 드러나지 않는 비밀이란 없는 법이었다. 복덕방 주인집 안채에는 한 젊은 여자가 혼자 세를 들어 살고 있었는데, 그녀는 결코 남자를 방으로 끌어들이는 일은 없었지만 때때로 술 냄새를 풍기며 밤 늦게 들어오는가 하면 한 달에 두어 번은 외박을 하기도 하는 취미인지 직업인지 모를 아리송한 일로 생활을 꾸려 가고 있는 여자였다. 그 두 이웃 남자가 나흘째 밀회를 즐기고 있던 새벽이었다. 아무도 기다리지 않는 방으로 돌아오는 마지막 길에서 그녀는 두 이웃 남자의 희한한 광경을 목격한 것이었다. 중국집 주인은 나무에 올라가 있었고 복덕방 주인은 밑에 있었는데 복덕방 주인이 그녀를 알아보고 나무에 올라가 있는 사람을 보고 빨리 내려오라고 소근거리는 것이었다.

"아저씨들 여기서 무얼 하고 계시죠?"

그녀가 물었다.

"오오, 이제 오나?"

복덕방 주인은 아직도 술기운에서 깨어나 있지 않은 듯한 그녀의 얼굴과 어딘가 단정치 못한 듯이 보이는 그녀의 옷매무새를 살펴보며 입을 삐뚤어뜨렸다.

"문은 열려 있으니 어서 들어가 봐요."

"이왕 늦은 거 들어가는 게 뭐 바쁜가요? 아저씨들 무슨 게임을 하고 있는 것 같아 재밌네요. 어머머, 거기 돈이 있었군요?"

중국집 주인은 한동안 망설이고 있다가 잽싸게 돈을 낚아챘지만 젊은 여자는 그것을 놓치지 않고 보았던 것이다. 하지만 두 이웃 남자는 더 이상 아무런 설명도 들려 주지 않았다. 그녀가 웃었다. 그리고 그녀의 입에서 남자들에게는 날벼락과 같은 말이 터져 나왔다.

"아아, 이제야 알았어요. 언젠가 새벽에 화장실에 다녀오다가 아저씨가 사닥다리를 가지고 밖으로 나가시는 걸 보았죠. 웬일인가 했더니 저 나무에 돈이 있었기 때문이었네요."

그녀는 굉장한 화젯거리가 생겼다는 듯이 냉큼 집 안으로 들어갔고 그날부터 복덕방 주인집이 진원이 되어 이웃 중국집 주방으로, 그리고 다시 약방과 담배가게로 퍼져 가더니 그 소문은 이윽고 동네에 온통 쫙 깔렸고 저녁 무렵에는 길 건너편 파출소 소장의 귀에까지 흘러들어갔다.

그 가로수 밑은 새벽마다 도떼기 시장처럼 사람들로 북적거렸다. 돈이 전날 밤 통행금지 시작 전에는 열리지 않았으므로 자연히 통금이 해제되는 시각과 더불어 사람들은 행동을 개시했다. 파출소의 전자 벽시계의 바늘이 네 시를 가리키기가 무섭게 동네 사람들은 남녀노소를 갈릴 것 없이 사닥다리나 기다란 장대를 들고 나무 밑으로 모여들었다. 그들은 마치 시민 혁명군처럼 달려와서는 갑자기 오합지졸로 둔갑하면서 난장판을 벌였다. 나무에 열린 돈을 서로 먼저 따내려고 아우성을 치는 바람에 애꿎은 나뭇가지와 잎사귀들만 꺾어지고 휘날렸다. 그도 그럴 수밖에 없는 것이 복덕방집 안채에 세들어 사는 젊은 여자가 소문을 퍼뜨린 다음날부터 돈의 단위가 껑충 뛰어 천 원짜리가 매달리더니 그 열흘 뒤에는 물경 5천 원짜리가 열리기 시작했던 것이다. 삭막한 도시에서 누가 뭐래도 비교적 화목하게 지내오던 이웃들의 인심이 날이 갈수록 흉흉해지고 있었다.

날마다 새벽이 되면 길 건너 가로수 밑에서 한바탕 소동이 벌어진다는 보고를 받은 바 있었던 파출소 소장이 하루는 시간을 내어 그 어처구니없는 광경을 지켜보았다. 그는 광란의 회오리에 휩쓸리고 있는 동네 사람들을 그대로 바라보고만 있어야 할 것인지 아니면 강제로라도 해산을 시켜야 할 것인지 고민을 하지 않을 수 없었다. 그렇게 약자택일의 고민에 잠겨 있는 동안 어느덧 날은 밝아왔고 누군가 돈을 가지고 사라진 모양으로 사람들은 뿔뿔이 헤어지고 있었다.

"소장님, 오늘도 어김없이 오천 원짜리가 매달려 있었답니다."

순찰 임무를 마치고 돌아온 관할 방범대원이 소장에게 보고를 했다.

"이봐, 매일 아침마다 했답니다, 였답니다 하고 보고만 할 것이 아니라 돈을 나무에다 가져다 놓는 범인을 잡아내야 할 게 아니냔 말이야."

그렇지 않아도 건너편 12층 건물에 좀도둑이 자주 든다는 신고를 받고 있는 그는 손이 모자라 골치가 지끈지끈 아픈 판에 매일 새벽 관내에서 매우 못마땅한 소동이 벌어지고 있으니 화가 뿔이 되어 돋아난다 해도 화를 내지 않을 수 없었다. 간밤을 뜬눈으로 지새운 방범대원은 충혈된 두 눈을 멀뚱거리며 물었다.

"범인이라구 하셨습니까?"

"그래, 왜?"

"나무에 돈을 갖다 놓는 사람을 어떻게 범인으로 몰 수가 있지요? 어떤 사람인지는 몰라도 남을 위해 돈을 푸는 걸 보면 표창을 받을 사람 같은데요."

"이런 돌대라기를 거느리고 치안을 담당하고 있다니 복통을 쳐도 시원치가 않구만. 이봐, 자넨 방범대원이야. 통금을 어기고 암약하는 자는 누구를 막론하고 범법자라는 것을 언제나 명심하고 있었을 텐데 말이야."

"듣고 보니 허긴 그렇네요. 하지만 장담하건대 통금 시간이 계속되는 동안 저 가로수 근처에는 쥐새끼 한 마리 얼씬거리지 않았다는 걸 말씀드릴 수 있습니다."

"손가락에 장을 지져도 말인가?"

"네, 그렇습니다. 저는 그게 사람의 소행인가 또는 도깨비가 하는 짓인가 그게 궁굼하여 통금이 해제되는 시각까지 숨어서 꼬박 지켜보았으니까요."

"웃기지 마. 설혹 그랬다 해도 어느 순간에 깜빡 졸았던 게 틀림없어. 범인은 그 구멍을 교묘히 이용한 거라구. 범인이 잡히면 나는 자네의 손가락에 장을 지지겠다구, 알겠나?"

그렇게 파출소에서도 차츰 관심이 고조되어 가고 있는 사이, 소문은 꼬리에 꼬리를 물고 동네 울을 넘어 시내로 퍼져 나갔다. 더욱이 고약한 것은 그 나무가 텔레비전 화면에 소개가 되자 돈을 획득하겠다는 욕심꾸러기들뿐만 아니라 단순한 구경꾼들마저 붐비기 시작했다. 아직도 미신적인 사고방식에 젖어 있는 사람들은 나무의 신통력에 경배를 하러 모여들었고 다소 합리적인 사고방식을 지닌 사람들은 그 돈의 진짜 임자가 누구일까에 궁금증을 감추지 못해 모여들었다. 그나 그뿐인가. 그 많은 사람들을 상대로 새벽 대목을 노리는 커피 장수와 우유 장수와 떡장수, 심지어는 포장마차까지 달려왔다.

그러나 어느 날 한 앉은뱅이 거지가 나무 밑에 진을 치면서 조금은 새벽 풍경이 달라졌다. 그 거지는 어디서 밤을 지새우는지 최초의 승리자가 나무에서 돈을 챙길 무렵에는 이미 등에 지고 온 거적을 나무 밑에 펴놓고 깔고 앉아 있었던 것이다. 그가 처음으로 나타났던 날의 승리자는 그를 무시하려고 했다. 그러니까 구경꾼들이 승리자를 향해 소리쳤다.

"여보슈, 거기 불쌍한 사람이 있지 않소?"

"그래요. 어찌 보면 그건 불로소득이라고 할 수 있는데 그 거지에게 적선이나 하슈."

그날의 승리자는 동네 양복점의 나이 듬직한 재단사였는데 그는 그만 구경꾼의 아우성에 못이겨 그가 따낸 5천 원을 홀랑 거지에게 건네 주고 말았다. 그래서 그날 이후 재미를 보게 된 것은 그 거지였다.

"아무래도 거지가 나타나서 돈을 긁어 가는 게 수상쩍지 않은가? 혹시 저 거지가 나무 위에 돈을 얹어 놓는 것은 아닌지 모르겠어."

복덕방 주인이 빈 바구니를 들고 시장으로 가려는 중국집 주인에게 말했다. 그들이 주역에서 밀려나서 단순한 구경꾼으로 전락한 지도 벌써 여러 날이었다.

"이 사람, 고작 생각한다는 게 그 정도야? 저 거지가 무슨 이득이 있다고 그 짓을 하겠나? 게다가 저 친구는 불구자야. 나무에 올라갈 재간이 없단 말일세."

"그저 건네 본 말이야. 아무튼 이게 이 동네 땅값이 올라갈 징존지 내려갈 징존지 도무지 갈피를 잡을 수 없구만."

한동안 돈을 따내려는 경쟁의 열기는 거지 때문에 수그러지는 경향을 보이고 있었다. 왜냐하면 구경꾼들의 아우성으로 말미암아 돈을 거지에게 주고 말면 소득이 없었기 때문이었다. 매일 같은 사람이 아닌 승리자들은 감상적으로 흐르는 마음을 보다 절제하고 냉철하게 자신들을 각성시켜 갔다. 결코 불로소득이 아니었다. 승리자가 되기 위해서는 그 누구보다도 잠을 덜 자야 한다는 부담과 누구보다도 먼저 나무 밑으로 달려가야 한다는 투철한 경쟁심을 지니지 않으면 안 되었다. 승리자들은 자신의 노고에 커다란 가치를 부여했다. 그 결과 거지에게 동냥하는 액수가 차츰 적어지기 시작했다. 승리를 예상하는 사람들은 잔돈을 미리 준비해 왔다. 시초에는 2천 5백 원 반타작만으로도 만족하던 승리자들은 욕심을 부려 2천 원을 내놓았다가 천 원만 내놓기도 하고 마지막에는 백 원짜리 동전 한 닢만을 깡통 속에 던져 넣는 사람도 생겨났다. 이제는 처음처럼 거지에게 적선을 하라고 아우성을 치는 사람은 없었다. 아무도 거지에게 관심을 기울이지 않았고 돈에 대한 열기가 다시금 되살아났다.

한편 파출소에서는 범인을 체포하기 위한 작전을 밤마다 폈으나 범인은 그림자도 비치지 않았다. 상부에서는 하루빨리 범인을 체포하라는 독촉이 날이 갈수록 빗발쳤다. 그러던 어느 날 경찰서장은 전화통에 대고 직접 파출소장에게 호통을 쳐왔다.

"소장, 자네는 이 사건을 심심풀이 재미로 여기고 있는 건가? 소장은 시민의 건전한 윤리관이 침해당하는 현장을 멀뚱멀뚱 바라보고만 있는 꼴이란 말일세."

"시민들을 해산시키는 게 어떻겠습니까?"

소장은 떨리는 목소리로 의견을 제시했다. 서장의 노한 목소리가 그의 귀청을 때렸다.

"그건 안 돼! 우리 경찰은 눈에 보이지 않는 관념적인 문제로 섣불리 시민에게 강권을 발동해서는 안 돼. 범인을 잡지 못하겠거든 차라리 그 나무를 베어 버려."

"나무를 베어 버리란 말씀입니까?"

소장은 자신의 귀를 의심했다.

"그래."

"그 나무는 반세기나 살아온 나무입니다. 베어 버리면 시민들이 항의를 할 것입니다. 소란은 더욱 확대되겠지요. 서장님, 기회를 주십시오. 어떻게든 범인을 잡아내고야 말겠습니다."

서장은 전화선 저쪽에서 침묵을 지키고 있었다. 소장은 서장이 침묵을 지키고 있을 때가 가장 무섭다고들 하는 소리를 들어 왔다. 소장의 이마에서는 식은땀이 흘렀다. 서장은 범인을 잡지 못하면 자신을 시골 벽지로 쫓아 버리겠다고 벼르고 있는지도 알 수 없었다. 침묵 끝에 전화기 놓는 소리가 달칵 하고 들렸다.

범인은 오리무중이었다. 소장의 입장에서 보면 제법 경계를 철저히 했다고 자부할 만도 했는데, 그럼에도 불구하고 이틀 동안 나무에는 돈이 열렸다. 정말 나무가 스스로 돈을 맺는 것인지도 모른다는 착각이 들 지경이었다. 경계를 강화시키고 사흘째 되던 날 새벽에 방범대원이 시근덕거리며 파출소 안으로 뛰어들어왔다.

"소장님, 오늘은 만 원짜리가 등장했답니다. 오천 원짜리가 달린 지 엿새 만이죠."

"만 원짜리? 이건 갈수록 점입가경이로군. 이봐, 했답니다고만 떠벌릴 게 아니라 범인을 체포해야지, 그렇잖은가?"

소장의 말에 방범대원이 오랜만에 웃음을 지어 보였다.

"왜 웃어?"

"이걸 보십쇼."

방범대원은 소장에게 한 가닥의 가느다란 나일론 끈을 내밀었다. 그 끈 한쪽 끝에는 갓난애 주먹만한 울퉁불퉁 못생긴 돌멩이가 하나 묶여 있었다.

"이게 뭔가?"

"나무에 걸려 있었답니다. 그리고 그 끈 이쪽에는 만 원짜리 돈이 꿰어 있었구요."

"그렇다면……."

소장은 파출소 밖 계단으로 나가 섰다. 그의 시선은 자욱한 새벽안개 속에 솟아 있는 건너편 높은 건물의 유리창들을 더듬었다. 어느 창문에서도 불빛은 빛나지 않았다. 방범대원이 따라나왔다.

"저 건물 어디선가 이걸 던졌단 추리를 해볼 수 있는데 말이야."

"우리들이 나무에 대해 경계를 철저히 한 뒤로는 나무에 접근할 수 없으니까 이런 비상 수단을 강구한 것 같습니다."

"범인은 독 안에 든 쥐다!"

하고 쾌재를 부르는 소장의 입에 방범대원이 쐐기를 박았다.

"잠깐만, 소장님. 가만히 생각해 보니 그 사람을 범인으로 단정하기에는 어딘가 미흡한 데가 있지 않을까요?"

"그게 무슨 소리야?"

"그 사람이 이제는 그저 돌멩이를 던질 뿐 통금시간을 위반하지는 않으니까요."

소장은 곤혹스러운 듯이 발작적으로 머리를 감싸쥐었다. 그 가로수 밑에 모여들었던 사람들은 이미 뿔뿔이 헤어졌고 앉은뱅이 거지만 덜거덕거리며 골목 속으로 사라져 가는 포장마차 바퀴 소리에 귀를 기울이면서 가만히 앉아 있었다. 머지않아 그 거지도 거적을 말아 어깨에 메고 어디론가 가버리고 말 것이었다. 서서히 안개가 걷히면서 건물 밑을 지나가는 행인들이 보이기 시작했다. 그때 소장의 머릿속에서도 짙은 안개가 사라지더니 하나의 지혜가 떠올랐다. 그는 오른손 주먹으로 왼손 손바닥을 때렸다.

"오, 바로 그놈이다!"

"그놈이 누굽니까?"

"바로 그놈, 저 건물 안에 좀도둑이 든다는 신고가 있었지? 범인은 좀도둑 바로 그놈이야. 그러니까 좀도둑은 저 건물 안에 있는 어느 놈일 게 분명해."

소장에게 있어서 그것은 확고한 사실인 것처럼 느껴졌다. 그는 달리 생각할 겨를도 없이 경찰관 한 명과 방범대원 두 명을 거느리고 건너편 건물로 기습해 들어갔다. 그것은 좀도둑도 잡고 소란의 요인도 제거하는 일석이조의 효과를 거두는 결과를 가져올 것이었다. 그 건물에는 30여 개가 넘는 중소 회사와 사무실이 들어 있었고 종업원만 해도 거의 천여 명에 가까운 숫자였으나 수사 대상을 애초부터 매일 밤 그곳에서 잠을 자는 건물 관리인과 개인 회사의 몇몇 사환으로 한정해 놓았으므로 아직 종업원들의 출근시간 전인 그 시각에 범인을 색출하는 데에는 크게 어려움은 없을 것이다.

과연 반 시간도 채 되지 않아서 두 방범대원이 열댓 살 남짓한 소년을 질질 끌며 거리에 나타났다. 그 뒤를 소장과 경관 하나가 의기양양하게 따라갔다. 소장의 손에는 나일론 끈과 만 원짜리 지폐가 한 장 쥐어져 있었다.

"전 도둑질을 한 적이 없어요."

소년이 방범대원에게 항의했다.

"그럼, 그런 돈이 어디서 났어?"

뒤에서 따라가던 총을 멘 경관이 알밤을 먹이며 호통쳤다.

"제가 모은 돈이에요."

"그렇게 엄청난 돈을?"

"엄청나다니요? 겨우 오만오천 원밖에 안 돼요. 제가 나무에 얹어 놓은 돈은 말이에요."

"네 월급이 얼마야?"

"오만 원이요."

"그건 네 월급보다 많은 돈이잖아?"

"그러길래 모은 돈이라니까요."

"장난을 치려고?"

그때 그들은 그 가로수 밑을 지나가게 되었는데 마침 거적을 말아 등에 진 앉은뱅이 거지와 마주쳤다. 거지는 두 팔로 땅을 짚고 그 자리를 떠나려다 말고 소년을 슬픈 눈으로 올려다보았다. 소년은 걸음을 멈추고 지난 한 달 가량 밤마다 인연을 맺어온 그 나무를 잠시 쳐다보았다.

"그래요. 장난을 치고 싶었어요. 제겐 돈이 필요없게 되었으니까요."

소년이 말했다.

"왜?"

이번엔 소장이 물었다.

"동생이 병원에서 한 달 전에 죽어 버렸거든요."

"녀석, 둘러대기는…… 좋아, 가서 얘기하자."

그들은 파출소를 향해 걸음을 옮겨 놓았다. 앉은뱅이 거지는 그들이 파출소 안으로 사라지는 모습을 물끄러미 바라보았다.

"아니, 저 녀석이 범인이란 말인가?"

중국집 주인은 음식점 앞 보도를 쓰레질하다 말고 빗자루를 팽개친 채 역시 비질을 하다가 멍청히 서 있던 복덕방 주인에게 달려와서 물었다.

"그렇다네."

"저놈은 이따금 우리집에 와서 자장면을 사 먹었는데. 세상은 넓고도 좁구만."

"참, 그놈 제가 무슨 홍길동이라구 그런 괘씸한 짓을 했지?"

복덕방 주인은 쓰레질한 깨끗한 거리에 침을 탁 뱉았다.

"아저씨, 정말 저 애 동생이 죽었을까요?"

거지가 물었다. 두 사람은 그때까지도 그곳을 떠나지 않고 있던 거지를 내려다보았다. 복덕방 주인이 중국집 주인을 바라보았다.

중국집 주인의 이마에 깊은 주름살이 패였다.

"모르겠어. 언젠가 자장을 먹다 말고 눈물을 질질 짜던 것이 기억나기는 하지만……."

거지는 두 팔을 땅에 짚고 그네를 타듯 몸을 흔들면서 거리 아래쪽으로 천천히 움직였다.

"당신, 다시는 오지 말라구. 이젠 올 일도 없어졌으니까 말이여. 도통 문전이 지저분해서 요즘은 손님도 오지 않아."

복덕방 주인이 거지의 등에 대고 소리쳤다.

그 높은 건물이 서 있는 거리에 다시금 평온이 찾아온 듯이 보였다. 사람들은 자신들에 대해서 조금도 반성을 하는 기색을 보이지 않았다. 그러기는커녕 오히려 그 보잘것 없는 소년이 자신들을 우롱했다는 점만을 괘씸하게 여기고 소년에 대해 울화를 터뜨리고 있었다. 그것은 분노 속의 평온이었다.

그러나 그 평온은 하루 만에 끝났다. 다음날 날이 밝자 사람들은 그 나뭇가지에 오백 원짜리 돈이 열린 것을 보았던 것이다. 그리고 그 다음날에는 오천 원짜리가 달렸다. 사람들은 소년의 일을 까마득히 잊은 듯이 예전처럼 그 나무 밑에 새까맣게 몰려들었다.

아니나다를까, 나흘째 되던 날에는 예상했던 대로 만 원짜리 지폐가 달렸다. 사람들은 사닥다리와 장대를 가지고 와서 저마다 돈을 먼저 따려고 아귀다툼을 벌였다. 커피 장수와 우유 장수와 빵장수와 포장마차가 다시 등장했다. 체면을 차리고 있던 단순한 구경꾼들도 전염이 된 듯 가만히 있지를 않았다. 어떤 광증이 그들의 머리를 휘어잡았으며 그들은 먼저 나무에 기어오르려는 사람들을 아래로 잡아끌어내렸다. 장대를 든 사람들은 창 싸움을 벌이듯 서로를 찔렀다.

그 어처구니없는 광란을 건너다보고 있던 파출소 소장은 얼굴이 파랗게 질려서 소리쳤다.

"이봐, 안 되겠어. 나무를 베어 버려야 해. 어디 가서 톱을 구해 오게."

그리하여 방범대원 한 사람이 커다란 톱을 구해 대령하는 순간이었다. 뿌옇게 안개가 낀 건너편 옥상 위에 검은 그림자가 어른거린 것 같았다. 그런가 싶자 마치 검정 보따리만한 물체가 아귀다툼을 벌이고 있는 군중들 위로 떨어져 내려왔다.

"악!"

사람들이 비명을 지르며 사방으로 쫙 갈라섰다. 소장은 톱을 든 채 정신없이 길 건너로 뛰어갔다. 한 개의 보따리처럼 잔뜩 몸을 웅그리고 죽어 있는 사람은 앉은뱅이 거지였다. 가슴에 모은 그의 손에는 나일론 끈과 만 원짜리 지폐가 쥐어져 있었다.

나는 그때 문득 아카시아꽃 향기를 맡았다.
처음에는 그 향기를 의식하지 못했으나 그것은

내 취기를 몰아내며 그윽하고 달콤하게 나를 감싸는 것을 의식하였다.
한 작은 창문이 열려 있었고 만발한

하얀 아카시아꽃이 창문을 가득 메우고 있는 것처럼 보였다.

# 아카시아꽃

분장을 지우고 사무실로 돌아왔을 때 특별히 개설한 워크숍에 참여하고 있던 장양이 손에 들고 있던 전화기를 내게 넘겨 주려고 했다. 나는 사흘 뒤에 새로 공연할 연극 대본을 검토하는 일로 극작가인 김정호와 종로에서 만날 약속을 해둔 터여서 그 문제와 관계되지 않는 전화는 받고 싶지가 않았다.

"선생님, 고등학교 동창이시라는데요. 벌써 세 번째예요."

나는 없다 하라고 손바닥을 보이며 빠르게 가로저었으나, 장양은 전화기를 두 손으로 감싼 채, 제발 받아 보라는 듯이 까만 눈을 유난히 반짝이면서 나를 건너다보았다. 그녀의 시선은 자신을 기만하고 있는 나를 힐난하는 것 같기도 했고, 분위기에 어울리지 않게 내게 사랑을 하소연하는 것처럼 느껴지기도 했다. 사무실 안은 연극이 끝나 갑자기 몰려든 단원들로 시끌벅쩍거렸다. 그녀의 눈길이 꽤나 집요했으므로 나는 마지못해 전화기를 받아들었다.

"전화 바꿨습니다."

내 말이 끝나기가 무섭게 울먹거리며 악을 쓰는 소리가 내 귀를 때렸다.

"걸레가 죽었어!"

나는 목소리의 주인공이 누구인지, 빠르게 이어진 여섯 개의 음이 무엇을 뜻하는지 얼른 알아차릴 수가 없었다.

"누구신지?"

때때로 나를 골탕먹이기 위하여 전혀 낯선 친구들이 엉뚱한 전화질을 하는 경우도 없지 않았으므로 역정을 누르며 조심스럽게 물었다.

"누구시긴? 야 임마! 나, 독립문 기태다, 곽기태!"

곽기태라면 영천 시장에서 선대에 이어 신발장사를 하고 있는 친구였다. 연전에 연극을 위하여 그의 가게에서 고무신을 다섯 켤레 구입한 적이 있었다. 기성인은 구두를 신고 학생은 운동화를 신는 요즘 세상에 누구를 위하여 누가 어디에서 만들어내는 것인지 알 수 없는 남자 고무신을 그는 다량으로 확보하고 있었던 것이다.

"넌, 어째 그다지도 무심하냐? 내 목소리도 잊고 말이야. 어쨌든 말이다. 걸레가 죽었다!"

"걸레가?"

"아니, 걸레께서 돌아가셨다."

기태의 목소리가 갑자기 자지러들더니 큭 울음을 터뜨렸다.

"치우 선생님이 돌아가셨다, 이거야."

그제서야 나는 누가 어떻게 되었다는 것을 알아차렸다. 이치우(李致雨) 선생이 그럼 살아 있었다는 말인가. 나는 그런 분은 벌써 오래 전에 이 세상 사람이 아니라는 생각을 의식하지 못하는 가운데 품고 있었기 때문에 기태로부터 부음을 듣고는 그가 두 번 죽는 것이 아닌가 하는 부질없는 착각 속에 휘말려들었다. 아마도 그와 같은 생각을 갖고 있었던 것은 내가 나의 과거를 되돌아볼 여유가 없었다기보다는 과거를 혐오하고 있음으로써 비롯되는 것일는지도 몰랐다. 나는 덤덤하게 물었다.

"언제 돌아가셨냐?"

"어젯밤, 그러니까 내일이 장례식이야."

나, 오늘 바빠서, 내일 아침에 들러 볼까 하는데? 그 말이 입 안에서 가래처럼 가르릉거렸다. 녀석들, 구체적으로 말해서 영천 시장을 중심으로 살고 있는 친구들은 이따금 나를 그들의 세계로 끌어들이지 못해서 안달을 떨고는 했다. 누구 어머니, 누구 아버지가 죽었다! 어느 동창이 자살했다! 누구 동생이 결혼한다! 그들은 경조사가 났다 하면 물귀신처럼 나를 그들의 세계로 끌고 들어가려고 했다. 그것은 혹 가다가 나의 이름 석자가 신문지상에 실리기 때문이 아니라 그런 자리에는 어린 시절의 친구가 결석해서는 안 된다는 순진한 배려 때문에서였다.

"진짜 연극을 보여주려면 서민의 삶을 잘 알고 있어야 하는 법이야. 내가 아무리 밑바닥 출신의 인간이라고 해도 깨끗한 물 마시고 맑은 공기 쐬다 보면 어느덧 옛날 냄새를 깡그리 잃게 된다구."

그들은 순수한 의도에서 말하는 것이지만 경우에 따라서는 그런 말이 야유로 들릴 때도 있었다. 그들이 말하는 '깨끗한 물, 맑은 공기'는 중산층의 문화적 삶을 뜻하는 것이었다. 그들은 내 연극을 한 편도 구경하지 않았고 보고자 하는 시도도 도모하지 않았지만 내가 형이상학적이고 역사적인 일에 종사하고 있다고 믿고 있었다. 그러나 내 쪽에서 말하면, 수입에 관한 한, 아직도 초라한 전세 아파트 신세를 면하지 못하고 있는 나에 비해서 오히려 그들은 중산층이었다.

"물론, 우린 네가 무척 바쁘다는 걸 잘 알고 있어, 허지만 네가 없는 장례식이란 무의미하다고 봐. 왜냐하면, 치우 선생이 학교 시절에 가장 아꼈던 학생이 바로 너였으니까 말이야."

내가 침묵을 지키고 있자 기태는 과거의 일을 들추어냄으로써 나의 도망갈 길을 막으려고 했다.

"알겠네. 어떻게 찾아가야 하나? 자네 가게로 갈까?"

"아냐. 그럴 필요는 없어. 찾기가 쉬우니까. 말바위 옆구리에 매달려 있는 아파트야. 금화 아파트 나동 4백 10호. 치우 선생은 단간 셋방에서 운명하셨지. 그럼, 이따 만나지."

기태가 먼저 전화를 끊었다. 나는 김정호와의 약속을 내일로 미루기 위하여 전화를 걸어야겠다고 생각했다.

본명—이치우. 별명—걸레. 나이—35세 정도. 주소—서울 서대문구 현저동. 직업—교사. 가족관계—함북 경성에 처자식을 두고 월남해 온 뒤 홀아비로 지냄. 학력—일본 와세다 대학을 나왔다고도 하고 중국 상해 호강 대학에서 수학했다는 말도 있으나 소련 모스크바에서 공부했다는 설도 있어 종잡기 어려움. 위의 3개국을 두루 편력하기도 했다는 소문도 있음. 종교—없음. 취미—시집 모으기. 특기—모노 드라마.

이것이 50년대 말 우리가 고등학교 2학년이던 당시에 알고 있던 그의 이력이었다. 이력 가운데 분명치 않은 것은 나이와 학력인데 이 부분에 대해서 유감스럽게도 그는 우리에게 아무 언질도 남겨 주지 않았다. 나이는 주민등록증을 참고로 하여 알아볼 수 있겠으나 월남 피난민들은 그 무렵 나이를 서너 살 줄이거나 불리기가 다반사였으므로 주민등록증에 나타난 것을 사실로 간주하기에는 난점이 있었

다. 학력에 대해서 때로 우리가 물었지만 그는

"네깟 놈들, 내 학력은 알아서 뭐 하려구?"

하며 핀잔을 주었다.

치우 선생은 자그마한 키에 오동통한 몸피를 지닌 추남이었다. 자그마하다고 했으나 2학년 학생들 중에 맨 앞줄에 앉는 학생들보다는 컸고 오동통하다고 했으나 배불뚝이는 아니었다. 홀아비 생활에 먹는 것이 실할 리가 없었을 텐데도 이상하게 전체적으로 살이 올라 있었다. 그는 삼십 줄이었음에도 불구하고 이미 머리가 벗겨졌으나 윤기 나는 짙은 눈썹을 달고 있었다. 쌍꺼풀진 유난히도 큰 눈과 등이 각을 이루며 솟은 커다란 매부리코와 입술이 두툼한 큰 입을 지녔다. 동그스름한 턱을 받치고 있는 목은 너무 굵어서 목 없이 얼굴이 양어깨 사이에 얹혀 있는 것처럼 보여 굴러떨어지지 않을까 염려스러울 지경이었다.

그가 입고 있는 옷은 정해져 있었다. 여름에는 검정 물감을 들인 미군 작업복 바지에, 풀물을 먹여 본 적이 없는 후줄근한 누런 광목 노타이셔츠 차림이었고 겨울에는 역시 검정물을 들인 미군 야전 잠바를 덧입었다.

어쩌다가 단벌밖에 소유하고 있지 않은 감색 양복을 넥타이 없이 걸쳐 입을 때도 있었지만 매우 드물었다. 게다가 사철 변함없이 그의 신체의 일부를 감싸고 있는 것이 있었는데 대머리 위에 얹혀 있던 밤색 베레모였다. 그 모자의 가장자리에는 까만 가죽을 대었으나 꽤나 오랜 세월을 견뎌온 듯 군데군데 닳아서 허연 내피가 보풀거렸다. 그러나 모자 천만은 낡기는 했어도 담배 구멍 하나 없이 말짱했다. 우리는 그것을 걸레의 빵모자라고 불렀다.

치우 선생의 담당 과목은 세계사였다. 그의 학습 진도는 몹시 빨라서 두 달 만에 두툼한 교과서 한 권을 끝내 버렸다. 그는 마치 밤 하늘을 가르고 지나가는 유성처럼 뚜렷한 선을 우리에게 제시했으나 그 선의 밖으로 튀는 불꽃을 우리 스스로 찾지 않으면 안 되었다.

그는 교탁 위에다 교과서의 어느 한쪽을 펼쳐 놓고는 그 이후 시간이 끝날 때까지 교과서를 들여다보는 법이 없었다. 그럼에도 불구하고 인물의 이름 하나 하나를 소홀히 말하지 않았을 뿐더러 연대도 정확했다. 여느 때 그의 얼굴빛은 햇볕을 쬐지 않은 탓으로 하얗다 못해 창백했으나 한 번 입을 열면 언어들이 거침없이 튀어나왔고 자기도 모르게 자신이 벌여 놓은 세계 속으로 쉽게 빠져들었으므로 하얀 얼굴은 금세 술에 취한 듯이 불콰하게 달아오르고는 했다. 그렇게 빠른 진도로 교과서를 끝내 놓은 뒤 그는 우리가 청하지도 않은 나폴레옹의 일생에 대해서 이야기를 시작했다.

"나는 내 조국 코르시카가 멸망한 해에 태어났다."

치우 선생은 두 주먹을 불끈 쥐어 허공에 들어올려 보이면서 장엄한 목소리로 저 유명한 나폴레옹의 말을 인용하는 것으로 일대 서사시의 막을 올렸다. 십대의 사관생도 나폴레옹. 그는 한때 코르시카의 독립운동가 파올리를 존경하여 독립운동에 가담하지만 프랑스에 대한 관념의 차이로 결국은 코르시카에서 쫓겨나고 프랑스에 귀화하고 말았다는 일. 이탈리아 방면군 포병사령관이 된 나폴레옹. 공포 정치 때 처형된 보아르네 자작의 요염한 미망인 조세핀과의 결혼, 파리 개선. 이집트 원정 후 3인 집정 정부의 한 사람으로서의 나폴레옹. 1802년 드디어 그는 종신통령으로 군림하고 그 2년 뒤에는 그의 야심이었던 황제의 관을 머리에 얹는다. 조세핀에게 아들이 없자 합스부르그가의 왕녀 마리아 루이자와 재혼하면서 꾸준히 유럽 대륙에 세력 확장을 꾀해 오던 나폴레옹은 마침내 1812년 모스크바 원정을 단행함으로써 전설적 이야기는 클라이막스에 오르는 것이었다.

"정말, 애석한 일이었어."

치우 선생은 허공에 주먹을 불끈 쥐어 보이며 외쳤다. 그쯤 되면 아이들은 이야기의 귀추보다도 그가 다음에 어떤 행동을 보여줄까 그것만이 궁금하여 호기심에 찬 눈길로 그를 바라보았다. 아마도 그 주먹으로 교탁을 내려칠는지도 알 수 없었다.

"자연이 영웅을 버린 것이었지. 러시아의 혹심한 추위, 그리고 러시아의 또 하나의 영웅인 꾸뚜조프 장군의 전략에 나폴레옹은 내리막길을 걷게 된 거야."

허공에 불끈 쥐어졌던 주먹이 스르르 풀어지면서 교실 안이 눈보라가 휘몰아치는 러시아의 들판인 양 아이들 머리 위로 팔을 뻗쳐 하들하들 떨며 수평으로 반원을 그리고는 느릿느릿 말했다.

"그 해 10월. 추위에 못 견디어 철수할 때 10만 명이던 장병이 폴란드에 닿았을 때는 5천 명밖에 남지 않았으니, 아니 아니, 지난 주 시간에 말했다시피 원정을 위해 프랑스를 출발할 때 60만이던 대군이 5천 명만 남게 되었으니 우리의 대서사시도 막을 내릴 때가 되었다."

그러나 그의 이야기는 2주일이나 더 끌었다. 동맹군에게 패퇴, 퇴위를 하고 엘바 섬으로 유형을 갔다가 엘바 섬을 탈출하여 "황제 만세!"를 부르짖는 농민들의 환호를 받고 '백일 천하'를 이룩하지만 워털루 대회전에서 패한 뒤, 영국 군함에 실려 2개월 반 동안 항해한 끝에 그의 임종의 땅인 세인트헬레나에 닿는다.

"이것은 신의 이야기가 아니니까 신화는 아니야. 영웅의 이야기지. 이른바 영웅들은 온갖 고초와 시련과 모험을 겪는 여행 끝에 행복한 자로서 여생을 누리거나 희생양으로서 죽음을 당하기 마련이야. 그러나 대체로 자기 나라를 괴물의 공격 또는 외침의 위기로부터 구출하고 번영을 누리게 하는 인물들이라구."

치우 선생은 눈물이라도 흘릴 듯이 비감에 잠긴 목소리로 말하더니 갑자기 어조를 높였다. 그의 입에서는 침이 튀어나왔다. 교탁 가까이 앉은 아이들이 머리를 책상 밑으로 처박는 것으로 짐작할 수 있었다.

"이건 아득한 옛날의 영웅 이야기가 아니야. 불과 백오십 년 전의 이야기라구. 꾸며낸 이야기가 아니라 역사에 기록된 이야기란 말이다! 야, 야! 네깟놈들이 무얼 알겠냐마는 나폴레옹이 위대한가 아닌가는 너희들의 판단에 맡기겠다. 나는 다만 너희들이 내가 왜 너희들의 입시 공부를 할애해 가면서 장시간 동안 이 이야기를 했는가를 어느 훗날에 깨닫게 되기를 바랄 뿐이야."

4월의 황사 바람은 밤이 되어도 가라앉지 않고 서울의 하늘 위를 뒤덮고 있었다. 고지대에서 보는 도심의 야경은 안개에 가리운 듯이 멀게 느껴졌다. 매우 가까운 거리였지만 무악재를 넘는 자동차의 달리는 소리가 아득히 들렸다. 좀 전에 헤어진 택시 운전기사의 말을 떠올렸다.

"물론, 돌고 돌면 올라가는 길이야 있죠. 하지만 웃돈을 줘도 올라갈 수 없다 이겁니다. 이 차가 너무 숨차 해서요."

나는 바윗길을 오르면서 헉헉 숨을 몰아쉬었다. 콧구멍 속으로, 입 속으로 모래 먼지가 엉겨들었다. 입 안이 지금거려서 나는 자꾸만 마른 침을 뱉아냈다. 바윗길 오른쪽 계곡 밑으로 서민 아파트가 몇 동 들어서 있었다. 내가 치우 선생에게서 나폴레옹의 이야기를 듣던 시절만 해도 그곳에는 커다란 연못이 둘이나 있었다. 원래는 셋이었는데 가장 작은 연못은 매몰된 뒤였다. 그런데 이제는 그 두 연못도 메꾸어지고 대신 아파트가 들어섰던 것이다. 두 연못…… 우리는 그것들이 위치한 높낮이에 따라 하나를 윗연못이라고 불렀고 다른 것을 아랫연못이라 불렀다. 윗연못이 훨씬 운치가 있었다. 윗연못은 병풍처럼 깎아지른 절벽 아래에 있었는데 이맘때쯤이면 그 절벽 여기저기에 붉은 철쭉이 폈다. 잔잔하게 하늘의 그림자를 드리우고 있는 검푸른 수면 위로 이따금 잉어들이 팔딱거리며 솟구쳤다.

"이놈들! 이곳에 들어오면 모조리 잡아 가둘 테다."

국민학교 때였다. 하학길에 철쭉꽃 길을 따라 산을 넘어와서 넋을 놓고 잉어들이 솟구치는 것을 구경하고 있던 우리들을 향해, 머리를 박박 깎고 푸른 옷을 입고 거름통을 짊어진 한 무리의 죄수들을 인솔해 가던 형무관이 메고 있던 총을 덜거덕거리며 소리치면 우리는 혼비백산 줄행랑을 쳤다.

나는 문득 걸음을 멈추고 다시금 뒤를 돌아보았다. 바로 눈 아래 도심지보다도 더 희미한 윤곽으로 교도소의 윤곽이 떠올랐다. 교도소는 안개 속을 뚫고 가는 타원형의 거대한 여객선과도 같았다. 그것은 애매 모호하게 사회 규범을 어긴 사람들을 싣고 정해지지 않은 유형지를 향해 끝없이 항해하고 있는 것처럼 느껴졌다.

범인 : "내가 무엇인가를 죽인 것은 사실입니다."

형사 : "사람을 죽였어."

범인 : "버러지를 죽였습니다."

형사 : "자네 주장대로 하자면, 버러지 같은 인간이겠지."

범인 : "인간 같은 버러집니다."

형사 : "이거, 누구하고 말장난하자는 거야?"

범인 : "내 마음은 말장난이나 할 만큼 여유가 있지는 않습니다."

형사 : "갈수록 가관이로군. 도대체 여기가 어딘 줄이나 알고 하는 소리야?"

범인 : "악인을 지옥으로 보내는 곳이죠. 하지만 나는 악인이 아닙니다. 벼룩과 이와 빈대와 진딧물을 혼합한 고약한 버러지 한 마리를 죽였을 뿐이니까요. 그런 버러지들은 이 세상에서 싹 쓸어 버려야 해요. 나는 내 신념대로 실천에 옮겼을 뿐입니다."

형사 : "개인적으로?"

범인 : "그렇죠. 개인적으로!"

형사 : "개인적으로 하는 행위는 용납 못 해. 조직적으로 해야지."

범인 : "왜 그렇죠?"

형사 : "나도 조직에 속해 있으니까?"

범인 : "아! 그러면 조직적으로는 인간을 죽여도 된다는 말씀이죠?"

형사 : "전쟁이 그렇잖은가? 조직적인 행위는 합법적인 거야. 그 조직이 당대의 법을 집행하는 입장이 되어 있는 한에서 말이지만."

나는 대본의 이 부분에 대해서 작가인 김정호와 상의하고 싶어했었다. 나는 이 부분을 삭제하려고 했고 그는 살리자는 주장이었다. 나는 교도소에서 눈을 돌리고 다시 바윗길을 올라갔다. 바윗길을 다 올라가자 자동차가 다닐 수 있는 시멘트를 바른 도로가 나왔다. 아까 택시의 운전기사가 "돌고 돌면 올라가는 길이야 있죠" 하고 말했던 것이 이 길을 두고 한 말인 것 같았다. 왼쪽으로 길을 따라가다가 산모퉁이를 돌아서니까 눈앞에 아파트 건물 하나가 산비탈에 걸려 있었다. 그 아파트에서 흘러나오는 전등 불빛이 길 건너편의 철거해 버린 다른 아파트의 잔해를 비추고 있었다.

나는 덮쳐 무너질 것만 같은 아파트를 올려다보다가 출입구 쪽으로 가까이 다가가 동 번호를 표시한 검은 글자를 들여다보았다. 나동. 바로 곽기태가 일러 준 그 아파트였다.

4층으로 오르는 계단은 어둡고 축축하고 냄새가 났다. 나는 넘어지지 않으려고 껄끄러운 시멘트 난간을 더듬거리며 위로 올라갔다. 한 층을 오를 때마다 바로 앞에 아카시아 숲이 나타났는데 아직 피지 않은 아카시아 꽃봉오리가 무더기로 흰빛을 던지며 초롱처럼 흔들리고 있는 것을 볼 수 있었다. 꽃이 활짝 피면 복도 어디 쯤에 있을 화장실의 고약한 냄새를 쓸어 갈 것 같았다. 사람이 살고 있는 것 같지 않게 조용한 아파트의 정적을 깨뜨리고 어디선가 앙칼스런 어린아이의 울음소리가 터져 나왔다.

나는 귀울림병을 앓고 있었고 고음은 질색이었으므로 쫓기듯 계단을 올라갔다. 치우 선생이 잠들어 있는 집은 대번에 찾을 수 있었다. 누군가 문 앞에 조(弔)자가 그려진 등을 달아 놓았기 때문이었다. 그 등의 불빛이 복도 난간 옆에 쌓아 둔 연탄재를 드러냈다. 문패는 안아무개 씨로 되어 있었다. 나무 출입문은 반쯤 안으로 열려 있었다. 도마질하는 소리가 갑자기 크게 들려 왔다. 나는 안으로 들어서며 물었다.

"여기가 이치우 선생께서……."

마주 보이는 곳은 부엌이었는데 말을 마치기도 전에 40대로 보이는 아주머니가 도마질을 멈추고 고갯짓으로 옆방 문을 가리켰다. 동시에 미닫이가 떨어져 나갈 듯이 왁살스럽게 열렸다.

"햐, 이 사람, 연출가 겸 배우 선생 아니신가?"

기태였다. 그는 좁다란 쪽마루로 나와서 그대로 놓아 두면 내가 도망을 치리라고 생각했던지 내 손목을 아프게 움켜잡고 안으로 끌었다. 방 안에는 검은 글씨만 가득 씌어 있는 낡은 병풍이 쳐져 있고 그만이 뎅그마니 앉아 있었던 듯 아무도 없었다. 치우 선생의 시신은 병풍 저쪽에 있을 터였다. 방바닥은 구들장이 가라앉아서 울퉁불퉁했고 냉기가 엉덩이 뼛속까지 싸늘하게 스며들었다. 나는 철제 캐비넷이 놓인 한쪽 구석을 바라보다가 장기판만한 창문 쪽에 멀거니 시선을 던졌다. 왠지 눈물이 흐를 것 같아서였다.

"정승남이와 민진기가 다녀갔지. 곧 또 올 거야. 승남이는 푸줏간 일이 못 미더워서 내려갔어. 박월진 알지? 왜 우리 기동창회장 말이야. 그 친구도 오기로 되어 있고 총무인 남필구도 온다고 했어. 모두 모이면 여남은 명은 될 것 같은데."

기태는 내가 당황하는 줄로 오해하고 설명했다.

"너무 걱정할 건 없어. 사망 신고도 했고 승남이와 진기와 내가 화장하기로 합의도 보았으니까. 조금 있으면 염을 하러 사람이 올 꺼야."

"어떻게 돌아가셨지?"

나는 창문으로부터 시선을 돌리고 물었다.

"노환에 영양 부족이시겠지. 그러나 직접적인 사인은 심장마비야. 심장이 멎지 않고 죽는 사람은 없거든."

그것은 치우 선생이 하던 말이었다. 그의 말에 따르면 나폴레옹이 위암으로 죽었든 또는 비소에 의한 독살로 죽었든 결국은 심장이 멎어서 죽었다는 것이었다. 그러므로 너희들 각자가 지니고 있는 심장에 대하여 매일 경의를 표해야 할지니…….

"선생의 모습을 뵙고 싶지 않아?"

기태는 나를 시험하듯이 빙긋 웃음을 흘리며 물었다.

"곧 염을 한다면서? 그때 뵙도록 하겠어."

나는 용기가 나지 않아서 곤혹스럽게 말했다.

"그래. 모두들 모였을 때 뵙도록 하는 것이 좋겠군."

그는 혼잣소리처럼 말하더니 계속 중얼거렸다.

"이 방도 사글세라더군. 그것도 3개월이나 밀렸으니 찾을 돈도 없다는 거야. 불쌍한 분. 잘 돌아가셨지. 더 목숨을 부지한댔자 좋은 꼴은 보지 못하셨을 테니까. 혼도 다 빠져서 층계를 오르내릴 때에도 잠옷바람으로 다니셨다는군. 바지를 입었더라도 지퍼가 풀어져 있기가 다반사였구. 그러면서도 젊은이들만 보면 침을 튀기면서 시구를 읊었다는 거야. 그래서 사람들은 미친 늙은이라고 혀들을 끌끌 찾다는 것이지."

민진기가 잠바차림으로 들어왔다. 그는 내 어깨를 아프게 탁 치고는 생선 장수로서는 어울리지 않는 가녀린 목소리로 떠벌였다.

"비린내 좀 날 꺼다. 어물전을 벗어나지 못하니까. 허지만 기대해도 좋을 꺼야. 내 물 좋은 놈으로 조기와 명태 몇 마리 후려 가지고 올라왔지. 좀 기다리면 주인집 아주머니가 보글보글 찌개를 끓여 들여 놓을께다."

그러자 방 밖에서 또 다른 소리가 들려 왔다.

"생선찌개뿐이겠어? 불괴기도 있다."

문을 열고 들어온 것은 푸줏간의 정승남이었다.

"진기 몸에서 비린내가 나지만 내 몸에서 피비린내가 난다."

정승남이 너스레를 떨며 자신의 손과 팔께를 주먹코로 킁킁거리며 더듬었다.

"말하자면, 승남이와 나는 허가받은 칼잽이다, 이거지."
하고 진기가 말하면 승남이 이어받았다.

"야, 임마 자기 비하 하지 말라구. 세상에 칼 잡지 않구 살아갈 수 있는 연놈 있다던?"

그들에게 있어서 시간은 늘 고인 물처럼 멎어 있었다. 그들은 어제

했던 말을 오늘 다시 하고 내일 또다시 할 것이다. 칼잽이론만 하더라도 나는 이미 신물나도록 들은 것이었다. 그들의 칼잽이론이란 자신들의 신분에 대한 합리화론이랄까 뭐 그런 유였다. 간단히 말해서 이런 것이었다. 산동네 단간 셋방이나 고대광실 덩더쿵한 부자 동네 이건 간에 부엌을 들여다보면 거기에는 일치하는 물건이 있는데 그것이 바로 밥그릇과 수저와 칼이라는 물건이다. 물론 못 사는 놈은 싼 칼을 쓰고 잘 사는 놈은 비싼 칼을 쓰는 점이 다르기는 하나 칼을 소유하지 않은 놈은 없다는 것이다. 그러니까 부엌의 존재 이유는 근원적으로 따져 들어가면 칼이 있음으로써만 가능하다는 생각이었다.

이치가 그러함에도 불구하고 자고로 사람들은 백정이나 갯가 사람들을 하찮게 깔보는 것에 이골이 나 있었던 것이다. 호텔의 뷔펜가 부펜가 하는 곳에 가 봐라. 칼 잡지 않은 연놈 있던가? 더욱이 괴기가 잘 썰리지 않으면, 종업원을 불러다가 괴기가 질기다느니 불평을 털어놓는 연놈도 있더라만, 그건 무엇을 의미하느냐 하면 제 연놈들이 기분 좋게 배불리 먹기 위해서는 칼에 날이 서 있어야 한다는 것과 같은 뜻이라구. 그러니까 그들의 칼잽이론을 요약하면 모든 사람이 칼을 쓰는 현실에서 푸줏간과 어물전 사람을 향해 칼잽이라고 손가락질하는 사람처럼 멍텅구리는 없다는 것이 된다.

"야, 너희들더러 누가 칼잽이라고 놀리기나 했어?"

기태가 나를 옹호하듯이 말했다.

"놀린 것은 아니지만 우리 몸에서 냄새가 날 것 같아서."

진기가 조금은 머쓱해져서 중얼거렸다.

"아무 냄새도 나지 않으니까 걱정하지 마."

나는 거짓말을 했다.

"허긴 우린 샤워를 하고 옷을 갈아 입고 왔으니까."

승남이 말했으나 나는 그들의 몸을 비린내가 안개띠처럼 휘어감고 있는 듯한 느낌을 지워 버릴 수는 없었다. 나는 결코 그 냄새가 싫은 것이 아니었다. 그 냄새는 내게 있어 그윽한 그 무엇이었다. 그러나 나는 웬일인지 심장을 드러내 보일 만큼 솔직할 수가 없었다.

"요즘 어디 직업의 귀천이 있나? 너희들 말마따나 누구든 칼을 잡고 있는 마당에서……. 요즘은 칼을 자주 잘 흔들고 그것으로 치고 베고 도려내는 사람이 오히려 귀한 사람이 되었으니까. 그래서 돈만 많이 긁어 모으면 그를 우러러보는 세상이 되었으니까."

"그게 무슨 소리야? 우리처럼 칼을 잘 쓰는 사람도 찾아보기 힘들어. 그렇지만 우린 언제나 요모양 요신세잖냐?"

순박하고 착한 진기가 의아한 시선으로 나를 바라보았다. 나는 그를 마주 보고 있노라면 세검정에서 받아 온 자두 광주리를 들고 영천 시장을 배회하던 어린 시절의 내가 회상되었고 곧 생선 장수를 하던 그의 아버지를 떠올리기 마련이었다. 그것은 반사적이고 기계적이었다. 그의 눈물에 젖은 듯이 슬프게 보이는 눈이 그의 아버지의 눈을 빼내듯 닮아 있기 때문인지도 몰랐다. 동수야. 자두 많이 팔았느냐? 이 고등어 한 손 갖다 구워서 어머니와 저녁 반찬하거라. 나는 사양하지도 않고 덥썩 그것을 받았다. 그후 나는 기대감을 지니고 진기 아버지의 어물전 앞을 서성거리고는 했는데 그때마다 나를 불러 생선 도막을 손에 들려 주었었다. 그렇기 때문에 그의 몸에서 나는 비린내를 나는 향기처럼 기억 속에 품어 왔을지도 몰랐다.

"이 친구, 넌 그것도 모르냐? 동수는 그저 우리를 위로하려는 것뿐이라구."

승남이 비꼬았다. 주인집 아주머니가 생선찌개와 로스구이를 들여오지 않았더라면 그들과 나 사이의 평행으로 내달리기만 하는 아웅

다웅거림이 언제 끝날는지 알 수 없었다. 아주머니는 고인이 쓰던 것이라면서 개상반이나 다름없는 칠이 허옇게 벗겨지고 금이 가고 못자국이 난 밥상을 갖다 놓고 행주로 썩썩 문지르더니 찌개 냄비와 로스구이판을 통째로 올려놓았다. 소주병과 잔이 들어왔으나 잔은 두 개뿐이어서 순배의 속도가 빨랐다. 우리는 소주를 쭉쭉 들이켰다.

"애그그. 살아계셨을 때 이렇게들 모였으면 쓸쓸하시지나 않았을 걸."

아주머니가 방 밖에서 혼잣소리처럼 중얼거리는 소리가 들렸지만 우리는 개의치 않았다. 이상하게도 나는 술을 몇 잔 마시자마자 그들과 동류가 된 것 같았다. 우리는 모두 치우 선생 생전에 죄를 지은 놈들이라고 생각했고 그 우울함을 지워 버리기나 하려는 듯이 마구 지껄이며 떠들었다.

갑자기 기태가 자리에서 벌떡 일어났다. 그리고 그는 병풍 한 끝을 접더니 시신이 누운 곳으로 상체를 들여밀고 말했다.

"선생님, 죄송합니다. 선생님의 이 빵모자를 제가 잠깐 실례하겠습니다."

그가 상체를 이쪽으로 끌어당겼고 병풍을 원래대로 펴서 시신 쪽을 가렸다. 그는 이른바 '걸레의 빵모자'를 자신의 머리 위에 얹었다. 그는 우리를 한쪽 구석으로 몰아붙이고 병풍 앞을 오락가락 거닐기 시작했다.

"나 보기가 역겨워 가실 때에는 말없이 고이 보내드리우리다……."

기태는 치우 선생의 모습을 재현하고 있었다. 내 직업이 연출가 겸 배우이긴 하지만 연극적인 소질은 기태가 한 수 윗급이었다. 고등 학교 시절 치우 선생에 대한 그의 흉내내기는 그 누구도 버금할 수 없을 만큼 뛰어났다.

치우 선생의 특기는 모노 드라마였다. 그는 세계사를 가르치다 말고 느닷없이, 정말 아무도 예측하지 않은 순간에, 교단으로부터 학생들의 책상 사이로 발작처럼 어떤 때는 빠른 동작으로 어떤 때는 느린 동작으로 걸어 내려왔다. 때로는 격정에 두 주먹을 부르르 떨며 울부짖는 목소리로 때로는 먼 먼 고향을 그리워하듯 눈을 가늘게 뜨고 우수에 젖은 음성으로 시를 읊었다. "청년이여, 이상을 가져라" 식의 월트 휘트먼의 시를 읊을 적엔 어느덧 웅변으로 변했고, 소월이나 백석(白石)의 시를 읊을 땐 그의 두 눈에는 눈물이 번쩍거렸다. 그는 그런 모습과 억양으로 학생들 사이 사이를 끊임없이 누볐다.

"시를 외어라. 감상하려 들지 말고 외어라. 그리고 읊어라. 그러면 너 자신이 시인이 되어 있음을 깨달을 것이다."

그는 틈틈이 이렇게 강조하였는데 우리는 그가 외우고 있는 시를 모두 듣지 못했으므로 얼마나 외우고 있는지 짐작할 수 없었다.

"선생님은 시를 몇 편이나 외우고 계십니까?"

어느 똑똑한 친구가 물었을 때 치우 선생은,

"나도 몰라."

라고 대답해 우리를 웃겼다. 우리는 아마도 선생이 시 천 수는 암송하고 있을 것이라고 막연히 추측할 뿐이었다. 우리는 그때 그가 소월의 시를 외우고 있는 것은 이해를 할 수 있었으나 우리로서는 낯선 백석의 시를 왜 좋아했는지 수수께끼였다. 우리는 그가 흑판에 적어준 백석의 시를 몇 편 외웠는데 그 가운데 하나가 고향이란 것이었다.

오지항아리에는 삼촌이 밥보다 좋아하는 찹쌀탁주가 있어서
삼촌의 임내를 내어가며 나와 사춘은 시큼털털한 술을 잘도 채어

먹었다.

제삿날이면 귀머거리할아버지가에서
왕밤을 밟고 싸리꼬치에 두부산적을 꿰었다.

앞도 뒤도 없이 이 시구 한 토막이 잊혀지지 않고 떠오르는 까닭은 우리로 하여금 침을 삼키게 했던 그 시큼털털한 찹쌀탁주 때문이었으리라. 우리는 명색이 도시 학생이었으나 포성이 휴전으로 멈추고 수 년이 지나면서 지방 사람들이 꾀어들고 있던 무렵이라 학급의 반수 이상은 농촌 출신들이었다. 그들은 찹쌀막걸리 맛을 아는 듯이 쩝쩝 입소리를 내었고 도시 아이들은 맛을 상상하며 덩달아 끄윽 신트림을 토했던 것이다.

치우 선생은 한참 시구를 외우다가 창가로 다가가서는 햇볕에 모래알이 눈부시게 반짝거리는 하얀 운동장을 하염없이 내려다보기도 하였다. 학생들은 진지한 관객처럼 다음에 주인공에게 일어날 변화를 기대하며 조용히 그를 바라보았다. 그의 동작은 매번 달랐지만 초여름 어느 날의 대사는 잊지 않고 기억하고 있다. 선생은 불현듯 창가에서 몸을 돌렸다. 검은 베레모 아래 두 눈이 광채를 뿜으며 우리를 둘러보았다.

오른손 주먹이 허공을 향해 치켜올랐을 때 이미 그의 눈은 우리를 보고 있는 것은 아니었다.

"은모래빛 은모래빛…… 강변에서……."

나는 선생이 소월의 시를 읊으려는 줄로 알았다. 그는 창가를 떠나 우리 사이로 빠르게 뛰어들어와 우뚝 멈추어 섰다. 그는 마치 무성영화의 변사처럼 목에 힘을 주어 비장기 넘치는 음성으로 대사를 외웠다.

"우리의 순이는 전차에 올랐다. 얼마나 불쌍한 떠돌이인가? 강변을 떠나 도둑놈의 소굴인 도시로 온 것이. 간밤에 친척집에 갔다가 오늘 아침 멀건 수제비국 한 그릇 얻어먹고 쫓기듯 거리로 나왔다. 백마 탄 왕자는 사치. 허기진 한 끼를 때울 일거리가 필요했다. 남의 집 부엌떼기라도 좋아. 순이는 보따리를 가슴 앞에 꼭 움켜 안았다. 누군가 순이의 가슴을 찔렀다. 억울했지만 꾹 참았다. 누군가 고무신 발등을 밟았어도 꾹 참았다. 촌년이라고 욕해도 참았다. 순이는 전차에서 내렸다. 보따리 속에 꼭꼭 간직했던 돈이 없다. 세상은 순이를 혼자 남겨 놓았다."

그러자 종이 울렸다. 선생은 꿈에서 깨어나듯 세계사 교과서를 들고 천천히 교실을 나갔다. 그날 그의 대사는 세상에 흔히 일어났던 일들을 다루고 있었음에도 불구하고 누군가의 산문시 구절이듯 그럴듯하게 느껴졌고 나는 그의 순이와 동화되어 마음으로 슬프게 흐느꼈다.

바야흐로 기태의 흉내내기도 절정에 달하고 있었다. 기태는 베레모를 쓴 머리통을 뒤로 한 번 꺾었다가 본래대로 세우고는,

"고요하고 구슬픈 그리고 끝없는 광야에 소리도 없이 세 샘물이 흐르고 있다."

라고 고요한 목소리로 치우 선생이 가르쳐 준 푸시킨의 시를 읊었다. 나머지 우리 셋도 함께 큰 목소리로 외웠다.

하나는 청춘의 샘물, 급격, 불온의 샘물
용솟음치며 구비쳐 번뜩이며 다름질 치노니.
하나는 시의 샘물, 영감의 물결을 지워
광야에 추방된 사람들을 심취케 하노니.

다른 하나는 차디찬 망각의 샘물
그것이 보드랍게 마음의 갈증을 적셔 주노니.

기태는 술상 앞에 털썩 주저앉았고 우리는 침묵을 지키며 술을 마셨다. 우리는 치우 선생을 망각하려 하였으나 마음의 갈증이 너무 커서 당장은 그럴 수가 없었다.

한길 건너 선바위절에서 온 젊은 스님은 앉자마자 염불을 시작하였다.

"……사리불, 여물위차조 실시죄보 소생. 소이자하 피불국토 무삼악도. 사리불, 기불국토 상무악도지명 하황유실. 시제중조 개시 아미타불 욕령법음 선류 변화소작……."

나는 스님이 외고 있는 것이 「불설 아미타경」이라는 것을 알았다. 아름답고 기묘한 여러 가지 새들이 평화롭고 맑은 소리로 노래를 부르고 있는 불국토로 치우 선생은 들어갈 것이다. 스님을 부른 것은 기태를 중심으로 한 영천 시장패들이었으나 그들 가운데는 불교 신자는 없었다. 오히려 그들은 무당과 점을 좋아하였다. 까닭은 아버지 대로부터 이어져 온 장사와의 관계 때문이었다. 더욱이 선생은 무신론자였으니까 스님을 부를 이유가 없었음에도 불구하고 그렇게 한 것은 하나의 인습적인 의식에 지나지 않았다. 나로 말하자면 가톨릭 영세를 받은 바 있지만 성당에 나간 지 수 년이 넘어 일컬어 냉담자였다. 내가 냉담자가 된 직접적인 원인은 고해를 하다가 고해의 순서가 틀려 신부에게 혼이 난 뒤부터였으나 간접적인 원인은 내 가슴속에 도사리고 있는 악마적인 조그만한 지식 때문이었으리라. 나는 성당 미사에 세 번 나가지 않은 죄를 먼저 고해해야 하였으나 어머니에게 죄 지은 일을 먼저 고해하고 말았던 것이다.

"그대는 성당 미사에 참여하지 못한 죄가 더 크다고 생각하는가 아니면 지상의 어머니에게 지은 죄가 더 크다고 생각하는가?"

아, 나는 그때 신해박해의 순교자들을 생각하였고 고해를 할 자격도 없는 놈이라고 여겼다. 자격이 없으니 성당에 나갈 수가 없었다. 동시에 나는 개고기를 먹는 스님과 마찬가지로 옆자리에 수녀를 모시고 손수 운전을 하는 예수 그리스도의 대리자인 베드로의 후계자를 싫어하게 되었다. 이유는 간단하였다. 예수 그리스도가 자동차를 타고 다니지 않았으니까 신부도 자동차를 타지 말아야 한다는 것이다.

"그대는 주님을 믿는가 아니면 사람인 신부를 믿는가?"

신과 신성을 믿는다고 대답할 수 있을 것이다. 신부는 단순한 사람이 아니라 신성을 지녀야 할 사람이기에 그렇다. 어쨌든 수많은 죄악을 저지르고 고해할 자격도 없는 내가 「어느 파계승의 불국토」를 공연할 때 염불하는 스님 역을 맡은 한 배우로 하여금 「불설 아미타경」을 외우게 한 적이 있어서 젊은 스님이 외우고 있는 염불이 어렴풋이나마 무엇인지 알았던 것이다. 스님은 어린 나이답지 않게 지그시 눈을 감고 한결같은 음성으로 염불을 하며 목탁을 두드렸다.

마침내 우리가 기다리고 있던 기동창회장인 박월진과 총무 남필구가 그들처럼 넥타이를 맨 이름도 잘 생각나지 않는 세 동창생을 경호원처럼 거느리고 나타났다. 다섯 사람이 더 들어서니까 방 안은 옴치고 뛸 수 없을 만큼 비좁았다. 곧바로 시장 바닥에서 이름났다는 염습장이 영감이 손수 지게에 관을 지고 왔다. 그는 병풍을 치우고 아홉 명의 제자가 거들며 바라보는 가운데 치우 선생의 염을 시작하였다. 옷을 벗기자 드러난 선생의 신체는 우리가 학교 다닐 때 망막에 담아 두었던 모습이 아니었다. 머리카락은 양 귀 위로 겨우 몇 오라기가 떨어지기 싫은 가는 검불처럼 붙어 있었고 볼은 홀쭉하였고 새가슴처럼 앙상한 갈비뼈 밑으로 배는 등짝에 붙은 듯이 납짝하였으며 두 다리는 다큐멘터리에서 볼 수 있는 이디오피아 난민의 아이처럼 가늘고 짧았다.

"아……."

영천 시장패를 제외하고 나머지 우리는 순간적으로 신음을 토해내며 잠시 고개를 돌렸다. 짐짓 부려 본 몸짓은 아니었다. 찰나였으나 우리는 진심으로 참회의 마음을 품었던 것이다. 염습장이 영감은 아무런 표정도 없이 기계적으로 선생의 몸을 씻고 우리의 도움을 받아 옷을 입히며 염포로 몸을 묶었다. 그리고 관 안에 시신을 모시고 땅땅 뚜껑을 덮었다. 다시 병풍이 쳐졌다.

"이 양반 말년에 고생이 심하더니 그래도 자네들 덕분에 좋은 세상에 갈 거구먼."

염습장이 영감은 중얼중얼 말하면서 소주 몇 잔을 마시더니 기태에게 관값과 삯을 받고 젊은 스님과 더불어 방을 나갔다. 다시 술자리가 벌어졌다.

"자네 쓰고 있는 것 치우 선생의 빵모자가 아닌가?"

동창생들의 소식담이 오고 간 뒤 끝에 남필구가 그때까지 기태가 무심코 쓰고 있던 베레모를 가리켰다.

"응. 맞아."

기태는 모자를 벗었다.

"쓰고 있는 것보다 선생 머리맡에 모셔 놓는 것이 좋지 않을까?"

점잖게 남필구가 말했다.

"그러지 말고 내가 유품으로 보관하도록 하지. 우리 동창회 사무실에 모셔다 놓으면 오고 가는 친구들이 보고 선생을 회상할 수 있을 테니까. 어떤가?"

박월진이 제안했다. 모두들 훌륭한 생각이라고 손뼉을 치며 환호하였다. 박월진은 수십억 대의 갑부로 소문이 나 있었다. 학생 시절 그는 당인리에서 우리 학교를 다녔는데 운동화에는 뽀얀 먼지가 아니면 빨건 진흙이 더께로 묻어 있었다. 신촌의 먼지 나는 길로 버스를 타고 오거나 말바위산을 넘어 다녔기 때문이었다. 그의 아버지는 논밭을 별로 많이 가지고 있지 않았으나 수만 평의 나지막한 임야를 가지고 있었다고 했는데 그것이 나중에 도시가 팽창하면서 금값이 되어서 일거에 돈방석에 앉았다는 사람이었다. 그러나 그의 아버지는 그 재산을 써 보지도 못하고 간암으로 세상을 떴으므로 그는 그것을 고스란히 물려받았다. 소문에 따르면 그는 군소 빌딩만 하더라도 다섯 동이나 소유하고 있고 강남 어딘가에 백화점을 신축할 계획도 세우고 있다고 하였다. 모르긴 해도 지방 출신인 남필구나 이름도 잘 생각나지 않는 세 동창생은 그의 그늘에서 기생하고 있는 건달일 것 같았다. 그가 한마디만 끔쩍 해도 상전을 모시듯 굽실거렸고 공대에 가까운 말투로 대답하였다.

"선생에겐 딱하신 일면도 있었으나 학생 시절 우리가 좋아했으므로 마음속에 새겨 둘 만한 가치가 있는 분이지. 안 그렇소, 박회장?"

남필구가 말길을 돌려 아첨하듯 말하자 박월진은 입을 일자로 꾹 다물고 엄숙하게 고개만 끄덕거렸다.

"그런데, 딱하신 일면이란 뭐야?"

승남이 고까운 듯이 투박하게 물었다.

"아, 왜, 생각 안 나? 처신을 잘못해서 학교를 그만두시게 된 것 말이야."

졸업반 때였다. 선생은 2학년을 가르쳤으므로 우리와는 다소 소원히 지내던 무렵이었다. 그 해 가을, 선생은 교사 직업과 영영 헤어지고 말았다. 선생은 2학기가 시작하여 일 주일째 되던 날 경찰에 연행되었다. 닷새 동안 연행되어 있을 때, 어디서부터 나왔는지 경찰이 선생에게 심문한 내용이 화제로 퍼졌다.

북에 있을 때 신분은 무엇이었나? 어떻게 해서 군대에 가지 않았나? 어떻게 해서 학생들을 가르치게 되었나? 왜 학생들에게 공부는 가르치지 않고 나폴레옹에 관해서 이야기하는가? 학생들에게 혁명적 열기를 주입시키기 위한 의도가 개재해 있는 것이 아닌가? 왜 학생들에게 공부는 가르치지 않고 쓸데없는 시 나부랑이를 읊조리는가? 그 중에는 빨갱이 시도 있고 소련 사람의 시도 있다고 하던데? 당신은 학생들 앞에서 혼자 변사 노릇도 한다던데 정신병자가 아닌가?

결론적으로 당신은 공산주의자거나 아니면 정신병자이다. 그러므로 교사 자격이 없다. 치우 선생은 자유당의 말기적 증상이 노골화하고 있던 그 시기에 정신병자로 낙인이 찍혔다. 어깨가 축 처져서 경찰서를 나와 학교로 돌아왔으나 이틀 뒤에 파면 통고를 받았다.

학생자치회에서는 공산주의자도 정신병자도 아닌, 오직 너무나 인간적인 낭만주의자일 뿐이라고 주장하면서 이틀 동안 교실에서 농성을 벌였으나 허사였다. 역사의 수레바퀴는 갈대숲에 가린 늪을 향해 굴러갔다.

기태와 나는 벼르고 벼르다가 일 주일 만에 선생의 하숙방을 찾아갔으나 선생이 작별을 고한 지가 벌써 나흘이 되었다고 주인 아주머니가 전해 주었다. 그후 선생의 모습은 영천 일대에서 볼 수가 없었다. 소문은 꼬리의 꼬리를 물고 우리 주변에 맴돌았다. 누구는 자살하였다고 하고, 누구는 4·19 직후 휴전선을 넘어 북으로 갔다고도 하고, 누구는 미쳐서 삼남을 행려병자처럼 떠돈다고도 하여 선생의 행방에 대한 추측은 구구하였다.

위엄을 떨고 있던 박월진이 무겁게 입을 열었다. 그의 목소리는 나지막했으나 자리에 없는 사람들에 대한 비난기도 섞여 있었다.

"참으로 유감이야. 치우 선생이 우리 학교에 재직하신 것이 사 년 가까이 되는데 다른 기에서는 한 놈도 코빼기를 내보이지 않으니 이럴 수가 있나?"

그리고 그는 근엄하게 우리를 둘러보았다.

"다른 기에는 알리지 않았어. 워낙 예기치 못한 일이라 창망하였구, 또 화장으로 모실 바에야 우리로서도 충분하다고 생각했지."

기태가 변명하였다.

"아무튼 선생이 이렇게 쓸쓸히 돌아가시게 된 것은 너남직할 것 없이 우리가 선생님을 너무 소홀히 대한 탓이야. 늦기는 했으나 장례를 치르고 나서 나는 기동창회장으로서 선생의 죽음을 총동창회에 보고하고 장학 기금을 조성할 생각이야."

"그게 가능할까? 선생은 고작 4년도 채 못 되는 기간 봉직했고 명예롭지 못하게 쫓겨나다시피 그만두었어. 그 전이나 그 이후의 동창들은 선생을 모를 뿐더러 여러 가지의 의혹 때문에 학교에서도 달가와하지 않을 꺼야. 그저 선생의 죽음은 그의 생전을 기억하고 있는 몇몇 동창의 개인적 추모로 끝났으면 해."

나는 무엇보다도 선생의 죽음을 박월진이 자신의 인기를 위하여 이용하려는 속셈이 불쾌하였다. 그는 다음 동창회에서 총동창회장에 입후보할 생각을 가지고 있으며 장차 정계에서 입신하기 위하여 지연과 학연을 단단히 구축하고 있다는 설도 들어 알고 있는 터였다. 아무려나 그가 입신양명하고 부귀영화를 누리겠다는 데 대해서 배가 아파할 까닭이 내게는 추호도 없었다. 다만 치우 선생이 그를 위한 제물이 될 수는 없다는 생각이었다. 치우 선생과 그는 별종의 인간이었다.

내 말에 박월진 본인보다도 남필구가 묘한 반응을 보였다. 술을 할 줄 모르는 그의 얼굴은 소주 몇 잔 마신 탓으로 빨갛게 달아올라 있었는데, 나를 노려보느라고 더욱 빨개졌다. 귓볼과 목언저리까지 새빨개진 그는 가쁜 숨을 훅훅 뿜으며 말하였다.

"불가능이란 내 사전에는 없다. 바로 치우 선생이 나폴레옹을 통해서 가르쳐 주신 말씀이었지. 이쪽의 추진력이 문제지 모교나 동창생들의 의견 따위는 필요없다고 생각해."

하고 그는 슬쩍 박월진의 눈치를 살폈다. 그러자 박월진이 알았다는 듯 고개를 끄덕거렸다.

"장학금이 없어 쩔쩔 매는 마당에 모교에서 마다할 까닭이 없어. 그리고 총동창회에선 간부 몇 사람만 구스르면 모두 동의할 꺼구. 동창생들이 돈을 내지 않는다면 내 단독으로 기금을 내겠어."

박월진의 결단력에 그의 휘하 친구들은 물론, 영천 시장패까지 와와 하고 환성을 질렀다. 나는 무엇인가 더 강변하고 싶었으나 그럴수록 소외감만 깊어질 것 같아 소주잔을 홀짝거렸다.

그것으로써 치우 선생 기념 사업의 건은 일단락되었다. 생전에 괄시받고 외롭게 거지처럼 살았었던 선생은 죽어서 모교에나마 작은 이름을 남기게 된 것이었다.

"자, 그럼 우리 화투놀이나 좀 해볼까?"

하고 벌써부터 준비해 두었던 듯 승남이 잠바주머니에서 화투짝을 꺼냈다. 박월진과 남필구와 나를 제외하고 여섯 명이 화투짝을 중심으로 원을 그리며 모여 앉았다.

"자, 그럼, 놀고들 있게. 박회장은 사업 관계상 약속이 있어서 부득이 나갔다가 아침에 돌아올 거야."

남필구가 앞장서며 방을 나가면서 박월진에게 고갯짓을 하였다.

"열두 시가 넘었어."

하고 기태가 그때까지 그가 갖고 있던 선생의 베레모를 박월진에게 넘겨 주었다.

"그렇지만 그 사람들, 마냥 기다리게 할 수는 없잖은가?"

그 사람들이 누군지는 알 수 없었으나 박월진은 베레모를 한 손으로 우그러지게 움켜쥐면서 볼멘소리를 내뱉고 밖으로 나갔다. 내일 아침에는 꼭 오게. 시장패들이 한마디씩 하였더니 그럼, 그럼 하는 코맹녕이 소리가 마루 끝에서 들려 왔다.

난, 장례엔 참석할 수 없을 거야. 화장장까지 따라갔다가는 하루 시간을 허비하게 되니까. 그럴 수 없지. 김정호와의 일을 매듭지어야 해. 공연 날짜가 사흘밖에 남지 않았는데. 오늘 밤샘을 하는 것으로 치우 선생에 대한 추모를 끝낼 수밖에 없다.

나는 일어나서 장기판만한 창문가로 다가가서 밖을 내다보았다. 아카시아꽃 향기가 코 끝을 스쳤다. 나는 그 냄새를 욕심을 내며 가슴 깊숙이 빨아들였다. 교도소 망루의 불빛이 안개에 싸인 듯 멀리 보였다. 교도소 벽돌담 왼쪽으로 헤드라이트 불빛이 출렁거리는 것으로 보아 박월진의 차가 언덕을 내려가고 있는 모양이었다. 중심가의 불빛은 많이 사그라져 있었으나 박월진이 사업상 누군가를 만나듯이 더러는 불빛을 켜고 깨어 있었다. 이제 저 큰 도시는 완전히 잠드는 법이 없었다. 나는 눈을 지그시 감았다. 방 안에 떠도는 짙은 만수향 향내를 누르고 아카시아 꽃내음이 한층 그윽하게 코 끝에 감돌았다. 아카시아는 창가와는 반대쪽인 산비탈에 자라고 있었음에도 그리고 아직 만개하지 않았음에도 불구하고 어째서 그 향기가 맴도는 것일까. 나는 그 까닭을 이미 알아채었다. 그것은 환향(幻香)이었다.

내가 치우 선생을 만난 것은 고등학교를 졸업하고 실로 12년 만이었다. 만났다기보다는 주간지의 연극 담당 말단 기자로 근무하고 있을 그 무렵, 선생이 나를 찾아왔던 것이다. 물론 나는 선생이 그 얼마 전부터 동창생들 사이에 나타나고 있다는 말을 들어 선생이 그 동안 생존해 있었다는 것을 알고는 있었다.

"야, 어제 걸레가 내 신발가게에 들렀는데 말씀이 아니더라."

기사를 넘기고 무료하게 앉아 조간을 기다리고 있던, 유신이 굳던 그 해 5월의 어느 날, 언제나처럼 느닷없이 기태가 전화를 걸어 왔던 것이다.

"어디서 뭘 하셨대?"

내가 물었다.

"걸레가 그런 거 얘기하는 분이냐? 그렇지만 지금은 월부 책장사인 것만은 틀림없어. 날더러 무슨무슨 세계사를 한 질 구하라고 하던데 요즘 장사가 되야지. 내겐 별로 필요한 것도 아니고. 사정사정해서 돌려보냈지. 그냥 소주 몇 잔 사드리는 걸로 땜질을 했는데 안됐어. 후회가 되는걸. 내가 네 얘기를 했으니까. 오시거든 한 질 사드려라. 넌, 아무래도 나보다 형편이 나을 테니까."

나는 걱정부터 앞섰다. 월급이라고 한 달에 2만 원밖에 받지 못하는 나로서는 아내와 자식 두 놈 거느리는 것조차 벅찼기 때문이었다. 나는 전화를 받고 며칠 동안 신문사에 들어가지 않고 밖으로 떠돌았다. 나흘 만이었다. 저녁 때 편집실로 올라가기 위해 현관 앞을 지나려는데 웬 허스름한 옷차림의 중년노인이 수위와 들어가니 못 들어가니 하고 실랑이를 벌이고 있었다.

"이거 보시우. 내 제자를 만나러 간다는데 이런 법이 어디 있소?"

양복차림에 등을 지고 있었으나 목소리가 낯이 익었다. 게다가 그 베레모를 쓰고 있는 모습이 틀림없는 치우 선생이었다.

"제자는 무슨 제자? 그 가방만 봐도 책장사라는 걸 알 수 있는데."

나는 수위의 말을 귓가로 흘리면서 몰인정하게 뒤돌아 몇 걸음 밖으로 나왔다. 그리고 우뚝 멈추어 섰다.

그럴 수가 없어. 한 학기 옷깃 스치듯 지나간 분이지만 이처럼 모든 제자들에게 한결같이 냉대를 받는다면…….

나는 되돌아 선생 곁으로 다가갔다.

"선생님, 저……."

선생이 고개를 돌려 나를 쳐다보았다.

"오오, 이동수 기자!"

그는 온 얼굴에 환한 반색을 띠고 배우처럼 과장된 몸짓으로 나를 얼싸안았다.

"내가 자네를 찾아오지 않았겠나?"

"알고 있습니다. 밖으로 나가시죠."

나는 그의 낡은 가죽가방을 받아들고 앞장서 현관 밖으로 나갔다. 선생이 잽싼 발걸음으로 나를 따라왔다. 나는 그를 청진동 족발집으로 안내하였다.

"이거, 이거 술이라면……."

내가 소주를 시키자 그는 겁먹은 듯이 사양하려고 들었다. 나는 처음에 그가 병이라도 들었는가 싶어 시킨 술을 취소하려고 하였다.

"그럴 것까지는 없네. 만나는 제자마다 내게 술을 권하니까."

나는 알아채었다. 만나는 제자마다 책을 사지 않고 얼렁뚱땅 술 한

잔을 마시게 하여 돌려보내는 것을 그가 겁내고 있음을.

"선생님, 왜 저를 찾아오셨는지 잘 알고 있습니다. 제가 선생님의 세계사 한 질을 사지요. 월부이긴 하지만요. 걱정마시고 출출하실 텐데 한잔 드십시오."

"야, 듣던 중 반가운 소리로군."

그는 그날 내 앞에서 그렇게 매기 싫어하던 넥타이를 풀어 헤치고 몸을 가눌 수 없을 만큼 술을 마셨다. 나도 어지간히 취하였다. 아마도 술기 탓이었으리라. 그가 나를 그의 방으로 끌고 갔던 것이다.

갈현동 너머 산비탈에 매달린 어느 일각대문집 끝방이었다. 방 한쪽에 모서리 철사가 삐져 나온 비닐 옷가방과 그 위에 개켜 얹어 놓은 더러운 이불 한 채만이 덩그마니 놓여 있고 그 밑에 신지 않은 흰 고무신 두 켤레가 있었을 뿐 아무것도 없었다. 방 천장 한가운데 달랑거리며 매달린 전등빛이 사면벽에 도배한 신문지를 비춰 주고 있었다. 내가 방 안을 둘러보자 그가 말했다.

"자세히 살펴보면 자네 이름이 밝힌 신문기사도 있다네."

"그럼, 제가 어디 있는지 기태가 가르쳐 드린 것이 아니고 전부터 알고 계셨다는 말씀이신가요?"

나는 사 가지고 간 소주병을 이빨로 따면서 말하였다. 그가 끄덕거렸다.

"기태란 놈 기특하기도 하지. 내게 만 원을 주면서 저 고무신까지 얹어 주었으니까."

그러니까 기태는 내게 전화에 대고 선생에게 소주 몇 잔 사드렸다는 말만 하였으나 나름대로 인사치레는 했던 것이다.

나는 그때 문득 아카시아꽃 향기를 맡았다. 처음에는 그 향기를 의식하지 못했으나 그것은 내 취기를 몰아내며 그윽하고 달콤하게 나를 감싸는 것을 의식하였다. 한 작은 창문이 열려 있었고 만발한 하얀 아카시아꽃이 창문을 가득 메우고 있는 것처럼 보였다.

"아카시아꽃 향기가 좋군요."

하고 내가 말하였다.

"뒤는 바로 동산이야. 내가 이곳으로 이사온 것은 지난 겨울이었지만, 창가에 아카시아 숲이 있는 것을 보고 방을 정하기로 했지."

선생은 자리에서 일어나려고 움찔거리다가 무슨 생각에선지 도로 주저앉았다.

"선생님께서 아카시아꽃을 좋아하시리라곤 생각 못 했어요. 무슨 이유라도 있으신가요?"

나는 선생의 고향 뒷동산에 아카시아 숲이 있었다는 내력이라도 들을지 모른다는 기대감에서 말하였으나 그는 빙긋 웃으며 내 기대를 무너뜨렸다.

"이유는 무슨 이유? 그저 좋을 뿐이야."

그러나 나는 그에 대하여 궁금한 것이 너무나 많아서 가만히 있을 수가 없었다.

"선생님께선 그 동안 어디 계셨습니까?"

"그게 뭐 그다지 중요한가? 어머니의 자궁으로부터 어떻게 나와서 생을 얻고 살다가 가는 죽음이 무엇인지 아는 사람은 아무도 없다네. 이론적으로는 가능하지만 그것을 체험해서 아는 사람은 이 세상에 없어. 그러니 탄생과 죽음 사이의 삶이란 것도 별 의미가 없는 것이지. 그러니 어떤 사람이 어디서 무엇을 했건 그게 뭐 그다지 중요한가? 다만 본질은 버릴 수 없지. 그것이야말로 생 이전과 죽음 이후를 연결하는 한 가닥의 끈과 같은 것이어서 말이야. 나는 차라리 비본질적인 것을 하나하나 떨어 버리려고 해. 사람에겐 피와 뼈와 정신과 그것을 감싸는 가죽만 있으면 돼. 윤기 흐르는 비곗살 따윈 비본질적인 것이지."

나는 그때 선생이 변했다고 생각했다. 우리의 소년 시절을 이상으로 채워 주었던 이 사람이 이제 허무주의자로 전락해 버렸다고 느꼈다. 그렇다면 왜 구차하게 책장사를 하면서 연명을 하시려고 합니까? 하는 말이 입 안에서 뱅글뱅글 도는 것을 끝내 목젖 너머로 삼켜 버리기는 하였으나 선생이 어쩌면 죽음을 준비하고 있는지도 모른다고 생각하였다.

"선생님, 요즘도 시를 읊으십니까?"

나는 기자적인 근성으로 다그쳤다.

"읊지. 그것은 본질적인 것이니까. 헌데 세상이란 그걸 싫어해. 비본질적인 것을 좋아하더군. 난 지난 겨울까지만 하더라도 지방도시에서 학원 강사를 한 삼 년 했더랬지. 허허허……."

선생은 말하다 말고 잠시 허탈하게 웃었다. 이런 이야기가 무슨 소용이 있겠는가 하는 자조가 담겨 있었다.

"나폴레옹과 시와 모노드라마……. 유신 전까진 그게 먹혀들어 가더니 유신 후로는 먹혀들지 않더군. 결국 쫓겨났다네."

그날 밤 선생의 그간의 행적에 대해 알아낸 것은 그것뿐이었다. 선생이 몇 편의 시를 소리 높여 읊은 것 같았으나 아침에 깨어났을 때에는 그것이 무엇이었는지 단 한 편도 기억에 떠오르지 않았다. 선생은 그날로 내 책상에 세계사 한 질을 갖다 놓았고 나는 3개월 만에 전 대금을 지불하였다. 그리고 선생은 다시금 내 앞에 나타나지 않았다.

그러니까 나로서는 내가 하룻밤 신세진 바 있는 그 집을 선생이 언제 떠났고 이 아파트로 언제 이사 왔는지 알지 못하였다. 정말 그와 같은 일상사는 중요한 것이 아니었다.

장기판만한 창문에 여명이 다가올 무렵 진기를 제외한 다섯 사내는 어느새 화투짝을 집어치운 듯 서로 다리를 얹고 코를 골며 잠에 떨어져 있었다.

"바람 좀 쐬고 오겠어."

내가 진기에게 말했다. 머리를 괴고 비스듬히 누워 있던 진기가 상체를 일으켰다.

"같이 가자구."

둘은 아파트 복도로 나왔다. 난간 너머 산비탈에는 아직 피지 않은 듯이 보이는 아카시아꽃이 주렁주렁 매달려 있었다. 우리는 어두컴컴하고 더럽고 냄새나는 층계를 몇 번 돌아 밖으로 나왔다.

남산 타워 저쪽으로 먼동이 트고 있었다. 나는 아파트 건물을 돌아 산 쪽으로 올라갔다.

"어디로 가는 거야?"

진기가 어리둥절해서 물었다.

"아카시아꽃을 따려고……."

"그건 왜?"

"선생이 좋아했어. 관 위에 꽃을 덮어 드리고 싶어."

나는 이 산에서 국민학교 때 산딸기를 따 먹은 것을 떠올리며 비탈을 올랐다.

"선생이 아카시아꽃을 좋아했다니 금시초문이야. 아무튼 꽃을 덮어 드리는 일이야 나쁘지 않지."

이윽고 햇살이 퍼지더니 그것은 흰 꽃봉오리 위로 눈부시게 꽂혀 왔다. 해가 솟자 햇살은 온기를 뿜으며 더욱 넓게 더욱 선명하게 쏟아졌다. 나는 그 순간 웅그리고 있던 꽃봉오리들이 하나둘 꽃잎을 벌리며 피어나는 것을 보았다.

진기와 나는 어린아이처럼 각기 나무에 매달려 기어 올라갔다. 옛날처럼 쉬운 일은 아니었으나 즐거웠다. 조심스럽게 나뭇가지를 타고 나가 꽃을 따 떨어뜨렸다. 옷과 손이 가시에 긁히었으나 쉬지 않았다.

"선생이 요즘 무얼 해서 연명했는지 알아?"

진기가 저쪽 나뭇가지에서 소리쳤다. 나로서는 알 턱이 없었다. 그 점에 대해서 알고 있던 사람들이 입 열기를 꺼려 했었다.

"영천 시장에서 지게를 졌어. 하지만 옛날처럼 지겟벌이가 있어야지. 끼니를 거르신다는 말을 들을 때면 우리가 가끔 쌀말이라도 보태드리곤 했었지."

시장패들은 역시 따뜻한 마음을 지녔다. 그들은 선생이 살아 있을 때 선생을 도왔다. 그가 타계한 뒤에 장학기금을 조성하고 꽃을 꺾는 것은 우스꽝스런 일이다. 그러나 꽃이라도 덮어 주지 않는다면 내가 할 일은 아무것도 없을 것 같았다.

진기와 나는 꽃을 떨어낸 줄기를 끈 삼아 꽃타래를 만들었다. 관을 충분히 덮을 수 있을 만큼.

10시가 되었지만 박월진과 남필구는 나타나지 않았다. 우리는 기다리다 못해 영구차가 서 있는 아파트 밖으로 운구하였다. 나는 시장패의 간청에도 불구하고 다시금 영구차를 타지 않았고 차는 미적미적 떠났다. 나는 어느덧 그들과 행동을 같이할 수 없는 인간으로 변모해 있었다.

나는 영구차 사라진 콘크리트 길을 따라 천천히 걸어 내려갔다. 한 굽이를 돌았을 때였다. 이슬이 투명하게 방울방울 맺힌 길가 풀섶 위에 얹힌 검은 물건을 보았다. 나는 그것이 헝겊 쪼가리인 줄로 알고 무심히 지나치려다가 무엇인가 목덜미를 잡아채는 것 같아 되돌아 풀섶으로 돌아갔다. 그것은 눈에 익은 치우 선생의 베레모였다.

나는 그것을 주워 들고 한참 멍하니 서 있었다. 분명히 박월진은 간밤 유품으로 보관하겠다고 모자를 가지고 나갔었다. 그런데 왜 여기에 떨어져 있을까. 박월진이 일부러 버린 것일까. 그렇다면 그가 간밤에 그토록 강변하던 논리와 앞뒤가 맞지가 않았다. 나는 이해할 수가 없었다.

나는 축축한 그 모자를 내 머리에 얹었다. 갑자기 아카시아꽃 향기가 코 끝에 물씬 와닿았고 정신이 명료하게 맑아 왔다. 어쩐지 나는 다시 태어나는 것 같은 느낌이 들었다.

나는 아카시아꽃의 꽃말이 무엇일까 한번 찾아봐야겠다고 생각하였고, 의식적으로 김정호의 건을 뇌리에서 몰아내고 버스를 뒤따라 화장터로 갈 택시를 조바심을 내면서 기다렸다.

김용성 대표중단편소설

# 리빠똥 장군

리빠똥 장군

정 중위는 논둑에 서서 불빛이 띄어띄엄 빛나고 있는 병원 건물을 올려다보았다. 참으로 먼 곳에서처럼 땅 하고 한 발의 총소리가 들린 것은 바로 그 순간이었다. 오싹하는 전율이 전신을 타고 내렸다.

# 리빠똥 장군

## 1

연대에 리빠똥 장군이 부임해 오리라는 소문이 나돌고부터 장사병들은 사기가 꺾여 있었다. 그의 비인간적인 통솔 방법은 군단내에서도 꽤나 이름이 나 있었기 때문이었다. 특히 연대 본부의 장교들은 집무 시간에도 일손이 잡히지 않아 전전긍긍했으며 한둘만 모여도 리빠똥 장군의 과거 행적을 하나하나 들춰내어 두려워하기도 하고 비웃어 주기도 했다. 지휘관이란 부하들의 비위에 꼭 맞아떨어지기가 어려운 것이었지만, 장군에게서는 긍정적으로 받아들일 수 있는 면이라고는 눈곱만큼도 찾아볼 수가 없었던 것이다.

때는 아침 저녁으로 서늘한 바람이 철조망 사이로 살금살금 넘나드는 가을이었다. 식사 시간에 식당에서 먼저 식사를 끝내고 나온 사병들은 양지바른 식당 벽가를 따라 떼를 지어 웅성거렸는데, 그 내용은 장군에 대한 전설적인 일화에 대한 것들이었다. 고위층을 알고 있는 장교들은 이 연대를 떠나 가야겠다고 푸념처럼 뇌까렸다. 화났을 때 그가 사용하는 주특기는 부하들의 정강이를 군화발로 차는 것으로, 이름하여 '쪼인트 깐다'였다. 그것이 터졌을 시기를 대비하여 고위층에 연줄이 없는 장교들은 집무실에 모여서 군화발을 피하는 시늉으로 깡충깡충 뛰는 연습을 하면서 법석을 떨기도 했다.

마침내 리빠똥 장군이 부임했다. 그러나 다른 부대로 전출한 장교는 한 명도 없었고, 간단한 취임사로 연대 장병들에게 선을 보인 장군은 이후 소문이 무색하도록 침묵을 지켰다. 하지만 그것은 폭풍 전야의 고요한 바다였을 뿐, 드디어 전 부대가 그의 힘에 부대껴야 할 날은 닥치고야 말았다.

먼저 알아 둘 일은, 리빠똥 장군이란 실제로 별을 딴 장군이 아니라 그다지 달갑지 않은 별명에 지나지 않는다는 것이다. 그의 계급은 대령으로 연대 지휘관이었다. 그도 남들처럼 장군을 바라기는 했지만 그것이 그리 쉬운 일이 아니라는 것을 여러분도 잘 알 것이다.

그가 대대장 시절의 이야기다. 하도 시달림을 받던 인사행정관이 하루는 그의 마음을 흐뭇하게 해주어야겠다고 생각했다. 인사행정관은 결재 때마다 꼬투리를 잡혀 욕설 세례를 받거나 구두발에 채이지 않으면 결재 서류가 대대장실이 좁다고 날아다니는 판이니, 실상은 대대장이 폭군처럼 보이기도 했을 것이다. 그래서 그는 폭군을 어르면서 조금은 놀려 주어야겠다고 마음먹었던 것이다.

"대대장님, 요즘 장사병 사이에서 들리는 말에 의하면 장군을…… 아니 대대장님을 장군이라고 부르고 있습니다. 리빠똥 장군이라고……."

"허, 리빠똥 장군? 그래, 리빠똥 장군이란 어떤 사람이었나?"

중령 계급장을 달고서 장군이라는 말을 들으니 미상불 기분이 좋은 것 같았다. 그래서 용기를 얻은 인사행정관인 그 중위는 옆방의 전령들이 들을 만큼 큰소리로 외쳐댔다.

"리빠똥 장군이라 하면……."

그리고 또 대대장의 눈치를 살폈다.

"빨리 말해라, 이거 더듬기는."

"네, 빨리 말하겠습니다. 리빠똥 장군이라 하면, 저 나폴레옹의 유명한 참모였습니다."

"허, 그래?"

"더 구체적으로 말씀드리면, 나폴레옹이 백전 백승한 것은 모두 리빠똥 장군의 우수한 작전 계획을 그대로 실천했기 때문이라고 합니다."

그날 그 중위는 이례적으로 거침없이 1주일간 밀렸던 서류에 결재를 얻었다. 내내 장군이라는 별칭에 기분이 흐뭇했던 대대장은 역사책을 뒤적였고, 마침내는 열흘이나 걸려 일본에서 발간된 『세계 인명 사전』을 구해다가 눈을 까뒤집고 찾아보았다. 그러나, 안타깝게도 리빠똥 장군이라는 이름은 나타나지 않았다. 낮이나 밤이나 리빠똥이라는 이름이 그의 머리 안에 뱅뱅 돌고 떠나지를 않았다. 그런데 어느 날 밤, 그는 불을 끄고 침대에 누워 역시 리빠똥을 생각하고 있었는데 느닷없이 파리 한 마리가 그의 벗겨진 이마 위에 사뿐히 앉는 것이 아닌가.

"이놈의 똥파리가!"

그는 이마를 손바닥으로 탁 쳤다. 그러자 번개처럼 그의 머리를 스치고 지나가는 지혜가 있었다. 리빠똥, 리빠똥, 리파똥파리똥파리, 똥파리…….

아아, 그것은 다름 아닌 똥파리 장군이었던 것이다. 다음날 아침, 대대장이 인사행정관인 그 중위를 대대장실로 호출하였음은 불문가지였다.

"뭐, 리빠똥 장군이 나폴레옹의 참모였다구? 이 새끼, 대가리에 피도 안 마른 새파란 새끼가 상관을 가지고 놀아? 이 새끼, 다시 한 번 말해 봐라."

그는 중위의 얼굴과 배, 다리를 손과 발로 치고 차면서 고함을 질렀다.

"이 새끼, 다시 한 번 말해 보라니까."

중위는 토끼 모양 이리 뛰고 저리 뛰면서 대대장실 안을 맴돌았다. 결국 한 번 더 불러야 할 것 같았다. 그래서 죽었다 싶었지만 목청껏 외쳐댔다.

"리빠똥 장군!"

옆방에서는 전령들이 이 소란을 듣고 있었다. 중위가 대대장실에서 기진맥진 흐느적거리며 나왔을 때는 이미 리빠똥 장군이라는 별명이 말 많은 전령들의 입을 통해 전대대로 퍼져 나가고 있었다. 리빠똥, 똥파리 장군.

이 전설 같은 별명을 지닌 리빠똥 장군이 부임해 오고 1주일쯤 지났을까, 연대에 월남 전선에서 돌아온 중위 하나가 부대 정훈관으로 전임돼 왔다. 장군의 괴팍한 면모는 이 중위로부터 나타나기 시작했다. 중위의 이름은 정호영이라 했다. 한마디로 그의 얼굴은 고릴라상이었다. 이마는 별로 넓지 않았으나 납작코에다 턱이 유난히 길면서 앞으로 휘어져 나와 있었다. 1미터 76센티의 키에 어깨가 떡 벌어졌다. 그가 특이한 존재로서 인상을 굳히게 된 것은 전임돼 온 다음날 신고 때였다. 리빠똥 장군과 고릴라 중위가 운명적으로 마주친 것이었다.

"뭐 똥파리 장군이라고 인간이 아니겠능교?"

인사 참모 조 소령이 정 중위에게 들어가서 정신 똑바로 차리고 무엇을 물으면 장교답게 표준어를 사용하여 명확한 발음으로 답변해야 한다고 예비 지식을 주자, 그가 되받은 말이었다. 그러나 막상 연대장실로 들어갔을 때 그는 바닥에 칠한 에나멜의 붉은 색깔 때문에 머리가 어지러웠다. 그것은 피, 피를 연상시켰다. 그는 부동 자세로 서서 조 소령의 소개가 끝나기를 기다렸다.

"월남에서 귀국해서, 휴가가 끝나고 전임온 정호영 중위입니다. 지난번 결재 때 말씀드린 바 있는……."

정 중위에게 명확한 발음으로 답변하라고 말했던 장본인인 조 소령의 음성이 오히려 와들거려서 안쓰러울 지경이었다. 리빠똥 장군은 얼굴을 한 번 들어 툭 튀어 나온 두 눈으로 정 중위를 흘끗 보았을 뿐, 읽고 있던 신문에 다시 시선을 꽂고 침묵을 지켰다. 그러자 조 소령은 정 중위의 옆구리를 쿡 찌르고 빨리 신고를 하라고 눈짓을 했다. 정 중위는 목청에 힘을 모으고 소리 질렀다.

"중위 정호영은 일천 구백 육십팔 년 시월 십팔 일 귀국 중대로부터 본연대에 전입되었기에 신고합니다."

여전히 리빠똥 장군은 쿠션에 묻힌 채 꼼짝도 하지 않았다. 다급해진 것은 정 중위보다 조 소령이었다. 그의 생각으로는 정 중위의 신고에는 틀린 데가 없었다. 발음도 떨면서 우물쭈물하는 자기보다는 월등히 좋았다. 그럼에도 무엇인가 리빠똥 장군의 비위에 맞지 않는 것이다.

"자네 신고하는 데 왜 그리 악을 쓰나? 좀 조용히 하게."

조 소령은 장군의 눈치를 보면서 한마디했다. 그래서 정 중위는 조금은 낮은 목소리로 반복했다. 그래도 역시 끄덕도 않는다. 더 이상 두 사람은 할 말이 없었다. 그렇게 부동 자세로 10분 이상은 서 있었을 게다.

"어떻게 하면 좋으시겠습니까?"

마침내 이렇게 말한 것은 조 소령이 아니라 정 중위였다. 서서히 신문이 얼굴에서 걷혀지고 새파란 불똥을 튕기듯 노려보는 리빠똥 장군의 두 눈이 나타났다.

"흥!"

장군은 코웃음을 쳤다.

"나가서 처음부터 다시 들어와."

두 사람은 연대장실을 나왔다.

"이봐, 정 중위. 이번엔 자네만 들어가게. 소개는 된 거니까. 나는 더 들어가 고생할 필요가 없다고 생각해. 자, 노크를 해가며……."

조 소령은 날 살리라는 듯이 꽁무니를 빼고 달아났다.

"제에길 조까치."

정 중위는 연대장실 도어를 두드렸다. 반응을 기다렸으나 아무 소리도 없었다. 또 두드렸다. 그래도 무반응이라 문을 열고 성큼 들어서고 말았다. 핏빛 같은 에나멜의 바닥. 맞은편 벽에는 대통령으로부터 사단장까지의 사진이 너덧 개 주욱 붙어 있고, 오른편 벽에 완전무장의 배낭이 하나, 그 위에 철모가 얹혀 있고 권총 탄띠가 총이 든 채 축 늘어져 걸려 있다. 왼쪽에는 연대기와 전통에 빛나는 각종 경연 우승기들이 기폭을 늘어뜨린 채 세워져 있다. 맞은편 사진이 붙은 밑에는 창문이 있었는데, 그 너머로 두 해 가량 자라난 포플라의 줄기가 바람에 흔들리고 있는 것이 보였다. 사양이 나뭇가지 위를 지나 땅에 떨어지고, 그것을 받으며 낙엽이 몇 잎 뒹굴고 있었다. 그는 될 수 있는 대로 바닥을 보려고 하지 않았다. 자꾸만 회상되는 것이 있기 때문이었다. 어찔하는 현기증이 때때로 그의 뇌리를 스쳐 갔으나 쓰러지지 않으려고 주먹에 힘을 주며 창 밖으로 시선을 던졌다. 20분쯤 지났다. 차츰 리빠똥 장군은 인간이 아닐는지도 모른다는 생각이 들기 시작했다. 정말 똥파리 같은 존재일지도 모른다. 제가 인간이라면 나도 인간인데 이렇게 골탕먹일 수가 있을까.

"자네 월남서 몇 번이나 전투했나? 기록에 의하면 소대장을 한 것으로 되어 있던데."

느닷없이 신문 뒤에서 흘러나온 말이었다. 그 동안이면 볼만한 기사도 다 보았을 법도 한데 장군은 신문을 놓지 않았다.

"교전이 있었던 전투는 여섯 번입니다."

"많이 했다고 생각해?"

"제 생각에는 중간 정도라 생각합니다."

"자네 정훈관이 마음에 드는지?"

"신통치 않은 보직이지만 해보겠습니다."

리빠똥 장군의 마음이 좀 누그러졌다 싶었다. 그래서 그는 내킨 김에 아예 가슴에 품고 있던 말을 쏟아 놓고 말았다.

"그래도 학교 때는 문학을 한답시고 껍죽거리며 다녔으니까 말입니다."

안 할 말을 했는지 모른다.

"그래? 자네 경상도내긴가 본데, 무뚝뚝하지만 쓸 만하겠어. 자네 내 부관 하지 않겠어? 말하자면 장군들은 부관을 거느리고 있지 않은가? 대령이라고 섭섭히 생각지는 말고…… 부관이 할 일도 겸임해야 진짜 정훈관이라 할 수 있지."

부드럽고 은근한 음성이었다. 이런 우라질, 그러나 직제상에 없는 대령 부관이지만, 이 마당에서 마달 수 없는 처지가 아닌가.

"맞습니더. 장군이란 게 별거겠습니꺼? 장군이 되는 거야 마음먹기에 달린 겁니더. 여기 서 있는 저라도 말입니더."

그러자 신문지가 요란한 소리를 내며 옆으로 제쳐지더니 리빠똥 장군이 헤벌쭉거리며 웃었다.

"좋아. 돌아가도 좋아."

## 2

그러나 정 중위는 직제상에 없는 부관직이나마 1주일도 안 돼 여지없이 박탈당하고 말았다.

"개새끼, 나도 장군이 될 수 있다고 떠들 때부터 어쩐지 머리가 돈 것 같았단 말야. 초급 장교들의 해이된 정신을 바로잡기 위해 정신교육을 시켜야겠어. 인사 참모! 오늘 오후 한 시에 전 장교를 식당에 집합시켜. 알겠어? 시간 엄수해서 말야."

리빠똥 장군이 화를 내게 된 것은 사건의 경위로 보아 당연한 것이었는지도 모른다.

지난 일요일의 일이었다. 일직 장교와 3분의 1의 잔류 장교 그리고 잔류 병력이 남아 있었을 뿐 장병이 외출을 나간 부대 안은 조용했다. 연대 연병장에는 몇몇의 병사들이 이따금 떼를 지어 지나가고, 한쪽 구석에서는 상의를 벗은 병사들이 배구볼을 가지고 공중에 높이높이 쳐 올리고 있었다. 리빠똥 장군도 외출을 나가 연대장실은 비어 있었다. 모처럼 장군의 시달림으로부터 벗어난 전령들도 창 밖으로 한가한 연병장을 바라보며 고향 생각에 잠겨 있었을 때였다.

갑자기 뽀얀 먼지를 일으키며 도로를 따라 한 대의 짚차가 이쪽으로 달려오고 있는 것이 창 밖으로 보였다. 두 명의 전령은 장군이 오는가 보다 겁을 먹으며 재빨리 자리를 차고 건물 밖으로 뛰어나갔다. 짚차는 연대장실 앞에 와서 삐익 소리를 내며 멎었다. 한데, 거기서 뛰어내린 것은 리빠똥 장군이 아니었다. 정면 한가운데에 한 개의 별이 번쩍거리는 작업모를 쓴 진짜 장군이었다. 전령들은 얼어붙은 듯 부동 자세로 경례를 붙였다.

"이봐, 리빠똥 장군은 있는가?"

굵직한 목소리의 주인공을 전령들이 다시금 쳐다보았을 때, 그들은 아연실색하고 말았다. 그것은 다름 아닌 고릴라 정 중위였던 것이다. 전령들은 다시 한 번 말문이 막혀 입이 떨어지지 않았다. 입을 딱 벌리고 자기를 바라보고만 서 있는 전령들을 향해 그는 미친 듯이 소리 질렀다.

"리빠똥 장군은 있는가?"

"지금 안 계십니다."

"어디 갔어?"

"시내 외출중이십니다."

"외출중이라…… 두 시간 전에도 있었는데?"

중얼거리듯 내뱉고 나서 정 중위는 한동안 생각에 잠겨 자기의 발등을 내려다보았다. 그가 다시 얼굴을 들었다. 좀 전에 짚차에서 뛰어내릴 때와는 달리 양 어깨가 축 늘어지고 두 팔은 고릴라의 그것처럼 덜렁거리며 매달려 있었다. 얼굴에서 핏기가 사라졌다. 전령들은 코스모스 꽃밭을 바라보는 가늘게 뜬 그의 눈에서 고릴라의 실의를 보았다. 그의 입술이 바르르 떨었다. 드디어 전령들은 서로 눈을 끔뻑거리며 고개를 끄덕거렸다. 틀림없이 미친 것이다.

"저, 왜 그런 계급장을?"

그러나 정 중위는 들었는지 못 들었는지 몸을 돌려 훌쩍 짚차에 올라 운전대에 앉더니 액셀러레이터를 밟았다. 연병장을 한 바퀴 돌고, 먼지를 일으키며 그가 온 길로 되돌아 달아났다.

"정 중위가 미쳤다!"

두 전령의 입에서 이 말이 흘러나왔다. 그리고 그와 같은 사실이 리빠똥 장군의 귀에도 들어갔던 것이다. 그러나 리빠똥 장군은 정 중위가 미친 것이 아니라 자기에게 도전하려는 정신적 집착에 빠져 있을 뿐이라고 단정했다. 그는 정 중위가 초급 장교의 해이된 정신을 대표하는 인물이며, 그것은 곧 지휘관에게 도전하는 초급 장교의 암적인 힘의 발작이라고 규정했다.

그날 오후 한 시 정각, 연대 식당에는 스피커가 장치되고 소위부터 중령까지 백여 명의 장교가 집합했다. 장교들은 장군의 입에서 어떤 말이 나올까 두려우면서도 부임 첫 일성이 되므로 진가를 측정할 수 있다는 기대를 품고 있었다. 3분이 지나자 조 소령의 '차렷' 하는 구령이 났다. 웅성대던 장내가 조용해졌다. 리빠똥 장군은 왼손에 윤이 나는 까만색의 짧은 지휘봉을 들고, 배를 불쑥 내밀고서 잔걸음으로 단 위에 올라섰다.

"군대의 지휘 계통을 문란케 하는 암적인 존재가 장교들간에 섞여 있다는 말입니……."

경례를 받자마자 리빠똥 장군은 꽥 소리를 질렀다. 그는 '다' 자를 발음하지 않았다.

"내가 아는 상식으로는 질서라는 것은, 특히 군대에선 말요, 질서라는 것은 규율을 어기지 않고 절대 복종하는 데서만 유지되는 거요. 내가 오늘 제관들을 집합시킨 것은 이와 같은 것을 공부시키기 위해서요."

장교들은 벌써부터 입에 침을 물고 열변을 토하려는 장군의 비위를 거슬리지 않으려고 기침소리조차 제대로 내지 않았다.

"군대에서는 불평 불만이란 있을 수 없는 게야. 단위 부대를 지휘 통솔하는 것은 지휘관이야. 연대는 내가 지휘하는 게야. 연대 안에서 일어나는 모든 일은 내가 책임져. 아무리 좋은 머리를 갖고 있더라도 나의 머리를 혼란시킬 수는 없어. 요즘 장교들간에, 특히 초급 장교들 사이에는 뚱딴지 같은 짓을 하는 놈들이 있단 말야."

어느새 그의 말은 지휘관답게 부하들에게 회오리바람을 일으키고 있었다.

"초급 장교들은 이론이 서지도 않는 자유주의를 철조망 안에서 내세우고 있어. 내가 빨갱이놈들의 남침 전쟁 때 3백 회 이상이나 접전을 벌이면서 신조로 삼은 것은 군대 안에서는 자유고 평등이고 나발이고 없는 거라는 게야. 나는 제관들을 지휘해. 제관들의 목숨은 나에게 달려 있어. 그런 책임을 국가가 나에게 부여했단 말야. 대령 계급장을 보기 좋으라고 달은 겐지 아나? 나는 이 연대 안에서는 좋은 의미의 군주가 될 수 있어. 그런데, 보라구. 이 나를 무시하구 준장 계급장을 달고 부대 안을 쏘다니는 미친 고릴라 같은 놈이 있단 말야. 이건 다른 의미로 말하면 반역이요 쿠데타야. 그놈이 미쳤다고 방금 말했지만 미친 척하는 거지 실상은 미친 건 아니야."

그는 잠시 말을 멈추고 손등으로 입술의 침을 쓱 문지르고 나서 다시금 소리쳤다.

"정호영 중위, 앞으로 나와!"

고릴라 정 중위가 뒤에서 어깨를 축 늘어뜨리고 천천히 걸어 나가 장군 옆에 올라섰다. 정 중위는 두 눈을 끔뻑거리며 장교들을 내려다보았다.

"자네, 미쳤나?"

"아닙니다."

"아닙니다!"

정 중위는 장군의 물음에 연거푸 소리 질러 대답했다.

"미친놈보고 미쳤느냐고 물어 보면 물어 본 놈이 미친놈이란 말이 있지만, 이 친구는 절대 미치지 않았어. 그리고 나도 미치지 않았고……."

장교들 사이에 참다못해 낄낄거리는 웃음소리가 흘러나오기 시작하더니, 급기야는 와 하고 웃음보가 터졌다. 리빠똥 장군도 멋적은 듯이 흐물거리며 웃었다. 그러나 정 중위만은 결코 웃지 않았다.

"이것은 돈키호테 연극 구경하는 것 같은데, 꼭 돈키호테와 산쵸야."

웃음소리 사이로 누군가 말했다. 별로 큰 소리가 아니었으므로 장군과 정 중위는 듣지 못했으나 그 주위에 있던 장교들은 또 한 번 웃음을 터뜨렸다. 그러나 그때의 정경은 전혀 달리 표현할 수 있었다. 곡마단의 곡예사가 고릴라를 놓고 회초리를 후려치며 곡예를 하도록 강요했으나 고릴라가 제대로 연기를 못 해 곡예사는 관중에게 비굴한 웃음을 띠고 고릴라는 미안해서 침울해 있는 것과 같았다. 리빠똥 장군은 장내를 다시 엄숙한 분위기로 전환시키려고 지휘봉으로 교탁을 탁탁 두르렸다. 장교 식당 안에 웃음소리가 사라지자, 그는 매달리듯 정 중위의 어깨를 한 손으로 움켜쥐고는 마구 흔들었다. 그러나 정 중위는 꿈쩍도 않았다.

"이봐라, 말 좀 해봐라."

"잘못했습니다."

정 중위는 얼굴을 들고 좌중을 천천히 둘러보더니 무뚝뚝하고 침울하게, 그러나 뒷자리까지 들릴 만한 큰 소리로 말했다.

"누가 잘못한 걸 말하라고 했나? 이런 얼간이 같은 놈."

"그럼 뭘 말해야 되겠십니꺼?"

"왜 준장 계급장을 달았느냐 그 말이닷!"

"그저 달고 싶었을 뿐입니더."

"이유가 있을 게 아닌가!"

"저만 알고 있으려고 했으나 여러 장교님들도 그걸 알기를 원하는 것이 사실이라면 말하겠십더. 월남서 동기생 하나가 적탄에 맞아 죽었십더. 항상 전투에 나갈 때는 소위 계급장 대신에 별 하나를 달았십더. 2개 분대 병력을 끌고 가다 다리에서 기습을 받아 완전 포위당한 상태였십더. 연락을 받고 제가 지원 나갔을 때는 그는 죽어 가고 있었십더. 그가 피 묻은 손을 들어 군복 깃의 별을 만집디더. 그리고는 씩 웃고 그만 갔십니더. 그놈을 부둥켜안고 하늘을 보았지예. 별들이 총총했십더. 별들이…… 그가 말한 적이 있십니더. 나는 왜 전쟁터에서 별을 달고 다니는지 모른다고예. 저는 그놈의 별을 뜯어 포켓에 넣어 가지고 왔십더. 저는 그놈을 이해하려고 했십니더. 그러나 이해가 가지 않았십니더. 그런데 어제 갑자기 그 별을 달아 보고 싶어졌던 겁니더. 그러나 제가 여기서 말할 수 있는 것은 그놈의 말처럼 왜 별을 달았는지는 모르겠십더."

언제까지든 이어 나갈 것 같았으나 정 중위의 말은 거기서 끊겼다. 짙은 눈썹 아래 두 눈이 번쩍했다. 명확한 것은 없으면서도 그의 말에 무언가 뼈대가 있는 듯이 느껴져 장교들은 조용히 듣고 있었다.

"나를 만나려고 한 목적은?"

장군에게는 아직 정 중위를 공격할 여지가 남아 있었다.

정 중위는 한동안 머뭇거리고 있더니 이윽고 장군을 마주 향해 소리쳤다.

"미칠려고 그랬는지 모르겠십니더."

그러자 장교들간에 웅성웅성하는 소리가 났다. 다시금 장군은 교탁을 탁탁 치고 조용해지기를 기다렸다. 드디어 그의 입에서 욕이 튀어 나왔다.

"군의관, 이 새끼 끌고 가서 진단 좀 해봐. 뭣하면 정신 병동에 처넣어 버려."

그는 교단을 발로 꽝 구르고는 지휘봉을 옆으로 흔들면서 경례도 받지 않은 채 식당을 나갔다.

## 3

정 중위는 리빠똥 장군의 지시로 의무실 짚차에 실려 군단 병원으로 갔다. 정신 상태에 대한 감정을 받느라고 이틀 동안을 보냈다. 그러나 외부로부터의 압박감으로 인한 저항 노이로제 증세가 조금 보였을 뿐, 현대 인간들에게서는 누구에게서나 나타날 수 있는 현상이라고 하면서 입원할 요건이 안 된다는 진단이 내려졌다.

그래서 그는 다시 연대로 돌아오고 말았다. 돌아오던 날 군의관과 함께 정 중위는 장군에게 돌아왔다고 보고했다.

"음, 알고 있어. 전화가 걸려 왔더군. 별일 아니라구 말야. 군의관, 자넨 나가도 좋아."

하고 군의관에게 눈짓으로 문을 가리켰다. 군의관이 나가자 정 중위는 우뚝 서서 장군을 내려다보았다.

"그래도 한번 시험해 볼 필요가 있어. 지금부터 제식 교련을 하는 거다."

"여기서 말입니까?"

"그렇다. 우향우."

소리가 크지는 않았지만 구령대로 움직여 줄 것을 강요하고 있었다. 그는 잠시 동안 멀거니 지휘관을 내려다보았다.

"우향우."

좀 전과 같은 억양으로 구령이 떨어졌다. 거역할 수는 없었다. 그는 오른쪽으로 오른발을 90도 각도로 발뒤꿈치를 떼지 않은 채 돌렸다가 왼발을 가져다 붙였다.

"좌향좌."

"우향우."

"뒤로 돌아."

"좌향좌."

"좌향좌."

"우향우."

정 중위는 정신을 똑바로 차리고 구령대로 스무 번 가량 이리 돌고 저리 돌았다. 얼마 뒤, 그가 붉은색의 에나멜 빛깔에 머리가 띵해 옴을 느꼈을 때, 갑자기 연대장실이 조용해졌고, 자신이 리빠똥 장군에게 등을 보이며 벽을 향해 서 있다는 것을 알았다.

"음, 틀림없군. 됐어. 나를 향해 돌아서."

장군의 눈이 이글이글 타오르는가 싶자 큰 입이 헤벌쭉 벌려졌다.

"자, 이제부터 자네는 마음을 가라앉히고 조국에 대한 충성심으로 나에게 충성을 하는 게야. 내가 자네에게 시키는 일에 대해선 절대 비밀을 지켜야 해. 참모들은 자네가 위험 인물이라고 평가하고 있지만, 나는 그렇게 생각하고 싶지 않다는 거야. 자넨 말일세. 순진한 친구거든. 나는 자네를 믿고 있네."

"도대체 무슨 말씀을 할라캅니꺼?"

"좋아, 좋아. 거기 앉게."

장군은 주머니에서 열쇠를 꺼내 서랍을 열더기 세 통의 편지를 꺼냈다.

"자네, 휴가를 갔다 오게. 오늘은 밖에 나가 놀고 내일 아침 열차로 서울에 올라갔다가 이 편지를 부치고 그 다음날 귀대하란 말일세."

"그럴 필요가 있겠십니꺼? 우표값도 안 들고 여기서 군우편으로 부치지요."

"이 얼간이, 그럴 만한 이유가 있으니까 그러는 거 아닌가?"

"뭡니꺼? 이유라는 게?"

"정말 꺼, 꺼 소리 좀 뺄 수 없어? 나도 운동 좀 하고 싶어 그런다."

"아하, 때가 됐지예."

정 중위는 그제서야 알았다는 듯이 장군을 바라보았다. 장군의 눈이 다시금 이글이글 타오르고 있었다.

"운동할 철이 되었십니더. 날씨도 추워지고, 말하자면 워밍업이라는 거라예."

"그렇다, 그래. 20년 군대 생활에 별을 달지 못한다면 어디 군인이랄 수 있는가?"

"옳십니더."

정 중위는 장군으로부터 편지를 받았다. 하나는 모 삼성(三星) 장군에게 보내는 것이고, 하나는 모 국회 의원에게, 또 나머지는 모 재벌에게 보내는 것이었다.

"만나 보지 않아도 되는 겁니꺼?"

"부치기만 해. 모두들 의리가 있는 대학 동창들이니까."

"그럼 지금 출발할랍니더."

정 중위는 자리에서 일어나 부동 자세로 섰다.

"이거 급하긴. 잠깐 기다리게. 서울 한강변 충강 아파트에 가면 마누라가 살고 있는데, 만나 보고 이걸 전해 줘."

장군은 가슴 주머니에서 또 하나의 봉투를 꺼냈다. 두툼한 부피로 보아 돈인 듯싶었다.

"충강 아파트 3백 15호다. 적어 둬."

정 중위는 수첩을 꺼내 315호라고 볼펜으로 끄적거렸다.

"그리고 영수증을 받아 와. 서비스가 좋을 테니, 그것만은 기대해도 좋다."

장군과 정 중위는 의기가 투합한 동지처럼 마주 보고 씩 웃었다. 제기랄. 정 중위는 부대를 빠져 나오자 침을 한번 퉤 뱉고 푸르디푸른 하늘을 올려다보았다. 왠지 슬픈 감정이 왈칵 치밀어 올라왔지만, 이용당하고 있다는 생각보다 이쪽에서 이용하고 있다는 생각으로 그 슬픈 감정을 얼버무렸다.

어쨌든 답답하고 규칙적인 일과에서 해방된 느낌인 듯하면서도 또 아닌 듯했다. 똥파리 때문에 시달림을 받다가 똥파리의 아량으로 열차를 타게 되었지만, 똥파리의 더러운 모습과 냄새는 좀처럼 떨어지지 않았다. 그래서 약간 비열한 장난일지도 모르지만 장군의 부인을 골려 주고 싶었다. 그가 다음날 오후 서울역에 내려 일부러 중앙 우체국까지 가서 세 통의 편지를 부치고 충강 아파트를 찾았을 때는, 늦가을의 해는 이미 떨어지고 주위는 어둠이 내리고 있었다. 충강 아파트는 한강을 바라보며 우뚝한 언덕 위에 서 있었기 때문에 일시에 깜박거리기 시작한 서울의 휘황찬란한 밤의 풍경이 한눈에 들어왔다.

315호실이렷다. 정 중위는 그 숫자가 선명하게 보이는 문 앞에서 문을 두드렸다. 오랜 시간이 흘렀다. 스물예닐곱 가량 나 보이는 여인이 빠끔히 문을 열고 얼굴을 밖으로 내밀었다.

"누구십니까?"

정확한 발음이었지만 목소리는 탁했다.

"저 정호영 중위라캅니다."

"정호영 중위라니요?"

남편이 군대에 있는 여인으로서는, 한 중위가 계급장을 단 군복을 입고 찾아왔다면 심부름 온 장교쯤이란 것은 짐작하고 있을 것이 아닌가.

"장군님의 심부름으로……."

"장군이라니요?"

"리빠똥 장군 말입니다."

"네?"

"아 참, 말이 헛나왔습니다. 김수진 대령으로부터 심부름 온 장교입니다."

"아, 그러세요? 전 장군이라는 바람에……."

정 중위는 여인이 예쁘다고 생각했다. 아니, 예쁜 것을 지나쳐 약간의 요염기마저 감돈다고 생각했다.

"어서 들어오세요."

정 중위는 성큼 문 안으로 들어가 마루에 걸터앉아 군화끈을 풀었다. 아파트의 내부는 깨끗이 정돈되었고, 텔레비전이며 레코드며 값싼 책들로 채워진 서가가 불그스레한 불빛을 받고 있었다. 혹시 그 전설의 『세계 인명 대사전』이 꽂혀 있지나 않나 훑어 보았지만 유감스럽게도 찾을 수가 없었다.

"무슨 일이신지?"

"이것을 전해 드리라고 해서 말입니다."

소파에 앉자 정 중위는 될 수 있는 한 이 여인 앞에서는 발음을 정확히 하려고 애쓰면서 품에서 돈이 든 봉투를 꺼냈다. 그것을 본 여인의 눈이 약간 반짝거리는 것 같았다. 여인은 보통내기가 아닌 것처럼 느껴졌다. 그래서 그는 다시 한 번 여인의 차림새를 보았다. 여인은 엷은 분홍 빛깔의 실내복을 입고 있었는데, 그것은 천장에 달린 전등불로 인해서 더욱 붉게 보였다. 리빠똥 장군에게는 좀처럼 어울릴 것 같지 않은 그녀에게서 그는 무엇인가가 퍼뜩 짚이는 것이 있었다. 그것은 붉은색이라는 것이었다. 핏빛으로 느껴졌던 연대장실의 바닥처럼 이 여인이 살고 있는 아파트의 내부는 붉은빛 일색이었다.

탁자 위에 올려진 봉투를 집어 여인은 그것을 뜯었다. 오백 원짜리 지폐가 나왔다. 그녀는 약간의 염치도 들지 않는지 그의 앞에서 돈을 세기 시작했다. 정 중위는 멍하니 천장을 바라보고 있었으나 세는 소리는 들려 왔다. 10만 원이었다.

"그 양반은 이걸 가지고 얼마나 살라고 하던가요?"

"그런 말은 없었습니다."

그 죄가 정 중위에게 있다는 듯이 그녀는 사나운 눈초리로 그를 쏘아보았다.

"돌아가셔서 전해 주세요. 저는 이런 돈은 받기도 싫고 인연도 더 계속하고 싶지 않다구요."

"그게 무슨 말씀이십니까?"

"무슨 말이기는 무슨 말이에요? 말한 대로예요. 조금 후에 누가 온다고 했으니까, 중위님도 돌아가 주셨으며 좋겠어요."

그는 그 말을 듣자 여인의 얼굴을 냅다 후려치고 싶어졌다. 가슴이 분노로 부글부글 끓어오르고 손은 부들부들 떨렸다.

"참아야지."

자신도 모르게 그의 입에서는 짤막한 중얼거림이 흘러나왔다. 그 소리를 듣고 미안한 마음이 들었던지 그녀가 생긋 웃었다. 그리고 그뿐이었다. 정 중위는 묵묵히 그 방을 나왔다. 서늘하게 식어 간 대기가 그의 몸을 감쌌다.

"이런 미칠 노릇이 있나? 영수증도 받지 않았군."

정 중위의 가슴속에는 여인에게보다는 자신에게 대한 혐오감이 부글부글 끓고 있었다. 어쩐지 리빠똥 장군이 바보스럽고 불쌍하게 느껴졌다. 어떤 인연으로 저 젊은 여자를 얻었는지는 모르지만, 서비스가 최고일 것이라고 늘어놓던 장군의 장담이 아무래도 마음에 걸렸다. 더구나 그 여자를 만나기 전에 똥파리에게 시달리던 것에 대한 보복으로 그 여자에게 화풀이하겠다고 벼르던 자신이 또한 가소로와졌다.

## 4

"일본의 텐노헤이카는 부대 검열을 받을 때 지붕 위의 먼지까지 쓸어 버렸다. 연병장과 부대 주위의 사금파리를 줍는다는 것은, 그에 비하면 수고하기가 새발의 피다. 이번 검열의 우열에 따라 제군들이 좀더 편하게 지낼 수 있는가 없는가가 결정될 것이다."

리빠똥 장군은 11월 초순께의 어느 날 저녁 연대 회의실에 장교들을 집합시켜 놓고 연말 검열에 대해 일장 훈시를 하면서 사금파리까지 주워야 함을 누누이 강조했다. 이 절차를 거치고 나면 병사들은 검열 준비를 서두르게 되는 것이었다. 소대장부터 시작하여 중대장 · 대대장 · 연대장 그리고 사단장까지의 검열을 거쳐 가자면 검열 때마다 부대 이발소를 뻔질나게 드나들어야 하고 단 한 벌밖에 없는 작업복을 분주히 빨고 다려야 하는 것이었다. 온종일 총기름을 만져 손이 트는 것은 물론, 얼뜨기 신병들은 저녁에 선임병들에게 불려나가 기관총 총열로 두들겨 맞아 볼기짝이 찢어지기 일쑤였다.

장군은 대대장과 연대 참모들에게 맡은 바 소임을 일일이 지시하고 나서, 마지막 연대 수송관을 불렀다.

"김 대위, 자네는 특히 명심해 둬. 지난번에 정 중위가 짚차를 빌려 타고 뚱딴지 같은 짓을 하도록 보고도 내버려 둔 것을 내가 알고 있는데, 이번에 그런 사고가 나지 않도록 주의하게. 알겠나?"

"넷."

했지만 김 대위는 피식 웃으며 창 밖을 바라보았다. 장군의 말에 장교들은 일제히 정 중위에게 시선을 집중하며 끼득끼득 웃었다. 정 중위는 장교들의 제일 끝줄에 앉아서, 장군이 왜 이런 말을 새삼스럽게 꺼내는 것일까 얼굴을 붉히며 생각했다. 지난번에 시킨 일은 어김없이 실천하고 돌아왔다. 그래서 자신의 어깨를 두드리며 수고했다고 치하의 말씀까지 하지 않았던가. 그러나 정 중위는 곧 그 뜻을 헤아릴 수 있었다. 회의가 시작되기 전에 연대 선임하사관이, 오늘이 진짜 장군이 될 수 있느냐 없느냐가 판가름나는 날이라고 귀띔해 준 것을 상기했던 것이다.

"그럼 내 의도를 알아들었으면 오늘 회의는 이것으로 끝을 맺겠소."

그러자 인사 참모가 차렷 구령을 소리쳐 불렀다.

"이런 제에길, 성급하긴…… 내가 여러 장교들에게 양식먹는 강의를 이제부터 할까 하는 참이야."

리빠똥 장군의 희한한 발언에 장교들은 어안이 벙벙했다.

"장군, 아니 연대장님!"

수송관 김 대위가 소리쳤다.

"왜 그래?"

"양식이라니 그 양 자가 식량 양 자를 말합니까? 아니라면 서양이라고 할 때 쓰는 넓은 양 자를 말하시는 겁니까?"

"양? 멍텅구리는 가만히 있어."

하더니 문 앞에 서 있던 선임하사관을 불렀다.

"선임하사관! 전화 아직 없나?"

"네, 없습니다."

"알았어. 그러면 전령을 시켜 매점에 가서 빵 한 쪼가리와 포크, 그리고 나이프를 가져 오라고 말해 주게."

전화와 포크는 전혀 이질적인 물건이면서도 오늘의 장군에게는 그의 초조한 심경을 표시하는 데 있어 하나로 연관지어지는 관계망이기도 했던 것이다. 회의를 끝내고 서울로부터 올 중요한 전화를 기다리기에는 불안하고 초조했던지라, 그것을 조금이나마 누그러뜨리기 위해서 양식(洋食) 먹는 강의를 시작하려고 한 것이다. 알 만한 장교들은 이러한 장군의 심경을 헤아리고 있었다.

그러나 하필이면 양식 먹기 강의라니 알다가도 모를 일이었다.

"무릇 장교란 국제 신사이기 때문에, 적어도 이 정도의 에티켓은 알고 있어야 하는 겁니다."

리빠똥 장군이 말했다.

"좋아하네. 여기 앉은 장교들이 그 정도도 모르는 줄 알고 있다면 웃기는 이야기지."

모두들 속으로는 코웃음을 쳤지만 겉으로 나타내지는 않았다. 그러나 장군으로부터 어떤 강의가 튀어나올까를 생각하면 전혀 흥미가 없는 것도 아니었다.

전령이 그가 앉은 앞에다 탁자를 하나 옮겨 놓은 뒤 크림빵 한 개와 포크와 칼을 접시에 받쳐들고 들어와 탁자 위에 올려놓았다.

"여러분들."

장군은 약간 멋적은 듯 크고 삐죽 내민 입으로 헤벌쭉 웃었다.

"내가 군 교육으로 미국에 갔었을 때 이야깁니다. 어느 서민 가정에 초대를 받아 갔었습니다. 그 집안은 독실한 기독교 가정이었기 때문에 식사 전에는 꼭 주기도문을 외웠던 것입니다. 그날도 예외없이 주기도문을 외고 났는데, 그 집주인 아주머니가 날더러 한국말로 주기도문을 외라는 것이었죠. 체면상 모른다고는 할 수 없고 이거 큰일 났다 싶었는데, 하늘이 무너져도 솟아날 구멍은 있는 겁니다. 해서……."

장군은 여기까지 말하더니 좌중이 어느 정도의 흥미를 갖고 있는지 한번 훑어보았다. 그리고 만족한 듯이 계속했다.

"나 보기가 역겨워 가실 때에는 말없이 고이 보내드리우리다. 영변에 약산 진달래꽃 아름 따서 가실 길에 뿌리우리다. 가시는 걸음걸음 놓인 그 꽃을 사뿐히 즈려밟고 가시옵소서. 나 보기가 역겨워 가실 때에는 죽어도 아니 눈물 흘리우리다."

장군은 다시 엄숙하게 얼굴을 들고 정면 벽을 바라보았다.

"소월의 「진달래꽃」을 외웠어요. 그랬더니 주인 아주머니 하는 말씀이, 참 멋지군요, 한국말이 그렇게 율동적이고 음악적인 줄은 미처 몰랐지요, 하면서 원더풀을 연발하지 않갔시요."

그는 자신의 말에 감동되어 사투리를 섞어 가며 떠들어댔다.

"이런 애국자는 되지 못할망정 남들 앞에서 창피를 당하면 안 되겠기에 오늘의 강의를 하게 된 것입니다. 자, 시작합니다. 자기 앞에 썰지 않은 빵이 놓여졌을 때는 자세를 바로잡고 포크를 오른손에, 나이프를 왼손에 잡은 다음 이렇게 한가운데를 자르고 다시 먹기 좋을 만하게 잘라서 포크로 이렇게……."

그는 칼이 잘 들지 않아 허물어진 빵쪼가리를 입에 갖다 대었는데, 크림이 그의 턱밑을 타고 흘러내렸다. 그러자 좌중에서 킥킥거리며 웃음을 참는 듯한 소리가 새어나더니 드디어 와 웃음보가 터졌다. 그러나 장군은 일단 입에 들어간 빵을 뱉을 수도 없고 그 웃음 속에서 우물우물 입을 놀리고 있었다.

이때였다. 바로 옆방에 붙은 연대장실에 전화벨이 울렸던 것이다. 그러나 모두들 소리내어 웃고 있었기 때문에 아무도 벨소리를 듣지 못했다.

"선임하사관!"

갑자기 리빠똥 장군이 자리를 박차면서 외쳤다. 거의 발작과 같은 행동에 장교들은 웃음을 딱 그쳤다. 전화벨이 너무나도 명료한 소리로 이쪽 방으로 전달되고 있었다. 웃음 속에서 그 소리를 들었던 것은 장군밖에 없었던 것이다. 장군이 벌겋게 충혈된 눈으로 쏘아보았으므로 선임하사관은 허겁지겁 연대장실로 달려갔다. 잠시 후 그는 곧 되돌아와서 소리쳤다.

"전화입니다."

장군은 기다렸다는 듯이 뒤뚱거리며 장교들 사이를 지나 나갔다.

리빠똥 장군이 다시 회의실로 돌아온 것은 5분 가량 지나서였다. 그는 이제 허둥대지도 우스꽝스러운 짓거리도 하지 않았다. 그는 증오의 화신처럼 두 주먹을 불끈 쥐고 어떤 대상에 대하여 분노의 불길을 태웠다. 이윽고 그가 단 위에 올라서더니 침울한 음성으로 뇌까렸다.

"개새끼들!"

그리고는 정 중위를 불렀다.

"자넨 군대를 무엇이라고 생각하나? 정훈관으로서 대답해 봐."

"계급과 명령과 충성심으로 움직이는 대표적인 집단입니다."

"그런가? 그런데 이중에는 상관인 나를 무시할 뿐만 아니라 내가 장군으로 진급되지 못하도록 음모를 꾸민 작자가 있단 말야."

"그렇지만 집단인 이상 하나의 축소된 사회라는 것을 명심해야 할 겁니다. 거기에는 항상 충성과 모반이 함께 있을 수 있지 않겠습니까?"

"이 새끼, 너무 아는 척하지 마. 나는 20년 동안 오직 충성심 하나만으로 몸 바쳐 왔다. 개새끼들!"

그는 허탈한 듯 털썩 의자에 주저앉았다.

"여러분들, 나의 준장 진급은 실패로 돌아갔고, 여러 장교들은 검열 준비를 서두르지 않아도 좋게 되었어. 아직까지 이렇다 할 명령은 없었으나, 모 소식통에 의하면 우리 연대는 훈련을 위해 이틀 안으로 모 지역으로 이동해야 할 것 같아. 얼마나 오래 갈는지는 모르나, 나는 나를 험구했던 모든 개새끼들에게 나의 충성심이 어떠한가를 이 기간 동안에 보여주겠다."

어느 쪽에 정당성을 부여해야 옳은지 지금은 아무도 판단할 수 없었다. 그러나 명확히 말할 수 있는 것은, 그가 리빠똥 장군 특유의 면모를 계속 발휘하리라는 것이었다.

## 5

리빠똥 장군이 그렇게도 염원하던 장군 진급 심사에서 진급자 명단에 들지 못했다는 사실에 대해 슬퍼할 겨를도 없이 대간첩 작전 훈련 명령을 받고 강원도 태백산맥 골짜기로 들어간 것은 그 이틀 후 밤이었다. 보병 1개 대대, 포병 소대, 전차 소대, 공병 소대와 함께 차량 40대를 이끌고 목적지인 삼척 육백산(六百山) 계곡에 도착했을 때 장군은 거의 제정신이 아니었다.

계곡의 밤바람이 코끝을 에어낼 것처럼 휘몰아치고 있었다. 나무 등걸을 주워 모아 지핀 화톳불이 여기저기서 타오르고 그 주위에서 병사들은 웅숭거리며 불을 쬐고 있었다. 어디선가 이따금 들려 오는 고함 소리가 차량을 정리하는 수송반의 엔진소리와 함께 산간의 적막을 흔들어 놓고는 했다. 때때로 화톳불 사이로 배낭과 총을 멘 일단의 장병이 개울가 자갈을 밟으며 계곡 쪽으로 올라가는 것이 보였다. 밤중이라 장군이 어디에 위치하고 있는지 알지도 못하면서 병사들은 화톳불 주변에 모여서 그에 대한 불평을 늘어놓았다.

"똥파리는 왜 묻어 왔지? 시팔, 이게 대대급 훈련이지 연대급 훈련인가. 낮에 난, 재수없게도 똥파리한테 쪼인트를 깨였어. 트럭이 정지했길래 차에서 뛰어내려 신나게 오줌을 깔기고 있는데, 더럽게도 똥파리 차가 뒤에서 달려오고 있더란 말야. 불알 붙들고 경례 붙일 수 있나? 짚차가 삑 서고 똥파리가 내리더니만 왜 경례를 안 붙이냐면서 느닷없이 쪼인트가 들어오더란 말이야."

"군의관에게 가서 정갱이 아파서 훈련 못 하겠다고 항의해 보지 그래."

병사들뿐만 아니라 장교들까지도 그의 훈련 참가를 달갑지 않게 여겼다. 그는 어디까지나 연대장이었지 대대 지휘관이 아니라는 원칙적인 반감이 있었던 것이다. 그는 원주둔지에 있는 2개 대대를 부연대장에게 맡기고, 1개 대대를 따라왔다는 것에 대해 훈련에 대한 고문 자격이라는 이유를 달 수도 있었지만, 그는 출발부터 지휘관 노릇을 했으므로 이미 고문은 아니었다. 그렇다면 대대장 송달명(宋達明) 중령은 이 훈련 기간 동안 무엇을 해야만 하는가. 그것은 아무도 알지 못했다.

더욱이 이번 훈련은 단독 훈련이 아니라 다른 사단에 배속되는 관계로 자칫 실수해서 망신을 당하지 않아야 한다는 조건이 곁들여 있었는데, 대령이 대대를 지휘하다니 그것부터 망신살이 뻗칠 징조였다. 리빠똥 장군이 갑자기 1개 대대 훈련 명령을 받고 어리둥절하다가, 그 나름대로 결심을 굳히고 짚차를 몰아 사단장에게 달려가서 의견을 천명하면서 그가 간곡하게 말한 것은 바로 타부대에서 망신을 당하지 않아야 한다는 것이었다.

"이번 훈련에는 제가 나가 보는 것이 좋을 것 같습니다. 왜냐하면, 지역이 전혀 생소한 산악 지형인 데다가, 전투 경험이 없는 신임 대대장이 지휘를 하다가는 사고가 발생할 우려가 있으며, 그리고…… 다음 1년을 바라보기 위해서도 저에게는 더없이 좋은 기회인 것 같습니다. 제가 나간다면 부대를 훈련이 끝날 때까지 무사히 효과적으로 유지함은 물론, 타부대에서 우리 사단이 망신당하는 실수를 범하지 않을 자신이 있습니다."

"훈련이란 실수도 있는 법이지…… 그렇지만 소원이라면 나가 보게. 망신당하지 않는다는 것이 나로서도 좋은 일이고 뭣보다도 요즘 나는 자네의 그 두꺼비처럼 부어 있는 쌍통이 보기 싫단 말이야. 그러나 지휘는 대대장에게 맡기는 것이 현명할 게야."

어디서 새어 나왔는지 사단장과 리빠똥 장군 사이에 이 같은 대화가 오고 갔었다고 대대 장교들에게는 알려져 있었다. 리빠똥 장군이 망신을 당하지 않아야 한다는 지론을 표면에 내세운 것은, 그러한 명분 속에 그의 야심을 은폐하고 부하들의 반발을 최소 한도로 줄여 보자는 속셈에서 비롯된 것이라는 것을, 조금만 눈치가 빠르다면 모를 사람이 없을 것이었다. 이와 같은 리빠똥 장군의 거취에 따라서 수시로 장군으로부터 시달림을 받던 고릴라 정 중위를 비롯하여 연대 참모진들과 본부 행정병들은 한시름 놓았지만, 훈련에 참가한 대대 장병들은 장군과의 팽팽한 긴장감을 맛보아야만 했다.

언 땅 위에 개인 천막을 치고 몇 시간의 새우잠으로 밤을 넘긴 병사들은, 다음날에도 여전히 나뭇가지들을 윙윙 휘몰아쳐대는 세찬 산바람에 기를 펴지 못했다. 서서히 어둠이 걷혀 가자 병사들은 개울을 건너 좁은 보리밭 위에 연대기가 펄럭거리는 것을 보았고, 거기에 CP가 위치하고 있음을 알았다. 뿐만 아니라 모자도 쓰지 않은 채 지휘봉을 들고 똥배를 내밀며 설치고 있는 장군의 모습도 볼 수 있었다. 그러나 좀더 가까이 위치하고 있는 병사들은 그가 지금 병사들에게 무엇인가 호통을 치고 있다는 것까지 알 수 있었다. 그리고 CP에서 전문을 받고 전하느라고 통신기 앞에서 뜬눈으로 밤을 새우고 교대원을 목을 빼고 기다리고 있는 통신병은 장군이 소리 지르는 고함의 내용을 낱낱이 들을 수 있었다.

"대대장이 기합이 빠져 있으니 그 전령놈들도 군기가 엉망이지. 야 새끼야, 네 대대장 빨리 깨우라. 내가 지시한 지 30분은 넘었을 끼야. 완전 무장을 하고 내 천막으로 빨리 오라고 해."

장군의 천막에서 10여 미터도 되지 않는 거리를 두고 쳐진 대대장 천막 안에서 대대장은 분명히 장군의 고함소리를 들었을 것이었지만 그는 꼼짝도 하지 않고 있었다. 장군은 울화가 치밀었지만 차마 대대장 천막 쪽으로 가지는 못하고, 통신병이 이 소란을 듣고 있는 CP 천막 쪽으로 허둥지둥 걸어가서 상황판을 들여다보았다.

"야, 작전 장교! 이게 작전 지도라고 그리고 있는 거야? 도대체 이렇게 평탄한 길만 이용해서야 어디 간첩 한 마리라도 잡겠나. 간첩은 험한 곳을 이용한단 것도 몰라? 다시 그려!"

그는 솟을대문만한 거대한 상황판을 쓰러뜨리고 전화기를 땅바닥에 내동댕이치며 발광하듯 화풀이를 했다. 순식간에 CP는 난장판이 되었다. 충청도 출신인 대대 작전 장교 김국진(金國鎭) 소령은 원망에 찬 눈초리로 한 번 장군을 바라보더니 작전병들의 도움을 받아서 상황판을 일으켜 세웠다. 그는 작전 보좌관과 함께 밤을 새워 그려 넣은 작전 상황도를 헝겊에 휘발유 칠을 하여 싹싹 지워 내렸다.

"원, 더러워서. 새벽부터 똥파리가 설쳐대니 사람이 배겨낼 재간이 있나."

그는 천막 밖으로 뭐가 또 그렇게 급한지 허둥대며 나가는 장군의 등에 대고 중얼거렸다. 장군이 수송반에 내려가 기름 묻은 작업복을 입고서 경유를 뿌려 가며 아직도 화톳불을 놓고 있는 병사들 앞에 나타나서 다시 한 번 볶아댄 후 자기의 천막으로 돌아왔을 때, 대대장 송 중령이 천막 안에서 기다리고 있었다.

"이것 봐, 자네는 뭘하고 있는 거야. 잠만 자면 다야? 내가 나온 것이 불만이겠지만, 나는 이미 자네가 이꼴로 부대를 운영하리라는 것을 알고 왔다는 것을 명심해 둬. 병사들은 모두 소풍 나온 것처럼 정신이 해이해 있고, 작전 장교란 놈은 상황판 하나 똑똑히 그릴 줄 모르는데 무슨 놈의 훈련을 하겠어? 게다가 대대장이란 작자는 천막 속에서 꿈쩍도 않고 드러누워 있으니, 이게 도떼기시장이지 군댄가?"

장군보다 목 하나가 더 큰 대대장은 눈을 한 번 꿈뻑거리고 목청을 가다듬어 말했다.

"이미 이곳에 도착하기 전에 부대 지휘는 연대장님이 한다고 하시지 않았습니까. 저야 그때부터 보직이 없는 거와 같으니 천막 속에서 잠이나 자고 심심하면 훈련 관전이나 하는 거죠."

장군은 씨근덕거리기 시작했다. 더구나 천막 안에 난로불이 활활 타오르고 있었기 때문에 밖에서 금방 들어온 장군은 숨이 턱턱 막히는지 주먹으로 가슴을 두어 번 때리고 나서 시뻘개진 얼굴을 쳐들면서 대대장을 노려보았다.

"야 이것 봐라, 부대 안에서는 고릴란가 하는 정 중위란 놈이 나를 우롱하더니만, 여기 나와서는 송 중령이란 사나이가 대신하기로 했나 보지? 뭐 보직이 없는 것과 같다구? 자네 말 잘했어. 완전 무장은 하고 왔나? 아냐, 아냐 하고 오지 않았어도 괜찮아. 준비는 해놓았겠지? 지금 이 시각부터 임무를 부여하겠어. 이리 와, 이리 와."

장군은 대대장의 군복 소매를 잡고 밖으로 끌고 나와 CP 천막 쪽으로 데리고 가서 그 안에다 밀어 넣었다.

"자, 잘 봐. 이 지역 안에서 가장 높은 고지가 어떤 것인가?"

장군은 방금 전에 말끔히 지워진 깨끗한 상황판 앞에서 지휘봉으로 CP 지점을 가리키고 적어도 실제 거리 14km를 반지름으로 하는 원을 그렸다.

"1천 2백 67고지 마봉산으로 압니다."

"야, 이거 왜 이래? 압니다는 뭐야. 마봉산이면 마봉산이지. 이 시각부터 자네는 이 고지 이쪽에 연해 있는 육백산 정상에 OP를 설치하고, 훈련이 끝날 때까지 자네 말마따나 관전이나 즐기도록 해. 이것은 전혀 농담이 아니고 자네에게 임무를 부여하는 명령이야. 아무리 생각해도 오늘부터 광범위한 지역에 흩어지는 병력을 통제하는 임무를 완수할 만한 사람은 자네 외에 없다는 판단을 내렸으니까."

"OP라니 포병 OP입니까?"

대대장도 조금은 흥분했다. 대대 지휘권을 본의 아니게 박탈당한 것도 분한데, 중령 계급장을 달고 관측장교라니 어처구니없어 하는 것도 당연했다.

"멍텅구리야, 산간 지대에서는 사단과 대대, 대대와 중대 사이의 교신이 잘 안 되니까 중계 역할을 하란 말이다. 말하자면 일종의 통신 중계소를 설치하라는 거야."

대대장은 입술을 깨물었다. 그의 얼굴은 납빛처럼 창백하게 굳어갔다. 사실 이와 같은 역할이란 통신 선임하사관의 직책이면 능히 해낼 수 있는 것이었고, 기술적인 분야보다도 지휘 능력을 길러 온 대대장에게는 당치가 않은 처사라는 것을 모두 알고 있었다.

"병력은 장교로는 작전 보좌관을 대동하고 그 외에 통신 하사 1명, 통신병 1명, 보초병으로 보병 3명만 데리고 가도록 해. 나는 그 이상을 생각할 수 없으니까."

이렇게 해서 유례없이 지휘권을 연대장 리빠똥 장군에게 송두리째 바친 대대장 송 중령은 험준한 육백산으로 올라갔다.

## 6

훈련 지역에서 1백 50여 킬로미터나 떨어져 있는 연대 본부에 이 아름답지 않은 소문이 전해짐과 동시에, 장군이 고릴라 정 중위를 호출한 것은 대대장이 육백산으로 올라가고 난 사흘 뒤의 일이었다. 그동안 훈련병들은 소대 단위로 산간 요소요소에 투입되었지만 간첩부대로 둔갑한 가적을 한 명도 가사살하거나 체포하지 못하고 있었으므로, 리빠똥 장군의 부대를 배속받은 사단장은 리빠똥 장군에게 은근한 불만과 함께 경멸의 언사를 표시해 왔던 것이다.

그럴 때마다 장군은 울화가 치밀어,

"아새끼가! 끄나불이 있어서 별을 주워 단 주제에 선배를 몰라보고, 이 역전의 용사를 몰라보고 주둥아리를 놀린단 말야."

하고 뇌까렸으나, 군대 조직의 현실을 거역할 수는 없었다. 그렇다고 그는 어떤 개선책을 강구하려고 애를 쓰지는 않았다.

왜 또 나를 볶아 먹으려는 것일까, 장군의 속셈을 모르는 정 중위는 지레 겁을 먹고 훈련장에 도착하자마자 대대 본부 진지의 맨 아래 위치한 수송반부터 들러 역시 연대에서 지원 나와 있는 김 대위에게서 대강의 분위기를 익혔다.

"하여간 정 중위도 죽었다고 복창해야겠구먼. 또 미친 척이나 해서 병원으로 후송당하는 것이 상책일 게요."

김 대위는 기름 묻은 시꺼먼 장갑을 낀 손으로 코를 풀어내고 씩 웃었다. 정 중위는 김 대위와 헤어져 무거운 걸음걸이를 떼어 놓으며 대대 CP에 이르렀다. 그때였다. 난데없이 CP 천막 안에서 고함소리가 터져 나왔다.

"야 새끼야. 네가 작전 장교란 말이가? 이 똥대가리 같은 놈아! 대대장더러 빨리 예하 부대와 교신하라고 독촉해. 중대가 어디 틀어박혀 있는지도 모르고 무슨 작전을 수행할 수 있어?"

장군의 목소리를 받아 기가 죽은 작전 장교의 목소리가 이어졌다.

"열심히 체크를 하고 있기는 합니다만 오늘 아침부터 두절입니다.

원래 산간 벽지라서 이런 낡고 성능이 없는 통신기로는 작전 수행이 불가능합니다."

정 중위는 배낭을 등에 짊어진 채 천막 안을 살펴보았다. 장군은 등을 보이며 지휘봉을 공중에 휘두르고 있었고, 작전 장교는 이쪽을 바라보고 있었으나 지휘봉에 얻어맞지 않으려고 자꾸 안으로 밀려가고 있는 참이었다.

"어, 이 새끼가 도망을 가? 도망가면 어쩔 테야? 차렷, 차렷, 차렷 하지 못하겠나? 이 종간나 새끼야. 차렷하면 치지 않겠다."

마침내 순진한 작전 장교는 그 자리에 멈춰 섰다. 그러나 철모를 쓰고 방한복을 입고, 그 위에 권총을 차고 있는 그로서는 완전히 두 손이 허리 밑에 붙지 않아 어정쩡하게 두 팔이 몸에서 떨어져 주먹을 쥔 꼴이 되었다. 어떻게 보면 그것은 장군에게 도전하는 자세로도 보였다.

"어, 이 새끼가 폼을 잡아?"

"무슨 폼을 잡습니까? 보시다시피."

"이 새끼가 권총을 뽑으려고 하지 않아?"

그는 자신의 말에 동의를 구하려고 주위에 움츠리고 섰는 장교들을 둘러보았다. 사실 작전 장교의 주먹을 쥔 오른손은 권총 가까이에 다가가 있었던 것이다.

"네? 권총요?"

작전 장교는 무의식중에 권총을 잡아 보고 아니라는 듯이 얼른 손을 떼었다.

"아, 저 새끼가 나를 쏘려고 하는구나. 저 새끼를 붙들어! 붙들란 말야. 이건 무시 못 할 하극상이야."

그 우스꽝스런 작전 장교의 동작 때문에 공포감을 느낀 장군은 이렇게 외치고는, 후딱 몸을 돌려 허둥지둥 천막 밖으로 나가다가 안을 들여다보고 있던 정 중위와 딱 맞닥뜨렸다.

"으흐흐."

흠칫 놀랐던 장군은 그것이 정 중위인 것을 알자, 두려움을 사그러뜨리려는 것인지, 또는 안도의 한숨의 결과인지 울음소리와 같은 웃음을 흘렸다. 그에 못지않게 정 중위도 장군만큼이나 당황했다. 그래서 몸을 잔뜩 긴장하고서 부동 자세로 경례를 붙였다.

"정호영 중위, 연대로부터 방금 도착했습니다."

얼이 빠진 듯 그를 올려다보고 있던 장군은 새삼 자신의 위치를 되찾았다.

"어, 잘 왔어. 내 천막으로 와."

천막 안에서 두 사람이 대면하자, 장군은 목소리를 낮추어 은근한 목소리로 말했다.

"지금 부대 형편이 엉망이라구. 자네를 부른 것은 나를 보좌하는데 측근이 되어 달래기 위해서야. 육백산 고지에 위치한 대대장이 태만을 부리고 있는지 나에 대한 감정이 어떤지 따위를 잘 감시하고 내게 보고해 달라는 것이다. 정확한 위치를 작전 장교에게 물어서 내일 아침에 출발하도록 해. 알겠지? 지난번 진급을 하기 위한 운동은 실패로 돌아갔지만, 나는 이 운동을 중단한 것이 아니라 아직도 계속하고 있다는 것을 명심해 두게. 운동에는 자기 보존적인 체조가 있는가 하면 공격적인 축구도 있다는 것을 알아 둬."

장군은 회심의 미소를 띠고 정 중위의 어깨를 다독거렸다.

"자넨 명목상으로 거기에 가 있는 작전 보좌관 놈과 교대를 하면 되는 거야. 춥기야 하겠지. 그러나 나의 심복으로서의 임무를 다하기 위해서는 그까짓 추위쯤이야 별 것 아니지 않은가."

그래서 그 시간부터 정 중위의 1천 2백 고지의 등산 작전이 시작되었다. 그러나 장군의 의도와는 달리 고릴라 정 중위는 그의 심복으로서가 아니라 대대장을 측은히 여기는 한 장교로서 대대장을 만나야 하겠다고 다짐했다. 그날 오후의 하늘은 심상치 않게 구름이 끼더니 저녁부터 눈이 흩뿌리기 시작했다.

"수고하십시오."

짚차에서 내리자 운전병은 정 중위에게 경례를 붙였다. 그리고 차는 눈발을 헤치고 오던 길을 되돌아 사라졌다. 눈이 내리면 대기는 오히려 포근하련만 바람이 매섭게 휘몰아치고 있었으므로 얼굴을 들 수 없을 만큼 차가웠다. 덜커덩거리는 차 안에서 지도를 열심히 들여다보고 있었을 때만 해도 OP로 가는 지름길을 곧 알 수 있을 것 같았으나 막상 차에서 내리니까 갈피를 잡기가 어려웠다. 이미 시간은 정오가 훨씬 넘어 있었다.

지도는 오로지 능선을 따라가지 않으면 안 된다는 것을 일러 주고 있었다. 지도의 등고선은 고구마 형태로 길게 북쪽으로 뻗어 있고 서로 맞붙을 만큼 좁았다. 사이사이에 깊은 계곡이 있고, 가는 길의 양쪽은 절벽이어서 조금만 발을 헛디디면 절벽 밑으로 미끄러져 내려갈 것 같았다. 세 개의 계곡을 넘는 북쪽 끝도 역시 절벽이었고 OP가 있는 고지와의 직선 거리는 4km 정도밖에 되지 않았으나 실제 도달하자면 그 세 배의 거리를 걸어야 할 것 같았다. 그는 날이 어둡기 전에 도착하리라는 기대가 점점 무너지는 것을 느꼈다.

"똥파리, 개새끼!"

고지 정상에서 그는 욕지거리로 위로를 삼는 것이었으나, 날이 어두워져서도 자신이 어디까지 와 있는지조차 알 길이 없었다. 눈발에 가리운 산의 형체는 전혀 보이지 않았고, 그의 길을 가로막는 절벽이 죽음의 감옥처럼 그를 가두웠다.

마침내 그는 더 이상 전진할 수 없다고 생각하고 그날로 OP에 도착하겠다는 계획을 포기했다. 배낭에서 삽을 꺼내 땅을 파고 반쪽짜리 천막을 쳤다. 그리고는 모포로 몸을 감고, 구덩이 속에 웅크리고 살갗 속으로 파고드는 매서운 추위를 의식하며 잠을 자는 둥 마는 둥 밤을 넘겼다.

새벽이 되었을 때 천막을 들쳐 보니 다행히 눈은 그쳐 있었다. 그러나 그대로 더 있다가는 얼어죽을 것 같아 정 중위는 다시 배낭을 꾸려 짊어졌다. 산봉우리와 절벽은 하얀 눈으로 덮여 있었으나 고지로 가는 지형이 뚜렷하게 그의 뇌리에 들어와 박혔다. 그는 자신 있는 걸음걸이로 길을 재촉했다. 그가 맑은 햇볕을 받으며 추위를 떨쳐 버리려고 총을 어깨 위로 올리면서 집총 체조를 하고 있는 보초병을 발견한 것은 그의 손목 시계가 8시 30분을 가리키고 있을 때였다. 이어 두 개의 개인용 천막이 나타났다. 보초병은 그가 가까이 다가갔을 때까지도 그를 의식하지 못하고 있었다. 훈련이 시작되고 한 번도 물을 찍어 바르지 않은 것처럼 보초병의 얼굴은 더러웠고, 눈꼬리에는 눈물 찌꺼기로 된 눈곱이 끼어 있었다. 그는 정 중위가 바로 앞에 나타나자 놀랐던지 총을 들이대고 소리 질렀으나 곧 정 중위를 알아보고 총을 내렸다.

"이 험한 곳까지 오시느라고 수고가 많으십니다."

그렇다. 적어도 어제 오후부터 지금까지 내내 이곳을 향해 왔으니까. 대대장의 행색도 보초병과 조금도 다름없이 초라하고 더러웠다.

"이곳에서 장교라고는 자네와 나뿐이야. 작전 보좌관도 연락받고 어제 내려갔으니까. 사병 4명과 하사관 1명이 있네. 자네는 오늘부터 이들을 통솔할 책임이 있고 나를 도와서 전문을 접수하고 발송해 줘야겠어. 식량은 쌀 한 가마, 보리 한 가마, 그 밖에 건빵이 50봉 있지. 우리는 최초 이곳에 와서 이틀간 건빵으로 연명했어. 이곳에서는 구명을 간청하거나 지원을 요청하거나 교대를 희망한다고 해서 꼭 그것이 이뤄지는 게 아니네. 들어 주지 않으면 그만이니까. 무엇보다도 우리는 군인이고, 군인은 명령 없이 자리를 이탈해서는 안 된다는 것을 명심해 두게."

아침 햇빛이 두 개의 천막 위를 비췄다. 간밤에 내린 눈이 한동안 은색으로 반짝거리는가 싶자 이내 그 찬란함은 사라졌다.

대대장은 천막 앞에서 해를 향해 팔과 어깨와 다리 운동을 했다. 그리고 또 말했다.

"정 중위, 군대란 인간을 움직이는 조직이지. 아주 평범하고 상식적인 이야기로 들리겠지. 그러나 뒤집어 생각해 보면 군대란 인간이 만든 것이기도 해. 이런 걸 모순이라고 말해도 되는 건지 모르겠어. 자네가 별을 달고 부대 안을 횡행했다는 사실도 따지고 보면 인간이라는 자네와 군대와의 부조화에서 생긴 것일 거야. 하지만 인간은 자기 존재를 합리화시키기 위해서라도 조화를 구하지 않으면 안 된다구. 조화 없이는 아무래도 생존의 거처는 없으니까. 군대를 떠난다 해도 자네는 이보다 더 큰 사회에 소속하게 되지. 우리는 종종 신문에서 읽고 있잖아? 무엇인가에 부대끼고 있는 인간들을, 어디론가 떠밀려 다니는 인간들을, 그러다가 지치면 자살이라는 방편으로 자멸해 버리는 인간들을."

그는 천막 안으로 얼굴을 디밀었다가 면도칼을 들고 나왔다. 그의 얼굴은 차가운 대기 속에서 불그레 상기되어 있었다.

"그렇지만 어떻게 조화를 찾십니꺼? 군대에서 부조화가 생기는 현상은 조직을 다스리는 인간에게 자비가 없기 때문입니다. 당하고 있는 사람의 잘못은 아니지 않십니꺼?"

"자네는 신을 믿나, 신을? 안 믿고 있을 거야."

"믿지 않십니더."

"조화를 이루기 위해서는 신을 믿어야 하네."

"신은 불행한 인간들이 만들어낸 도덕률의 지배자일 뿐이라 생각하는데예. 조직과 같은 것입니더. 조직처럼 인간을 타락시키고 있십니더."

"너무 비약하고 있군. 생각에 체계가 없으면 비약할 수밖에 없어. 사회, 종교적 담론은 이만 접어 두지. 자, 일을 시작해 볼까."

대대장은 덥수룩히 자란 수염을 비누칠도 하지 않고 버석버석 밀어댔다.

정 중위는 그날 오후 대대장이 무전기 앞에서 눈물을 흘리고 있는 것을 목격했다. 왜 눈물을 흘려야 했을까, 왜? 밖에는 세찬 바람이 몰아쳤다. 천막은 지주핀과 소나무 가지에 단단히 연결되어 있었지만 풍선처럼 부풀어 올라서 금방이라도 펑 소리를 내고 터질 것만 같았다. 보초병이 이따금 발이 시려웠던지 발을 구르는 소리가 퉁퉁대며 정 중위가 쭈그리고 앉아 있는 땅을 울리고는 했다. 무전기에서는 여전히 리빠똥 장군의 발악이 그치지 않고 들려 왔다. 대대장은 더 이상 답변할 것이 없었다. 들려 오는 말투로 미뤄 보아 장군은 안절부절못하고 있음이 분명했다. 대대장은 무전기에서 떨어져 벌렁 모포 위에 누웠다. 바람에 잔뜩 부풀어 오른 천막을 올려다보던 그의 두 눈에 눈물이 맺혔다. 그는 감정을 억제치 못하고 흐느끼기 시작했다.

전날 오전까지 연락되던 대대의 일부 수색대가 동쪽으로 전진하자 오후부터 통신이 두절됐다. 그런 데다 사단장은 작전 수행에 차질이 있다고 리빠똥 장군에게 호통을 쳐왔던 것이다. 리빠똥 장군은 대대장을 불렀다. 그러나 대대장으로서는 어제 오전까지의 상황보고만 되풀이할 수 있었을 뿐, 떨어져 나간 수색대의 상황을 알릴 수가 없었다. 장군은 갖은 욕지거리로 대대장에게 모욕을 주었다. 그것이 오후 내내 계속된 것이다.

대대장이 마지막으로 받은 전문은 다음과 같은 것이었다.

"어떻게 하든 연락을 취하라. 이 명령을 불이행시는 귀관을 포사격으로 뭉개 버리겠다. 귀관은 OP의 임무를 망각하고 있다. 자네는 하이킹을 하고 있는 것이 아냐. 자네를 대신해서 이곳에 나와 내가 고생하고 있는 것을 안다면 어떻게 나를 배신할 수 있는가? 이 바보 같은 놈아. 연대장."

대대장의 흐느끼던 소리가 멎고 다시 바람소리와 보초병의 이따금 발 구르는 소리만이 들려 왔다.

## 7

"대대장님?"

정 중위가 침묵을 깼다. 대대장은 얼굴을 들고 그를 보았다.

"까짓거 아무렇게나 생각합시더. 운이 좋으면 교신이 될 거 아닙니꺼."

해는 지고 어둠이 깔릴 때까지 대대장은 생각에 잠겨 있었다. 촛불이 가물거렸다. 추위 속에서 그들에게 희망이라고는 없었다. 방한모를 쓰고 있었지만 목덜미에 한기가 으스스 파고 들었다. 발은 점점 더 차갑게 얼어오고 있었다. 그들의 몸에서 피의 순환이 정지하고 몸은 그대로 석고처럼 얼어붙는 것 같았다. 리빠똥 장군의 지시에 따라 두 명의 장교는 이제 살을 에는 듯한 바람이 몰아치는 산중에서 죽은 것이나 다름없었다. 그와 같은 공포가 두 사람에게 쉬임없이 엄습해 왔다. 다시는 날이 밝지 않고 영원한 어둠 가운데서 이 고지의 장병들은 망각되는 것인지도 몰랐다.

"결코 이대로 있을 수는 없지. 무언가 이루고야 말겠어. 한번 시도해 볼 만한 일이 아직 남아 있다, 정 중위."

대대장은 천막 문을 헤치고 밖으로 나갔다. 그리고는 무전기를 밖으로 끌어냈다.

"여기보다 더 높은 고지가 꼭 하나 있네. 마봉산 고지다. 거기로 올라가지. 통신 하사에게 이 OP를 이동시키도록 지시해. 그리고 사병 하나를 우리와 동행시켜 먼저 떠나도록 하자."

정 중위는 통신 하사관에게 천막을 꾸리고 곧 따라오라고 말했다. 세 명의 사나이는 곧 길을 떠났다. 그 고지는 맞바라볼 수 있을 만큼 가까웠으나 깊숙한 계곡을 하나 건너야 했다. 바람이 산정으로부터 사납게 몰아쳐 내렸다. 길은 미끄러울 뿐만 아니라 때때로 끊겨 있었다. 그들은 곧장 계곡 아래로 내려갔다. 무전기를 짊어진 김 병장은 가운데서 앞에 가는 대대장으로부터 떨어지지 않으려고 걸음을 빨리하다가 비탈길에 주저앉고는 했다. 바람이 불 때마다 나뭇가지에서 하얗게 눈꽃이 떨어졌다.

산은 아무리 걸어도 막아서는 장벽과 같았다. 정 중위는 다리를 떼어놓을 때마다 시간과 관계 없이 그 자리에서 조금도 움직이지 않고, 다만 허위적거리고 있는 것이나 아닐까 생각했다. 어느 산에선지 짐승의 울부짖음이 메아리 되어 계곡을 울리고 있었다. 처음에 그 소리는 맞은편 산에서 시작되는 것 같았는데, 옆에서도 뒤에서도 울렸다. 사방에서 짐승들이 합창을 하고 있는 것만 같았다.

"저놈들은 잠도 자지 않는 모양이죠?"

숨이 차는지 헉헉거리며 가던 김 병장이 얼굴을 돌려 느닷없이 뇌까렸다.

"저놈들에게도 리빠똥 장군 같은 놈이 있어 잠을 자지 못하게 들볶고 있는 것인지도 모르지."

정 중위가 대꾸했다.

대대장은 때때로 걸음을 멈추고 플래시로 지도를 비추어 보았다. 그럴 때마다 언뜻 어둠 속에 떠오르는 그의 얼굴은 창백했다. 키는 컸으나 여자와 같이 갸날픈 얼굴의 선. 거기에 걸맞지 않은 창백한 의지. 그것은 절망으로부터 자기 자신을 구해내려는 안간힘이었다.

"대대장님, 왜 고생을 사서 합니꺼?"

"고생? 이따위를 고생이라고 생각하나? 적어도 나는 연대장보다 현명해지려는 것뿐이야. 나는 이번 훈련에서 내 부대를 마음대로 움직여 보지 못한 못난 지휘관이야. 대대장이 대대의 OP 장교를 하고 있다면 누구든지 코웃음치겠지. 그러나 나는 연대장을 이겨내고 말겠어."

계곡 밑바닥은 온통 가시덤불의 군락지였다. 양 기슭으로부터 덩굴이 개울의 하늘을 덮고 있어 전진하기가 힘들었다.

"자네는 스스로 별을 달고 피에로 짓을 했지만, 나는 타자에 의해 격하된 피에로라네. 결과적으로 자네가 훨씬 능력 있는 피에로인지 모르겠어. 나는 연대장이 자네를 보낸 이유를 알 듯하네. 그러나 나는 사관학교에서 의지를 배웠지. 의지가 모든 것을 해결할 수 있다는 것을. 인간의 몸뚱어리와 정신이라는 게 무언가? 이것들은 모두 의지에 의해 지배되고 있어. 의지는 인간 위에 존재하고 있단 거야. 자네와 내가 다른 것은 이런 점이겠지. 자네는 어떤 힘…… 겨우 리빠똥 장군의 힘에 의해서 부대끼다가 자기를 절망 상태로 끌어내리고 어쩌면 파멸해 버릴지도 모르지만 나는 그렇지가 않아. 나는 굴욕 속에서도 결코 꺾이지 않을 의지가 있다네. ……이와 같은 덩굴이 저 산정 위까지 뻗어 있어 나의 몸뚱어리가 갈기갈기 찢어진다 해도 나는 기어코 저 위까지 올라가고 말 거야."

"그렇다면 아까는 왜 우셨십니꺼?"

"그건 나를 향한 울음이지. 그것은 나를 연약하게 한 것이 아니라 나의 마음의 강심제가 됐어."

"저에게 무엇인가 가르치고 있으신 것 같은데요! 대대장님, 대대장님은 오류를 범하시고 있십니더. 제가 대대장님의 행동을 염탐하기 위해 보내진 건 장군의 힘에 의해서가 아니라 근본적으로 조직의 힘에 의해서인 것입니더. 대대장님의 의지나 저의 피에로에의 타락은 인간과 조직과의 싸움에서 비롯되는 하나의 투쟁 방법이 아닙니꺼?"

"그것이 무엇의 힘에 의해서건 나를 꺾을 수는 없어. 자네는 조직의 힘에 의해서라고 말하고 있지만, 그렇다고 연대장이란 인간을 무시할 수가 있나?"

대대장은 덩굴 숲을 빠져 나가 바위 위에서 손을 아래로 내밀고 김 병장을 끌어올리면서 악을 쓰듯 소리쳤다. 세 사나이는 다시 산을 기어오르기 시작했다. 그들이 올라가고 있는 곳은 비바람에 쪼개져 나간 돌멩이들이 뒹굴고 있어 발을 디딜 때마다 계곡 아래로 굴러 내려갔다. 하늘에는 구름 한 점 없이 별이 총총했다. 그들은 땀을 흘리며 계속 걷고 있었으나, 피로한 줄 몰랐다. 정 중위는 계곡으로 굴러가는 돌멩이 소리를 들으며 자연에 대한 두려움에 가끔 숨소리를 죽였다. 그것은 차츰 인간에 대한 두려움으로 변해 갔다. 확실한 것은 월남의 숲 속을 걷고 있는 것이 아니었음에도 환각이 그의 뇌리를 사로잡았다.

갑자기 숲 속에서 일발의 총성이 들려 왔다. 소대원들은 납작 엎드렸다. 다시 정 중위는 사방을 둘러보았다. 숲 속에 도사리고 있는 것은 음흉스러운 암흑뿐이었다. 그 암흑 속에서 누군가 총을 들이대고 있는 것이다. 그때 그가 엎드리고 있는 땅바닥으로부터 기어올랐는지, 나뭇잎에서 떨어졌는지 한 마리의 콩알만한 갑충이 팔뚝 위를 스멀거리며 기어가는 것을 느꼈다. 그는 생각에 잠겨 있었다. 그것은 참으로 기이한 생각이었다. 그는 소대원들에게 무엇을 지시하고 이 위험 속을 어떻게 뚫고 나가야 하는지를 머리에 그리고 있었던 것이 아니다. 그것은 생명에 관한 것이었다. 그리고 절망에 관한 것이었다. 갑충이 이 사태에서 생명의 위협을 느끼고 절망했다면 꼼짝도 않고 나처럼 엎드려 있어야만 할 것이다. 그러나 이 갑충은 여전히 움직이고 있다. 필연코 세상에 태어나서 처음 당하는 인간과의 경험에서 갑충은 절망하지 않고 있는 것이다. 갑충은 인간이 아니기 때문이다. 그는 절망하고 싶어도 절망할 줄 모르는 갑충. 이 벌레에게는 신일 수도 있는 나는 이 벌레를 대견하게 여겨야만 할 것이다. 그는 또 생각했다. 가령 인간에게 신이 있다면 그 신은 나를 어떻게 생각할까. 내 생명을 노리고 있는 이 함정에서 어떡해서든 빠져 나가야만 한다. 그래야지만 신은 나를 대견스럽게 생각할 것이 아닌가. 갑자기 총소리가 사라지고, 적이 숲 속으로 자취를 감춘 후에 그는 엎드렸던 자리에서 일어났다.

손목 시계의 침은 OP의 천막을 떠나온 지 두 시간이 훨씬 지나 있었다. 정 중위는 김 병장의 뒤를 따라가며 여전히 생각에 잠겼다. 그는 그때 세 명의 부하를 잃었고, 그후 전투 때마다 두려움에서 벗어나지 못했었다. 그리고 이 두렵다는 감정은 마침내 노이로제 증세로 발전했다. 그는 지금도 왜 별을 달고 리빠똥 장군 앞에 시위하려 했는지 알 수가 없었다. 그것은 아마도 그의 목숨을 위협하는 어떤 대상으로부터 탈출하려는 그 나름대로의 우연한 행동이라고 생각할 때가 있었으나 아무래도 자신이 정상적인 인간이 아니라는 느낌이 어렴풋이 들고는 했다. 그는 조직을 운영하는 리빠똥 장군, 아니 조직에 부대끼는 리빠똥 장군이라는 미친 신으로부터 생명의 위협을 받고 있는 한 마리의 갑충이라는 절망감을 떨쳐 버릴 수가 없었다. 그는 대대장의 의지가 차츰 부러워졌다.

## 8

"소주를 가지고 오라는데 뭘 꾸물거리고 있는 건가?"

리빠똥 장군은 벌써 네 번째 이 말을 되풀이해서 외쳐대고 있었다. 일일 초과분으로 가지고 온 경유가 방금 도착해서 대대 CP 천막 안의 난로는 시뻘겋게 달아올랐다. 주위에는 작전 장교를 비롯해서 대대 전참모와 특과 부대의 포병 장교가 둘러서 있었다.

그 가운데 리빠똥 장군은 계급장도 달지 않은 방한복을 걸치고 의자에 앉아서 곧 터질 것 같은 울화통을 겨우 누르며 달아오른 난로를 쏘아보고 있었다. 그는 오늘 내내 사단장으로부터 상황 보고를 하지 않는다고 욕을 들은 데다 훈련 상황을 둘러보기 위해 나온 군단장으로부터 '형편없는 지휘관'이라는 딱지를 받고 보니, 제정신이 아니었다. 그의 판단으로는 모든 원인이 예하 부대와 무선 교신을 하지 못하고 있는 대대장 송 중령에게 있다고 여기고, 책임을 자기보다는 대대장에게 있음을 주지시키려고 했으나 그럴수록 상관들은 그를 무능한 지휘관이라고 몰아부쳤던 것이다.

"개새끼, 어디 보자!"

그는 이를 갈며 별렀다. 전령이 통조림과 2홉들이 소주 두 병을 가지고 들어왔다.

"음."

그는 신음소리를 한 번 내고 전령을 힐끗 돌아다보았다.

"주보병의 위치가 어딘데 이렇게 늦었어? 주보란 항상 지휘관과 같은 위치에 있어야 하는 거야."

일갈한 그는 캔틴컵에 따라 주는 소주를 벌컥벌컥 들이키기 시작했다. 그는 계속 술을 들어 한 병을 다 마시더니, 나머지 병은 건너다보지도 않고 작전 장교를 불렀다.

"자네는 현재 대대장의 참모가 아니라 내 참모야. 그러니까 지금부터 내가 내리는 명령을 따라야 한다."

작전 장교는 무슨 불벼락이 떨어질는지 몰라서 두 눈만 꿈뻑거리고 있었다.

"그렇게 멍청하니 서 있지 말고 내게 가까이 와."

그는 의자에서 일어나 취기 때문에 다리를 휘청거리며 상황판 앞으로 다가갔다.

"자네, OP가 위치한 지점을 지적해 보게…… 옳지, 옳지, 맞았어."

장군은 기특하다는 듯이 작전 장교의 어깨를 두드렸다.

"그리고 현 CP의 위치…… 그렇지. 됐어. 자넨 물러나 있게. 다음

포병 장교 이리 와."

포병에서 파견된 젊은 오 중위가 성큼 한 발 나섰다. 그는 이 부대에 파견되기 전에도 리빠똥 장군의 명성은 익히 들어 알고 있었기 때문에 항상 각오는 되어 있었다. 그래서 그의 행동은 겉으론 패기에 찬 것처럼 보였으나 실상 가슴은 마구 콩당질을 치고 있었다.

"보다시피 이곳이 대대 OP, 또 여기가 CP, 그러면 자네 포병이 위치한 곳은 어딘가?"

"여깁니다."

오 중위는 CP보다 좀 후방에 그려진 포병 부대 표지를 가리켰다.

"됐어. 지금부터 포사격 제원을 산출해내게."

"네?"

오 중위뿐만 아니라 일동은 아연 긴장했다. 그런 장교들의 표정을 지레 짐작하고나 있었던 듯 리빠똥 장군은 회심의 미소를 흘렸다.

"목표는 어딥니까?"

"이런 우라질 놈. 어디긴 어딘가? OP야!"

장군은 두 주먹을 오 중위의 눈앞으로 들여밀며 악을 썼다. 오 중위는 입을 딱 벌리고 공포에 잠긴 눈으로 장군을 바라보았다. 그는 더듬거리며 입을 열었다.

"거긴, 거기엔…… 대대장님이 있지 않습니까?"

"이 새끼! 그걸 누가 모르나?"

마침내 장군의 지휘봉이 오 중위의 철모 위에 휙 날아들었다. 오 중위는 이미 사시나무 흔들리듯 오들오들 전신을 떨고 있었다. 그러나 이윽고 무엇인가 결심했는지 비장감어린 얼굴을 돌려 장교들을 바라보았다.

"아직 사격 명령이 떨어진 것은 아니니, 우선 제원을 산출하는 것을 용서 바랍니다."
그러나 그의 말을 되받는 것은 장교들이 아니라 장군이었다.
"이건 돌아도 무지무지하게 돌았군. 지휘관은 나야. 참모들이 아니란 말야."
오 중위는 상황판으로 다가서서 삼각자로 거리를 재고 포켓에서 제원표를 꺼내 탄종별에 따른 제원을 하나하나 기록해 갔다. 모두들 오 중위의 행동을 마음속에 새기듯 뚫어지게 바라보며 침묵을 지켰다.
"연대장님, 1백 5밀리 포로써는 겨우 최대 사거리로 쏘아야 도달할 것 같습니다. 거리가 멀고 산의 지형이 고르지 않아 명중률은 희박합니다."
오 중위가 입을 열었다.
"그으래?"
장군은 한동안 생각에 잠겨 흙바닥을 내려다보았다.
"거짓말은 아니겠지?"
오 중위는 제원이 틀림없다고 대답하고 사각(射角)도 곁들여 설명했다.
"됐어. 그리고 통신관?"
"넷!"
"대대장 그놈은 아직도 예하 부대와 연락을 취하지 못하고 있나?"
"네, 그렇습니다. 그뿐만 아니라 몇 시간 전부터는 아무런 연락도 없이 대대장님과의 통신마저 두절되고 말았습니다."
"뭐라고? 개새끼가 잠만 자고 있단 말야? 이젠 부를 필요도 없다. 포병 장교, 사격 명령을 내려!"
장교들은 리빠똥 장군이 미쳐 간다고 생각했다. 그 뒤처리는 미뤄

놓더라도 당장 몇 명의 인명이 포탄에 날아갈는지도 몰랐다. 그들은 그의 미친 행동을 제지해야 한다고 생각했다. 이런 판단을 대표해서 앞으로 나선 것은 작전 장교였다.

"연대장님! 사격했다가는 큰일입니다. 사람이 죽습니다."

"이 새끼가 반역하는가?"

소리를 지르면서 장군이 권총을 뽑아 들었다.

"내가 오늘 당한 것을 모두 보았겠지? 나를 배반하여 전부터 모함하고 다닌 놈이 누군지 아는가? 여기에 답변하지 못하는 놈은 잠자코 있으란 말야. 주둥아리를 까불면 죽인다."

"그렇지만 대대장은 그렇더라도 거기에는 정훈관 정 중위도 있지 않습니까?"

"흠, 정 중위…… 고릴라 말인가? 그놈도 같이 희생당하는 거야. 군대에서 그따위 해이한 정신을 가진 놈은 사라져 마땅해. 너도 이젠 입을 다물어. 알겠나?"

작전 장교는 권총 앞에서 물러나고 말았다.

"오 중위, 명령 내려!"

오 중위는 전화통 앞으로 다가갔다. 그는 좀 전처럼 그렇게 떨고 있지는 않았다. 적어도 사람이 죽으리라고 생각지는 않는 것 같았다.

"감마? 여기 알파다. 사격 명령. 목표……."

장교들은 그의 목소리가 실감나지 않았다. 세상에 이런 일이 있을 수 있을까. 그러나 눈앞에서 벌어지고 있는 광경은 엄연한 현실이었다.

"잔소리하지 마라. 선임하사관, 자네의 책임은 내가 진다. 자네가 찾은 대로 목표는 OP가 맞다."

오 중위는 전화통에 대고 소리치고는 전화통을 쾅 내려놓았다. 긴

장된 시간이 침묵 속에서 흘렀다. 다시 전화벨이 울렸다.

"사격 준비 완료!"

오 중위는 다시 확인하려는 듯이 장군을 바라보았다. 리빠똥 장군의 두꺼비와 같은 비죽 내민 입이 씰룩거렸다. 그는 천천히 의자에서 일어나 천막 밖으로 나갔다. 그리고 육백산 고지 위를 바라보았다. 흰 눈이 덮인 산야에 바람이 나뭇가지를 울리며 휘몰아치고 있었다. 바람 소리 외에는 아무 소리도 들리지 않았다. 죽음과 같은 정적이 주위를 휩싸고 있었다. 그 대지 위에 작달막한 키를 세우고 리빠똥 장군은 미친 사람처럼 소리쳤다.

"사격 개시!"

오 중위는 전화통을 입에 댄 채 그 명령을 되받았다.

"사격 개시!"

그 순간 적막을 깨뜨리는 발사 포성이 들리더니 육백산 고지 어디쯤에 섬광이 번쩍했고 얼마 후에 폭발음이 은은히 산곡을 울렸다. 그리고 다시 정적이 찾아들었다.

"계속 쏴!"

장군이 또 외쳤다.

"제 2탄."

"3탄……."

오 중위는 1탄이 발사된 후 이성을 잃어 가고 있었다. 다른 장교들과 CP의 병사들은 천막 밖으로 뛰어나와 리빠똥 장군이 권총을 휘두르며 발악하는 모습과 산정의 섬광을 번갈아 바라보며 어찌할 바를 몰랐다.

그때 오 중위는 천막 안의 무전기에서 무슨 소리인가 들려 오고 있음을 느꼈으나 그로서는 아무런 사고도 구사할 수가 없었다. 밖에 나가 있던 장병들이 그 무전기의 소리를 들을 수 없었음은 당연했다.

"알파, 알파. 여기는 부라보. 감 잡고 나와라. 알파, 알파, 육백산에 터지는 정체 불명의 포탄에 대해서 확인해 주라. 알파, 알파, 부라보는 육백산보다 더 높은 고지를 점령하여 방금 동쪽에 위치하여 수색하던 촬리중대와 교신에 성공했다. 알파, 알파, 이 사실을 CP장에게 알려라. 알파, 알파, 나와라."

그러나 아무런 응답이 없자 무전기에서 욕지거리가 흘러나왔다.

"똥파리 개새끼야, 여기는 부라보. 느그들 모두 뒈졌나?"

그것은 정 중위의 음성이었으나, 이윽고 무전기의 가느다란 외침은 사라지고 말았다. 그래서 아무도 이 사실을 알지 못했다.

## 9

겨울 날씨치고는 유난히도 포근한 1월 하순의 어느 날 오전, 연대장실 앞에 짚차 한 대가 와서 멎었다. 문이 열리고 서류 뭉치를 옆에 낀 한 새파랗게 젊은 대위가 내렸다. 그는 여유 있는 태도로 연병장을 둘러보고, 연대장실로 들어가는 입구의 부대 간판을 올려다보더니 천천히 발을 안으로 옮겼다. 안경을 걸친 그의 얼굴은 무척 창백하게 보였으나, 무엇인가 규명해내려는 듯이 두 눈만은 또렷이 빛났다. 그의 목 깃에 달린 배지는 그가 법무관이란 것을 알려 주고 있었다.

짚차 소리를 듣고 연대 선임하사관이 허겁지겁 뛰어나와서 경례를 붙였다. 그 대위는 선임하사관에 흘깃 눈길을 주고 나서 연대장실 출입문 쪽으로 곧장 걸어가면서 말했다.

"물론 계시겠지요?"

"네, 기다리고 계십니다."

그리고 그는 노크도 없이 문을 쓱 밀어젖혔다.

"법무 참모실에 근무하는 장준철 대위입니다."

그 법무관은 조금은 시껍지 않다는 말투로 자기를 소개했다.

리빠똥 장군은 테이블 앞에 앉아 있었다. 장군의 눈은 벌겋게 충혈되었다. 그의 입술과 두 손은 눈에 보일 만큼 떨고 있었다. 그는 그 자신이 떨고 있음을 의식하고 있었던지 자리에서 벌떡 일어나면서 두 손에 힘을 주고 테이블을 꾹 눌렀다.

"거기 앉으시오."

장군은 눈짓으로 의자를 가리켰다. 장 대위는 의자에 앉자마자 여유를 주지 않고 입을 열었다.

"연대장님께서는 오늘 제가 온 목적을 잘 아시리라고 믿습니다만, 요지를 말하자면 바로 이렇습니다. 에, 육백산 훈련 당시 대대장과 정 중위가 있던 OP를 타깃으로 정하고 포를 쏘아대었다는 사실이 간과할 수 없는 중대한 사건으로 대두되었다는 것입니다. 본인들과 사단장님은 없었던 일로 덮어 두자고 하지만, 이 사실은 이미 군단에서 알고 조사할 것을 지시해 왔습니다. 이것은 도저히 상상할 수조차 없는 사건으로서 우리 조직이 지닌 병폐의 한 측면을 드러낸 것이라는 말입니다. 좀 가혹한 말일는지 모르겠습니다만 연대장님을 병원체로 보고 있는 것입니다. 오늘 저의 질문도 이러한 전제를 근거로 하고 있기 때문에, 이 테두리에서 벗어나지는 않겠습니다. 그것을 양해해 주시기 바랍니다."

장 대위는 리빠똥 장군을 바라보았다. 장군은 입을 꽉 다물고 뿌루퉁한 표정으로 붉은 에나멜을 칠한 방바닥에 시선을 던지고 있었다.

"좋소, 그 건에 대해서는 좀 과한 행동을 했다는 생각도 들었던 것이지만, 아직도 나는 정당하다고 믿고 있소. 내가 20여 년간 익혀 온 상식으로는, 군대란 어디까지나 지휘관 위주의 군대여야 한다고 생각하오. 부하를 위한 서 푼어치 동정보다는 지휘관은 자신이 결정한 바를 행동에 옮기는 것만이, 그리하여 먼저 승리하는 것만이 지상의 과제이자 목표요. 군대 조직이란 단순히 국가 이익을 위한 수단에 지나지 않는다고 보는 것이 내 입장이오. ……여하튼 좋소. 어서 질문하시오."

서류를 들척거리며 조용히 듣고 있던 장 대위는 얼굴을 들고 리빠똥 장군의 얼굴 위에 눈길을 꽂았다.

"자신이 정상적이라고 생각하십니까?"

첫 질문부터 장 대위는 장군을 조롱할 심산인 듯이 보였다. 그러한 의도를 눈치채지 못한 장군은 조금은 어리둥절한 듯이 두 눈을 꿈뻑거렸다.

"그럼. 나는 정상적이야."

그러나 이렇게 대답하고 나니까 뭔가 퍼뜩 짚여 오는 것이 있었다. 별을 달고 연대를 누비고 다니던 정 중위에게 자네 미쳤느냐고 물어보았던 일이 되살아났던 것이다. 정 중위가 자기에게 당했던 것처럼 꼭 그런 위치에서 똑같은 질문을 자신이 받고 있구나 하는 슬픈 감정이 솟구쳤다.

"아니, 자네 장 대위 말야, 나를 미친놈으로 취급하는가?"

"그것은 병원에서 진단할 일이지만 워낙 사건이 상식 밖의 일이라서 저의 질문에 대한 답변을 신용하기 위해서입니다. 그건 그렇고, 왜 포사를 하지 않으면 안 되었습니까?"

"그건 뻔하오. 중령 계급장을 단 장교가 통신기를 가지고 있으면서도 연락조차 취하지 못하니 말이오."

"중령과 통신기가 무슨 상관이 있습니까? 가령 연대장님께서 그곳에 있었다면 그것이 가능했을까요?"

"글쎄…… 불가능했을지도 모르나, 요는 지휘관이란 불가능을 가능케 하기 위해서 부하를 혹사할 수도 있소. 나의 지휘관이 그것을 요구했다면 나는 깨끗이 당하겠소."

"부하를 채찍질하기 위해서 다른 방법을 놓아 두고 포사까지 할 필요는 없었던 것이 아니겠습니까? 이 사실은 상관에게 불만을 품고 부하에게 화풀이한 독재적 광포성에 지나지 않는다고 볼 수도 있습니다. 제가 연대 장교들에게 알아본 바에 의하면, 연대장님은 그런 성격을 띤 대표적 인물이라는 인증이 있습니다."

"나는 언제나 영내에서는, 지휘관이란 현명한 군주가 될 수 있다고 생각하고 말해 왔으니까. 장 대위가 한 말 가운데에 광포성이란 단어만 들어가지 않았다면 만족하겠는데……."

"그렇다면 연대장님은 자신이 현명했다고 생각하십니까?"

리빠똥 장군은 순간 얼굴의 근육을 씰룩거리며 찡그렸다. 그러더니 느닷없이 웃음을 터뜨렸다.

"으하하하, 현명이라, 현명이라……."

이번에는 장 대위가 어리둥절한 표정을 지었다. 그러나 곧 그는 그가 지니고 온 임무의 한 가닥 실오라기를 풀어 놓았다.

"광포성이 아니라면……."

장군은 웃음을 딱 그쳤다.

"뭔가?"

"정상적이 아니라는 것입니다. 그것을 인정해 주셔야겠습니다."

"정상적이 아니라는 것이나 광포성이나 모두 정상적이 아니지 않소?"

리빠똥 장군은 떨고 있었다.

"그렇습니다."

장 대위는 단호하게 말했다. 그러자 장군은 자리에서 일어나서 빠른 걸음으로 다가와 장 대위의 얼굴 앞에 그의 코끝을 들이대고 다그쳤다.

"내가 미쳐 있음을 자공(自供)하란 말인가? 모두들 그것을 요구하고 있단 말인가?"

"짐작하셨군요. 20여 년 동안 오로지 군생활에 몸을 바쳐 온 연대장님을 군재에 회부하느니, 차라리 정신 이상자로 결정하여 차제에 군대를 떠나 주십사 하는 것입니다. 군재에서는 당연히 연대장님이 불리합니다. 그러니, 병원에서 몸을 쉬시다가 적당한 때에 떠나 주시는 것입니다. 죄송한 말입니다만 어쩌면 연대장님은 실제로 가벼운 정신병적 증상을 지니고 있는지도 모르니까요."

장 대위는 안경을 고쳐 쓰고 장군의 얼굴이 어떤 표정을 띠는가 살펴보았다. 이제 장군은 화를 내지 않았다. 그는 천천히 허리를 펴고 다시 자기 자리로 돌아갔다. 장군의 두 눈에 눈물이 얼른 비쳤다.

"나는 아직도 내가 옳았다고 생각하고 있소. 하지만 그것만 인정하면 된다는 말이지? 좋소. 이젠 더 이상 변명하고 싶지도 않으니까. 아니 꼭 한마디만 말하겠소. 티껍고 더러운 개새끼들이 우글우글한데, 왜 내가 걸려들어야 하는지…… 내가 나빴더라도 그것은 내가 군대에서 배워 온 대로 행동했기 때문이야. 군대가 나를 이 꼴로 만들었다는 말이오. 권모 술수를 몰랐던 너무나 순진한 이 나는 기계처럼 일을 해왔을 뿐이오. 그리고 일정한 궤도 안에서 그 순리만을 따라 왔던 나는 세월과 함께 인간성을 하나하나 빼앗겨 버린 것에 불과

하오. 좋소, 내가 미친 것을 자인하더라고 가서 보고하시오."

"감사합니다. 그럼 돌아가겠습니다."

이내 장 대위는 일어섰다. 그의 태도는 처음의 인상처럼 건방졌고, 항상 무엇인가 찾아내려는 듯이 두 눈을 빛내고 있었으며, 자기의 소임이 무사히 끝났음을 심히 만족해 하는 것처럼 보였다.

리빠똥 장군은 육백산 포사격 사건 이후 즉시 지휘권을 대대장에게 넘기고 사단장에게 불려가 크게 질책을 받았고 때때로 여러 장교들에게서 비난의 소리를 들어 왔지만, 이렇게 쉽사리 몰락하리라고는 짐작조차 못했다.

그는 창가로 다가가 밖을 내다보았다. 수송반 쪽에서는 모처럼 따스한 날을 맞아 차를 정비하느라고 병사들이 부산히 움직이고 있었다. 육백산에서의 그 훈련이 끝나고 송 중령의 대대가 돌아온 것도 한 달이 지나 있었던 것이다.

## 10

장군이 정신 병원으로 후송되고 당분간 연대는 부연대장이 지휘하고 있었다. 연대의 장사병들은 폭군이 사라졌음을 기뻐하였으나, 한편으로는 그 인간에 대해 일말의 동정을 아끼지 않는 축들도 있었다. 그래서 연대의 전체 분위기는 침울했다. 이러한 낌새를 알아차린 상부에서는 곧 새로운 지휘관이 부임하리라는 언질과 함께 송 중령의 대대에 대해 훈련 기간의 노고를 치하하기 위해 금일봉을 전달해 왔다.

리빠똥 장군이 그 사건 이후 시달림을 받고 있는 동안 송 중령이나 연대 본부의 정 중위는 화제의 인물이 되어 있었다. 그 OP 위치를 떠난 이후에 포탄이 날아갔다는 기적과 같은 신기성을 떠벌렸고, 그 불굴의 투지로 육백산보다 더 높은 정상을 정복하여 교신을 할 수 있었다니 장군의 악의에 비하면 영웅적 행동이 아니겠느냐는 칭찬이었다.

정 중위는 그런 말을 들을 때면 다소 기분이 들뜨기도 했지만 송 중령은 전혀 그런 내색을 엿보이지 않았다. 내려온 금일봉으로 약간의 떡을 빚고 막걸리를 장만하여 식당에서 대대 장병 파티를 열고 연대 참모들까지 초대했을 때에도 여전히 송 중령은 오만해 보이지 않았다. 그는 그에게 인사하는 장교들에게 일일이 웃음을 보내며 겸손한 태도를 보였다.

한창 먹걸리 파티가 무르익어 갈 무렵 송 중령이 초급장교들 틈에서 술잔을 집어들고 있는 정 중위에게 다가와서 은근한 목소리로 속삭였다.

"자네 이따가 이 파티가 끝나면 나를 좀 만나 주었으면 좋겠네."

정 중위는 어지간히 취기가 돌아 있었으므로, 끝나기 전에 먼저 숙사로 돌아가 잠을 잘 생각이었다. 그러나 은근한 음성 밑에 깔려 있는 어떤 강요와 같은 것을 느끼고 일찍 돌아갈 수가 없음을 깨달았다. 트럼펫의 고음이 울려 퍼지는 가운데 꽤나 한다는 사병들이 나와서 노래를 불렀다. 왁자지껄 떠드는 소리, 시시덕거리는 웃음소리, 그리고 자욱한 담배 연기가 식당 안을 꽉 메웠다. 소란스러움과 함께 두어 시간이 지나자 장교들은 하나둘 돌아가기 시작했다. 그리고 대대 선임하사관이 밴드 단원들을 인솔하여 식당을 나갔을 때에는, 송 중령은 저쪽 끝에, 정 중위는 이쪽 끝에 서서 술잔을 들고 서로의 얼굴을 건너다보고 있었다. 열려진 문으로 밤의 차디찬 대기가 스며들고 난롯불은 꺼져 가고 있었다.

"이리 좀 오게."

송 중령이 정 중위를 불렀다. 그 소리는 정 중위가 듣기에 조금도 흐트러짐이 없다고 여겨졌다. 그는 뚜벅뚜벅 대대장을 향해 걸어갔다.

"웬일이십니까?"

하고 그는 씩 웃어 보였다.

"자네 요즘 기분이 좋겠지?"

송 중령이 물었다.

"모든 게 다 대대장님 덕분이라고 생각합니다."

"그럴까? 나는 장군의 덕분이라고 생각하고 있는 중인데……."

"장군이라면 리빠똥 장군 말입니까?"

"그래."

그들은 잠시 침묵을 지켰다. 송 중령은 빈 술잔을 하나 들어 술을 따라 권했다.

"그는 어떤 면에서는 나에게 많은 것을 가르쳐 준 스승과 같으니까."

"무엇을 배우셨습니까?"

"그의 통솔 방법."

"네?"

"그가 나를 학대하지 않았다면 나는 그 OP를 고수하고 있었을 뿐만 아니라 도저히 교신을 가능케 할 수 없었지. 더구나 그가 나의 분노를 일으키게 하지 않았다면 자네나 나나 포탄에 희생되고 말았을 거야. 바꿔 말해서, 그가 포탄을 날려 보낸 것은 아직도 너희들이 그 OP에서 통신기를 주물럭거리며 꾸물거리고 있다면 맞아죽어도 좋다는 의미가 아니겠는가?"

"그렇다면 누구에게도 인기를 얻지 못하고 손가락질을 받은 그 잔학한 통솔법이 앞으로도 반복된다는 말입니꺼? 아, 이건 모순인데예."

정 중위는 두렵다는 듯이 몇 발짝 뒤로 물러섰다.

"이봐, 연극은 그만둬. 자넨 처음부터 연극을 하고 있었어. 자넨 장군에게 이용을 당하면서도 장군에게 반항하고 있었고, 나와 함께 있을 때에도 나에게 자네의 어떤 고뇌의 감정을 전달하려고 노력하는 척했지. 군대의 조직을 무너뜨리고 그 잘난 인간성을 회복시키기 위해서 말야. 어림도 없는 연극이다. 장군은 감정을 지니고 있었지만, 이 나는 감정이라곤 털끝만치도 없기 때문에 합리적이면서도 더 잔인해질 수가 있지."

정 중위는 도무지 이야기의 실마리를 풀어 나갈 수가 없었다.

"저는 저의 행동이 연극이라고 전혀 의식하지 못하고 있었십니더. 연극일 리가 없지예. 오히려 대대장님께서 훈련 때 보여주신 장군에 대한 저항 같은 것이 연극일 것 같십니더."

"무슨 소리를? 건방지게시리…… 자네가 별을 달고 영내를 횡행했던 것이 연극이 아니고 무엇이었나? 미친놈 소리를 들으면서도 자네는 그의 희극성을 자극시켜 여러 사람 앞에서 그를 망신시키고 결국은 몰락시키려고 했던 거야. 자네는 오류를 범하고 있어. 조직은 결코 자네의 뜻대로 되어 가고 있지 않네. 그런 점에서 자넨 좀더 냉철할 필요가 있어."

정 중위는 어이가 없었다. 믿고 의지했던 한 사나이가 또 리빠똥 장군의 뒤를 이으려고 하는 것이다.

"전 도무지 뭐가 뭔지 모르겠십니더. 하실 말씀은 그뿐입니꺼?"

송 중령은 담배 한 개비를 뽑아 불을 붙이고 천장에 연기를 훅 내뿜었다.

"또 있네. 우리가 이렇게 화제의 인물이 되고 있는 이상, 장군에게 보답을 해야 하지 않겠나? 연대 참모들과도 의견을 나누었는데 20여 년간 군대에서 몸을 바쳐 온 장군이 찾아오는 놈 하나 없이 정신병동에 틀어박혀 있다면 너무나 기구한 운명이 아니겠는가. 그래도 그를 위로해 줄 사람은 자네뿐이라고들 생각하고 있다네. 연대에서 가장 신임을 받은 장교는 자네뿐이었으니까. 잘 부탁하네. 멋있는 연기를 보여주었으면 좋겠군."

송 중령은 모자를 집어들고 식당 밖으로 나갔다. 식당에는 정 중위 혼자만 남았다. 한 시간 전만 하더라도 그는 리빠똥 장군의 흉을 보는 무리들 속에서 위대한 인물로 대접을 받고 있었다. 그러나 지금 그는 고독했다. 가만히 다시 생각해 보면 그 무리들의 칭찬은 단순한 야유였는지도 몰랐다.

"정 중위는 처음 이 부대에 전임해 올 때부터 범상하지 않더니 과연 희극적인 인물이었지."

"그 얼굴을 보게. 고릴라 같은 인상 속에 인간적 풍자가 있었다니 알다가도 모를 일이야."

이따위 소리들이 야유가 아니고 무엇인가. 정 중위는 결코 '리빠똥 장군'을 이겨낼 수가 없을 것 같았다. 송 중령처럼 제 2의 '리빠똥 장군'을 길러내는 데 이용을 당하고 있었다는 생각이 그의 뇌리를 떠나지 않았다.

그날 밤 그는 그의 침실로 돌아가자 별을 두 개 꺼내 중위 계급장 대신에 그 별들을 붙였다. 그리고 거울 앞에 다가서서 자신의 모습을 비추어 보았다. 별, 별…… 그는 월남 전선에서 죽어 간 전우를 생각했다. 그것은 계급장 중에서 가장 아름다운 것이었으며, 한편 인간의 욕망과 같은 것이기도 했다. 그것은 최고의 권위이기도 했으며 조직을 움직이는 힘이기도 했다.

그러나 정 중위는 그 별을 증오했다. 그는 거울 속에서 소리 없이 울었다. 그는 다시 천천히 그것들을 뜯어냈다.

"대대장의 말은 내일쯤 찾아가서 위로해 주라는 뜻이겠지."

하고 그는 중얼거렸다. 이미 그에게는 하나의 결심이 섰었던 것이다.

그는 모포 속으로 들어갔다. 그의 눈에는 유리창 밖 하늘의 별들이 보였다. 유리창이 때때로 바람에 흔들리고 있는 것을 보니 내일은 꽤 추울 모양이라고 생각했다.

그날 밤, 정 중위는 꿈을 꾸고 있었다. 연대장실의 에나멜 바닥이 서서히 액체로 변하더니 피가 되어 문 밖으로 흘러나가는 것이었다. 정 중위는 그것을 막으려고 엎드려 두 팔로 휘젓다가 그 자신도 그만 핏물에 휩쓸려 들고 말았다. 그는 소리쳤다.

"라빠뚱, 리빠뚱……."

## 11

리빠뚱 장군 때문에 조금이나마 정신병동의 맛을 보았던 정 중위가 정신병동에 입원중인 장군을 위문하러 간다는 것은 아무리 생각해도 기묘한 인연이 아닐 수 없었다. 송 중령이라는 타인의 요구에 의해서 취해진 행위이기는 하지만, 그러나 이제 정 중위는 이 행위가 자발적인 것으로 되어야 한다고 다짐하는 것이었다.

야전 병원은 쓸쓸한 구릉 위에 자리잡고 있었다. 2층짜리 병원 건물은 블록으로 쌓여졌지만 제법 튼튼하게 보였다. 그러나 몇 그루의 나무가 바람에 흔들리고 있었을 뿐, 주위는 너무나 황량해서 병원 건물이라는 느낌이 들지 않았다. 정 중위는 송 중령이 빌려 줘 타고 온 짚차에서 내리자 곧바로 정신병동의 군의관실로 들어갔다.

"수고하십니다."

하고 그는 책상 앞에 앉아 무엇인가 열심히 쓰고 있는 한 장교 앞으로 다가갔다. 그 장교가 얼굴을 들어 뒤를 돌아보았다.

"이거 오랜만입니다."

먼저 알은체를 한 것은 정 중위였다. 그 장교는 지난번 정 중위를 압박감에서 오는 가벼운 노이로제 증세를 나타내고 있을 뿐, 입원할 요건이 안 된다고 진단을 내렸던 바로 그 군의관이었기 때문이었다.

"웬일이시오? 뭐, 또 꾀병은 아니겠죠?"

"아, 아닙니다. 꾀병이라니요. 사람을 놀리시네요."

정 중위는 너털웃음으로 얼버무리고 다시 진지한 목소리로 말했다.

"장군……."

"장군이라뇨?"

"리빠똥 장군 말입니더."

"아, 그 환자…… 병문안 오셨습니까?"

"네."

"그 환자는 중태입니다."

"중태라고예?"

정 중위는 놀라지 않을 수 없었다.

"그렇다면 만나 볼 수도 없나예?"

"뭐 그리 속단할 것은 없습니다. 피해 의식이 과도하게 발달하고 있어, 누구나 보면 저주하는 언사를 씁니다. 자기 본위로 생각했던 인간의 피해 의식이란 무서운 일면이 있지요. 그렇기 때문에 정 중위 같은 사람을 만나면 과히 환영할 것 같지 않습니다. 얌전할 때는 아주 얌전합니다만……."

그는 좀 바쁜 서류를 작성하던 참인 듯 다시 펜대를 놀리기 시작했다. 그가 들려 준 장군의 증세는 소문을 퍼뜨리기 위한 하나의 전술인지도 모른다고 정 중위는 생각했다.

"바쁘신가보네예?"

"네. 지금 그의 보고서를 작성하고 있었습니다만."

그러더니 그는 앉은 채로 몸을 돌려 복도 건너편 방을 향해 소리쳤다.

"이 소위!"

곧 간호 장교 한 명이 나타났다.

"정 중위에게 김 대령의 방을 안내하지."

이 소위라 불린 간호 장교는 깡마른 얼굴에 딴에는 애교 섞인 웃음을 띠고 따라오라는 듯이 앞에 서서 군의관실을 나갔다. 그 간호 장교는 복도를 두 번이나 꺾어 가는 동안 내내 앞에서 끼득끼득 어깨를 흔들며 웃고 있었다. 정 중위는 화가 나기도 하고 그런 여자의 모습이 호기심이 나기도 해서 물었다.

"뭐가 그다지도 우습십니꺼?"

"아니에요. 그저 우스워요."

하면서도 간호 장교는 정 중위의 얼굴을 한 번 올려다보는 것을 잊지 않았다. 제기랄, 이 계집년이 내 얼굴을 보고 웃고 있군 그래.

"여깁니다."

복도 끝방이었다. 그녀는 홱 돌아서더니 이제는 호호 제법 큰 소리로 웃으며 사라져 갔다. 밖에서 문을 잠그지 않은가 보았다. 정 중위는 문을 두드렸다. 아무 소리도 들려 오지 않았다. 또 두드렸다. 그러나 여전히 응답이 없었다. 슬그머니 문을 밀었다. 열렸다. 방은 전혀 정신병자의 그것처럼 보이지는 않았다. 탁자와 조그마한 소파가 중앙에 마련되어 있고 침대도 눈에 띄었다. 그리고 누구의 것인지 언제부터 걸려 있었는지 알 수 없는 낡은 풍경화도 한 폭 맞은편 벽에 걸려 있었다.

리빠똥 장군의 작고 똥똥한 체구가 등을 보이고 창가에 서 있었다. 그는 황막한 벌판에 눈을 던지고 있는 것 같았다.

"음, 왔군."

침묵을 깨뜨린 것은 장군이었다. 그러나 그는 몸을 움직이지 않았다.

"네, 연대장님. 정 중위입니더."

"알고 있어."

"……."

"저 아래 송 중령의 짚차에서 내리는 자네의 모습을 진작부터 보았지. 왜 왔는가?"

이윽고 리빠똥 장군이 몸을 돌렸다. 그의 모습은 조금도 달라진 데가 없었다. 흰색의 가운을 걸친 그는 예전보다 훨씬 고상한 티를 발하고 있었으며, 그의 두 눈도 한결 맑아 보였다.

"어떻게 지내시는가 알고 싶었십니더."

왜 왔느냐는 질문을 받았을 때 정 중위는 딱히 꼬집어서 대답할 말이 없었다. 게다가 리빠똥 장군의 태도는 너무나도 정중했고 사람을 압도하는 위압적인 풍모마저 지니고 있는 듯이 느껴졌으니까.

"거기 앉지."

하고 장군이 말했다. 그는 천천히 걸어와서 정 중위와 마주 앉았다. 그들은 말없이 침묵을 지키고 있었다. 겨울의 마지막 추위가 유리창을 스치고 지나갔으나 방 안에는 스팀이 돌고 있어 따뜻했다. 이렇게 장군과 마주 앉아 있으니까 역시 정 중위는 자기가 패배한 것을 느끼지 않을 수 없었다. '쪼인트 까기'로 유명하던 이 사람이, 자기를 미친놈으로 취급하던 이 사람이, 연병장의 조그만 사금파리마저 주워내라던 이 사람이, 준장으로 진급하기 위해 애를 쓰던 이 사람이, 그리고 OP에다 포를 쏘아대던 이 사람이, 마침내 정신병동의 신세를 지게 된 이 사람이, 궁극적으로는 인간적인 사람임에 틀림없을 것 같았다.

"정 중위, 자네처럼 집요한 친구는 처음 보았어."

장군이 무겁게 입을 열었다.

"무슨 말씀이십니꺼?"

"끝까지 내 뒤를 쫓아오거든. 어쨌든 나는 처음부터 자네가 좋았었네. 나는 자타가 인정하듯 원래부터 희극적인 인간이었으므로 희극적인 자네를 달리 어떻게 대접할 도리가 없었어."

"그러시다면 죄송합니다만 언제부터 희극적이 되셨는데예?"

리빠똥 장군은 껄껄껄 웃었다.

"그것을 안다면 희극적으로 되지는 않았을 걸세. 확실한 것은 나나 자네나 송 중령이나 법무관이나 군의관이나 모두 희극적 인간이란 말이지."

"무엇 때문일까요?"

"그것을 안다면 희극적으로 되지 않았을 거야."

장군은 다시 한 번 되풀이 말했다.

"그건 조직 가운데서 뭔가 엄숙하고 진지한 것들이 자꾸만 빠져 나가고 있기 때문이 아닐까요?"

"글쎄, 아무래도 좋아. 이렇게 되어 버린 이상에는…… 하지만 자네는 자네가 처음부터 기도했던 하나의 목적을 성취할 수 있을지도 몰라."

"제가 뭘 기도하고 있다는 말씀입니꺼?"

"자네, 시치밀 떼지 마라."

그리고 장군은 탁자 앞으로 두꺼비 같은 얼굴을 내밀더니 조용한 목소리로 뇌까렸다.

"내 부탁 하나 들어 주겠나?"

"가능한 것이라면 여부가 있겠십니꺼?"

그렇게 대답했으나 그의 표정은 겁 먹은 듯이 보였다.

"물론 가능하지. 가능하고말고……."

"뭡니꺼?"

"권총을 가져오게."

"권총을예?"

"놀랄 것은 없어. 모두 정해진 제스처가 아닌가?"

"아, 그건 어려울 텐데예."

"시치밀 떼지 마. 자네는 내 입에서 이 말이 나올 것을 기대해 본 적이 없나? 내 입에서 이 말이 나오지 않는다면 자네가 충동질을 하고 말겠다고 생각해 본 적이 없단 말이지? 리빠똥은 죽어 마땅하다고 말야."

"그건 옛이야기입니다. 오늘은 한없는 슬픔만이 가슴을 저미고 있을 뿐입니더."

리빠똥 장군은 정 중위의 두 어깨를 꽉 끌어 쥐고 이번에는 애걸하는 어조로 호소했다.

"내가 몸 바쳐 온 생의 터전은 모두 끝나 버렸어. 마누라에게서도 이혼하겠다는 내용의 편지가 왔지. 나는 단순하게 내 목숨만 끊으면 돼. 자네가 권총을 제공했다는 것이 탄로나면 신변이 위험하겠지. 하지만 권총은 내가 처음부터 지니고 들어온 것으로 하면 되네. 권총은 연대장실 책상 가운데 서랍 안에 있네. 실탄 여섯 발과 함께. 여기 서랍 열쇠가 있으니 받아 가게."

장군은 자리에서 일어나더니 머리맡 시트 밑에서 열쇠꾸러미를 가지고 왔다. 그 중의 하나를 가리키며 연대장실 문을 여는 것이라고 말했다. 정 중위는 그것을 받았다.

그는 방을 나오자 생각했다. 연극은 목하 점입가경이군.

## 12

밤이었다. 선임하사관이 있는 방에서는 바둑판 때리는 소리가 일정한 간격을 두고 들려 왔다. 아직 잠들을 자지 않고 있는 모양이었다. 그는 살그머니 당번 전령이 있는 방문을 열고 얼굴을 기웃거려 보았다. 칸막이가 가로막혀 서 있었기 때문에 그 안쪽에서는 어떤 상황이 벌어지고 있는지 알 수가 없었다. 그리 크지는 않았으나 코 고는 소리가 들려 오는 것으로 보아 전령은 잠에 떨어진 것 같았다.

멀리서 보초병이 누구얏 하고 수하하는 고함 소리가 들려 왔다. 정 중위는 성큼 안으로 들어섰다. 왼쪽으로 돌아서면 칸막이 이쪽에 연대장실로 통하는 문이 있었다.

열쇠를 끼우고 틀었다. 짤카닥하는 소리가 났지만 전령은 듣지 못했는지 여전히 코를 골고 있었다. 방 안은 캄캄했다. 불을 켤까 생각하다가 보초병에게 들키면 안 되겠다 싶어 그냥 더듬거리며 책상 앞으로 다가갔다.

권총과 실탄 여섯 발은 정확히 가운데 서랍 속에 있었다. 그는 그것을 두 손에 움켜쥐고 한동안 주위 동정에 귀를 기울였다. 아무런 변화의 조짐도 없었다. 그는 그것들을 품속에 넣었다. 다시 서랍을 잠그고, 문을 잠그고, 전령이 자고 있는 칸막이 앞에 이르자 잠시 멈칫 서서 동정을 살폈다. 코 고는 소리는 여전히 들려 오고 있었으며, 선임 하사관실 바둑 알 두드리는 소리도 계속되고 있었다.

그가 수하하는 보초병들에게 신분을 속이면서 20리 길을 뛰어 병원에 도착한 것은 새벽 한 시가 가까워 오고 있었을 때였다. 그는 병원 보초병에게도 요양 환자로서 외출했다가 늦었다고 적당히 꾸며대고는 무사히 병원 안으로 들어갈 수 있었다. 리빠똥 장군과 헤어지고 사흘이 지난 새벽이었다. 리빠똥 장군은 그를 기다리고 있었던지 정장을 하고 있었다.

"자네가 돌아가고 난 날부터 계속 이 옷을 입고 있었네. 물론 가지고 왔겠지?"

"네."

정 중위는 가슴속에서 권총과 실탄 여섯 발을 내놓았다. 그리고 좀 더 핼쓱해진 리빠똥 장군의 얼굴을 바라보았다. 그는 정 중위에게 웃음을 보냈다.

"곧 가야 하겠지. 마지막이라고 생각하니 뭔가 자꾸 말하고 싶어지는군. 나는 많은 사람들, 특히 부하들에게 못된 짓을 많이 했네. 그러나 나는 아직도 그것이 꼭 나의 죄라고 생각하고 싶지는 않군. 나처럼 잔인해질 수 있는 인간은 얼마든지 있을 것이니까. 그렇다고 해서 그것도 그들의 죄가 아닐 걸세. 우리는 좀 묘한 세상에 살고 있는 셈이지. 자, 그럼 지체하지 말고 돌아가게. 눈치를 채면 모든 것이 허사가 되니까."

"연대장님, 저의 마지막 선물입니다."

정 중위는 윗포켓을 뒤적거리고는 한 쌍의 별을 꺼냈다.

"최후까지 날 조롱할 셈인가?"

그러나 장군은 흡족한 듯이 웃었다.

"참으로 희극적이군."

그리고 그는 대령 계급장을 떼고 그것을 대신 달았다. 왠지 전혀 어울리지가 않았다.

"자, 지옥에서나 만나지."

리빠똥 장군과 고릴라 정 중위는 악수를 나눴다. 꼭 죽음을 앞둔 사람이거나 그 죽음을 도우려는 사람들 같지 않게 그들은 담담했다.

그러나 정 중위는 장군의 병실을 나섰을 때, 그의 등줄기에서는 식은땀이 흘러내리는 것을 의식했다. 그는 아래층으로 내려서자 복도의 창문을 넘었다. 그리고 황막한 벌판을 뛰어 철조망 밑을 기어 나갔다. 거기서부터 논길이 시작되는 것이다. 정 중위는 논둑에 서서 불빛이 띄어띄엄 빛나고 있는 병원 건물을 올려다보았다. 참으로 먼 곳에서처럼 땅 하고 한 발의 총소리가 들린 것은 바로 그 순간이었다. 오싹하는 전율이 전신을 타고 내렸다. 결국 죽었단 것이겠지.

다음날 아침 부대에서 정 중위는 리빠똥 장군이 자살했다는 비보를 들었다. 머리에 권총 한 발을 쏘고 죽었다는 것이다. 그 사실은 연대내에 구구한 억측을 자아내고 있었다. 그가 정말 미쳐서 발광을 했다 하기도 하고, 그의 부인이 그를 버린 데 절망해서였다기도 하고 별을 달지 못한 것을 원통히 여겨서라고도 했다.

그러나 아무도 그의 죽음의 의미를 똑똑히 가려내려는 사람은 없었다. 똑똑히 가려내려는 노력을 기울이지 않는다는 것은, 마땅히 죽어야 할 사람이 마지막에 현명한 방법을 택했다는 데로 귀결을 짓고 있음을 암시하는 것이었다. 상부에서나 수사 기관에서나 그의 옛 부하였던 사람들도 그의 죽음을 한결같이 당연한 종결로 취급하고 있었다. 다만 별을 달고 죽었다는 사실이 그 인물에 대해 희극적인 요소를 한층 돋우어 주는 데 기여했을 따름이었다. 아무도 그의 죽음을 확실하게 이야기할 사람이 없었다. 권총의 출처도, 그의 간단한 유서 속에 포함되어 있었다는 것이다.

> 본인 김수진 대령은 광인이 되기는 싫었으며, 군대를 떠나기는 더욱 싫었다. 본인은 아직도 본인이 옳았다고 생각하며 나쁜 점이 있었다면 본인이 살아가는 방법이 틀린 것이라고 사료된다. 이 살아가는 방법, 본인이 살던 조직 속에서는 어쩔 수 없이 택해진 것이다. 단지 수수께끼로 남는 것은 왜 본인만 파멸하는 것인가이다. 본인은 병원으로 오기 전에 이미 죽기로 작정했으므로 소지하고 온 권총으로 자살한다.

이 풀 수 없는 수수께끼 같은 유서도 한낱 그를 이야기하는 데 웃음거리로 등장하고 있었다.

그의 장례식은 간단하게 병원 시체실 옆에서 치러졌다. 애초에는 사단장으로 성대하게 계획되었으나 갑자기 취소되었다. 상부에서 그의 자살설이 외부로 나가는 것을 꺼려했기 때문이었다. 장례식에는 사단장과 부연대장을 비롯하여 송 중령 등 대대장급과 연대 참모들이 참석했다. 트럼펫의 구슬픈 조가가 울려 퍼지고 그의 영구가 차에 실려지자 정 중위는 장군이 있던 병실 쪽을 올려다보았다. 창문이 활짝 열려 있었다. 병사들이 창가에 붙어서 걸레로 유리창을 열심히 닦고 있었다. 거기에 한 인간이 죽어 갔다는 흔적은 아무것도 없었다.

정 중위는 리빠똥 장군을 실은 앰뷸런스가 병원 정문을 빠져 나가는 것을 지켜보다가 섬뜩한 느낌에 시선을 돌렸다. 거기, 송 중령이 서 있었다. 정 중위는 두려워할 것이 없다고 생각했다.

"어이, 정 중위. 자넨 왜 저 앰뷸런스에 타지 않았나?"

송 중령은 야유하듯이 그에게 소리쳤다.

"가고 싶지가 않아서요."

정 중위는 그의 곁으로 다가갔다. 가까이 오는 정 중위를 향해서 그가 또 말했다.

"장군은 불쌍한 사람이었어."

"제가 알기로는 대대장님만큼은 못 되지만 용감한 사람이었던 것 같습니다."

정 중위는 이제부터는 발음을 정확히 해야 한다고 생각하면서 혀끝에 힘을 주어 말했다.

"아, 그런가?"

"대대장님."

정 중위는 그를 불러 놓고 차가운 시선으로 송 중령을 쏘아 보았다.

"저는 아직도 연극을 진행중에 있습니다."

"뭐라구?"

송 중령의 파랗게 여윈 얼굴이 꽤나 놀라는 표정이었다.

"어쩌자는 거야?"

"부대로 돌아가시는 길에 저를 함께 태워 주십시오. 사단 본부에서 내리겠습니다."

"그래서?"

"헌병대로 가겠습니다."
"그건 왜?"
"장군에게 권총을 제공한 것은 접니다. 저는 장군의 죽음이 이렇게 조용히 끝나리라고는 생각지 못했습니다. 그것을 캐어내기 위해서 저는 마땅히 체포될 줄 알았습니다. 병원에 장군이 있는 동안 그를 방문한 유일한 장교였으니까요."
"왜 무사히 넘어가는 사건에 대해 자승자박하는가? 으흠, 그러고 보니까 이제 와서 자네는 나에게 적대감을 품고 있구먼 그래. 그러나 그 누구도 이 조직의 틀을 인간 쪽으로 돌릴 수는 없어. 장군이나 자네나 나나 모두 틀에 얽매여 떠밀려갈 뿐이야. 냉혹해질 수밖에 없어. 그 파도에서 헤어나려면……."
그러나 정 중위는 울부짖듯이 소리치고 있었다.
"저는 포기하지 않겠습니다. 차를 태워 주지 않으시겠다면 걸어서라도 가야겠습니다."
"정 그렇다면 타게."
송 중령은 못마땅한 듯이 볼멘소리로 내뱉었다.

「김용성 대표중단편소설」

# 안개꽃

아버지에겐 희망이 있어요.
그 가짜 무덤에 가시는 일만 제외하면 말입니다.

저는 서독으로 돌아가는 것을 늦춰 잡겠어요.
안개꽃을 사들고 여길 자주 찾아와야겠어요.

# 안개꽃

나흘 동안의 공식적인 일정을 모두 마치고 나자 나는 이승호(李承鎬)의 개인 안내원으로 일하게 되었다. 그것은 그의 간절한 요청에 의해서 이루어졌다. 닷새째 되던 날 아침에, 실은 작별을 고하기 위해서 호텔방을 찾아간 나에게 그는 이렇게 간청했던 것이다.

"나를 좀 도와주십시오. 나는 이 호텔문 밖으로 나가면 어느 쪽으로 발을 내디뎌야 할지 전혀 갈피를 잡을 수 없어요. 부탁입니다. 좀 도와주세요."

그와 함께 온 여섯 동료들은 그 전날 밤과 그날 아침 사이에 가족이나 가깝고 먼 친지들을 찾아서 혹은 찾아온 그들과 합류하여 호텔을 떠나 버렸다. 그는 외톨이로 남아 있었다.

"누구 알 만한 사람이 없습니까?"

하고 내가 물었다. 그는 그럴 만한 사람이 없다는 듯이 고개를 천천히 가로젓고 나서 한동안 턱을 가슴에 묻은 채 조용히 침대 끝에 앉아 있었다. 그러다가 자신의 생각을 강하게 부정하듯 얼굴을 번쩍 치켜들었다.

"열심히 찾으면 만나게 될는지도 모르지요. 살아만 계시다면 말이에요."

"누구를 만나게 된다는 말입니까?"

그가 퉁명스럽게 말한 듯이 내게 느껴진 것은 그의 억양 탓이었을까. 나는 그의 깊은 지식이나 높은 인격을 의심하지 않고 있었으므로 조금은 당황했다. 그는 자기 자신을 매우 불행한 사람으로 여기고 있는 것임에 틀림없었다.

"아버지는 대한민국 이 땅 어딘가에 살아 계실 것이라고 생각됩니다."

그의 말투가 우리 둘 사이를 서먹서먹하게 만들었다는 것을 눈치채고 그는 부드러운 말씨로 덧붙였다. 경험으로 미루어 그와 같은 처지에 있는 사람들은 얄밉도록 눈치가 빠르다는 것을 알고 있었다.

"좋아요. 미력하나마 도움이 되도록 힘써 보지요."

내가 말했다. 나는 그의 개인 안내원으로서의 임무를 부여받기 위해서 전화통 앞으로 다가갔다. 수화기를 들고 다이얼을 돌리고 나서 활짝 열어 놓은 호텔의 창 밖을 바라보았다. 숲 너머 멀리 도시의 고르지 않은 지붕들과 그 위에 봄의 희뿌연 하늘이 침울하게 내려앉아 있는 것이 보였다. 창문을 통해 불어 오는 바람은 한결 훈훈하고 부드러웠다. 그는 적어도 그가 원하기만 한다면 석 달 동안 이곳에 체류할 수가 있을 것이다 하고 나는 생각했다.

1944년 평북 정주(定州) 출신. 김일성대학 공학도로 재학중 동독에 유학. 60년대 중반에 서독으로 탈출. 현재 서독 모 공장 기술부 기사로 근무. 미혼.

내가 알고 있는 그의 경력은 이것이 전부라고 할 수 있었다. 그는 닷새 전 정오가 조금 넘은 시각에 여섯 명의 망명동지들과 함께 김포 공항에 도착했었다.

우리는 그들의 방문을 아주 자연스럽게 받아들여야만 했다. 그들에게 부담감을 안겨 주지 않기 위해서, 그리고 그들 스스로의 눈으로 이 땅의 있는 그대로의 모습을 볼 수 있게 하기 위해서 그들이 일반인 출구를 이용하도록 배려했다.

공항 대합실은 도떼기시장과 같이 소란스럽고 복작거렸다. 중동에 돈을 벌러 갔다가 지쳐서 돌아오는 아들을 발견하고 까무라칠 듯 이름을 부르는 어머니의 목소리, 거기에 화들짝 놀란, 며느리의 등에 업힌 어린 손녀딸의 악을 쓰며 우는 소리, 외국 유학이라는 위대한 과업을 마치고 돌아오는 블루진 차림의 남편을 맞이하는 젊은 여인의 깔깔거리며 웃는 소리, 그 웃음소리에는 약간의 바람기가 섞여 있었다. 로스앤젤레스의 미스터 엔더슨, 영국인 미스터 존스, 호주의 메콜리 여사, 본에서 온 리히터 박사 등등의 사람을 찾는 푯말들이 마중꾼들의 머리 위에 마치 데모 군중의 피켓처럼 여기저기 솟아올랐다. 볼 만한 구경거리는 출구를 빠져 나오는 여행자들 틈에 있었는데 뚱뚱하고 작달막한 키에 갈색 머리 사이에 희끗희끗 흰머리가 난, 이미 할머니라고 불러야 할 깊은 주름살이 패인 얼굴을 가진 여자가 든, 8절지만한 크기의 종이에 휘갈겨 쓴 문구였다. '라스베가스의 여왕을 마중나온 분은?' 그녀는 주저거리며 뒤로 처지면서 오리 궁둥이처럼 불쑥 튀어나온 엉덩이를 천천히 흔들며 걸어 나왔으나 너무나 키가 작아서 여왕이 들고 있는 문구는 사람들 눈에 잘 띄지를 않았다. '요코하마 관광단 환영'이라는 푯말을 높이 치켜 든 나이 먹은 한국의 여행사 안내양의 꽁무니를 따라 일본인 관광객들이 놓쳐서는 안 되는 여선생님을 따라가는 국민학생들처럼 조금은 우울한 표정을 짓고 한 줄로 열을 지어 졸졸 따라갔다. 여행자들은 두 개의 출구로 나왔기 때문에 마중꾼들은 그들의 사람을 찾으려고 이리 몰리고 저리 몰리며 아직도 짐을 검사하고 있는 출구 안을 목을 빼고 기웃거리고는 했다.

드디어 우리가 기다리고 있던 사람들이 나왔다. 친지들이 그날 처음 보거나 또는 먼 추억 속에서 떠올릴 수 있을까 말까 한 희미한 과거의 얼굴들을 끌어안고 눈물을 뿌렸다. 나는 그들의 입장이 아니어서 잘은 모른다고 할 수 있었으나 그러한 모습을 볼 때마다 그들에게 진정한 반가움과 기쁨보다는 서먹서먹함과 어색한 슬픔을 맛보고는 했다.

나는 그때 일곱 명의 일행 가운데 외톨이 되어 멍청하게 서 있던 그를 보았던 것이다. 그에게는 어색하나마 끌어안고 눈물을 뿌릴 만한 상대가 없었다.

나는 명단을 보고 그가 이승호라는 것을 알았다. 이승호? 어디선가 들어 본 듯한 이름이었다. 그러나 나는 그 사실을 묵살해 버렸다. 이 세상에 같은 이름을 가진 사람은 부지기수이니까. 나는 그에게 다가가서 그의 가방을 받아들었다.

"장거리 여행에 피곤하시겠습니다. 이번 방문을 충심으로 환영합니다."

그는 내 말을 알아듣지 못한 듯이 보였다. 흘깃 무표정한 시선으로 나를 바라보고는 곧 눈길을 돌려 넋나간 듯 주위를 두리번거렸다.

"어쩐지 고국에 온 것 같지를 않군요."

그가 억양 없이 중얼거렸다. 무심코 던진 듯한 그 첫마디에 나는 방망이로 머리통을 얻어맞은 것 같은 충격을 받았다. 나는 여태껏 그렇게 말하는 사람을 보지 못했던 것이다. 아첨을 섞어 흥분된 목소리로 애국적인 열변을 토하는 매스꺼운 사람과 또 냉랭한 표정을 지어 애써 무관심을 가장하는 사람들이 있었을 뿐이다. 나는 그가 매우 솔직한 사람이 아니면 과거의 기억 때문에 그의 머리가 외곬적으로 굳어져 버린 것이라고 생각했다.

"이승호 선생, 선생은 엄연히 고국의 땅을 밟고 있는 겁니다. 여긴 서울이에요. 하긴 서울이 처음이실 테니까 그런 기분이 드는 것도 무리는 아니겠습니다. 허지만 계시는 동안 차츰 나아지실 겁니다."

그의 가방은 가벼웠다. 갈아 입을 옷가지 몇 벌이 들어 있는 것 같았다. 우리들이 준비되어 있던 마이크로버스에 올라타려고 대합실을 빠져 나갔을 때, 나는 처음으로 그가 다리를 절고 있다는 것을 알았다. 그 동안 내가 그에게서 받은 인상은 맥이 없고 어떤 지워 버릴 수 없는 생각에 몰두해 있다는 것이었다. 그는 타인이 들여다볼 수 없는 자기만의 세계를 구축하고 있었다. 누가 뭐라고 말할 때 얼른 알아듣지 못하는 것이 바로 그 징후였다.

"좋아, 좋아. 하지만 잠시 들어왔다가 나가도록 해."

전화 속의 목소리가 말했다. 나는 수화기를 내려놓고 창 밖에 던졌던 시선을 돌려 그를 보았다. 그는 그 사이 담배를 꼬나물고 연기를 풀풀 날리고 있었다. 동그스름한 얼굴에 보통 키, 최근에 배가 좀 나오기 시작한 체구……. 오른쪽 다리를 절지만 않는다면 그는 거리에서 흔히 볼 수 있는 그런 외양을 지니고 있는 사나이였다.

"얘기는 잘되는 것 같습니다. 그러나 막연하군요. 어디서부터 더듬어야 할지 말입니다. 나는 열심히 돕겠어요. 그리고 충실한 길잡이가 되어 드리려고 합니다. 그렇지만 어떤 암시, 희미한 암시라도 주셔야 하지 않겠습니까?"

그날 아침에 나는 장님이나 별 다름이 없는 그와 함께 미로의 초입에 서 있는 듯한 기분을 떨쳐 버리지 못했다.

"암시요?"

하고 그의 눈에 생기가 돌았다.

"글쎄 이건 어떨까요?"

그는 침대 끝에서 일어나 보일 듯 말 듯 다리를 절며 옷장으로 걸어 가더니 낡고 빛이 바랜 종이쪽지 하나를 꺼내 들고 왔다. 너무나 오랫동안 꼬불쳐 두어서 자칫 잡아당겼다가는 찢어지고 말, 그 조그만 쪽지에는 볼펜으로 이런 글귀가 씌어 있었다. '남대문 시장 안의 생선가게 주인'

이건 영락없는 텔리비전 프로에나 등장할 비밀의 주인공이었다. 나는 다리에 맥이 풀려서 소파 위에 털썩 주저앉았다.

"이게 도대체 뭡니까?"

"죄송하지만 암시라고는 그게 전부예요."

"이 사람이 누굽니까?"

"죄송하지만 나는 그 사람의 이름도 모르고 그 사람을 본 적도 없어요. 다만 막연하나마 고향 사람이라는 것밖에는 알지 못합니다."

"이건 누가 쓴 거죠? 또 남대문의 생선가게 주인이 고향 사람이라는 건 어떻게 알았습니까?"

"간호원이 썼어요."

"간호원이오?"

나는 어리둥절하지 않을 수 없었다. 생선가게 주인과 간호원은 너무나 동떨어진 직업이었다. 나는 그의 충실한 안내원 노릇을 하기로 한 것을 벌써부터 후회하고 있었다. 만약에 나의 천성적으로 발달되어 있던 호기심만 아니었더라면 알량한 인정 따위는 헌신짝처럼 팽개쳐 버렸을 것이다.

"아, 죄송하지만."

그는 그날 아침만 해도 죄송하다는 말을 이미 세 번씩이나 써먹고 있었다. 그는 두 손을 바지춤 앞에 마주 쥐고 남을 화나게 만든 것에 대해 진심으로 미안해 하는 표정을 짓고 다리를 절며 오락가락 빠르게 방 안을 거닐었다.

"아시다시피 전 이렇게 다리를 접니다. 이 다리는 후유증으로 신경통을 일으키는데, 한 십여 년 전의 어느 해 가을에 너무나 통증이 심해서 병원에 입원을 했었죠. 그 병원에는 세 명의 한국인 간호원이 파견되어 일하고 있었습니다. 어떤 얘기 끝에 우연히 전 그 중 한 간호원의 아버지가 전쟁 전에 정주읍 가까운 곳에서 살았던 적이 있다는 것을 알아내었어요. 물론 그 간호원은 그곳에서 태어난 것이 아니었지만 저는 고향 사람을 만난 듯이 기뻐했습니다. 그런데 웬걸요. 고향이 정주라는 것을 알고 나서부터 아가씨는 무척 쌀쌀하게 굴었답니다. 돌변한 태도에 왜 그러냐고 추궁해댔으나 끝내 그 이유를 듣지 못했어요. 저는 이해할 수가 없었어요. 나중에 생각해 본 것입니다만 같은 고향 사람으로 아버지가 남대문 시장에서 생선가게를 벌이고 있다는 사실을 부끄러워했던 것일까, 아니면 말이에요, 제가 북에서 넘어온 사람이라는 사실이 꺼림칙해서였을까, 아마도 그녀가 저를 소원히 했던 까닭은 후자에 더 가까웠으리라고 추측하게 되었지요. 어쨌든 그런 뒤부터 저는 병원에 있는 동안 그 간호원과 자주 접촉할 기회를 잃어버린 것이에요. 저는 매우 섭섭히 여겼지요. 허지만 어쩌는 수 없었어요. 그녀는 제가 아니었으니까요. 그러나 그 간호원의 아버지는 제가 제 고향과 접촉할 수 있는 가교가 되는 유일한 사람이라는 막연한 생각을 품게 되었죠. 정말이지 그 무렵에는 모든 것이 막연하고 어렴풋하기만 했어요. 솔직히 말씀드리면 그때만 해도 저는 제 아버지에 대해서 별로 흥미를 느끼지 못했었다고 하는 것이 옳지요. 아, 차차 말씀드릴 기회가 있겠지만 그럴 만한 이유는 있었습니다. 다시 막연했다는 것에 대한 얘기인데 설혹 그 간호원의 아버지와 접촉을 가진다 해도 그 사람이 제 아버지를 알고 있다는 보장도 없는 것이 아니겠습니까? 제가 퇴원을 하게 되던 전날 저는 그 간호원을 만나려고 애썼으나 그녀가 제 앞에 나타나지 않았어요. 저는 한국인 동료 간호원을 통해서 왜 그녀가 필요한지를 전했습니다. 그랬더니 '남대문 시장 안의 생선가게 주인'이라는 바로 그 쪽지를 전해 왔습니다. 그것은 그녀의 아버지입니다. 좀 이상한 일이기는 하지만 그 당시 그 쪽지를 받고 그 내용이 구체적이지 않다는 생각은 조금도 들지 않았습니다. 보시다시피 이름도 주소도 없지 않습니까? 그러다가 일 년이 지난 겨울 어느 날 양복을 세탁소에 보내려다가 그 쪽지를 다시 보게 되었는데 왜 이름조차 알아보지 않으려고 했을까 하고 불현듯이 후회스런 생각을 했었죠. 그렇다고 그 간호원을 다시 만나 봐야겠다는 절박감이 든 것도 아니었습니다. 그러나 세월이 지날수록 그리고 제가 나이를 먹을수록 그 쪽지는 기묘한 힘을 발휘하는 것이었습니다. 저는 몇 번이나 찢어 쓰레기통 속에 던져 버리려고 시도했지만 그때마다 찢지 못했어요. 그것은 지갑 속에서 또는 책갈피 속에서 또는 양복 윗주머니 속에서 구차스런 생명을 유지하며 살아온 것입니다. 그래서 제가 그 쪽지를 펴들 때마다 점점 더 선명한 윤곽을 '남대문 시장 안의 생선가게 주인' 위에 제 아버지의 얼굴이 떠오르는 것이었어요. 그렇지만 그것은 그리움 때문만은 아닙니다. 이따금 잠자리의 쓸쓸한 침대 위에서 아버지의 환영과 저는 무서운 싸움을 벌이고는 합니다. 과거의 기억 속에서……."

그는 '남대문 시장 안의 생선가게 주인'에 얽힌 사연에 대해 길게 이야기하고 나더니 허탈기를 느낀 듯이 내 앞자리에 몸을 던졌다. 그리고 목이 긴 유리병에서 물을 따라 마셨다. 이번에는 내가 자리에서 일어나 소파와 창문 사이를 오락가락 거닐기 시작했다. 모든 것이 막연하다고는 하지만 그 동안 그의 심리 상태와 태도에 대해 몇 가지 의문스런 점이 없지 않았다.

"그 간호원의 이름을 알고 계십니까?"

"모르겠어요. 물론 그 무렵에는 알고 있었습니다만 통 기억이 나지를 않아요."

"잘 생각해 보세요. 그 간호원의 이름을 기억해내면 쉽게 실마리가 풀리지도 모르니까 말입니다."

"숙희인지 숙자인지 또는 미숙인지 아니면 전혀 엉뚱한 이름 같기도 하구요. 원래 숫자를 외워 두는 데에는 자신이 있지만요, 남의 이름을 외워 두는 데에는 천치야요. 한국에 오기로 결정이 났을 때 무신둥 그 여자 생각이 나더구만요. 그래서 병원에를 찾아갔더니만 이미 그녀는 거기에 있지를 않았어요. 그 여자에 대해 알고 있는 사람도 없었구요. 하긴 그럴 수밖에 없었던 것이, 너무나 오랜 세월이 흘러간 뒤였으니까요. 뭐 기록 같은 것도 남아 있지 않다더군요."

"선생의 아버님 이름마저 잊어버렸다고 말씀하시지는 않겠죠?"

"아암요. 아버지의 이름은 잊지 않았어요."

하고 그는 멋적어하며 소리 없이 웃었다.

"이민수 씨야요. 백성 민 자에 빼어날 수 자를 쓰지요. 그런데 그게 도움이 될까요?"

"도움이 되죠. 이북도민회 같은 곳에 문의해 볼 수도 있으니까 말입니다."

"참, 그렇겠군요."

그는 창가로 가서 섰다. 숲 사이로 난 좁은 아스팔트 길 위로 자동차들이 장난감처럼 굴러가고 있었다. 나는 그 길이 한강 쪽으로 넘어가는 오솔길이라는 것을 알고 있었다. 그것은 내 어릴 적 기억 속에 남아 있는 길이었다. 동네 아이들이 떼를 지어 넘어갔다. 여름날, 푸른 강, 하얀 모래 벌판, 저 오솔길 초입 공원 한 귀퉁이에 참외장수가 좌판을 벌리고 앉아 있었다. 집의 천장 서랍 속에서 훔친 어머니의 돈으로 사 먹었던 참외 맛. 내 시선은 아스팔트 길을 따라 아래로 내려갔다. 넓은 네거리가 보였다. 네거리의 대각선 거리는 2백 미터 가량 되었다. 거기에 일본인들이 버리고 간 적산가옥의 동네가 있었다. 얼기설기 얽힌 좁은 골목, 두부장수가 흔드는 요령소리, 옆집에서 젊은 부부가 악다구니를 퍼부으며 싸우는 소리, 숨바꼭질을 하며 떠드는 아이들의 소리, 골목 어디쯤에선가 드르륵거리며 현관문 여닫는 소리, 갓난아이의 울음소리 따위가 어우러지던 골목이 있었다.

"이 선생, 선생은 아버님에 대해서 피해의식과 비슷한 감정을 지니고 있는 것 같아요. 그렇지 않은가요?"

나는 나의 지나간 기억들을 떨쳐 버리며 창가에서 돌아섰다. 그는 잠시 놀란 듯한 표정을 지어 보였다. 약간 일그러진 미소가 그의 입가를 스쳤다. 어쩌면 그는 내가 그렇게 물어 오기를 기다리고 있었는지도 모른다.

"잘 알아보셨어요. 전 피해의식을 가지고 있습니다. 과거를 돌이켜 보면 제게 있어서 아버지는 이 세상에 존재하지 않았으니만 못했던 것 같아요. 제가 왜 동독의 국경을 넘었는지 아시겠습니까?"

"자유를 찾아서겠지요."

하고 나는 무심코 대답했다. 공산주의 국가와 민주주의 국가를 구별

하는 척도가 되는 것은 자유가 있고 없고를 가려내는 일이라고 나는 평소에 생각하고 있었다.

"자유? 자유는 껍질에 불과해요."

그는 담배 한 개비를 내게 권하고 나서 그 자신은 두 번째 담배에 불을 붙였다.

"껍질에 불과하다니요?"

"생명의 위협을 느낀 것이 직접적인 동기였어요. 많은 사람들은 자유가 없어도 그럭저럭 생명을 유지하며 살아가고 있지요. 하지만 그런 사람들도 너를 죽이겠다고 하면 살기 위해서 무슨 수단을 강구하는 법입니다. 제 경우가 바로 그렇습니다. 그런데 저를 처치하려는 이유가 퍼구나마 어처구니가 없는 것이에요. 아바지 까타나 당하게 되다니 날베락이디 않고 뭐시가서요. 저를 샘내는 어떤 놈이 과거 아버지의 행적을 캐내어 상부에 일러바쳤던 것입네다. 들려 온 말에는 아버지가 전쟁통에 백 명의 인민을 학살했다는 것이야요. 저는 도망치기로 작정하고 도망치고 말았지요. 내겐 자유를 위해 싸울 만한 배짱은 없었이요. 만약에 내가 자유의 투사가 되어 있다면 그것은 남이 만들어 입혀 준 껍질에 불과해요. 나는 생명의 위협을 느꼈던 거야요. 그것도 일곱 살 때 헤어져 어디서 어떻게 살고 있는지도 모르는 아바지 타나."

그의 허여멀건 허우대에 핏기가 떠오르며 사투리를 심하게 해댔다. 나는 그의 입에 물려진 재갈을 보다 숙명적으로 받아들일 수는 없는 것일까 하고 생각했다. 그것은 하나의 역사였다. 그러나 나는 그의 아버지를 저주하는 듯한 말투 속에서 오래 전부터 가슴 깊숙한 곳에 웅어리져 있을 그 무엇을 감지하고 있었다.

"아버님과는 어떻게 헤어졌습니까?"

"그 점 궁금하게 여기시리라고 생각했습니다. 전체적으로는 매우 어렴풋하지만 몇몇 장면은 아주 선명하게 떠오를 때가 있습니다. 저를 괴롭히는 것은 그렇게 확실하게 떠오르는 장면들 때문이에요. 차라리 기억상실증에나 걸렸었더라면 하고 생각할 때가 많습니다. 좀 긴 얘기가 될 것 같아서요. 그저께 밤과 어젯밤에 제가 되는 대로 끄적거려 보았습니다."

그는 다시금 마음의 평정을 되찾고 옷장 쪽으로 걸어갔다. 이번에는 옷장 밑에 놓아 둔 가방 속에서 무엇인가를 꺼냈다. 그는 이내 돌아와서 탁자 위에다 얇다란 공책 한 권을 올려놓았다. 겉장에는 아무런 글씨도 씌어 있지 않았다.

"들춰 봐도 괜찮겠습니까?"

하고 내가 말했다. 그가 고개를 끄덕거렸다. 나는 겉장을 젖혔다.

꼼꼼하게 박아 쓴 것 같은 글씨가 촘촘하게 줄 쳐진 칸 위를 메꾸어 놓았다. 가다가 줄을 그어 지우기도 했으나 대체로 깨끗했다.

"어차피 선생님에게 보여드리려고 쓴 겁니다. 마음대로 읽어 보세요."

그러나 나는 그의 앞에서 그의 기록을 읽고 감정상의 반응을 나타내기를 꺼려했다. 나는 안내원일 뿐, 감정적으로 냉철할 필요를 느끼고 있었던 것이다. 그 이유는 명확했다. 나는 남의 일에 말려들어 가는 것을 싫어했던 것이다.

"이 선생, 선생은 무슨 취미를 가지고 계십니까?"

"취미요? 별로 없어요."

그는 나의 느닷없는 질문에 경계심을 나타내었다.

"별 뜻이 있어서 물어 보는 것은 아닙니다. 혹시 테니스 같은 걸 좋아하시는지요?"

"최근에 좀 배우기 시작했습니다만."

"그럼 잘됐어요. 호텔에 코트가 있으니까 내려가 쳐보세요. 마음 맞는 친구를 만날 수도 있을꺼구요. 전, 도민회에 들러서 이민수란 이름이 있는지 알아보겠어요."

"제가 따라가면 안 되겠습니까?"

"아직 마무리를 지어야 할 일이 있어요. 선생의 안내원이 되려면 말입니다. 내일 아침에 다시 오겠습니다. 만약에 도민회에서 이민수 씨를 찾지 못하면 '남대문 시장 안의 생선가게 주인'을 함께 찾아보도록 하지요."

나는 왜 그런지 그날 아침에 그와 함께 나다니기가 싫었다. 왜 그랬을까. 그가 들려 준 이야기가 내게 혐오감을 안겨 주었는지도 모른다. 나는 그가 그의 아버지와 헤어지던 때를 기록해 두었다는 그 공책을 들고 호텔 방을 나왔다. 그리고 그 기록을 빨리 읽어 두지 않으면 안 될 것이라고 생각했다.

1950년 12월 초의 어느 날 저녁에 우리 가족은 대동강을 건너기 위해서 남으로 선교리(船橋里)가 건너다보이는 강가로 나갔다. 강물은 아직 얼어붙지 않았으나 하늘은 음침하게 가라앉았고 기온은 시시각각으로 떨어지고 있었다. 우리는 고향으로부터 이미 3백여 리 길을 줄곧 걸어온 터라 지칠 대로 지쳐 있었다. 우리 가족은 통틀어 네 식구였다. 아버지와 어머니와 젖먹이 여동생, 그리고 나. 아버지가 거느리는 일행은 가족 외에도 작은아버지 내외와 그 아들, 또 먼 친척뻘 되는 아저씨 내외가 있었다. 그러니까 우리 일행은 모두 아홉 명인 셈이었다. 어른들은 무엇이든지 이거나 짊어지거나 해야만 했다. 그때의 모습은 훗날에도 내 기억 속에 언제나 생생하게 남아 있었다.

아버지는 작은 밥솥과 쌀자루를 싸서 둘둘 말은 이불짐을 짊어지고 있었고, 어머니는 옷 보따리(그것은 매우 큰 것으로 보였으며 장차 식량과 바꾸어 먹을 아주 값진 옷들이 들어 있었을 것이라고 나중에 나는 추측하고는 했다)를 머리에 무겁게 이고 등에는 젖먹이 내 여동생을 업고 있었는데, 어머니의 걸음걸이는 힘겨워 보였으며 언제나 일행보다 뒤로 처지기가 일쑤였다. 나도 하나의 작은 이불짐을 짊어지고 있었으나 거기에 무엇이 들어 있었는지는 기억이 나지 않는다. 다만 한 가지 기억나는 것은 어머니가 자주 내 짐을 내리게 하고 거기서 여동생의 기저귀를 꺼내 갈아 주곤 했었다는 것이다.

작은아버지나 먼 친척뻘 되는 아저씨도 아버지와 비슷한 행장을 차리고 있었으며 작은어머니는 다섯 살짜리 나의 사촌동생을 업고 있었는데, 이따금 걷지 않는다고 업힌 아이의 엉덩이를 때리고는 했다. 녀석은 아프다고 엉엉 울어대었고 그러면 작은어머니는 길가에 버리고 가겠다고 엄포를 놓았다. 먼 친척뻘 되는 아저씨 부부는 그 무렵 매우 젊어서 아이가 없었다. 아저씨는 아버지 형제에게 형님이라고 불렀는데 의리랄까 우애랄까, 그런 착한 마음이 없었다면 우리들을 팽개쳐 버리고 젊은 아주머니와 함께 나는 듯이 남으로 피난길을 달렸을 것이었다.

우리가 강가에 나왔을 때 대동강 인도교는 폭파된 뒤였다. 강을 건너려고 엿가락처럼 휘어진 교각의 연결쇠 위에 엉거주춤 앉아 있는 사람들의 까만 행렬이 보였다. 교각은 강물 위에 불완전하게 설치된 거대한 미끄럼틀 같았다. 저마다 짐을 이고 진 사람들이 강물에 떨어지지 않으려고 미끄럼틀의 모서리를 꽉 움켜잡고 조금씩 조금씩 기어 올라가고 내려갔다. 다리 이쪽에는 차례를 기다리려는 사람들이 무수히 몰려들고 있었다. 그 필살의 도망도 우리들에게는 구경거리에 지나지 않았다. 아버지의 말을 빌리면 아이들과 여자들 때문이었다.

해는 지고 바람이 불었다. 국군이나 유엔군은 보이지 않았다. 강둑 밑에는 온통 흰옷과 검은 옷밖에 입을 줄 모르는 사람들이 유령처럼 서성거리고 있었다. 낮에 울고 아우성치던 사람들은 모두 어디로 간 것일까. 우리 앞에는 시커먼 강물이 흐르고 있었고 뒤에는 어둠과 정적에 싸인 유령의 도시가 웅크리고 있었을 뿐이었다.

"이렇게 서성거리며 시간만 보낼 수는 없다. 여자들은 기도를 드려, 기도를. 우리 남자들은 강을 건널 수 있는 길을 찾아보도록 할 테니끼니."

아버지가 조바심을 내며 그렇게 소리친 것으로 기억된다. 그러니까 아버지는 나를 남자로 보아 주었던 것일까. 세 어른들의 꽁무니를 쫄랑쫄랑 따라가는 나를 흘낏 돌아다보고도 아버지는 아무 말도 하지 않았다. 어른들은 다리 밑을 떠나 상류 쪽으로 거슬러 올라갔다. 그리고는 강물 위에 시선을 던지다가 가까운 곳을 기웃거리고는 했는데 어쩌면 얕은 여울을 찾아서 헤엄을 쳐 그들만이라도 강을 건널 심산이었는지도 몰랐다. 그러나 아무리 기웃거려 본들 이미 날이 어두웠으므로 물의 깊이를 짐작할 수는 없었다. 어른들은 거의 절망 상태에 빠져 추위에 어깨를 잔뜩 웅크리고 강가에서 서성거리고만 있었다. 그때 나는 누군가 갑자기 소리치는 것을 들었다.

"헤엄을 쳐서라도 그냥 건너가야디 별 도리가 없가서. 가다가 지쳐서 빠뎌 죽는 것도 운이야."

나는 어른들로부터 열댓 발짝 떨어져 서 있었으나 그 목소리의 주인공이 아버지라는 것을 이내 알 수 있었다.

"기렇게는 할 수 없어요. 식구들을 버리고 간다는 것은 말도 되디 않아요."
하고 친척뻘 되는 아저씨가 말했다.
"야, 야, 버리고 갈 처자식은 내가 제일루 많아. 가장 가슴이 아플 사람은 바로 나란 말이야."
"하나나 셋이나 버리고 가는 마음이 쓰라리기는 똑같아요."
"기래믄 여기 꼼짝 않고 왠 마지막까지 남아 있다가 오시이 채루 대갈배기에 총구멍이라도 나야 속이 시원타 이 말이가?"
그렇게 옥신각신 말싸움이 벌어지고 있을 때 작은아버지가 두 사람 사이로 끼어들더니 어둠에 싸인 상류 쪽을 손가락질해 보였다. 모두들 그쪽을 바라보았다. 거룻배 한 척이 어둠을 헤치고 강가로 다가오고 있었으며 일단의 사람들이 한 줄로 열을 지어 질서정연하게 배를 향해 걸어가는 모습이 보였다.
"국방군이가?"
"옳수다."
어른들은 그쪽으로 뛰기 시작했다. 나도 그들을 바싹 따라갔다.
"이건 하느님이 우리들의 기도를 들으신 게야. 핍박의 땅에서 우리들 구하시려는 거야. 오오, 이건 기적이다."
아버지는 벌써부터 감격하고 있었다. 그러나 우리가 본 것은 국군이 아니었다. 그들은 제각기 다른 복장을 한 민간인들이었다. 그들 가운데에는 부녀자들도 끼어 있었는데 그들이 엄격하게 질서를 지키고 있었던 것은 일종의 속임수였다. 그들은 질서를 지킴으로써 그들이 위엄과 특권을 갖춘 족속이라는 것을 과시함과 동시에 다른 사람들의 접근을 미연에 방지하자는 의도가 숨겨져 있었던 것이다. 그들을 지휘하고 있는 것은 네 사람의 청년이었는데 그 중에 한 사람은 허리에 권총을 차고 있었다. 그들은 배가 다가오자 쉰 명쯤 되는 사람들 중에 맨 앞에 서 있던 열 명의 사람을 태웠다.

"도대체 어떤 자들이가?"

하고 아버지가 중얼거렸다. 작은아버지와 아저씨는 모르겠다고 고개를 흔들었다.

"어떡하든 우리도 저 배를 타야 돼."

아버지는 단호하게 말하고 앞장서 성큼성큼 권총을 차고 있는 사나이에게로 다가갔다. 아버지는 아버지보다 나이가 어려 보이는 그 사나이에게 정중하게 인사를 했다.

"어드메서 오신 분들입네까?"

사나이가 그건 알아 무엇하느냐는 듯이 허리에 찬 권총집으로 손을 가져가는 것이 어둠 속에서도 보였다. 섣부르게 나오면 권총을 뽑아 쏴 버리겠다는 태도였다. 그러나 아버지는 그의 위협에 굴하지 않았다. 아버지의 가슴속에는 무엇인가 절박한 것이 있었는데 그것은 상황이 개선되지 않는 한, 어디서 누구에게 죽든 마찬가지라는 각오를 가지게 됐던 것 같았다. 아무튼 아버지는 상황을 개선할 필요를 느꼈다. 아버지는 물러서지 않고 버티고 서 있었다. 그러자 소년이라고 해야 옳을 네 명 중의 한 청년이 아버지에게 말했다.

"우린 순천지구 치안대원들이오. 그리구 이 분은 지구대장이구. 왜 그러슈?"

"아, 그러십네까?"

아버지는 줄을 짓고 서 있는 사람들을 휘휘 둘러보았는데 그 몸짓에는 저 부녀자들도 대원이란 말이냐는 의미가 포함되어 있었다.

"다른 뜻이 있어서가 아니라 우리도 배를 얻어 탈 수가 없을까 해서 말씀드리는 겝니다. 어떻게 들으실디 모르겠디만 나도 평북 정주

지구 치안대장이었드래서요."

나는 아버지의 말을 듣고 깜짝 놀랐다. 그때까지만 하더라도 아버지가 치안대장이었다는 말을 나는 듣지 못했었다. 아버지가 그런 직책에 있었다는 것을 아버지나 어머니가 내게 들려 주기를 꺼려했던 것이 아니면 아버지가 그 소년 같은 청년에게 슬쩍 둘러댄 거짓말이었음에 틀림없었다. 그 둘 중에 어느 것이었든 아버지의 그 말은 나를 놀라게 했으며 그때에 놀랐던 사실이 훗날에도 여전히 나를 놀라게 했던 것이다.

"아, 기래요?"

하고 소년 같은 청년은 의심이 가지시 않은 표정으로 아버지의 몸을 아래위로 훑어보고는 어떻게 했으면 좋겠느냐는 듯이 그의 대장을 바라보았다. 대장은 그때까지 총집에서 손을 떼지 않고 있었는데 갑자기 그의 얼굴에 귀찮아하는 기색이 떠올랐다. 아버지가 치안대장이었는지 아니었는지 그런 것을 가리어 내느라고 시간을 허비할 필요는 없었을 것이었다. 그는 아무 말도 하지 않고 배가 있는 쪽으로 돌아섰다. 그가 손을 번쩍 치켜들자 배가 사람들을 태우고 강 가운데로 미끄러져 나갔다.

"좋수다. 우리가 다 건너고 나면 당신네들이 타도록 하시오. 기렇디만 조건이 있었요. 절대로 혼란을 야기하지 마시오."

"고맙쉐다. 정말 고맙쉐다."

아버지는 소년 같은 청년의 등을 향해 몇 번이고 꾸벅꾸벅 절을 했다. 그때의 아버지의 인상 때문에 나는 나중에도 아버지에 대해서 그다지 좋은 감정을 품을 수가 없었다. 아버지는 목적을 위해서 용기를 발휘했으나 그에 못지않게 얼마든지 야비해질 수 있는 이중 성격을 지니고 있었다는 것 때문이었다.

어쨌든 순천 사람들의 선심으로 우리는 배를 타게 되었다. 만약에 배가 뒤집혀서 하류로 떠내려가지만 않는다면 우리는 강을 건널 것임에 틀림없었다. 아버지는 아저씨를 보내 다리께에서 기다리고 있는 아낙네들을 데려오도록 하고 나서 나를, 줄을 지어 서 있는 순천 사람들의 곁에 서 있도록 했다.

"강을 향해 똑바로 서 있거라."

하고 아버지가 짐을 내려놓으며 말했었는데 나는 그것이 무슨 뜻인지 몰랐다. 아버지와 작은아버지는 어디서 구했는지 또는 꺼냈는지 왼쪽 팔뚝에 흰 바탕에다 검은 글씨가 씌어진 완장을 두르고 순천 사람들의 줄 끄트머리와 내가 서 있는 곳을 줄곧 왔다갔다하면서 시위를 하기 시작했다. 조금 뒤에 나는 아버지와 작은아버지가 왜 그렇게 시위를 했는지를 알았다. 다른 사람들이 끼어듦으로써 질서가 파괴되는 것을 원치 않았기 때문이었다. 반 시간 가량 지나서 어머니의 일행이 아저씨와 함께 왔다.

"자, 정주 치안대는 이쪽에 서시오."

아버지는 나를 가리키며 어머니 일행이 어리둥절해 하거나 말거나 그렇게 소리쳤다. 막판에는 아낙네며 아이들도 모두 치안대였다. 따지고 보면 순천 사람들이 그러는데 정주 사람이라고 그러지 말라는 법은 없었다. 나의 뒤로 어머니와 작은어머니와 아주머니가 꽁무니를 달고 섰다. 그 뒤에 아저씨가 섰다. 여전히 아버지와 작은아버지는 으르렁거리며 모래바닥을 오라락내리락거렸다.

혹시 자기네들에게도 배를 얻어 탈 수 있는 행운이 돌아올지도 모른다는 기대를 잔뜩 품고 어머니의 일행을 뒤따라온 피난민들은 '정주 치안대'라는 말에 흠칠하고 물러섰다. 그러나 물러섰다고는 하지만 포기하지는 않았다. 그들은 아버지의 시위에 눌려 있다가 슬금슬금 다가와서는 간청했다.

"우리도 태워 주구레."

아버지는 순천지구 대장이 했던 것처럼 처음에는 간청을 하는 사람들을 말없이 노려보기만 했다. 그러나 아버지에게는 권총이 없었다. 작은아버지가 아버지를 끌고 내가 서 있는 곳으로 데리고 와서는 불안감을 띤 낮은 목소리로 속삭였다.

"형님, 너무 뻣대지 마시라우요. 지금은 왠 막판이웨다. 까딱해서 폭동이라두 일어나믄 우리도 못 갑네다."

아버지는 한동안 강물 쪽을 바라보며 묵묵히 서 있더니 결정을 내린 듯 "알가서" 하고 고개를 끄덕거렸다. 속에는 식칼을 품고 겉으로는 여전히 사정사정하는 사람들을 향해 아버지는 소리쳤다.

"정주 치안대에 속해 있었던 사람들은 이리로 나서시오."

그것은 안 사람은 알아서 행동하라는 뜻과 같았다. 고향을 등질 때 이미 치안대는 자연히 해체되었다. 그러므로 아무나 정주 치안대원이 될 수 있었다. 아버지의 말이 떨어지고 잠시 정적이 흘렀다. 그리고 한 사나이가 그의 아내인 듯한 여자를 데리고 아버지 앞으로 나섰다.

"대장님, 나를 기억 못 하가서요? 내레 정주 치안대에 소속되어 있었쉐다."

아버지는 한동안 어둠 속에서 사나이의 얼굴을 들여다보았다. 의심이 서린 표정 위에 묘한 미소가 떠올랐다.

"맞아, 당신이로구만. 이쪽 줄에 붙어 서시오."

그리고 덧붙였다.

"길티만 당신 질서를 유지토록 우리를 도와줘야 해. 잉."

사나이가 알겠다고 대답할 사이도 없이 기회를 노리고 있던 피난민들이 저마다 정주 치안대원이었노라고 소리치면서 우루루 벌떼처럼 모여들었다. 아버지와 우리 꽁무니에 붙어 섰던 사나이는 질서를 지키라고 고래고래 소리를 쳤다. 잠시 뒤에 혼잡을 이루었던 피난민은 신통하게도 한 줄로 모래 위에 주욱 늘어섰는데 그 행렬은 모래벌을 지나 강둑 위까지 뻗었다. 그 끝에 서 있는 사람들은 중공군이 밀어닥칠 때까지도 강을 건널 수는 없을 것이었다. 그러는 사이에 시간은 흘러갔고 순천 사람들이 마지막으로 떠날 때, 아버지는 가족이 달렸으며 노를 잘 젓는 사람 하나를 뽑아 친척뻘 아저씨와 함께 동승하여 강을 건너도록 했다. 거룻배를 다시 끌고 오도록 하기 위해서였다. 꽤나 오랜 시간이 흘러간 것 같았다. 아버지는 불안한 듯이 조바심을 내기 시작했다.

"기도를 드리라구. 기도를!"

하고 아버지는 어머니를 비롯한 아낙네들에게 고함을 쳤다. 어머니는 젖먹이 여동생을 업은 채 모래바닥 위에 무릎을 꿇었다. 작은어머니와 아주머니도 무릎을 꿇었다. 나는 기도를 드리는 어머니의 얼굴을 바라보았다. 가슴 앞에 모둔 어머니의 두 손은 사시나무 떨 듯 떨고 있었다. 얼어붙은 대기는 어머니의 옷깃 속으로 사정없이 스며들었고, 나는 어머니의 얼굴이 유난히 창백하다는 것을 어둠 속에서도 알아볼 수 있었다. 어머니는 콜록거리며 이따금 기침을 했다.

"전지전능하신 하느님, 우리를 죽음에서 구하소서, 구해 주소서."

나는 그때 어머니의 몸에서 악취가 풍기고 있음을 알았다. 어머니는 며칠 전부터 설사병에 걸려 있었으며 기도를 드리면서도 참을 수 없는 배설에 괴로워하고 있었다.

아버지의 말대로 그것은 기도의 덕분인지도 몰랐다. 드디어 두 명의 순천 사람이 배를 저어 왔다. 나머지 순천 사람들이 탄 뒤 우리 일행도 모두 배에 올라탈 수 있었다. 가족이 달렸으며 노를 잘 젓는 사람이 노를 저었다. 그는 사십대의 중년이었는데 다음 번에는 아버지에게 나를 못 알아보겠느냐고 묻던 그 사나이보다도 그의 가족을 태울 우선권을 가지게 될 것이었다.

"이대로 이 배를 타고 계속 피난을 갈 수만 있다면 얼마나 좋갔소."

배가 한가운데까지 나오자 어머니가 지친 목소리로 중얼거렸다.

"미친 소리 하지 마라. 잠은 어드메서 자고 밥은 어드메서 지어 먹으려고?"

그리하여 우리는 강을 건넜다. 그날 밤 우리는 이십 리 가량을 더 걸어서 새벽녘에야 빈 민가에서 눈을 좀 붙일 수 있었다. 우리 뒤로 그 거룻배를 이용하여 얼마만큼의 피난민들이 그 강을 더 건너왔는지 알 길이 없었다.

우리는 밥을 끓여 먹는 둥 마는 둥 날이 밝자 다시 길을 떠났다. 눈발이 희끗희끗 날렸다. 드문드문 보이던 피난민들이 어디서 밤을 지새웠는지 점점 불어나더니 마침내는 사람의 물결이 도로를 꽉 메웠다. 이고 지고 끌고 밀고……. 달구지도 가도 리어카도 갔다. 부모를 잃고 종종걸음을 치는 아이의 울부짖음, 그 울부짖음을 받아서 다른 엄마의 절규가 희뿌연 하늘에 공허하게 울려 퍼졌다. 지게 위 망태기 속에서 머지않아 수난을 당하고야 말 씨암탉이 꼬꼬댁거리며 비명을 지르고, 새끼줄에 짧은 꼬리를 단단하게 묶인 돼지가 꿀꿀거리며 인파를 헤치고, 양쪽에 무거운 짐을 진 황소는 주인의 회초리를 맞으며 이따금 구슬픈 울음을 뿌렸다. 모두가 떠나온 고향이 다르고 생김새가 다르고 짐을 꾸린 모양이 제각각이었으나, 그들에게 공통된 점이 있었으니 사람이나 짐승이나 한결같이 남으로 밀려 내려가고 있었다는 것이다.

우리 일행은 점점 처지기 시작했다. 어머니 때문이었다. 어머니는 걷다가 말고 논두렁이나 마른 풀밭에 주저앉아서 설사를 하고는 했다. 젖먹이 여동생은 등에 업힌 채였고 그래서 어머니의 치마허리는 늘 엉덩이에 걸려 있었다. 어머니는 코끝이 얼어붙는 추위에도 불구하고 식은땀을 비 오듯이 흘렸다. 얼굴은 핼쓱하고 눈은 움푹 패였으며, 입술은 가랑잎처럼 말라 갔다. 어머니는 뒤를 보고 나서 당신 때문에 일행의 걸음걸이가 뒤지는 것을 미안하게 여기어 죽을 힘을 다해 다시금 걷기 시작했다. 그러나 그러한 시도는 오래 지속될 수가 없었다. 어머니는 기진맥진했고 기침은 더욱 심하게 자주 어머니를 괴롭혔다. 게다가 나 또한 일행을 쫓아가는 데에 신통한 발을 가지고 있지 못했다. 내가 신은 고무신에 발뒤꿈치가 까지기 시작하더니 마침내는 양말 사이로 피가 배었다. 내 왼쪽 샅에는 커다란 멍울이 맺혔다. 발뒤꿈치부터 샅까지 화끈거리는 열기가 뻗쳐서 한참 절뚝거리며 걷다 보면 다리는 내 다리가 아니었다. 가지고 있는 이불 보따리는 시간이 흐를수록 쇳덩어리처럼 내 작은 어깨를 짓눌렀다. 그러나 나는 이를 악물고 일행을 따라가고 있었다.

"저는 이제 더 못 걷겠시요. 그러니 나를 내버려 두고 먼저들 가시구레."

어머니는 그날 저녁 날이 어둡자 아버지와 일행을 향해 말했다. 그것은 중화(中和)를 앞둔 어느 지점이었을 것이다. 논두렁 너머 저쪽에 희미하게 마을이 보였다. 다행히 눈은 그쳤으나 바람은 한층 매섭게 휘몰아치고 있었다. 뒤쪽 야산의 앙상한 배나무 가지는 윙윙 무서운 소리를 지르며 떨고 있었다.

우리 일행은 차츰 이상한 공포심에 사로잡혀 가고 있었다. 한낮에 물결을 이루고 밀려가던 피난민들의 대열이 이제는 한산할 만큼 뜸해졌기 때문이었다. 우리는 대열의 거의 마지막 끄트머리에 속해 있었던 것이다.

"아무튼 별 도리가 없어요. 저 건넛마을로 들어가 하룻밤을 지냅시다. 그러고 나면 아주마니의 신열에도 차도가 생길지도 모르구요."

작은아버지가 제의했다.

"제기 이누므 에미네 차라리 뒈데 버리기나 하디 않구."

아버지는 욕지거리를 퍼부었으나, 그날은 고양이 새끼 한 마리 얼씬거리지 않는 텅 빈 마을에서 잠을 자기로 결정을 보았다.

어머니는 그날 연신 뒷간 출입을 했고, 밥은 한 알갱이도 소화시키지 못했다. 뭐든지 넘기기만 하면 울컥울컥 토해냈다. 나는 그날 밤에 두 번이나 잠을 깼는데 어머니의 가래 끓는 기침소리 때문이었다.

"기도나 드려, 기도나!"

어머니의 고통에 찬 신음 소리는 내 가슴에 칼로 도려내는 듯 아팠으며, 아버지의 잠꼬대와 같은 기도나 드리라는 소리가 나의 눈물을 자아냈다.

다시 날이 밝았다. 하늘은 맑았다. 그러나 쌓인 눈은 녹지 않았다. 우리는 다시 길가로 나갔다. 정말 이제 우리는 맨 마지막에 서 있는 것 같았다. 남으로 향한 길이 구불구불 요원하게 뻗어 있었고 피난민의 대열은 보이지 않았다. 이따금 우리 뒤로 피난민이 나타나기는 했으나 그들은 이내 우리 일행을 앞섰고 곧 시야에서 사라지고 말았다.

"어젯밤에 우리는 뚜르룩 따발총 소리를 들었쉐다."

"애끓는 듯한 피리 소리도 들었디요."

우리들을 앞질러 가는 사람들이 들려 준 말이었다. 나는 그때 아버지와 작은아버지가 팔에 두르고 있었던 치안대 완장이 없어졌다는 것을 문득 확인했다. 아버지는 이맛살을 찌푸리며 울상을 지었다. 작은아버지와 아저씨 부부는 저만치 앞서 가서 자주 시야에서 멀어지고는 했다. 점심때가 가까워 올 무렵 어머니는 이윽고 한 걸음도 내디딜 수 없는 지경이 되었으므로 아버지는 하는 수 없이 비상 수단을 강구했다.

"야, 큰놈아! 네레 막냉이를 지키고 있거라."

아버지는 내가 지고 있던 짐을 내려놓게 하고는 그 위에다 젖먹이 여동생을 어머니의 등에서 내려 눕혀 놓았다. 그리고 등에 어머니를 업고서 저 앞산 모퉁이에 내려놓아 둔 짐이 있는 곳을 향해 뒤뚱거리며 뛰는 것이었다. 아버지가 그렇게 뛰어가는 동안 나는 가엾은 여동생의 얼굴을 내려다보았다.

내 기억으로 여동생은 두 살쯤 난 것으로 알고 있다. 나와 여동생 사이에 사내 동생이 하나 더 있었는데 낳자마자 일 주일도 안 돼 죽었다고 한다. 여동생은 매우 예쁘장하다고들 했다. 그러나 그때 지켜보고 있던 여동생은 예쁘지가 않았다. 언제부터인가 어머니의 젖을 먹지 못한 동생은 커다란 머리통에 코만 오똑했다. 눈은 어디를 바라보고 있는지 알지 못할 한 점에 머물고 있었고, 입을 벌리지도 울음소리를 내지도 못했다. 나는 가엾은 동생의 뺨을 쓰다듬었으나 소름이 끼치도록 앙상하게 튀어나온 뼈만 만져졌을 뿐, 동생은 꼼짝도 하지 않았다. 가느다랗게 할딱이며 숨을 쉬지 않았다면 나는 동생이 필경 죽어 버린 것이라고 생각했을 것이다.

아버지가 어머니를 내려놓고 땀이 범벅이 되어 헐떡거리면서 내게로 뛰어왔다. 이번에는 한 손에 여동생을 안고 한 손에는 내 짐을 들고 뛰기 시작했다.

"뙤놈이 네 똥구멍을 쑤실 것이야. 발이 아파도 뛰어야 한다. 잉."

뒤에 처지는 나를 향해 아버지가 소리쳤다. 나는 눈을 질끈 감고 이를 악물고 뛰면서 다리의 통증을 참아내려고 애를 썼다.

우리 일행은 그날 오후에 후퇴하는 국군의 마지막 행렬을 보았다. 우리는 그때부터 유엔군과 중공군 사이에 끼는 꼴이 되었다. 내 발뒤꿈치가 곪아 터져서 나는 뛸 수가 없었다. 나는 열심히 걸었으나 그것이 얼마나 빠른 속도였는지는 알 수 없었다. 아버지는 나중에 어머니와 여동생을 한꺼번에 업고 뛰었다. 왜냐하면 아버지를 따라잡지 못하는 나를 또한 업고 뛰기 위해서였다. 물론 작은아버지와 아저씨가 우리를 돕기는 했으나 그들도 지쳐 있었기 때문에 언제나 우리를 돕지는 못했다. 아버지의 그 눈물겨운 안간힘도 끝날 날이 다가왔다.

내 기억으로는 우리 일행이 그렇게 느린 속도로 이삼 일을 더 걸은 것 같다. 우리는 황주(黃州)를 지났다. 멀리 남쪽에 험상스럽게 주름진 산맥이 하얗게 눈을 이고 가로놓여 있었다. 날은 어두워 가고 사방은 깊은 적막에 묻혀 있었다.

"몇 시간 더 가면 사리원이야요. 거기서 우리는 해주로 빠질 수 있어요. 연백 어디엔가는 난민수용소도 있다고 하니까, 그리로만 나가면 유엔군이 우리를 죽게 내버려 두지는 않을 거야요. 군함을 타고 인천으로 건너갈 수도 있을 꺼구요."

작은아버지는 불안감에 거의 미쳐 버린 사람처럼 소리쳤다. 절망만이 도사린 적막 속에서 그 외침은 한층 공허하게 메아리가 되어 돌아왔다

"야, 야, 누가 그걸 모르간? 공연히 소리치다가 뙤놈이 코앞에 나타날지도 몰라, 야."

아버지가 신경질적으로 대꾸했다.

그날 밤 우리는 길가 빈집에서 잠을 잤다. 어머니의 신음 소리는

마치 울음소리와 같았다. 어머니는 여동생과 당신을 버리고 떠나라고 마른 입술을 바들바들 떨며 말했다. 사람들이 그 말을 제대로 못 알아들은 것으로 알았는지 자꾸 손짓을 해대며 떠나라고 하다가 울지도 못하는 여동생을 껴안고 더럽고 악취나는 이불 위에 그만 얼굴을 묻어 버렸다.

그 마지막 집은 ㄱ 자로 지은 허스름한 초가집이었다. 처마 끝에는 길다란 고드름이 매달려 있었다. 그 옆집에는 몹시 기분 나쁜 인상을 풍기는 부부가 기거를 하고 있었는데, 나는 그들이 전부터 그곳에 살고 있던 사람이었는지 또는 우리와 같은 처지의 피난민이었는지 알 수가 없었다. 그들은 우리가 빈집에 잠자리를 청하고부터 별 물어 볼 말도 없이 우리의 주위를 어정거렸다. 그들의 행동은 우리를 감시하는 듯이 또는 훔칠 물건이 있는지 없는지 엿보는 듯이 보였다.

나는 그날 한밤중에 누가 울고 있는 듯한 소리에 잠을 깼다. 분명히 누가 운 것 같았는데 내가 눈을 뜨고 가만히 귀를 기울였을 때는 간헐적으로 고통스럽게 터져 나오는 어머니의 기침 소리밖에는 아무 소리도 들을 수 없었다. 그러나 나는 계속 잠을 이루지 못하고 귀를 기울였다. 그때였다. 나는 이제까지 들어 본 적이 없는 구성진 피리 소리를 들었다. 그 소리는 바람결에 따라 멀어졌다가 가까워졌다가 또는 끊어졌다가 이어지고는 하면서 얼어붙은 산하를 떠돌았다. 나는 그 피리 소리를 잠결에 누가 우는 소리로 잘못 들은 모양이었다. 그러나 은은하고도 구성진 피리 소리보다도 더욱 나를 놀라게 한 소리가 있었다.

"어찌 버리고 떠나겠시오?"

그 소리는 방문을 사이에 두고 마루 쪽에서 들려 왔다. 아저씨의 목소리였다. 나의 머리칼이 쭈뼛 곤두섰다. 나는 반사적으로 그러나 소리를 내지 않고 몸을 뒤척이며 방문 앞으로 바짝 기어가서 밖의 동정에 귀를 세웠다.

"우리가 남게 되면 가족 전체가 깡그리 당하고 말끼야. 이렇게 처지게 된 것도 내 에미네와 자식 때문이니께네 우선 내 에미네와 자식부텀 남겨 두고 갈 작정이야."

아버지의 목소리는 침통하기는 했으나 그다지 양심의 가책을 느끼지는 않는 것 같았다. 아버지는 어머니와 내가 달린 것을 귀찮게 여기는 듯이 보였으므로 이 막다른 골목에서 우리를 남겨 두고 가지 않으면 안 될 상황에 대해 오히려 다행스럽게 생각하고 있는 것이 아닌가 하고 나는 의심했다. 나는 고개를 살며시 들고 찢어진 문창호지 사이로 세 남자의 뒷모습을 모았다. 그들은 마루 끝에 나란히 걸터앉아서 더러운 모의를 하고 있었다. 그들 머리 저쪽으로 눈에 덮여 가로누운 산야가 희미하게 보였다.

"형님이 기렇게 생각한다면 나도 식구를 끌고 갈 수는 없는 일이야요."

하고 작은아버지가 말했다.

"두 형님이 기렇게 나오신다면 저도 두고 가야디요."

친척뻘 아저씨가 씁쓸하게 말했다.

"기래. 잘들 생각했다. 저 피리 소리를 들어보라구. 내일 아침에는 꽹과리를 두들기며 뙤놈들이 밀려 내려올 것이 뻔할 테구먼. 날이 밝으면 길을 서둘러야 해."

날이 밝았을 때 우리는 옆집의 부부가 간밤에 피리 소리가 나던 뒷산으로 달아나는 것을 보았다. 아버지는 그들이 이 전선의 전황을 알려 주는 빨치산들인지도 모른다고 말했다. 그리고 아버지는 조금도 더 지체할 수가 없다고 주장했다. 얼마 뒤에 더럽고 낡은 초가집 마당은 이별의 흐느낌으로 가득 찼다. 남자들은 결국 떠날 모양이었다.

"곧 유엔군이 반격을 개시하면 만나게 될 테니끼니."

아버지는 자리에서 일어나지 못하고 누워 있는 어머니의 머리맡에서 말했다. 아버지는 내 손을 잡고 한동안 묵묵히 앉아 있었다.

"목숨이 모질문 언젠가는 만날 수 있겠다."

아버지가 내게 말했다. 그것은 아버지가 내게 남긴 가장 인간다운 말이었다. 어머니는 소리 없이 눈물을 흘리며 아버지가 방 밖으로 나가는 뒷모습을 멍하니 바라보았다.

"기도를 드려, 기도를!"

아버지는 방문턱에서 뒤를 돌아다보면서 어머니에게 두 번 반복해서 말했다.

떠나는 아버지 일행은 될 수 있는 한 가벼운 여장을 차렸다. 작은아버지가 쌀자루를 지고 아저씨가 이불짐을 졌다. 아버지는 입을 옷 몇 벌을 보따리로 만들어 등에 졌다. 그들은 나는 듯이 삽짝 문을 나섰다.

가까운 곳에서 총소리가 났다. 남쪽에서는 포탄이 날아와 뒷산에 떨어져 작열했다. 친척뻘 아주머니는 아저씨를 따라가며 소리쳤다.

"나는 당신과 함께 갈 수 있시요. 힘도 있고 다리도 아프디 않아요. 아, 아, 나를 데리구 가줘요."

젊고 예쁜 친척뻘 아주머니의 눈에서는 비 오듯 눈물이 쏟아지고 있었다.

"네레 너의 마음 다 알거서. 기렇디만 형님들이 남아 있는데 어드렇게 너만 살갔다구 기래? 형님들서꺼랑 기다리고 있으믄 곧 만나게 될끼야. 창피하지도 않아? 좀 점즉케 굴라우."

아저씨는 차마 뿌리칠 수 없는 손을 뿌리쳤다. 아주머니는 눈구덩이 위에 쓰러져 땅을 치며 남자들의 사라지는 뒷모습을 바라보았다.

나는 산모퉁이까지 절뚝거리며 아버지 일행의 뒤를 따라갔다. 그들은 매우 빨리 걸어갔다. 그들의 걸음걸이는 너무나 빨라서 나는 따라잡을 수가 없었다. 총소리가 콩볶듯이 들렸고 대포 소리는 더욱 요란하게 울렸다. 그 소리들은 점점 가까워졌으며 포탄이 논바닥 여기저기에 작열했다.

"아바지이!"

나는 소리쳐 불렀다. 그러나 아버지는 뒤를 돌아보지 않았다. 그때 나는 무엇인가 내 다리를 때리는 것을 느꼈고 그 자리에 털썩 주저앉았다. 그러나 나는 겁에 질려서 다시 벌떡 일어나 어머니가 누워 있는 집을 향해 뛰었다. 그때 시꺼먼 물체가 내 머리 위를 지나 쉭쉭거리며 날아가는 소리를 들었고, 이내 두 발의 포탄이 어머니가 누워 있는 집에 떨어지며 귀청을 째는 폭음과 더불어 섬광을 일으키는 것을 보았다. 집은 삽시간에 불길에 싸였다. 나는 끈적끈적한 액체가 오른쪽 바짓가랑이를 적시는 것도 모르고 멀거니 불꽃에 싸인 집을 바라보고 서 있다가 그만 쓰러지고 말았다.

오전에 전화로 외출할 준비를 하고 있으라고 말하고 호텔에 들렀더니, 이승호는 양복을 말끔히 차려 입고 나를 기다리고 있었다. 나는 내가 읽은 그의 기록에 대해서는 일부러 입을 다물었다. 뜻이 있어서는 아니었다. 다만 지나간 역사의 한 페이지에 대해서 이야기한다는 것에 어렴풋이나마 두려움을 느끼고 있었던 것이라고나 할까. 그가 자리를 권하며 앉으라고 했으나 나는 곧장 나가자고 말하며 앞장섰다. 그러나 잠시 후에 결국 그와 함께 있는 한, 나는 그의 과거의 일에 매달리지 않으면 안 되는 사람이라는 것을 깨달아야만 했다. 엘리베이터를 기다리고 있는 동안 내가 말했다.

"도민회에 알아본 결과 정주 출신으로 이민수라는 이름을 가진 사람은 없다더군요."

그는 바지 주머니에 두 손을 찌르고 몹시 의아스런 눈빛으로 나를 바라보았다. 그의 두 눈은 이렇게 말하고 있었다. '그럴 리가 없어요. 뭔가 잘못 알아보았겠죠.' 그러나 그의 입을 통해 나온 반응은 뜻밖에도 내가 짐작한 것과는 달랐다.

"그렇습니까? 물론 저도 그렇게 쉽사리 아버지를 찾을 수 있다고는 믿지 않습니다."

"그렇게 생각하시는 것이 좋을 겁니다. 너무 기대를 가졌다가 실망하기보다는. 혹시 선생께서 아버님의 이름을 잘못 기억하고 계신 것은 아닙니까?"

"무슨 말씀인가요? 아버지의 이름만큼은 틀림없어요. 아버지의 이름은 이민수 씨입니다."

"좋습니다. 아버님께서 이쪽에 오셔서 이름을 바꾸었는지도 모르겠어요. 오래 전 가호적을 취득할 때 원적지의 이름과는 틀리게 기재한 사람들도 더러 있다니까 말입니다."

"이건 확증 없는 믿음이긴 합니다만, 아버지는 이 땅 어디엔가에 살아 있는 것이 틀림없어요."

마침 엘리베이터가 왔으므로 우리는 그것을 탔다. 엘리베이터 안에는 일본 사람으로 보이는 동양인과 노란 물감을 들인 머리칼의 젊은 여자가 나란히 서 있었고, 정장을 한 보이가 성의를 표시하느라고 두 개의 커다란 여행가방을 바닥에 내려놓지 않고 양손에 하나씩 힘겹게 들고 서 있었다. 우리가 들어서자 안경잡이인 그 동양인은 외면을 했다. 그러나 젊은 여자는 부끄럼도 모르고 우리를 빤히 건너다보왔다. 나는 문득 그녀의 발가벗은 육체를 상상했다. 동시에 내 머릿속에는 두 개의 구겨진 침대가 떠올랐다. 하나는 과거에 매달린 한 사나이의 잠 못 이루는 침대이고 또 하나는 현재에 매달린 한 남자와 여자가 벌여 놓은 환락의 침대였다. 같은 엘리베이터 안에 고난과 열락이 동승하고 있다는 생각을 하면서 나는 나를 빤히 건너다보는 여인에게 씁쓸한 웃음을 지어 보였다.

우리는 방의 열쇠를 프런트 데스크에 맡겨 놓고 호텔을 나와 택시를 잡아 탔다.

"그런데 지금 우리는 어디로 가는 건가요?"
하고 그가 물었다.

"어제 말씀드린 대로 '남대문 시장 안의 생선가게 주인'을 찾아야죠."

"고맙구만요. 선생님을 만나게 된 것을 참으로 다행하게 생각하고 있어요. 설혹 아버지를 찾지 못하더라도 말이에요."

"왜 그런 생각이 들지요?"

"그야 선생님이 제 마음에 들기 때문이지요."

언덕을 내려가는 길 양쪽에는 개나리꽃이 한창 만발해 있었다. 자동차들이 바람을 일으키며 우리 곁을 질주해 지나갔다. 택시는 옛날의 내 어릴 적 동네가 있었던 네거리 광장을 건너갔다.

"제가 마음에 든다니 다행이에요."
하고 나는 그에게 웃음을 보냈다. 그의 한마디는 나의 어느 정도 서먹서먹한 기분을 풀어 주었다. 그러나 아직 친밀감까지 느꼈다고 말하기는 어려웠다.

"저, 제가 드린 노트를 읽어 보셨나요?"

그가 물었다. 그는 그 점이 아까부터 무척 궁금했던 모양이었다.

"네, 읽었어요. 굉장히 실감나게 쓰셨더군요. 그런데 다리를 절게 된 것은 그때의 그 포탄 파편 때문인가요?"

"네, 그래요."

그의 목소리가 우울해졌다. 말이 나온 이상 그의 기록으로만은 알 수 없었던 미흡한 점을 나는 확실히 알아 둘 필요을 느꼈다.

"그러니까 어머님께서는 그때 돌아가셨습니까?"

"그렇습니다. 그렇지 않더라도 어머니는 동생과 함께 병사하셨겠지만 작열하는 포탄과 불길 속에서 작은어머니와 사촌동생도 죽고 말았어요. 남편을 따라가겠다고 매달리다가 집에서 비교적 멀리 떨어져 있게 되었던 친척뻘 아주머니만 살아 남으셨지요. 우리는 그날 밀려 내려오는 중공군을 만났어요. 그들은 제 다리를 치료해 주었지요. 아마 이만큼 걷게 된 것도 그들의 치료 덕분일 거예요."

"일곱 살의 기억으로는 너무나 생생한 것 같습니다. 어제 그 비슷한 말씀을 하신 것이 생각나기는 합니다만."

"솔직히 말해서 제 기억이 확실하다고 단언할 수는 없어요. 어느 경우에는 과장이 되어 있는지도 모르고, 혹 추측이 개재되어 있는지도 모르고, 또 현재의 사고의 테두리 안에서 과거를 돌이켜본 것이니까 오류를 범할 수도 있어요. 허지만 아무리 오류를 범했다 할지라도 그것은 하나의 사실, 내가 겪은 사실을 근거로 하고 있다는 것입니다."

"제 말을 오해하지는 마십시오."

나는 그에게 담배를 권했다. 내가 라이터를 켜 주자 그는 담배에 불을 당겼고, 그가 이국에 온 것 같다던 번화한 거리를 향해 연기를 내뿜었다.

"다만 저는 선생께서 아버님께 대해 나쁜 인상만 간직하고 계신 것이 아닌가 하는 의구심을 갖지 않을 수 없었다는 것을 말하고 싶습니다. 누구든지 그러한 처지가 되면 아버님이 택한 그 길을 갈 수밖에 없으리라고 생각되지는 않습니까?"

"선생님도 그것이 최선책이었다고 생각하십니까?"

그는 우울하고 조용한 목소리로 물었다. 나는 할 말이 없어 어안이 벙벙한 시선으로 그를 바라보았다.

"최선책…… 아니 가장 인간다와야 하려면 아버지는 어머니와 함께 있어야 했어요. 아버지는 비겁하게도 당신의 죽음을 피한 것입니다. 아버지는 어머니가 곧 죽으리라는 것을 알고 있었어요. 어머니는 정말 기도를 드릴 시간도 없이 죽었지요. 모두 함께 죽었다면 우리 가족에게 비극은 남아 있지 않을 겁니다. 살아 남았기 때문에 고통을 받는 것이지요."

"아버님도 고통을 받고 있다고 믿습니까?"

"아, 그건 몰라요. 과거를 잊어버리고 어떤 여자를 만나 행복하게 살고 있을지도 몰라요. 아버지를 찾아보자고 생각할 때 늘 이 점이 저를 괴롭히지요."

"아버님이 살아 계시다고 확신할 수는 없잖아요? 아무래도 총탄이 오고 가는 전선 속을 헤매었을 테니까요."

"아버지가 죽었다구요? 그건 당찮은 말씀, 아버지에게는 야비하고도 끈질긴 생명의 피가 끊임없이 흐르고 있어요."

그의 말에 나는 가벼운 흥분을 맛보았다. 나는 그의 아버지가 이 땅 어디엔가 꼭 살아 있기를 바랬다. 나는 그의 아버지의 실체를 보고 싶었으며, 그의 말대로 그의 아버지에게는 끊임없이 야비한 생명의 피가 흐르고 있는지 또는 그 자신이 그의 아버지에 대해서 왜곡된 인식과 오해를 품고 있었던 것인지 똑똑하게 알고 싶었다.

이승호와 나는 남대문 시장 입구 건너편에서 차를 내려 육교를 넘었다. 오전 나절이었음에도 시장 거리는 사람들로 복작거렸다. 나는 그 거리에서 꿀꿀이죽 장수 앞에, 팔다 남은 신문 뭉치를 옆구리에 낀 채 허기진 배를 채우기 위해 쭈그리고 앉아 있는 한 소년의 환영을 본다. 꿀꿀이죽 장수는, 김이 무럭무럭 피어 오르며 꾸룩꾸룩 소리를 내면서 끓는 솥에서 꿀꿀이죽을 국자로 퍼내기도 하고, 때로는 빈 그릇이 나면 개숫물에 한 번 슬쩍 담갔다가 꺼내기도 하고, 젖은 손을 기름때로 빤지르르 윤이 나는 행주치마에 닦기도 한다. 염색물도 들이지 않은 낡은 군대 작업복을 입은 지게꾼이 빈 지게를 등에 진 채 땅바닥에 덜퍼덕 주저앉아 꿀꿀이죽을 후룩후룩 소리를 내며 맛있게 먹고, 광주리에 참외를 담아 파는 젊은 아줌마는 자기 차지가 될 죽 그릇에 커다란 고깃덩어리가 들어가기를 간절히 기다리며 꿀꿀이죽 장수의 국자를 유심히 노려본다. 그리고 소년은, 꿀꿀이죽을 먹고 나서 돈을 지불하고서는 오늘 밑천을 건지려면 신문 열 장은 더 팔아야 한다는 것을 새삼스럽게 깨닫는다.

꿀꿀이죽을 팔고 있던 장소에서는 대머리가 까진 사십 대의 사나이가 팔뚝만한 가물치가 가득 담긴 플라스틱 통에 물을 주고 있었다. 거기에는 지게꾼도, 젊은 아줌마도 신문팔이 소년도 없었다. 내게는 멋대가리 없이 이어 지은, 아니 길다란 창고 같은 통건물에 가로 세로로 칸을 나누어 만든 듯한 이층 상가와 그 앞의 단단한 아스팔트 길이 몹시 낯이 설었다.

그는 '사람과 물건이 참 많군요' 등의 흔한 말 한마디 없이 내가 가는 대로 절룩거리면서 따라오기만 했다. 나는 두 번째 네거리가 나오는 곳에서 오른쪽으로 꺾어 들었다. 다시 좁은 네 갈래 골목길이 나왔다. 곧장 가면 어디론가 뚫려 있을 것 같기도 하고 막다른 길인 것 같기도 한 불확실한 길이 나 있었고, 오른쪽과 왼쪽에는 돼지고기를 삶아 썰어 파는 집들이 즐비하게 늘어서 있는 더럽고 비좁은 길이 뚫려 있었다. 나는 왼쪽길로 접어들었다. 길은 질척거리고 쓰레기통에서는 아직 여름이 멀었건만 악취가 풍겼다. 고삿집으로 팔려 갈 돼지머리가 아부나 반항의 표정도 띠지 않고 그저 순하디순하게 눈을 감고 있었다.

'쨍하고 해 뜰 날 돌아온단다…….'

나는 갑작스런 노랫소리에 뒤를 돌아다보았다. 커다란 망태기를 한쪽 어깨에 짊어진 두 명의 넝마주이 소년이 망태기를 짊어진 어깨 쪽을 비스듬히 기울이고 목을 길에 늘이고는 노래를 부르며 빠른 걸음으로 다가오고 있었다. 그들은 일부러 검정을 칠한 듯한 얼굴에 핏대를 올리며 고함치듯 노래를 불렀다. 나는 아무래도 누군가에게 생선가게들이 어디에 있는가 물어 보아야겠다고 생각하고 있었던 참이라 잘 되었다 싶었다. 시장 바닥을 그들만큼 샅샅이 알고 있는 사람은 드물 테니까.

"생선가게요?"

하고 앞서 오던 소년이 노래를 그치고 되물었다. 나는 그렇다고 대답했다.

"갈치를 사실 겁니까? 동태요? 고등어요?"

나는 소년의 말이 무엇을 뜻하는지 알아채지 못하고, 속으로 가르쳐 주기만 하면 되는 것이지 내가 무엇을 사든 무슨 상관이냐고 불만스럽게 생각했다.

"아, 갈치를 사려는데."

"그렇다면 이 길을 조금 더 올라갔다가 오른쪽으로 꺾어지세요. 그러면 거기 갈치장수들이 많이 있을 꺼라구요. 쌍, 짭짤하게 소금 묻힌 갈치나 한 마리 점심 반찬으로 구워 먹었으면 좋겠다."

소년이 우리를 앞질렀다. 뒤따르던 소년도 우리를 앞질러 갔다. 그들은 다시 노래를 부르기 시작했다.

'쨍하고 해 뜰 날 돌아온단다…….'

질척거리는 비좁은 골목길과 돼지머리와 소년들과 그들의 노래와 그들의 먹고 싶음에 대해서 그는 당황하고 놀라와 하는 것이 분명했지만 결코 입을 열지는 않았다. 그는 나를 좋아한다고는 말했으나 자신의 생각을 털어놓음으로써 자기가 비판적인 인물이라는 인상을 풍길 것을 꺼려하는 것 같았다.

소년들이 가르쳐 준 대로 길을 따라가니까 아주머니들이 갈치 따위 생선을 늘어놓고 있는 골목이 나왔다. 그 머리 쪽에 '생선부·야채부'라고 까만 페인트로 커다랗게 써 붙인 간판이 보였다. 우리는 안으로 들어갔다. 썩은 바다 냄새가 확 풍겼다. 그러나 안은 텅 비었고 진열판 위에는 생선이 보이지 않았다. 빈 생선 궤짝이 여기저기 높이 쌓여 있었다. 오전중이었음에도 벌써 장사가 끝난 모양이었다. 나는 무릎까지 덮는 장화를 신고 생선 피기름이 거무죽죽하게 밴 널판때기 위에 호스를 대고 물을 뿌리고 있는 사나이에게 다가갔다.

"말 좀 묻겠습니다."

내가 말했다. 사나이는 반달 모양의 시커먼 눈썹을 찡그리며 우리를 한 번 쳐다본 뒤 어서 말하라는 듯이 턱짓을 해보이고는 하던 일을 계속했다. 그가 우리 쪽으로 호스를 댔으므로 나는 썩은 바다 냄새를 풍기는 물이 옷에 튈까봐 이만큼 물러섰다.

"혹시 여기에 평안북도 정주에서 월남한 분이 있는지 알고 싶습니다."

"생선장숩니까?"

"적어도 십 년 전에는 생선장수였는데요."

"십 년 전?"

그는 한동안 멍청히 높은 천장에 시선을 던지고 무엇인가 생각을 하는 듯하더니 고개를 갸웃거렸다.

"나는 팔 년 전부터 이 장사를 하고 있지만 그런 사람 있다는 말 못 들었어요. 하긴 십 년이 아니라 이십 년을 여기서 썩은 분이 한 분 있기는 합니다만, 지금은 어디 나가고 없네요. 이따 저녁때 오면 만날 수 있을 겁니다."

나는 어떻게 해야 좋을지 망설이면서 이승호를 건너다보았다. 그는 별 수 없지 않겠느냐는 듯이 어깨를 으쓱거렸다. 우리는 멋적게 돌아섰다. 나는 저녁때까지 그와 함께 시간을 보내는 일이 그리 쉬운 일은 아니라고 생각했다. 그때 그가 걸음을 멈추고 뒤로 돌아섰다.

"서독에 간호원으로 갔다가 돌아온 따님을 가진 분은 없습니까?"

그는 물을 뿌리고 있는 사나이에게 소리쳤다.

"그런 사람 없어요."

사나이가 귀찮다는 듯이 대꾸했다. 그는 다시 걸음을 옮기려다 말고 또 되돌아섰다.

"생선 시장은 여기뿐입니까?"

"왜요, 또 한 군데 있죠. 골목 밖으로 나가서 왼쪽으로 내려가다 보면 오른쪽 지하도로 내려가는 비스듬한 길이 있어요. 그리로 들어가 보시우."

나는 왜 그 생각을 하지 못했을까. 우리는 다시 아스팔트 길로 나왔다. 내가 어떻게 또 다른 데에도 생선 시장이 있다는 것을 알았느냐고 그에게 물었다.

"폐지를 줍는 소년 때문이에요. 그 소년이 갈치를 사겠느냐, 동태를 사겠느냐, 고등어를 사겠느냐고 묻지 않았습니까. 아까 보니 생선 장수 아줌마들이 팔고 있던 생선들이 모두 그런 종류였거든요. 갑자기 이런 생각이 들었어요. 왜 소년들이 도미를 살 것이냐 낙지를 살 것이냐, 하고 묻지 않았을까 하는 생각 말이에요. 그런 생선을 파는 곳은 따로 있기 때문이 아닐까요?"
하고 그는 수줍은 듯이 싱긋 웃었다.

"과연 그럴 듯한 추립니다."

그를 부추기고 싶어서만이 아니었다. 그와 함께 다니면 어쩐지 그의 아버지를 만날 수 있을 것 같은 예감이 들었던 것이다. 그것은 참으로 이상한 예감이었다. 나는 단순히 이승호의 안내원이 아니라 그의 아버지를 찾지 않으면 안 되는 어떤 절실한 욕구가 내 가슴속에서 용솟음치고 있음을 깨달았다.

"선생님, 선생님은 어르신네를 모시고 계시는지요?"

문득 그가 말했는데 그것은 그날 그 시장 골목에 들어서서 그 스스로가 내게 걸어온 최초의 말이었다.

"아닙니다. 아버지는 돌아가셨어요. 전쟁이 터지기 이태 전이지요."

"아, 죄송합니다."

"위암이었대요."

우리들은 자동차 지하 차고의 입구 같은 비스듬한 길을 내려갔다. 그 지하 상가에서 처음 본 것은 커다란 갈고리에 걸려 있는 쇠갈비와 거기 붙어 있는 붉은 살점들이었다. 정육점의 붉은 형광등의 자극적인 불빛은 식욕을 일으키기보다는 잔인성에 대한 혐오감을 유발시켰다. 그 정육점은 옆에 이어서 바닥에서 허리만큼이나 높게 방을 하나 만들어 놓았다. 훤히 들여다보이는 방의 맞은편 벽에는 즉석 불고기,

즉석 등심구이, 즉석 갈비 등의 요금표가 붙어 있었다. 우리는 몇 개의 정육점 앞을 지나쳤다.

"그러니까 제게는 원망할 아버지도 없어요. 아버지의 죽음에 대한 기억도 생생하지도 못하구요. 기억나는 것은 청량리 밖 위생병원으로 갈 때 보았던 털털거리는 작은 버스와 역마차 정도예요. 역마차는 전찻길이 없던 청량리역 앞에서부터 위생병원까지 다녔던 것 같은데 이 땅에도 역마차가 있었다는 것이 지금 생각해도 신기하거든요. 아무튼 전 제게도 아버지가 있었다는 사실을 거의 잊고 자라난 셈이지요."

나는 한 사나이가 얼음 창고에서 온 얼음 덩어리를 꺼내 톱으로 써는 것을 보고는 직감적으로 생선 가게 근처에 왔다는 것을 알았다. 거기서는 썩은 바다 냄새는 나지 않았다. 여기저기서 선풍기가 돌아갔고, 바람은 신선하고 생선은 싱싱했다. 그곳에는 도미와 낙지는 물론 가오리, 넙치, 삼치, 방어, 대구, 오징어, 문어, 멍게, 해삼, 큰 게와 여러 가지 조개류가 있었다.

"저 집에서 물어 보는 것이 좋겠군요."

그가 가리키는 쪽으로 얼굴을 돌리자 〈진남포 물산〉이라고 쓴 조그만 간판이 눈에 들어왔다. 우리가 가게 앞에서 머뭇거리는 것을 보고 주인인 듯한 아주머니가 말했다.

"깨끗하게 싸 드릴 테니까 한번 구경하세요."

"미안합니다. 우린 사람을 찾고 있는데요. 혹시 이곳에 평안북도 정주에서 월남한 사람이 있습니까? 한 십여 년 전에 딸이 서독에 간호원으로 나갔다 돌아왔구요."

하고 내가 말했다.

"글쎄요."

하더니 그녀는 시퍼렇게 날이 선 칼로 삼치회를 뜨고 있던 곁의 사나이에게 말했다.

"여보, 정주에서 월남해 온 사람을 아우? 딸이 십 년 전에 서독 간호원으로 다녀왔다는데요."

사나이는 칼질하던 손을 놓고 우리를 보았다. 그는 짧게 깎아 마치 구둣솔처럼 빳빳하게 일어선 머리칼을 지니고 있었는데, 희끗희끗 흰머리카락이 섞여 있어 근육이 붙은 팔뚝에 비해 실제는 훨씬 나이가 더 든 것 같았다.

"윤치근 씨를 찾는 모양이군."

사나이가 혼잣소리처럼 중얼거렸다.

"윤사장님 말이에요?"

그의 아내가 받았다.

"헌데 그분은 왜 찾으슈?"

하고 사나이가 물었다.

"여기 이분이 같은 정주 출신이라서요."

내가 사나이에게 말했다.

"그래요?"

그가 우리의 아래위를 훑어보았다.

"보아하니 그렇지는 않게 보이지만 만에 하나라도 일자리를 부탁하러 왔다면 아예 이 길로 돌아가 다리 뻗고 낮잠이나 한숨 자는 게 좋을 거요."

"그게 무슨 말씀이시죠?"

"되게 인색하거든요."

"아, 그러면 그분은 어디서 뵐 수……?"

"도통 아무것도 모르시는군. 그 사람은 남대문 시장에서 뼈대가 굵은 사람이랍니다. 이십 년도 훨씬 전 생선 궤짝 나르는 일부터 시작해서 이젠 한 밑천 크게 잡았지요. 밸 만지기를 떡 주무르듯 하던 사람이 이젠 생선장수가 근처에만 와도 손수건으로 코를 틀어막거든요."

"우린 일자리를 부탁하려는 게 아닙니다. 그분을 어디로 가면 만날 수 있을까요?"

그가 자꾸 딴전을 피우려고 했으므로 나는 더 인내심을 발휘해야 할지 어떨지 알 수가 없었다.

"하여튼 가르쳐 드리기는 하리다만 무슨 일이든 너무 기대하지 말아요."

사나이는 장기장 하나를 뜯어서 몽당연필로 근처 약도를 그리고 약도의 한 길을 따라 길쭉한 직사각형 하나를 마지막에 그려 넣었다.

"이게 그의 소유 건물이오. 가게가 백 개도 더 달린 큰 상가웨다. 이층 윤사장실로 찾아가 봐요."

"그분의 따님이 서독에 간호원으로 다녀온 적이 있습니까?"

하고 이승호가 미심쩍은 듯이 다시 물었다.

"딸이 간호원으로 나갔다 오지 않았다면 그 사람이 윤치근일 수가 없지요. 그러고 보니 그 딸에 관심이 있나 보군. 허나 헛물을 켰소. 결혼해서 아들 딸 낳고 삐까번쩍한 승용차만 찍찍 굴리고 다니니까."

구둣솔 같은 빳빳한 머리칼을 가진 사나이가 뭐하고 말하든 우리는 그를 만난 것을 고맙게 생각했다. 그것은 기대 이상의 빨리 얻어진 크나큰 수확이었기 때문이었다.

우리는 사장실 문이 잠겨 있었으므로 옆의 사무실 문을 통해 사장실로 들어갔다. 사무실에는 네댓 개의 책상이 놓여져 있었으나 우리가 들어갔을 때에, 이제 갓 고등학교를 졸업했을 법한 나이 어린 여자가 사장실로 우리를 안내하기를 주저하는 눈치였다. 나는 하는 수 없이 명함을 한 장 건네 주었는데 그것의 효과는 당장 나타났다. 명함을 두 손에 받들어 들고 윤치근이라는 사나이가 조르르 달려나와 우리에게 어서 들어오시라고 허리를 굽혀 인사를 했다.

윤치근은 내가 상상했던 것과는 전혀 딴판의 생김새를 지니고 있었다. 그의 체구는 바람이라도 불면 꺼질 듯 가냘프고 왜소했다. 그의 눈동자는 우리를 경계하는 듯 날카롭게 빛나면서 부지런히 움직였다. 머리칼은 많이 빠져서 뒤통수가 번들거렸고, 염색을 한 탓인지 윤기가 없는 까만 빛을 띠고 있었다.

우리는 윤치근의 방으로 안내되었다. 방에는 붉은 카펫이 깔려 있었고 소파는 푹신했으며 한쪽 구석에 서 있는 책장에는 싸구려 책들이 그득히 꽂혀 있었다. 우리는 그와 마주 앉아서 우리가 찾아오게 된 사연을 비교적 자세하게 들려주었다.

"이것이 그때 따님께서 제게 적어 준 종이 쪽지입니다."

그때까지 내가 하는 말을 묵묵히 듣고 있던 편인 이승호가 예의 '남대문 시장 안의 생선가게 주인'을 내어 보였다. 윤치근은 그것을 받아들고 들여다보았다. 그의 조막만한 얼굴에 핏기가 오르고 숨소리가 거칠어졌다. 그는 매우 무안을 당한 것 같았다. 그가 떨리는 목소리로 말했다.

"낯이 익은 글씨군요. 이건 내 딸 미숙이의 글씨임에 틀림없는 것 같습니다."

"인정을 해주시니 고맙습니다."

하고 내가 말했다.

"지금의 형편이 나쁘다면 모르지만 이렇게 성공을 하신 마당에서는 과거의 고생살이란 하나의 자랑거리가 아니겠습니까?"

"사실 전, 칠 년 전만 해도 일개 생선장수에 불과했습니다. 허지만 전 과거라는 것을 그리 좋아하지 않아요."

"알겠습니다. 우리 의도는 결코 사장님의 과거를 캐자는 것은 아니니까요. 눈치를 채셨는지 모르지만 우리는 사람을 한 분 찾고 있습니다. 정주 사람으로 이민수 씨라고 하는데요."

"이민수 씨요?"

그는 멍청한 표정을 지었다. 그의 표정을 보고 나는 성급하게 실망을 하고 있었다.

"그분이 제 아버지입니다만."

하고 서독에서 온 사나이가 말했다.

"일사후퇴 때 월남을 했지요."

"정주 사람으로 일사후퇴 때 월남했다면서 나를 찾아오는 사람은 많아요. 이름 석자도 생소한 사람들이 말입니다. 골치가 아플 지경이죠. 이민수 씨라는 이름도 처음 듣습니다."

처음에 우리에게 경계심을 나타내던 윤치근도 자기와는 상관이 없는 일로 우리가 찾아왔다는 것을 알고는 사뭇 느긋해져서 제멋대로 지껄였다.

"이승호 선생이라고 하셨던가요? 포기하는 게 좋을 겁니다. 어떻게 아버님과 헤어졌건 이미 삼십 년이 흘러갔어요. 아버님을 찾더라도 그 옛날의 관계로 되돌아가기란 힘든 일이오."

그는 계속해서 무엇인가 더 충고하고 싶은 말이 있었던 것 같았으나 마침 방문이 열리는 소리가 났으므로 그의 말은 중단되었다. 우리는 문 쪽으로 시선을 돌렸다. 굉장히 뚱뚱한 몸집의 여인이 문을 열어 놓은 채 서 있었다. 그녀는 가랑이가 팽팽하게 끼는 흰 바지에 운동화 차림이었는데 사모아의 여인과 같은 거무튀튀한 살갗을 지니고 있었으며, 얼굴에는 허연 분을 발라 검은 살갗을 감추려고 한 듯이 보였으나 제대로 되지가 않아서 흰 페인트를 처덕거려 놓은 것 같았다. 양쪽 귀에는 푸른 보석의 귀걸이, 손가락에는 번쩍거리는 다이아몬드 반지가 보이고 팔엔 굵다란 백금 팔찌를 찼으며 목에는 진주 목걸이를 걸고 있었다. 감출 수 없는 눈가의 주름으로 거의 쉰 살은 됨직했다.

"아, 들어와도 괜찮아."

하고 윤치근이 말했다.

"들어가긴 뭘 들어가요. 어서 나가기나 해요."

그녀의 목소리는 어찌나 우렁찬지 방 안이 찌렁찌렁 울렸다. 오만하고 방자한 말투로 일갈한 그녀는 세상에 두려운 것이 없는 여자처럼 한 바퀴 돌며 우리에게 어서 꺼지라는 뜻의 시위를 했는데, 나는 그녀의 걸음걸이가 하도 우스워 웃음이 터져나올 지경이었다. 그녀는 심한 팔자걸음이었고, 발을 옮길 때마다 아까 본 가물치 자배기를 엎어 놓은 것만큼이나 크고 불룩한 양 볼기짝이 뒤룩뒤룩 한쪽씩 따로 놀며 이상한 모양으로 꿈틀거렸다. 그렇게 한 바퀴 돈 그녀는 다시 문 앞에 가서 팔을 옆구리에 척 얹고 어서 가라고 우리를 노려보았다.

"제 아냅니다. 우리는 골프를 치러 가기로 되어 있었죠. 전 아내를 기다리고 있던 중입니다."

윤치근이 말했다. 아마도 그녀는 남편을 도와 생선장수를 하면서 이를 악물고 돈을 모으는 데 혈안이었을 것이다. 그녀는 남편보다도 더 열심히 생선을 사라고 소리쳤을 것임에 틀림없었다. 그녀의 우렁찬 목소리가 그것을 증명하고도 남았다.

"준비는 다 되었겠지."

윤치근은 하지 않아도 좋은 말을 중얼거리면서 아내를 위해 서둘렀다.

"정말이지 도움이 되어 드리지 못해서 죄송합니다. 이민수라는 이름은 전혀 기억에 없군요."

윤치근은 될 수 있으면 내 비위를 건드리지 않으려고 애를 쓰면서 자리에서 일어섰다. 그러나 나는 이미 그에게서 인간의 무지가 잉태한 사악을 보았다. 우리는 하는 수 없이 자리에서 일어섰다. 이승호가 그의 뒤를 좇아 나가면서 말했다.

"사장님의 따님은 제가 정주 사람이라는 것을 알고 난 뒤, 왜 제게 냉정하게 대했던 것일까, 그게 아직도 마음에 걸리는군요."

"그걸 모르겠습니까?"

하고 그는 눈알을 잽싸게 굴리면서 아내더러 먼저 차에 올라 있으라고 말했다. 그의 아내가 미심쩍은 듯이 뒤를 돌아다보고 나서 미적미적 사무실 문 밖으로 먼저 나갔다. 그러자 그가 나지막한 목소리로 말했다.

"미숙이는 그 애가 현재의 행복이 과거의 그 무엇으로 인해서 무너질는지도 모른다고 생각하기 때문입니다."

"과거의 그 무엇이라뇨?"

"제가 이북에 두고 온 아내와 자식 말입니다. 그 애는 그것을 알고 있죠. 허지만 그 이상을 알고 싶어하지는 않습니다. 짐작하건대 그 애는 선생님과 가까이 지냄으로써 무엇인가 두려운 것을 들을지도 모른다고 생각했을 겁니다. 그래서 선생님을 멀리하려고 했겠죠. 만약에 운이 좋아 선생님의 아버님을 만났다고 가정해 보시오. 아버님의 가족들은 선생님의 출현을 달가와하지 않을 거예요. 아버님조차도. 그러니 현재의 상태가 좋은 것입니다. 옛날의 관계로 되돌릴 수가 없는 한."

그가 서둘러 사무실을 나가 층계를 내려갔으므로 우리는 하릴없이 그의 뒤를 따라갔다. 십여 년 전 '남대문 시장 안의 생선가게 주인'을 쉽사리 만나기는 했으나 우리는 이승호 씨 아버지의 행방에 대한 아무런 단서도 얻어내지 못했다. 아직 시일은 많이 남아 있었다. 그러나 나는 거의 암담한 심정에 사로잡혀 있었다.

우리가 밖에 나오니 윤치근의 아내는 이미 차 안에 들어가 앉아 있었으며 운전석 옆자리에는 골프채가 몇 개 창 쪽에 기대어 대가리를 비죽이 내어밀고 있는 것이 보였다. 늙수그레한 운전사가 뒷문을 열고 윤치근이 타기를 기다리며 우리 쪽을 바라보고 서 있었다. 윤치근이 차 쪽으로 다가갔다.

"갑시다!"

나는 그들에게서 어쩐지 역겨운 비린내를 느끼며 이승호에게 말했다. 그러나 이승호은 꼼짝도 하지 않고 거기에 못박힌 듯 서 있었다. 나는 그의 얼굴을 바라다보았다. 그의 얼굴은 창백했으며 입술은 파들파들 떨고 곧 울음을 터뜨릴 것 같은 눈이 한곳에 고정되어 있었다. 그 시선은 운전사를 향해 있었다. 윤치근이 차 안으로 들어가자 운전사는 문을 닫고 차 앞으로 돌아가 운전석에 올라탔다. 차가 떠났다.

"저 사람……."

그의 입에서는 그 외마디가 흘러나왔다. 나는 그의 어깨를 흔들며 다그쳐 물었다.

"누구요? 아버지요?"

차가 시야에서 사라졌다. 그의 얼굴은 더욱더 창백해지고 있었으며 중풍 환자처럼 굳어져서 더 묻지 말라는 듯 고개를 어색하게 가로저었다.

"아무, 아무것도 아니야요."

"선생은 누군가를 보았소. 그걸 왜 숨기고 있는 거요?"

그러나 그는 아무것도 아니라는 말만 자꾸 되풀이했다.

나는 사흘을 헛되이 보냈다. 이승호는 그날 운전사의 얼굴에서 과거의 누군가를 기억한 듯했으나, 호텔 방에 틀어박혀서 굳게 입을 다물고 있었다. 그는 누구의 얼굴을 본 것일까. 아버지의? 작은아버지의? 먼 친척뻘 아저씨의? 혹은 그의 잠재 의식 속에 도사리고 있는 또 다른 얼굴을? 내가 그 운전사가 누구인지 알아보려고 든다면 금방 알 수 있었다. 그러나 단순히 나의 호기심을 채우기 위해서 그가 누구인지 알아보고 싶지는 않았다. 나는 이승호의 안내원에 불과했다. 그가 알기를 원하는 것들을 해결해 주고 모르는 길을 인도해 주는 것이 내 임무였다. 결코 그 이상은 아니었다. 그가 나를 필요로 하지 않은 것 같았으므로 나는 화가 치밀었고 안내원 노릇을 포기해 버리겠다고 마음먹었다. 그러나 한 가지 그가 무엇을 두려워하고 있는지 그것만은 정확히 알고 싶었다.

마지막이라고 생각하면서 나흘째 찾아갔던 날에는 아침부터 부슬부슬 비가 내렸다. 그의 방문은 열려 있었다. 나는 방문을 밀고 안으로 들어갔다. 그는 침대 위에 옷을 입은 채 멀거니 누워 있다가 나를 보자 벌떡 일어났다.

"오늘도 꼼짝하고 싶지 않은가요?"

나는 처음부터 볼멘소리로 말했다.

"네."

하고 그가 짤막하게 대답했다.

"어지간한 고집이시군. 선생께서 저를 좋아한다고 한 말, 그거 거짓말이었군요."

"아니에요. 저는 선생님을 좋아합니다. 선생님은 이 땅에 있는 저의 단 한 사람의 친구입니다."

"그렇다면 털어놓고 못할 얘기가 무엇이 있습니까?"

나는 그에게 담배를 권했다. 그는 얼른 침대 머리맡의 라이터를 집어들어 내 담배에 불을 붙여 주고는 자기의 담배에도 불을 붙였다. 그는 연기를 폐부 속으로 깊숙이 받아들였다가 길게 내뿜었다. 창 밖으로 보이는 먼 숲은 빗발에 뿌옇게 가려 있었다. 창 밑에서는 개나리꽃이 흩날렸다.

"전, 충격을 받았어요?"

그가 말했다.

"그 운전사 때문에 말인가요?"

그는 대답하지 않았다.

"도대체 그 사람이 누굽니까?"

하고 나는 지금까지 수십 번이나 되풀이한 그 질문을 또 하지 않을 수 없었다. 그는 대답하지 않았다.

"오늘 저는 선생과 헤어지려고 찾아왔습니다. 선생은 더 이상 저를 필요로 하지 않는 것 같으니까요."

"아, 그러지는 마십시오."

하더니 그는 깊은 상념에 빠져서 묵묵히 담배를 피웠다. 그의 얼굴이 천천히 들려져서 나를 똑바로 바라보았다. 그의 눈은 맑고 깨끗했다. 나는 그의 마음에 어떤 변화가 일어난 것을 직감적으로 느낄 수 있었다.

"그 사람은 저의 친척뻘 아저씨를 닮았아요. 아무래도 아저씨인 것 같습니다."

내가 그렇게도 끈질기게 물었었던 그 질문에 대한 답을 그에게서 듣고 나니까 이제는 내 가슴이 철렁 내려앉았다. 과연 그가 올바로 본 것일까.

"선생은 그때 나이 겨우 일곱 살이었어요. 어떻게 그 사람의 얼굴을 기억할 수 있습니까? 설사 선생이 그 사람의 얼굴을 기억하고 있다손치더라도 그것은 젊었을 때의 얼굴이고 우리가 며칠 전에 본 사람의 얼굴은 이미 초로에 접어든 얼굴이었어요."

"그러니까 닮았다는 것이죠."

그는 그 사람이 아저씨라는 것을 확신하고 있었음에도 불구하고 내게는 그렇게 말했다.

"저는 아주머니가 간직하고 있던 아저씨의 사진을 성장하면서 몇 번 보았었습니다. 아저씨의 왼쪽 눈썹 끝에는 눈에 띌 만큼 큼지막한 검은 점이 하나 있었습니다."

나는 소름이 오싹 끼쳤다. 운전사가 우리를 바라보고 있었을 때 운전사의 눈썹 끝에 한 개의 검은 점이 박혀 있었던 것 같은 느낌이 갑자기 들었기 때문이었다.

"좋아요."

나는 끓어오르는 흥분을 지그시 누르며 말했다.

"그렇다면 만나서 알아 봅시다. 선생이 이 땅에 온 것은 아버님을 찾아뵙기 위해서가 아닙니까. 우리는 바야흐로 그 문턱에 와 있는지도 모릅니다. 무얼 주저합니까?"

"윤치근 씨의 말대로 서로 만나지 않는 것이 마음 편한 일이 아닐까요? 제 눈앞에서 늘상 어머니의 마지막 모습이 어른거리고 있어요. 전 윤치근 씨의 부인처럼 돼지 같은 몸집에 진주 목걸이를 건 그런 여자가 현재 아버지의 부인이 되어 있는 것을 보고 싶지 않은 겁니다."

"선생은 피해 의식에 사로잡혀 있어요!"

하고 나는 나도 모르게 소리쳤다. 그러자 그가 마구 울부짖었다.

"그래요. 저는 피해 의식에 사로잡혀 있어요! 제 마음은 걸레 조각처럼 찢어져서 다시는 꿰맬 수가 없게 되었어요."

나는 그가 소리를 친다는 것을 상상할 수가 없었다. 그는 그만큼 조용한 사람이었다. 나는 놀랐다. 방 안에는 한동안 깊은 침묵이 흘렀다. 나는 말없이 그의 옆으로 가 앉아서 그의 어깨를 두 팔로 부둥켜안았다. 그가 눈물이 글썽거리는 눈으로 나를 바라보았다. 그의 눈은 맑고 깨끗했다.

"괴로움을 이겨야 합니다."

나는 겨우 그 말만 했다. 그는 어린아이처럼 알겠다는 뜻으로 고개를 끄덕거렸다.

"그러나 웬일인지 전 이 방에서 나가고 싶지를 않으니 어떻게 했으면 좋을는지 모르겠습니다."

그가 말했다.

"그러면 이렇게 하도록 하지요. 저 혼자 나가서 그 운전사를 만나 보도록 하겠습니다. 그분이 만약에 선생의 아저씨라는 확증이 서면 제가 그분을 이리로 모셔 오겠습니다. 좋겠습니까?"

"그렇게 해주셨으면 좋겠어요."

비로소 그는 조용히 웃음을 지어 보였다.

"절더러 용기 없는 놈이라고 비웃으시겠지요?"

"아니오. 선생은 용기 있는 사람입니다. 제가 보증하죠. 그런데 아저씨의 이름을 기억하고 있습니까?"

"모르겠습니다. 박씨라는 것은 기억하고 있지만."

이름을 외우지 못하는 데엔 철저한 돌대가리로군. 그는 자기의 이름과 이민수라고 고집하는 아버지의 이름과 아마도 죽은 어머니의 이름 정도밖에는 그 누구의 이름도 외고 있지 못한 것 같았다.

나는 그의 방을 나왔다. 그 길로 윤치근의 사무실을 찾았다. 윤치근은 없었다. 가족들과 함께 제주도로 낚시를 하러 떠났다는 것이었다.

"그럼, 운전사는?"

"어떤 운전사를 말씀하세요?"

지난번에 왔을 때 낯을 익힌 나이 어린 여사원은 조금은 겁을 집어먹으며 물었다.

"운전사가 한 사람이 아닌가 보군. 아가씨 겁을 내진 말아요. 별 일이 아니니까. 음, 왼쪽 눈썹 끝에 점이 있는 사람 말이오."

"아, 박기사님 말씀이군요?"

"그래요. 박기사님……."

나는 운전사가 이승호의 아저씨라는 것이 거의 확실하다는 생각을 하면서 감격과 동시에 가벼운 전율을 느꼈다.

"그 박기사님 지금 어디에 계실까?"

그때 나는 며칠 전에 왔을 때 보지 못했던 두 사나이의 시선을 의식했다. 그들은 20대의 젊은이들로 책상 앞에 앉아 있기보다는 완력을 휘두르는 데 어울릴 건강하고 단단한 체구에 감빨리지 않은 얼굴들을 지니고 있었다. 내가 그들을 흘낏 바라보자 그들은 살기가 등등한 눈초리로 나를 노려보았다. 어린 여사원 역시 그들을 바라보고 있었는데 그들의 눈치를 보고 있음이 분명했다. 둘 중에 한 사나이가 그녀에게 고개를 끄덕거려 보였다. 참으로 웃기는 족속들이었다. 나는 인내심을 갖고 기다렸다.

"지금쯤 집에 계실 거예요. 어젯밤 사장님 가족들을 모시고 공항에 나갔다가 나오시지 않았으니까요."

여사원이 조심스럽게 대답했다.

"집에 전화가 없나요?"

두 사내가 서로 얼굴을 마주 보며 어림도 없는 소리를 한다는 듯이 피식 웃었다. 나는 심한 모욕감을 느꼈으나 역시 꾹 참았다.

"전화는 없는데요."

"여기서 일하신 지는 오래 되었나요?"

"아니요. 이제 겨우 넉 달 정도밖에 안 되는걸요."

"뭐 인사 기록 카드 같은 거라도 볼 수 없겠소?"

그녀는 우물쭈물하면서 얄팍한 장부철 하나를 집어서 어느 한 면을 펴 보였다. 나는 그것을 재빨리 훑어보았다. 이름 박기철(朴基哲). 본적 평북 정주군 옥천면 당하동. 현주소 서울 종로구 내자동…… 가족 사항…… 약도…… 나는 그의 이름과 주소를 적고 약도를 복사했다.

"고맙소."

나는 여사원에게 장부철을 넘겨준 뒤 밖으로 나왔다. 하늘은 맑게 개 있었다.

이제 이승호의 아버지가 살아 있기만 한다면 그를 만나는 것은 시간 문제인 것 같았다. 나는 택시를 잡아타고 광화문 넓은 거리를 지나 아파트였던 내자호텔 앞에서 차를 내렸다. 파출소 쪽으로 가는 골목길로 접어들기 위해 신호등 앞에 서서 파란 불이 켜지기를 기다리면서 나는 다시금 한 소년의 환영을 본다.

"꽈, 꽈, 꽈배기를 사세요. 다, 다, 담배를 사세요. 꽈배기를 사세요. 다암배를 사세요."

소년의 목청은 비애와 탄식에 젖어 있다. 띠를 목에 걸고 목판을 가슴 앞에 받쳐든 소년의 얼굴에서는 비 오듯 땀이 흐른다. 8월의 뜨거운 태양은 천지를 녹여 버릴 것 같다. 목판에 담긴 여남은 개의 꽈배기에는 먼지가 뽀얗게 앉아 있다. 작은 손기구로 만 사제 궐련개비들은 햇빛에 바싹 말라서 쪼글쪼글하다. 소년은 꽈배기와 담배에 땀이 떨어지지 않도록 팔뚝으로 연신 얼굴의 땀을 훔쳐낸다. 소년은 발길이 닿는 대로 걷는다. 약수동 근처에서 궁정동까지. 동대문에서 마포까지. 그러나 꽈배기와 담배는 팔리지 않는다. 꽈배기를 사세요, 담배를 사세요. 소년의 목청은 비애와 탄식을 머금고 있다. 오늘 폭격기는 오지 않았다. 어제만 해도 쌕쌕이가 굴레방다리의 굴 속에 숨어 있던 화물차에다 냅다 기총소사를 가하는 것을 보았다. 굴 속에서는 검은 연기가 꾸역꾸역 몰려나왔다. 하늘은 지구 최후의 날처럼 시꺼먼 연기로 뒤덮였다. 태양이 보이지 않았다. 그러나 오늘은 다르다. 오늘은 휴식의 날이다. 멀리 중앙청 지붕 위의 인민군 고사포가 낮잠을 자고 있는 것이 보인다. 모든 낯선 것들은 멀리서 왔다. 쌕쌕이도 고사포도 멀리서 왔다. 오늘은 한가하다. 그러나 과연 한가한 것일까. 마치 도시는 잔잔한 호수와 같다. 저 잔잔한 수면 밑바닥에 피의 소용돌이는 없는 것일까. 소년은 지친 다리를 달래기 위해 목판을 안은 채 길가 그늘에 털썩 주저앉는다. 인왕산의 가파른 바위가 거울처럼 햇빛을 반사하고 있다. 소년의 시선이 해방 후에는 미군들이 들어 있었다고 하지만 이제는 인민군들이 주둔해 있는 내자아파트 쪽으로 건너간다. 마당 정문에 인민군 군복을 걸친 폼이 논바닥에 서 있는 허수아비 같다. 어깨에 멘 따꿍총이 땅에 끌릴 것만 같다. 아무리 보아도 열일곱 이상은 더 돼 보이지 않는다. 어떻게 군인이 되었을까. 어떻게, 어떻게?

"꽈, 꽈, 꽈배기를 사세요, 다, 다 담배를 사세요. 꽈배기를 사세요. 담배를 사세요."

신호등이 바뀌자 나는 길을 건넜다. 파출소 앞을 지나면서 거기 들러 길을 물어 볼까 하다가 그만두었다. 사직공원 쪽으로 오르는 그 골목길은 예전에 비해 별로 변하지 않았으며 복사한 약도는 매우 정확했으므로 그럴 필요성이 없었다.

내가 박기철 씨가 살고 있는 집을 찾았을 때 마침 그는 집에서 낮잠을 자고 있었다. 그는 오랫동안 손을 보지 않아 한쪽 귀퉁이가 찌그러진 낡은 한옥의 문간방에 세를 들어 살고 있었다. 박기철 씨는 파자마바람으로 나와 잠에서 덜 깬 듯한 목소리로 어떻게 찾아왔느냐고 내게 물었다. 나는 먼저 그의 왼쪽 눈썹 끝에 검은 점이 있다는 것을 확인하고 나서 신분증을 내보였다.

"이민수 씨라고 아시죠?"

그는 그 이름을 까마득히 잊은 듯이 기억을 더듬는 것 같았다. 나는 또 뭔가 일이 뒤틀리는 것이 아닐까 하고 생각하면서 툇마루에 걸터앉았다.

"그분이 뭐 잘못되었나요?"

그는 겁먹은 목소리로 되물었다. 나는 약간 흥분했다.

"아니에요, 그런 게 아닙니다. 그러니까 그분이 살아 계신다는 말씀이겠죠?"

"그럼요, 살아 계시긴 해요. 이민수가 아니라 이요한이라는 이름으로 말입니다."

"그렇다면 성직자가 되신 겁니까?"

"아닙니다. 확실한 동기는 모르겠지만 그분은 그렇게 이름을 고쳤지요. 헌데 선생께서는 왜 그분을 찾고 있나요?"

"참 그걸 말씀 드려야겠습니다. 놀라시지는 마세요. 그분의 아드님이 그분을 찾고 있습니다."

"그분의 아들이라구요? 그분의 아들은 브라질에 가 있는데요."

그는 반백의 머리를 흔들며 엉뚱한 소리 말라는 듯이 나를 노려보았다. 나는 잠시 당황했다. 혹시 다른 사람을 짚은 것이나 아닌지. 그러나 다음 순간, 나는 무엇이 혼란을 일으켰는지를 깨달았다.

"브라질에 가 있는 아드님이 아니라 일사후퇴 때 북에 두고 온 아드님 말입니다."

"네?"

그의 목구멍에서 가냘프게 비명이 새어 나왔다.

"그 애가 살아 있다는 말입니까?"

"이승호라는 사람은 지금 서울에 있습니다. 저는 빨리 알고 싶습니다. 이요한 씨는 지금 서울에 있습니까? 다른 아드님과 함께 브라질에 가 있습니까?"

그는 고개를 가로저었다.

"그럼 어디 있습니까?"

"그건 그 애를 만나 본 다음에 말씀드리죠."

"이미 선생님께서는 이승호 씨를 보았습니다."

"제가 보았다구요?"

"윤치근 씨의 사무실 문 앞에서 윤치근 씨가 부인과 함께 골프를 치러 가던 날 아침에."

"오, 그러니까 사장님 뒤를 따라나왔던 두 사람 중에 한 분은 선생이었고 다른 한 사람이 승호였다는 말이로군요."

"그렇습니다. 솔직히 말씀드리면, 선생님에게는 이요한 씨가 어디 있느냐는 것만 알면 그만이에요. 왜 말씀을 하시지 않으려는지 모르겠어요."
하고 나는 반쯤 열려진 문새로 흘낏 방 안을 들여다보았다. 맞은편에 작은 장롱이 하나 있었고 길가 창문 쪽 벽에 사진틀이 걸려 있었는데, 누구 생일날의 기념 사진인 듯이 보이는 한 장의 사진이 유독 눈에 띄었다. 그것은 사진틀의 한가운데를 차지하고 있었으며 박기철 씨가 그의 아내인 듯이 보이는 여자와 나란히 앉아 있었고 뒤에는 그의 딸인 듯이 보이는 두 명의 장성한 여자가 서 있었다.

"그 사람이 정말 승호인지 확인하고 말하겠다니까요."

그는 다소 신경질적이 되어서 말했다.

"그 이유를 말할까요? 이요한 씨는 아들을 알아볼 수 없기 때문입니다."

"도무지 무슨 말인지 모르겠어요. 그분이 설마 앞을 못 보시는 것은 아닐 테죠?"

"그런 건 아니오. 허지만 현재로선 그것과 별로 다른 게 없거든."

그가 눈꼬리를 치켜올리며 퉁명스럽게 말했다. 그러자 눈썹 끝의 검은 점도 덩달아 이마 위로 올라갔는데 그때의 주름살을 보고 나는 매우 늙어 버린 어떤 남자와 상대하고 있다는 것을 새삼 깨달았다. 도대체 이요한이 어떻게 되었다는 것일까? 나는 아무래도 30여 년이란 긴긴 세월을 단숨에 오락가락 넘나들고 있는 듯한 착각에 사로잡혔다. 이승호의 기록에 의하면 젊었을 적의 박기철이라는 남자는 매우 인정적이었던 사람 같았으나 지금은 그렇지만도 않은 것 같았다.

"죄송합니다. 아무튼 선생님께서도 조카를 만나 보고 싶으실 테니, 그럼 조카가 있는 곳으로 가 보실까요?"

"좋아요."

박기철 씨는 감색 바지에 회색 사파리 상의를 걸치고 나왔다. 윤치근의 사무실 앞에서 그를 보았을 때에도 아마 그런 차림이었지, 하고 나는 생각했다.

"여기서 조금만 걸어 가면 차고가 있어요. 거기에 차가 있으니 그걸 타고 갑시다."

밖으로 나오자 그가 호기 있게 말했다. 나는 마다할 이유가 없었으므로 윤치근의 차에 신세를 지기로 했다. 나의 말에도 불구하고 그의 호기 있는 태도로 보아 그는 그때까지도 이승호가 나타났다는 사실을 믿고 있지 않는 것 같았다. 무엇인가 착오가 생긴 것이라고 생각하고 있음이 분명했다.

"어디로 갈까요?"

"장충동 쪽입니다. 곧장 안국동 쪽으로 빠져서 동대문으로 나가는 것이 좋겠습니다만."

"좋도록 합시다."

그러나 차가 비원 앞을 지나칠 때 그가 어떤 우울한 기억을 더듬고 있는 것을 눈치챘다.

"그 승호라는 사람, 간첩으로 넘어온 건가요?"

"아닙니다. 동독을 탈출하여 서독으로 망명했지요. 십 년도 훨씬 전에 말입니다. 그 사람은 서독에 직장을 가지고 있는 완전한 자유인이에요."

"아아, 그랬었군요. 그 앤 매우 똑똑했어요. 네 살 때 구구법을 줄줄 외웠으니까요. 하지만 어떻게 나를 알아보았을까요?"

"그 사람은 매우 총명하니까요. 어렸을 적에 본 선생님의 사진을 기억하고 있었습니다. 송구스런 말씀입니다만 그 눈썹 끝의 검은 점이…….”

나는 그의 검은 점을 보려고 했으나 검은 점은 왼쪽에 있었고 고의 오른쪽에 내가 앉아 있었으므로 잘 볼 수가 없었다. 나는 그때 가엾게도 박기철 씨의 얼굴빛이 하얗게 질리는 것을 보았다.

“그게 승호라면 만나고 싶지가 않소.”

하고 그가 말했다.

“만나야 해요. 그리고 그 사람 아버님이 어디 계신지 가르쳐 주셔야만 합니다. 우리는 무엇인가를 하지 않으면 안 돼요. 이 상태로 그를 돌려 보낼 수는 없습니다.”

내가 그렇게 말했다고 해서 그가 이해했으리라고 생각지는 않았다. 이 복잡한 심리 상태는 한마디로 말로 설명될 수 없는 성질의 것이었다.

차는 동대문을 지나 청계천 신호등에 걸려 멈추어 섰다. 차창 밖으로 내다보니 서울 운동장 야구장 관람석 꼭대기에, 비에 젖어 아직 마르지 않은 오색 깃발이 무겁게 흔들리고 있는 것이 보였다. 춘계 야구대회가 열리고 있는 모양이었다.

서울 운동장. 그렇다, 서울 운동장 축구장이었다. 그때에는 동그라미 속에 별 하나가 그려진 깃발이 펄럭거렸다. 소년 하나가 스탠드와 스탠드 사이에 나 있는 운동장의 뒷문을 기어오른다. 콜타르 칠을 한 나무 문은 크고 높다. 그러나 칠을 한 지가 오래 되어서 벗겨져 떨어진다. 이제 돌쩌귀 하나만 잡으면 쉽게 문 꼭대기까지 올라갈 수가 있다. 잎이 무성한 미루나무 위에서는 매미가 울고 있다. 그러나 소년은 매미 따위에게는 아랑곳하지 않는다. 운동장 안에 웅웅거리는 확성기 소리가 매미의 울음소리를 삼켜 버린다. 소년의 등과 이마에서는 땀이 비 오듯 쏟아진다. 오전 나절인데도 무척이나 무덥다. 아,

이 여름은 얼마나 긴 것일까. 봄도 빼앗기고 가을도 오지 않을 것만 같다.

"형, 엄마를 남겨 두고 어딜 가?"

소년이 말했었다.

"나는 영웅이 돼서 돌아올 거야. 내가 영웅이 되면 엄마는 광주리 장사 하지 않아도 되고, 너도 그 더러운 짜배기 목판을 들고 다니지 않아도 될 거야. 엄마가 돌아오시면 형은 영웅이 되기 위해 떠났다고 말해."

"형은 죽을 거야."

"전쟁에선 바보들만 죽어. 나는 안 죽는다. 두고 봐."

형은 이기주의자다. 형은 중학교 교복을 입은 채 갔다. 교모는 뒷주머니에 쑤셔 넣고, 남들은 전쟁터에 가지 않으려고 숨어 다니는데 형은 내노라고 뽐내며 갔다.

소년은 마지막 돌쩌귀를 잡고 안간힘을 다해 기어오른다. 드디어 운동장이 한눈에 보인다. 굉장히 많은 사람들이 모여 있다. 줄잡아 2천 명은 되리라. 머리에는 흰 띠를 두르고 있다. 살기와 절망의 피비린내가 풍긴다. 형의 모습은 찾아볼 수가 없다. 그 많은 사람들이 형을 삼켜 버린다. 형은 영웅이 되었던가, 아니다. 형은 살아서 돌아오기는 했으나 비열한 도망자였을 뿐이다. 누군가 형을 의심하는 사람이 있으면 형은 완강히 그때의 사실을 부인한다.

"나는 억울하게 끌려갔던 것입니다. 많은 사람들이 그랬듯이 말이오. 공산주의를 위해 싸울 수 없다고 생각한 나는 마침내 전선에서 이탈했어요. 여러분이 잘 아시다시피 나는 자유민주주의자요."

천만에! 형은 목숨이 아까와 도망친 것이다. 하느님만이 그것을 알고 있다.

박기철 씨는 신호가 바뀌자 앞차를 따라서 다시 차를 몰기 시작했다. 야구장 관람석 위의 오색 깃발은 시야에서 사라졌다. 소년이 살던 동네, 이제는 넓은 네거리가 되어 버린 광장을 지났다.

"이봐요, 승호는 우리를 원망하고 있겠지요?"

박기철 씨는 이제야 그가 승호라는 것을 믿는 듯이 말했다.

자, 내게만 권하지 말고 선생님에게도 한 잔 권해 드려라. 자네도 한잔 들고. 그래, 맥주라는 건 그렇게 죽 들이켜야 제맛이 난다더라. 옳지, 옳지. 아버지를 만나기 전에 아무래도 내 얘기를 들어 두는 게 서로를 위해 좋은 것 같다. 자네는 아버지에게선 거의 아무 말도 듣지 못할 거야. 왜냐구? 그건 내 얘기를 듣다 보면 자연히 알게 된다. 사실이지 그 오래 전에 일어났던 일들을 다시 들추어 생각한다는 건 괴로운 노릇이야. 나 자신도 누구 앞에서 그때에 일어났던 일들을 별로 얘기한 적이 없어. 하긴 요즘에 와서는 구태여 알려고 하는 사람도 없지만. 요즘 사람들은 하도 약삭빨라서 지나간 일에 대해 골치를 썩이려 들지를 않지. 나는 그다지 아는 게 없다만 오늘이라는 것은 어제의 연속임에는 틀림없거든. 자네와 내가 만난 것도 다 어제가 있었기 때문이 아니겠니. 어디서부터 얘기를 시작할까. 그렇군. 우리들이 헤어지지 않으면 안 되었던 그때의 얘기부터 시작하는 것이 좋겠다. 다시 한 번 명복을 빈다만 돌아가신 자네 어머니와 작은어머니, 그리고 자네 아우가 저 하늘나라에서 우리를 용서해 주기를 바랄 뿐이지. 까놓고 얘기하지만 우리 세 남자는 며칠 후면 가족들도 다시 만날 수 있을 줄 알았다. 열흘이 지나고 한 달이 가고 해가 바뀌고, 강산도 변한다는 십 년 세월이 흘러가고 그런 세월이 세 번이나 흘러가 초로의 몸이 될 때까지 만나지 못하리라고 어찌 상상이나 했었겠니? 그때 우리는 사리원에서 최후까지 남아 있던 국군 헌병을 만났는데 그는 해주 쪽으로 빠지려는 우리를 제지했다. 피난민이 너무 많이 몰려 있어서 군 차량이 철수를 할 수 없다는 것이었지. 그래서 우리는 개성 쪽으로 걸음을 재촉했다. 그렇지만 군대의 철수 속도는 너무나 빨랐기 때문에 우리는 다시금 전선의 한복판에 빠지고 말았어. 눈보라가 휘몰아치지 않으면 총탄이 빗발치는 그런 날이 계속되었지.

어느 날 저녁 무렵에 우리는 한포(汗浦)와 금천(金川) 사이의 예성강 줄기를 건너가게 되었다. 물은 얕고 강폭이 좁았으나 어쩐 일인지 얼어붙어 있지는 않았어. 다리는 보이지 않았고 나룻배도 없었지. 그러나 우리는 이 강 줄기를 건너기만 하면 살 수 있으리라는 희망을 가지고 있었다. 자네 아버지는 아무리 깊은 곳이라야 목을 넘지는 않을 것이라고 하면서 어서 건너자고 재촉했어. 우리는 등짐을 모두 내팽개치고 물 속으로 뛰어들었지. 물은 얼음처럼 차가웠어. 종아리부터 시작해서 허벅다리, 사타구니, 배, 가슴이 차례로 얼어들었어. 자네 작은아버지가 물길을 가리며 더듬더듬 앞장을 서서 갔고 가운데에 자네 아버지, 그리고 내가 마지막으로 따랐지. 강의 중간쯤에 왔을 때 자네 아버지가 이빨을 딱딱 부딪치며 말했어. "기도를 드려, 기도를! 그러면 추위를 잊을 거야." 그러나 나는 너무나 추워서 아무것도 생각할 수도 말할 수도 없었는데 앞에서 자네 아버지가 되풀이 중얼거리는 기도 소리만은 똑똑히 들을 수 있었지. "외로운 사람들을 살리시고, 악의 무리를 소돔과 고모라의 유황으로 저주하소서." 우리 앞에 길게 가로놓인 고지에는 하얀 눈이 덮여 있었고 사방은 깊은 적막 속에 싸여 있었지. 아버지의 기도 소리와 우리들이 헤치고 나가는 물소리밖에 없었어. 우린 그때 잠시 전쟁이란 걸 잊고 있었는지도 몰라. 우리는 거기에 대해 너무나 방심했던 거야. 우리가 거의 다 건넜을 때였어. 물에서 가슴이 나오고 뒤 미처 배가 나왔지. 땅! 하고 총소리가 나더군. 우리는 처음에 어느 쪽에서 총소리가 났는지 몰랐어. 두 번째 총소리가 났을 때 앞서 가던 자네 작은아버지가 쓰러졌고 총알이 눈앞의 고지에서 날아왔다는 것을 알았어. 총알이 우리의 앞 뒤 옆으로 날아와 물 속에 박혔어. 자네 아버지는 총에 맞은 아우를 껴안고 물 속에 엎드리면서 내게 소리쳤지. "도와 줘!" 나는 달려가서 자네 작은아버지를 부축하며 얼굴을 물 속에 처박았지. 그러자 자네 아버지가 가슴 안을 헤치더니 그놈의 치안대 완장을 꺼내더군. 완장에는 무어라고 씌어 있었는지 알아? 영어로 이렇게 씌어 있었어. 에스 이 시 유 아르 아이 티 와이, 피 오 엘 아이 시 이. 즉 시큐리티 폴리스(Security Police)라고 씌어 있었지. 그건 그때 내가 알고 있던 유일한 영어 단어였어. 양키들이 혼란 속에서 이쪽 사람들을 얼른 식별할 수 있도록 만들어 준 것이라고나 할까. 자네 아버지는 물 속에서 벌떡 일어서더니 그 완장을 총알이 날아오는 고지 쪽에다 대고 펴 보이며 미친 듯이 소리쳤어. "노! 노! 노!" 허지만 그 완장이 어떤 효과를 나타내었다고 한들 무슨 소용이 있었겠나? 자네 작은아버지는 이마를 정통으로 맞아 이미 내 품 안에서 말 한마디 남기지 않고 숨져 있었으니까. 자네 작은아버지를 위해 명복을 빌어야지. 명복을……. 자, 한 잔 마시게나. 그래 그래, 그렇게.

이쯤에서 나도 한 가지 물어 볼까? 내 아내는 어떻게 지내고 있는지 말일세. 뭐? 내 아내를 마지막으로 본 것이 이십 년이나 된다구? 우리와 헤어진 뒤 고향엔 가지 않고 평양에서 쭉 고아 행세를 하며 지냈다 이 말이야? 부모가 모두 남조선 해방 전쟁 중에 전사한 아동으로 대우를 받았다니, 거 우습지도 않구나. 자네가 살기 위한 최선의 방법은 그 길밖에 없었다는 것 이해가 갈 만도 해. 목숨이라는 것은 무엇보다도 소중한 것이니까. 그건 그렇다치고, 선생님의 말을 들으면 자넨 내 아내가 보여주는 사진을 통해서 내 얼굴을 익혀 두었다는데 그건 어떻게 된 거야? 하긴 이 우스꽝스런 검은 점이 아니었더라면 나를 기억해 두지 못했을지도 모르지만. 아무튼 아내를 만나기는 만난 것이 아닌가? 그건 좀더 어렸을 때의 일이라구? 그래, 그땐 무얼하고 지내던? 피복공장에서 일하고 있었다구? 그러나 자주 만나는 것은 좋지 않았다 이 말이지? 하긴 자네는 아버지가, 그리고 내 아내는 남편인 내가 남으로 넘어갔으니까 그런 사실이 드러나면 여러 가지로 곤란했겠지. 그래서 서로 남남으로 생각하고 다시는 만나지 않기로 했다 이거지? 오, 그때 까진 재혼을 하지 않았지만 그 뒤엔 어떻게 되었는지 모른다구. 자 술을 들게.

자네는 결국 그 얘기를 꺼내고야 마는군. 자네는 자네를 모함했던 자들의 말을 곧이곧대로 믿나? 자네 아버지가 백 명의 선량한 사람을 학살했다는 말은 거짓말이야. 그 얘기를 하자면 좀 길어져. 자네 할아버지 얘기부터 해야 하니까. 할아버지는 교회 장로이셨지. 할아버지께서 어떻게 돌아가셨는지 알아? 모른다구? 모르는 게 당연해. 그 무렵 어른들은 그 일을 어린 자네에게까지 들려주기를 원하지 않았으니까. 빨갱이들이 득세하기 전까지 할아버지의 덕망은 꽤 널리 알려져 있었어. 할아버지는 사재를 모두 털어 학교를 세우고 교회를 건립하는 데 큰 공헌을 하셨지. 빨갱이가 득세하고도 할아버지는 과거의 공적으로 인해서 그럭저럭 무사히 지내오신 셈이었어. 그런데 갑자기 사정이 달라졌지. 유엔군이 진격해 올라오면서부터 빨갱이들은 단말마적인 발악을 자행하기 시작했어. 그 자들은 폐쇄된 교회 건물 창고 속에서 전에 지붕 위에 세웠었던 십자가를 끄집어내었어. 누가 그 창고 속에 십자가가 있다고 알려 주었는지 그건 아무도 몰라. 아마 교인 가운데 간혹 유다와 같은 인간이 있었기 때문에 거기에 묶어 놓구 처형을 하라구 가르쳐 주었는지도 모르지. 그 십자가의 크기는 어른 한 사람이 팔을 벌려 서면 꼭 알맞을 만한 크기였거든. 그 자들은 십자가를 교회 바깥 벽에 붙여 움직이지 않도록 못을 박아 세웠어 피에 굶주린 무리들은 할아버지를 끌어다가 두 팔과 발목을 십자가에 묶었지. 할아버지는 흰 무명 바지 저고리를 입고 계셨어. 초가을의 햇빛이 눈부시게 빛났지. 개가 그 자들을 향해 컹컹 짖었어. 그러나 그 자들은 자신들과 제 자식들을 위해 살아온 한 은인을 죽이기 위해 공포심과 쾌감을 느끼며 일을 서둘렀지. 할아버지는 핼쑥하기는 했으나 거의 무표정한 얼굴로 그 자들이 하는 양을 지켜보셨어. 그 자들은 뾰족하게 끝을 깎아낸 긴 나무 창을 가지고 있었지. 무리들 가운데 할아버지를 향해 앞으로 나선 자는 예전에 교회의 잡일을 하고 교회 땅에서 난알을 붙여먹게 할아버지가 주선해 주었던 교회 머슴이었지. 그때 나는 할아버지의 얼굴에서 잠시 두려움의 그림자가 스쳐 지나가는 것을 보았다. 당신의 입가가 일그러지셨지. 인간사란 모순투성이여서 언제나 은혜를 입은 자가 배덕을 하는 법이야. 머슴은 창을 옆구리에다 바싹 힘주어 부여잡고 할아버지를 향해 뛰었갔어. 그리고는 팔을 뻗었지. 흰 무명바지 저고리에 선홍의 피가 물들었어. 할아버지가 희생의 시초였지. 그 뒤에 무수히 많은 사람이 십자가도 없이 교회 벽과 우체국 벽과 읍사무소 벽에 세워졌고 그 자들은 충혈된 눈을 희번덕이며 찔러댔어. 그리고 어느 날 아침 유엔군의 진주로 참살극의 제 일막은 끝났지. 그러나 막간은 너무나 짧았어. 이번에는 억울하게 죽은 사람들을 위한 복수전의 제 이막이 올라갔지. 치안대라는 것은 앞서 말했지만 국가의 공식적인 기구는 아니었지. 진주해 온 군대는 점령한 곳의 주민들 중에 누가 빨갛고 누가 흰가를 구별할 필요를 느꼈던 거야. 피해를 미연에 방지하기 위해서 말이지. 미군들이 완장을 만들어 주었어. 그리고 우두머리가 결정되었어. 어떤 하찮은 조직에라도 우두머리는 있기 마련이거든. 숭앙하던 인물의 처참한 죽음을 본 사람들은 그 아들인 자네 아버지를 대장으로 삼았어. 그 무렵 유엔군은 너무나 빨리 들어왔기 때문에 생사람을 잡은 빨갱이들도 미처 도망치지 못한 자들이 많았지. 어떤 정황이 벌어졌는지는 자네 상상에 맡기겠어. 한 가지 말해 두고 넘어가야 할 것은 자네 아버지는 억지로 맡겨진 그 지구대장이라는 직책을 좋아하지 않았다는 거야. 그러나 그 직책을 맡은 이상 자네 아버지는 모든 일을 원칙에 따라 처리하려고 노력했어. 아버지는 누가 빨갱이를 잡아내면 일단 포로로 취급하려 했지. 양키들도 민간인이 사형(死刑)을 가하는 것은 원치 않았거든. 허나 아버지의 노력은 지지를 얻지 못했어. 대원들은 나중에 아버지 앞으로 그 자들을 데려오지 않았지. 몽둥이를 휘두르며 복수전을 펼치고 많은 사람들이 죽었어. 교회와 우체국과 읍사무소 근처에서. 그것은 어느 저녁 무렵이었지 아마. 사람들은 산 속에서 할아버지를 죽인 머슴을 잡아 끌고 내려왔더랬지. 사람들이 그를 산 채로 끌고 온 것은 원한을 갚는 뜻으로 직접 자네 아버지의 손으로 죽이게 하기 위해서였어. 그놈은 원래가 좀 모자라는 사내였어. 그러니까 그 자는 남이 부추기니까 우쭐거리며 할아버지를 죽였다고 나는 생각해. 그 자가 공산주의가 뭔지 이해하고 있을 까닭이 없었어. 그저 살생을 했을 뿐이야. 아무 생각 없이. 잡혀왔을 때 그 자는 어리석게도, 도주하기 위해 인민군이 벗어 버린 인민군복을 주워 입고 있었지. 단추는 떨어지고 소매는 너덜거리고 가랑이는 찢어지고 흙과 땀에 뒤범벅이 된 더러운 군복을 걸치고 있었어. 쭉정이처럼 마른 얼굴을 보니 적어도 서너 날은 굶었으리라고 짐작이 되더군. 마을로 밥을 훔쳐 먹으려고 산을 내려오다가 잡힌 거지. 그자는 질질 끌려 왔어. 그리고 할아버지가 십자가에 묶여 돌아가신 바로 그 자리에 세워졌지. 그는 징징 울고 있었어. 인간이란 간사하고도 연약한 동물이야. 그자는 살려달라고 애원을 했어. 그러자 누군가가 그 자의 입을 수건으로 틀어막았어. 그는 짐승처럼 끙끙거리면서 몸부림을 쳤으나 이미 그의 운명을 돌려 놓을 사람은 아무도 없었지. 그러나 아버지가 말했어. "이놈의 종지기를 죽이는 게 내 아버님의 뜻이 아니니끼니 내레 미군에게 넘기가서." 그러자 사람들이 반대하며 들고 일어났어. "살려 놓으믄 그놈의 종지기가 다음 번엔 당신을 죽일 거웨다." 정말 그럴지도 몰랐지. 아버지는 더 이상 버틸 재간이 없었어. 어쨌든 아버지는 감투를 쓰고 있었으므로 사람들의 마음을 거스를 수는 없었던 거야. 아버지는 마음에도 없는 모범을 보이지 않으면 안 되었지. 아버지는 그 자 앞으로 다가가서는 몽둥이로 머리를 내리쳤어. 그것이 신호인 양 몽둥이를 든 사람들이 벌떼처럼 그 자에게 덮쳤지.

승호야, 내가 아는 한, 아버지는 할아버지를 죽인 그 자를 죽였을 뿐이야. 백 명을 학살했다는 것은 꾸며낸 말이라구. 하긴 아버지의 부하들이 저지른 일까지 모두 아버지의 책임이라면 변명할 여지가 없겠지만. 그러나 이 점을 알아 두어야 한다. 그 무렵에는 조직적이고 체계적인 위계 질서는 없었다는 점을. 모든 것은 각자의 개인 사정에 의해서 저질러진 것이지. 그것은 개인적인, 그리고 가정적인 복수였어. 그 누구도 각자의 가슴에 사무쳐 있는 원한을 막을 수는 없었던 거야. 그것은 악순환이었지. 만약에 우리 네 사람이 북에 남아 있었다면 똑같은 방법에 의해 죽고 말았을 거야. 여건만 좋았다면 우리 가족들 모두가 남으로 올 수 있었을 것이지만……. 사실 그건 양심상의 문제였을지도 몰라. 그래서 아직도 고통이 계속되고 있는 거야. 자네 아버지처럼.

한 잔 더 들라구? 취하는데 사양하겠어. 차를 몰고 돌아가야 할 테니까. 아버지와 나는 세월이 흘러갈수록 가족을 만난다는 일에 대해서 체념을 하게 되었어. 아마 이름을 고친 것은 다시 태어나기 위해서였을 거야. 우리는 이곳 여자들과 결혼을 하고 말았지. 아버지에겐 또 다른 이유가 있긴 했지만, 그 점에 관해서는 구차하게 변명을 늘어놓고 싶지는 않아.

아무튼 아버지는 아들 하나와 두 딸을 얻었지. 나도 두 딸을 낳아 벌써 시집을 보냈어. 네 아버지의 아들, 이를테면 자네 아우가 장가를 들었구. 두 누이동생은 아직 시집을 가지 않았지만 그만한 나이들은 되었지. 이곳에 와서 자네 아버지가 이룩한 가정은 적어도 겉으로 보기엔 무척 행복한 가정이었어. 아무런 이상이 없었지. 어떠한 사실을 알기 전까진 나도 그렇게 믿었구 말이야. 그 사실이란 게 무어냐구? 얘기하지. 자네 아버지는 고장난 미군 트럭을 불하받아 이것저것 부속품을 갈아 끼우고 땜질을 하여 재생차를 만들어내는 사업을 하면서 운수업에 손을 대었어. 사업은 꽤 괜찮았지. 나도 아버지의 일을 도와 밥술을 얻어먹고 살았는데 내 운전 기술은 그때 배운 거야. 한때는 트럭과 버스를 스무남은 대나 굴린 적도 있었어. 그런데 말야. 아버지에게 그 증세가 나타난 거야. 아버지는 오래 전부터 가슴에 큰 병을 품고 있었는데 그것이 겉으로 나타나기 시작한 거야. 폐병이냐구? 아니야. 병균이 있었다면 현미경에 포착되었겠지. 아버지의 병에는 병균이 없었어. 아버지의 모습은 눈에 띄게 수척해 갔어. 얼굴빛은 까맣게 죽어 가고 눈은 움푹하게 파여지고 입술은 허옇게 메말라 갔지. 바지의 허리춤은 주먹이 들어갈 만큼 헐렁해지고 걸음거리에는 힘이 없어졌어. 아버지는 내게 하소연했어. "나는 밤마다 꿈을 꾸어. 악몽이야. 나무창이 내 가슴을 찌르기도 하고 승호 에미의 우는 소리가 들리기도 하고, 승호가 소리치며 나를 부르기도 하고, 그러다가는 내레 핏빛 강물 속을 허우적거리기도 하고, 어떤 때는 잠자는 방 창문 밖에서 길고 시커먼 팔이 쑥 들어와서 나를 낚아채려고도 하고…… 꿈에서 깨어 벌떡 일어나 앉으면 이마와 등골에선 식은땀이 주루룩 흐르고……. 그리고 나는 널브러진 거지 새끼처럼 힘없이 누워 버리지. 허지만 꿈에서 깨어나면 생각나는 것은 그것뿐이야. 꿈에서 어떤 일이 벌어졌는지는 까맣게 잊어버린단 말이야. 나는 꿈 속에서 무슨 일이 벌어졌는지 궁금해서 미칠 지경이 되어 버려. 꿈을 꾸지 않을 방법은 없을까." 나는 우스갯소리로 대답했지. "잠을 자지 않는 방법밖에 없겠시요." 그러나 그것은 방법이 아니지. 그래서 나는 꿈을 꾸더라도 꿈에 대해 너무 신경을 쓰지 말라고 했어. 아버지가 털어놓았지. 꿈꾸는 병을 가지게 된 것은 우리들 셋이서 도망칠 때부터라고. 아버지는 그 병을 고치려고 나름대로 애를 썼던 거야. 이곳에서 결혼을 했던 것은 북에 두고 온 가족을 다시는 만나기가 어렵다는 체념도 간과할 수 없겠지만 한편으로는 자기 병을 고치기 위한 요법으로서의 수단이라고도 볼 수 있어. 아버지는 자네와 자네의 어머니와 자네의 어린 아우를 잊고 싶었던 거야. 아마 한때는 잊은 적도 있었던 것 같애. 허지만 자신이 나이가 들고 여기서 낳은 자식들이 나이가 들어가니까 다시금 북에 두고 온 가족들에 대한 회오의 감정에 빠지기 시작한 것이지.

아버지는 점점 사업에 대해서 의욕을 잃어 갔어. 거기다가 설상가상으로 사업이 제대로 되어 나가지를 않았어. 사고가 자주 일어나고 폐기 차량이 늘어났지. 아버지는 차츰 사업을 줄이면서 이민을 떠날 생각을 하게 된 거야. 브라질로 말이야. 자기의 병을 고치지 않으면 또다시 가족을 버리게 될지도 모른다는 불안감에 사로잡혔던 것으로 보아야지. 이 땅의 반대편에 가 있으면 악몽을 꾸지 않을 것이라고 믿었던 거야. 아버지는 빚을 갚고 남은 돈을 꿍그렸어. 그 돈이면 아마 일 년 정도는 버티어 나갈 수 있었을 테지. 일단 이 땅을 떠나 낯선 이국으로 간다고 결정하니까 아버지에겐 다시금 삶에 대한 집념이 생겼어. 아버지는 비행기를 타지 않고 일본으로 건너가서 인도양을 거쳐 희망봉을 도는 배편을 이용했지. 들리는 말에 그것도 공짜로 타고 갔다더군. 요즘 세상에선 좀 불가사의한 얘기야. 그러나 그건 사실이었대. 승무원이 배삯을 내놓으라고 하면 가족 모두를 바다에 처넣든지 말든지 마음대로 하라면서 버티었다는 거야. 하긴 그때부터 뭔가 아버지에게 이상한 조짐이 보였던 것인지도 몰라. 그런 비상식적인 행동을 한 적은 전에는 없었거든. 아무튼 브라질까지 무임배편으로 간 것까지는 좋았다고 볼 수 있지.

이건 자네 의붓어머니가 상파울루에서 내게 보낸 편지에 따른 것인데, 아버지는 우선 언어가 통하지 않으니까 먼저 온 한인들과 사귀지 않으면 안 되었다는 거야. 그래서 한인교회를 나갔는데 거기서 대령을 만났대. 그는 원래 중령 출신인데 그땐 제대를 하고 이민을 와서 교회 집사를 맡아 하고 있었다더구만. 그는 사람들이 한 계급 높여 불러 주는 것을 좋아했고 그래서 사람들은 돈 드는 것이 아니니 이왕이면 한 계급 높여서 그를 불렀대. 그 대령이 아버지에게 조언을 한 거야. "주식을 사시오. 말이 통하지 않은 사람에겐 증권에 손대는 것이 제일 쉬운 장사지요" 하고 말이야. 사실 그것처럼 솔깃한 말은 없었겠지. 아버지는 공짜배를 타면서까지 쓰지 않고 모아 두었던 돈을 모조리 풀어서 주식을 샀대. 대령이 주선을 했겠지. 허지만 그 대령도 현 실정에 눈이 어두웠던 것이 분명해. 그렇지 않았다면 아버지가 산 주식의 회사가 석 달도 못 가 쫄딱 망했겠어? 회사가 망한 거야. 그리고 그 돈은 휴지쪽이 되어 날아갔어.

며느리까지 여섯 식구의 생계가 당장 막연해졌겠지. 겨우 집 보증금만을 건져서 동서남북으로 쏘다니던 끝에 교외 묘지 앞에 가겟방을 얻어 이사를 했대지. 꽃장사를 시작했다더군. 여섯 식구가 한 방에서 복닥거리며 새벽부터 밤늦게까지 꽃가게에 매달렸대. 그 나라엔 축제일도 많고 사자(死者)에게 마지막 꽃을 보내는 사람들도 많아서 그럭저럭 먹고 살 만하게 장사는 되어 갔다는 거야.

그런 지 여섯 달 가량 지나서 주일날 교회를 나갔던 자네 의붓어머니는 아버지 신상에 대한 심상찮은 소문을 들은 거야. "이요한이 미쳐서 밤마다 어느 무덤에다 꽃다발을 바친다더라." 그 뒤 가족들은 아버지의 행동을 주의 깊게 관찰하기 시작했겠지. 그 전에도 아버지는 이따금 가게 문을 닫고는 바람을 쐬러 나간다고 거리로 나가 묘지 쪽으로 가고는 했으나 가족 가운데 누구 한 사람 의심을 해본 적은 없었겠지. 그런데 그 말을 들은 지 이틀 후엔가 아버지가 바람을 쐬러 나가겠다고 하면서 가족들 몰래 슬쩍 꽃 몇 송이를 손 안에 감아쥐었다는구만. 아버진 아들이 미행하는 것도 모르고 이틀 건너 한 번씩 꽃 몇 송이를 들고 한 여인의 무덤을 찾아가서 그 앞에 꽃을 바치고 돌아오고는 했던가 봐. 그러나 그 무덤은 가족들과, 아니 한국인과는 아무런 인연도 없는 무덤이었대. 밤마다 찾아간 것은 아니지만 아버지에게 이상이 생겼다는 것만은 틀림없는 사실이 된 거지. 게다가 아버지는 이민을 떠나기 전과 마찬가지로 꼬챙이처럼 말라 가기 시작한 거야. 아버지는 동정의 눈길을 끌기는 했으나 교민 사회에서 따돌림을 받게 되었어. 병이 도진 것이지. 지구의 이쪽에 있거나 저쪽에 있거나 아버지의 병은 나을 수가 없었던 거야. 아버지 이요한이 평안히 살 곳은 이 지구 땅덩어리 어디에고 없었어. 갈 곳이란 정신병원밖에 없다는 것이 명확했는데, 그곳에서는 병원비가 엄청나게 비쌀 뿐만 아니라 의사와 환자의 언어가 서로 통하지를 않아서 치료하기에 어려움이 있다는 것이었지.

자, 이럴 경우에 자네는 어떻게 하는 것이 좋다고 생각하나? 그렇지, 하는 수 없었어. 아버지만이라도 한국에 다시 모셔와서 말이 통하는 사람들과 어울려 지내게 하는 것, 그 길밖에 없었어. 그래서 아버지는 일시 들르러 오는 교민 한 사람을 따라 비행기표 한 장을 들고 돌아온 거야.

아버지는 별로 말이 없었어. 왜 이곳을 떠났으며 다시 돌아오게 되었는지, 돌아와서 좋은 점이 무엇이고 나쁜 점은 무엇인지 알고 있지도 못한 듯이 보였어. 아버지는 외국의 종교 단체로부터 재정적인 지원을 받는 정신의료원에 순순히 수용되었지. 벌써 일 년째를 그곳에서 지내고 있다네.

박기철 씨가 차를 몰았다. 그는 윤치근이 여행에서 돌아오려면 하루 정도는 여유가 있으니 아무 걱정하지 말고 자기가 모는 차를 이용하자고 우겼던 것이다. 우리는 고속도로와 지방국도를 한 시간 남짓 달려서야 겨우 차 두 대가 비비며 지나칠 수 있는 소로로 들어설 수 있었다.

"이제 다 왔소. 저 언덕만 넘으면 바로니까."
하고 박기철 씨가 말했다.

길은 비좁기는 했으나 포장이 되어 있어서 달리는 기분은 쾌적했고 차창에 스치는 봄바람은 유난히도 싱그럽게 느껴졌다. 아마 길 양쪽 야산에 빽빽이 들어찬 송림이 뿜어내는 입김 탓인지도 몰랐다. 이승호는 약간 긴장한 듯이 엉덩이를 들고 앞좌석에 놓인 흰 안개꽃 다발을 손에 들고 잘디잔 꽃송이에 코를 갖다 대고 냄새를 맡았다.

"아버지는 무엇보다도 꽃을 갖다 드리면 좋아하시지."

우리가 일식집에서 네 사람 분의 도시락을 준비했을 때 박기철 씨가 이승호에게 그의 아버지가 무엇을 좋아하는지를 알려주었다. 그래서 떠나기 전에 우리는 꽃집에 들렀고 거기서 이승호는 애잔하고 청초하게 보이는 안개꽃을 무더기로 사며,

"이 꽃은 어딘가 어머니를 닮았어요."

라고 말했다.

나는 떠나기 전에 그들과 동행하는 것을 사양했었다. 그가 먼 친척 아저씨인 박기철 씨를 찾은 마당에 나는 이제 그에게 더 이상 필요가 없는 존재인 것 같은 생각이 들었기 때문이었다. 털어놓고 말해서 나는 그의 아버지의 모습을 별로 보고 싶지 않았다. 나의 임무는 그의 아버지를 찾아 주는 것이었으므로 내가 할 일은 끝났고 이제까지 내가 들은 것만으로도 그들의 상처와 그 상처의 고통을 충분히 느낄 수 있었으며, 이보다 더 구체적인 실체를 본다는 것은 나로서도 괴로운 일이었다. 게다가 나는 어젯밤 아버지의 제사를 지냈던 탓으로 피곤했다. 형은 나를 붙들고 오늘 새벽 세 시까지 이야기를 시켰던 것이다. 파렴치한 이기주의에 가득 차서…….

"선생님, 아버지를 만나야 한다고 저에게 강요하다시피 한 분은 누굽니까? 선생님은 저를 기만하시려고 합니까?"

그는 내가 한 일에 대해 고마움을 표시하기는커녕 오히려 나를 힐난했다.

"기만했다니? 그게 무슨 말이오?"

나는 약간 화가 나서 소리쳤다. 그는 지지 않고 대꾸했다.

"저는 아버지를 만나는 데 대한 두려움을 떨쳐 버렸습니다."

"그럼 되지 않았습니까?"

"제 말은 선생님도 아버지를 만나야 한다는 것입니다."

"내가 왜 만나야 합니까?"

"선생님은 저의 아버지를 보길 두려워하고 있습니다. 선생님도 그 두려움을 떨쳐 버려야 해요."

그는 왜 내가 그의 아버지를 만나야 하는지를 설명하지 않았다. 그러나 나는 그의 말 가운데 숨어 있는 참뜻을 이해할 것 같았다. 결국 나는 그와 함께 동행하겠다고 말했다.

차는 언덕 위로 올라섰다. 병원 건물과 그 언저리의 전원 풍경이 한눈에 내려다보였다. 병원은 I 자를 옆으로 눕혀 놓은 듯한 모양의 흰빛 이층 슬라브 건물이었다. 병원이 차지하고 있는 대지는 꽤 넓은 것 같았으며, 빙 둘러 서 있는 야산의 송림 사이로 울타리인 듯이 보이는 철조망이 군데군데 눈에 띄었다.

차는 〈복락원〉이라는 간판이 붙은 아치형의 정문을 통과했다. 수위인 듯이 보이는 한 사람이 수위실에 앉아 있었으나 차가 들어가는 것을 한 번 힐끗 넘겨다보고는 읽고 있던 신문에 다시 눈길을 돌렸다.

"일요일엔 완전 개방이지. 누구든지 환자들을 마음대로 면회할 수 있어."

하고 박기철 씨가 말했다. 그의 말과 동시에 우리는 도시락 가방과 보온물병을 든 일단의 면회자들이 병원 쪽으로 걸어가는 것을 볼 수 있었다. 차는 맑은 시냇물이 흐르는 다리를 건넜다. 길 옆으로는 비닐하우스와 바로 얼마 전에 일구어 놓은 듯이 보이는, 검은 흙이 드러난 밭이 펼쳐져 있었다. 밭가를 지나니까 길은 약간 둔덕을 이루었고 그런가 싶자 막 잎이 돋기 시작한 등나무의 터널을 지나 곧장 병원 마당으로 들어섰다. 마당에는 농구대와 배구 코트 따위의 운동 시설이 마련되어 있었다. 한 쪽밖에 없는 농구 보드 앞에서 밤색 환자복을 입은 두 명의 사내가 공을 가지고 놀고 있었다. 공을 갖고 있지 않은 사내는 공을 가진 사내에게서 공을 빼앗으려고 필사적으로 덤벼들었다. 공을 가진 사내는 좀더 날렵했다. 공을 가진 사내가 땅바닥에 공을 튀기며 동그란 쇠테 안으로 공을 넣으려고 팔을 치켜올렸다. 공을 갖지 않은 사내가 날아가는 공을 잡으려고 껑충 뛰어올랐다. 그의 필사적인 몸짓에도 불구하고 그의 입은 히죽히죽 웃고 있었다. 나는 그에게서 이상한 불균형을 발견하고 나도 모르게 몸을 움츠렸다. 차가 그들 곁을 지나쳤으므로 나는 날아간 공이 쇠테 안으로 들어갔는지 어쩐지는 알 수가 없었다. 차는 푸릇푸릇 싹이 돋은 잔디밭가를 천천히 미끄러져 갔다. 잔디밭의 여기저기에는 문안 온 가족이나 친척들로 보이는 사람들이 환자와 함께 둘러앉아서 음식을 먹기도 하고 담소를 나누기도 하면서 봄볕을 즐기고 있었다. 드디어 차는 I 자형 건물의 가운데 현관 앞에 멎었다. 그와 나는 차에서 내렸으며 박기철 씨는 마당 한쪽 주차장에 차를 세워 두고 우리들에게 되돌아왔다.

"들어갑시다."

하고 박기철 씨가 앞장을 섰다. 현관에서 오른쪽 복도로 돌아서자 면회 신청 접수구가 나타났다. 박기철 씨는 면회 신청서에 이요한이란 이름을 적어 접수구에 들이밀고 나서 우리에게 말했다.

"면회실에 가서 기다립시다."

우리는 복도를 따라 좀더 걸어 면회실로 들어갔다. 면회실에는 작은 매점이 하나 있었으며 벽을 따라 긴 나무의자가 놓여 있었다. 흰 벽에는 그림 전시장과도 같이 열댓 장의 복사판 성화들이 주욱 걸려 있었다.

빛이 열어 놓은 창문 안으로 쏟아져 들어왔으므로 면회실은 꽤 환했다. 흰 가운을 걸친 남자들의 보호를 받으며 수시로 환자들이 드나들었다. 때로는 간호원도 보였다. 한 중년의 여환자가 혼자 매점 앞에 기대 서서 카스테라를 먹고 있었다. 젊은 여환자가 들어오니까 남자 환자가 손가락을 물고 휘파람을 불어대었다. 젊은 여환자가 웃기지 말라는 듯이 입술을 비죽이 내밀었다. 피부가 고운 소녀 하나가 면회실과 문 하나로 통해 있는 식당으로 수녀를 따라 사뿐사뿐 걸어 들어갔다. 아마 식당에 소녀의 가족이 있는 모양이었다. 면회실 안은 시끌시끌거리다가도 갑자기 조용해지고는 했다.

이승호는 안개꽃을 가슴에 안은 채 나무의자에 앉아서 묵묵히 환자들이 드나드는 모습을 쳐다보았다. 박기철 씨는 도시락 꾸러미를 무릎 위에 올려놓고 문 쪽을 주의 깊게 지켜보았다. 나는 창가로 다가가 밖을 내다보았다. 아직도 농구대 앞에서 공놀이를 하고 있는 두 환자의 모습이 두 그루의 목련꽃 나무 사이로 보였다. 그들은 웃으면서도 필사적이었다. 그러나 지금은 거리가 멀어서 그들이 웃고 있는지는 알 수가 없었다. 한 사내가 환자복 상의를 벗어 버렸다. 그러자 알몸인 웃통이 드러났다. 다른 사내도 그 사내를 따라 상의를 벗어 버렸다. 역시 위는 알몸이었다. 그들은 필사적이었던 공놀이를 팽개치고 이번에는 서로의 가슴을 향해 손가락질을 해대며 낄낄거리는 듯 허리를 비틀기도 하고 배를 움켜쥐기도 하는 놀이에 열중하는 것이었다. 길을 따라 걸어오고 있던 면회객들이 그들에게서 얼굴을 돌려 외면했다.

"야, 기철이가? 나는 네레 온 줄 벌써 다 알구 있었다."

나는 아주 커다른 목소리에 놀라 창가에서 고개를 휙 돌렸다. 밤색 환자복을 입은, 이미 노년에 접어든 한 사내가 박기철 씨의 손을 잡고 반가워하며 서 있었다. 나는 그의 여윈 얼굴에서 유난히도 많은 주름살을 보았다.

"기래요. 내레 왔쉐다. 형님, 그 동안 별 일 없었지요?"

"네레 걱정해 주는 덕분에 이렇게 몸 성히 잘 있디 않갔니? 자, 우리 밖으로 나가자우."

하고 이요한은 뒤에 서 있는 흰 가운의 사내를 바라보면서 천연덕스럽게 덧붙였다.

"이봐, 들어가 일 보라우. 내레 이 사람과 은근히 가 봐야 할 곳이 있으니끼니 말이야."

나는 그의 여윈 얼굴에서 이승호의 얼굴을 보았다. 그리고 두 사람이 닮았다는 사실에 놀랐으며 그가 전혀 이상이 있는 사람으로 여겨지지 않아서 다시 한 번 놀랐다. 흰 가운의 사내가 웃음을 지어 보이며 사라지자, 박기철 씨는 이승호에게서 꽃을 받아 이요한에게 건네주었다. 이요한은 안개꽃을 받고는 코를 흠흠거리며 향기를 맡아 보면서 즐거워했다.

"오늘 꽃은 유난히도 마음에 들어. 자 그럼 가 볼까?"

두 사람이 앞장을 섰다. 나는 그들이 무엇인가 의식을 행하려 하고 있다는 것을 깨달았다. 언짢은 기분이 들었다. 나는 그런 기분을 떨쳐 버리려고 말했다.

"아버님입니다. 선생과 꼭 닮았어요."

"저도 그걸 느꼈습니다. 가슴이 몹시 떨리는군요."

그의 얼굴은 붉게 상기되어 있었다. 그는 아버지를 어떻게 맞아들여야 하는지를 모르는 어린아이처럼 전전긍긍하고 있었다.

"너무 서두르지는 말아요. 아저씨가 소개할 기회를 잡을 때까지는 말입니다."

하고 내가 말하자 그는 알았다는 듯이 고개를 끄덕거렸다.

우리가 밖으로 나오니 두 사람은 잔디밭가의 큰길을 따라 걸어가고 있었다.

"어디로들 가시는 걸까요?"

이승호가 궁금한 듯이 말했다.

"어딘가 가실 데가 있는 것 같습니다."

우리들은 이만치 떨어져 그들의 뒤를 따라갔다. 그들은 농구대가 있는 앞까지 걸어 내려가더니 그곳에서 밋밋한 야산 쪽으로 난 좁은 길로 접어들었다. 농구대의 두 환자는 볼 만했다. 그들은 바지까지 벗어 놓고 팬츠 바람으로 이리 뛰고 저리 뛰며 낄낄거리고 있었다. 두 명의 흰 가운을 걸친 사내가 그들을 잡으려고 함께 이리 뛰고 저리 뛰었다. 이제 면회를 온 사람들은 외면하지 않았다. 구경꾼들이 모여들었다. 그러나 두 환자는 쉽사리 잡힐 것 같지가 않았다.

산길로 접어들었다. 우리는 잠시 앞서 가던 사람들을 놓쳤었는데 큰 바위 하나를 돌아서니 그곳 야산 중턱 무덤 앞에 서 있는 그들의 모습을 볼 수 있었다.

꽃은 떼를 입히지 않은 붉은 무덤 앞에 놓여 있었다. 그들은 묵념을 드리고 있었던 모양으로 우리가 다가가자 그제야 비로소 얼굴을 들었다.

"이 사람은 누구야? 아까부터 우리 곁을 맴돌고 있으니."

이요한은 우리에게 턱짓을 하며 박기철 씨에게 물었다.

"형님을 면회 온 사람들이웨다."

"나를?"

"기래요."

"와 나를 만나겠대?"

"형님, 잘 보시라우요. 이 두 사람 가운데 기억나는 사람이 없는지 말이웨다."

박기철 씨가 목울림대를 가늘게 떨며 말했다.

"기억나는 사람?"

하고 이요한은 우리들 앞으로 걸어와 우리들의 얼굴을 번갈아 들여다보았다. 아버지와 아들에게 있어서 그것은 가혹한 형벌이었다. 나는 '이 사람이 당신의 아들이오' 하고 소리지르고 싶은 충동을 억누르고 있었다. 이요한은 무엇인가를 찾아내려고 애를 쓰는 것 같았으나 그의 눈엔 초점도 없었고 망막에는 뿌연 안개가 서려 있었다. 이윽고 그가 고개를 가로저었다.

"모르갔는데?"

"두 사람 가운데 한 사람은 형님의 아들이야요. 형님의 아들 승호 말이웨다!"

박기철 씨는 울먹거리며 주먹으로 자기의 가슴을 쳤다. 이요한은 박기철 씨를 돌아다보았다. 그의 입가에 보일 듯 말 듯 웃음이 번졌다. 그 웃음은 점점 크게 번져 갔으며 나중에는 껄껄 소리를 내기까지 하면서 허탈하게 웃어제꼈다.

"기철이, 자네도 이 병원에 들어오고 싶어서 기래? 내 아들 승호는 죽어서. 자네도 알잖아? 그 오래 전 옛날 겨울에 죽은 거. 이자 막 여기 그놈 에미네 무덤 앞에서 기도까지 드리구선 딴소리를 하구 있구만."

그리고는 갑자기 심각해졌다. 그는 한동안 무엇인가 생각하는 듯이 보이더니 큰 소리로 말했다.

"승호는 죽었지만 살아 있기도 하지. 피아니스트 이승호 말이야. 그 사람 내 자식과 이름이 한 자 안 틀린다니까. 그 사람이 귀국 연주를 성공리에 끝마쳤다는 기사를 어제 신문에서 읽어서. 당신들 중에 한 사람이 이승호라면 그 피아니스트임에 틀림없겠구만. 허나 나라는 사람은 원래 음악에는 문외한인데 와 나를 찾아왔지?"

이요한은 고개를 갸웃거리며 우리 두 사람을 번갈아 들여다보았다. 나는 공항으로 그를 마중나갔던 그때 이승호라는 이름을 어디서 들은 것 같다고 생각했었는데 그 잠재 의식을 이요한이 일깨워 주다니 기막힌 노릇이라고 생각했다. 이요한은 피아니스트 이승호를 통해서 그의 아들 이승호를 그리고 있는 것 같았다. 이승호는 소리 없이 두 줄기 눈물을 흘리며 서 있었다. 그의 눈물을 보니 나도 눈시울이 뜨거워지는 것을 어쩔 수 없어서 먼 하늘로 눈길을 돌렸다.

처음 인상에서 이요한이 멀쩡한 사람으로 보였던 것은 나의 착각이었다. 그는 그의 아들을 알아보지 못했다. 정신적으로 이상을 일으키지 않았더라도 얼른 알아보기에는 너무나 오랜 세월이 흘러 간 끝의 상봉이기는 했으나……. 이승호는 이요한의 앞으로 다가갔다. 그는 아버지의 손을 잡고 조용하면서도 격정에 겨운 목소리로 말했다.

"아버님, 전 아버님의 아들 승호예요. 피아니스트가 아닙니다. 전 그 피아니스트가 누군지도 몰라요."

그의 아버지는 잠시 맑아진 듯한 눈으로 아들을 바라보았다. 그러나 그는 곧 엷은 웃음을 지어 보이며 말했다.

"피아니스트가 아니라면 이승호도 아니갔군. 내 아들은 죽었스니끼니. 당신은 나를 놀리고 있어. 기러믄 못쓰디. 상게 나이도 젊은 사람이."

"아버님, 전 정말 아버님의 아들이야요. 왜 나를 못 알아봅니까?"

그는 속으로 울음을 삼키며 고집스럽게 이요한의 아들임을 주장했다.

"도대체 이 무덤은 무엇이야요? 왜 여기다 꽃을 바치시는 겁니까?"

"내 에미네의 무덤이기 때문이지."

"어머니는 북에서 죽었어요. 제 눈으로 똑똑히 보았는데요?"

그것은 무의미한 싸움이었다. 박기철 씨는 이러다가는 안 되겠다는 듯이 이요한에게 잠깐 기다리라고 하고 그와 나를 소리가 들리지 않을 만한 곳으로 멀찍이 데리고 가서 말했다.

"저 무덤은 가짜요. 빈 무덤이지. 작년 가을엔가 자네 어머니의 무덤 어디로 갔느냐고 하면서 아버지는 병원에 대고 막 행패를 부리셨지. 견디다 못해 병원 당국은 편지로 나를 불러 아버지에게 무슨 일이 있었는지를 물어 본 뒤에 이 가짜 무덤을 만들었던 거야. 무엇보다도 환자는 심리적으로 안정을 유지해야만 병을 고칠 수 있다더군. 그러니 그렇게 무덤에 대해서는 말을 하지 않는 게 좋을 거야. 내가 저 무덤에 대해 미리 말해 둔다는 것을 깜빡 잊었어. 자, 돌아가서 우리 다 함께 도시락이나 먹는 게 좋겠지."

이요한은 무덤 앞 마른 잡초 위에 누워 있다가 우리가 다가가니까 벌떡 상체를 일으키고 앉으며 말했다.

"무슨 꿍꿍이 수작질을 벌이고 오는 길이가?"

"별거 아니야요. 도시락을 싸온 게 있는데 우리 함께 내려가서 식사나 합시다레."

하고 박기철 씨가 그를 안심시켰다.

"음 그거 좋군. 마침 시장하던 참이었어. 도시락이 뭐야? 김밥이라구? 맛이 좋겠어. 내 아들이란 이 사람, 그리고 옆의 저 친구도 같이 갑시다. 음식이란 여럿이 먹어야 제맛이 나거든. 당신들 내 아우와 인사를 했나? 이 사람은 내 아우 박기철이야. 어려서부터 언제나 나를 극진히 대해 주어서 얼마나 고마운지 몰라. 이 사람은 죽으믄 천국에 갈 게 틀림없지. 안 그런가, 이 사람아!"

이요한은 박기철 씨의 어깨를 탁 쳤다. 박기철 씨는 이요한의 말을 그저 웃음으로 받아넘기고 우리들에게 내려가자는 시늉을 해 보이고는 이요한과 앞장을 서서 왔던 길을 도로 내려갔다.

이승호는 텅 빈 가짜 무덤 앞에 바쳐진 안개꽃을 뒤돌아보며 천천히 발길을 옮겼다. 농구대 앞에 이르렀을 때 나는 두리번거려 보았으나 아까의 두 환자는 보이지 않았다. 흰 가운을 걸친 사람들에게 잡혀 간 모양이었다. 그곳에는 외짝 농구대만이 외롭게 서 있었다. 우리는 면회실의 매점으로 가서 마실 물 대신 사이다 네 병을 사들고 이미 두 사람이 도시락을 펼치고 김밥을 먹고 있는 잔디밭으로 갔다.

이요한은 먹는 데에 열중하여 우리가 옆에 앉는 것을 상관하지 않았다. 나는 식욕이 당기지 않았다. 이런 결과밖에 볼 수 있는 일이라는 것을 애초부터 짐작이나 했었더라면 거의 아버지를 찾는 일에 그토록 열성을 기울이지는 않았을 것이다. 나는 도시락의 김밥을 반도 먹지 않았다. 그리고 잔디밭 아무 곳에나 눕고 싶어서 자리를 떴다.

나는 느티나무 한 그루가 그림자를 던지고 있는 잔디밭 위에 몸을 눕혔다. 잔디의 새싹들은 마른 풀잎을 떠받들며 빳빳하게 자라 오르고 있었다. 구름 한 점 없는 맑은 하늘이 너무나 눈이 부셔 나는 눈을 감았다. 오늘 새벽까지 잠을 자지 못한 탓인지 몹시 노곤했다. 그래도 아버지가 살아 있는 이승호 쪽이 나보다 더 행복한 것일까 하고 생각했다. 잠이 왔다.

현실인지 꿈인지를 모를 세계로 깊이깊이 빠져 들어갔다.

'너, 요즘 서독에서 온 사람의 아버지를 찾아다니는 일을 하고 있다면서?' 제사를 끝내고 술상을 차린 자리에서 형은 말했다. 나는 그 사실을 아내에게도 말하지 않았었다. '그걸 어떻게 알았어요?' 내가 반문했다. '형이 된 입장에서 그 정도도 모르고 있으면 되겠어? 다 아는 수가 있지.' '그런 건 좀 모르고 계셨으면 좋겠어요.' 형이 내게 정종잔을 권했다. '아버지도 어머니도 돌아가시고 이 세상에 너와 나 둘 뿐이야. 너는 아직도 내게 대해 좋지 않은 감정을 품고 있어. 우리가 고생하면서 자라온 걸 생각하더라도 우린 서로 돕고 살아야 해. 안 그래?' 나는 형이 다음에 무슨 말을 할 것인지 잘 알고 있었다. '나는 네 힘을 빌리지 않으면 안 되겠어.' 그것이었는데 이번에는 암시적인 것만이 아니라 좀더 구체적인 내용을 털어놓았다. '나는 멀지 않아 외국으로 뜰 생각을 가지고 있어. 내가 말하는 것도 그 계획의 하나인데 서독서 온 사람 말이야, 나갈 때 돈 좀 지니고 가도록 부탁할 수 없을까? 이미 어느 정도는 빼내 갔지만 아직 그것 가지고는 외국에서 기반을 잡기에는 부족해.' 형의 은근한 손이 내 손목을 잡았다. 나는 형의 손을 뿌리쳤다. '형은 나를 팔아먹으려고 하고 있어요.' '얼간이 같은 놈! 나는 너와 너의 가족이 편안하게 살아갈 수 있도록 애쓰고 있는 거야.'

이승호가 나를 깨우고 있었다. 얼마나 잤을까, 주위를 둘러보았다. 저만치 박기철 씨가 차를 병원 현관 앞에 대어 놓고서 기다리고 있었다. 이요한의 모습은 보이지가 않았다. 그러고 보니 해는 서녘 쪽으로 반쯤 기울어 있었다.

"꽤 오래 잔 모양이군요?"

나는 일어나 앉으며 멋적게 말했다. 머리가 띵하고 무거웠다.

"한 두어 시간 주무신 것 같아요."

나는 그의 말씨가 아까보다 밝아진 것 같아서 웬일인가 싶어 물었다.

"무슨 좋은 일이라도 있습니까?"

"그래요 전, 희망을 갖기로 했습니다."

"아니, 아버님이 선생을 알아보시던가요?"

"그런 건 아니에요. 주무시는 동안 의사 한 분을 만나 보았지요. 아버지의 병환 상태는 그다지 심한 편이 아니랍니다. 의사는 제가 자주 오는 것이 좋다고 말하더군요. 자꾸 얘기를 붙이다 보면 멀지 않아 저를 알아보게 되실 거라구요. 그리고 의사는 농담조로 이렇게 덧붙였어요. 많은 환자들은 가끔 능청을 떠는 수가 있는데 아버지도 아들을 알아보지 못하는 척 능청을 떨고 있는 건지도 모른다구요."

"정말이지 능청을 떨고 계시는 거라면 얼마나 좋겠습니까?"

나는 잔디밭에서 일어나 차가 서 있는 곳을 향해 걷기 시작했다.

"아버지에겐 희망이 있어요. 그 가짜 무덤에 가시는 일만 제외하면 말입니다. 저는 서독으로 돌아가는 것을 늦춰 잡겠어요. 안개꽃을 사 들고 여길 자주 찾아와야겠어요. 오늘 잡숫고 싶은 것 마음대로 잡숫도록 매점과 식당에 예치금을 듬뿍 주고 따로 용돈도 드렸습니다. 떠나더라도 또 올 생각이에요. 아버지를 뵈러 말이지요. 아버지는 갈 곳이 있는 분이거든요. 당신의 가족들이 있는 곳으로 말입니다. 그러자면 하루 빨리 병이 완쾌되어야지요."

"잘 생각하셨습니다. 선생님의 말을 들으니 아버님의 병환이 곧 나을 것 같은 기분입니다."

"이걸 좀 보세요."

그는 네 겹으로 접은 종이 쪽지를 내게 건네 주었다. 그것은 이요한에게 돈을 빌렸다는 차용 증서였다. 금액은 5만 원으로 되어 있었다. 빌린 사람의 이름과 보호자 이름이 연서되어 있었을 뿐만 아니라 보호자의 주소도 적혀 있었다.

"이게 뭡니까?"

"아버지가 노름을 해서 딴 돈이랍니다."

"병원에서요?"

"그렇다니까요. 아버지가 말씀하셨지요. '당신이 내 아들이라면 내 대신 이 돈 좀 받아다 주시오' 하고 말입니다."

나는 나도 모르게 웃음이 터져 나왔다. 그도 나를 따라서 유쾌하게 웃었다. 나는 차 앞으로 다가서며 하오의 햇빛이 무척이나 따사롭다고 생각했다.

나는 서울에 도착하면 이승호가 그의 아버지를 찾았다는 것을 상사에게 보고하기 전에 먼저 형에게로 달려가리라 작정했다. 외화 도피 혐의로 형을 고발하기보다는 형을 사랑하는 일이 더 중요했다. 글쎄, 형이 내 말을 이해할는지는 알 수가 없었다. 그러나 이것 하나만은 확실했다. 결코 형은 카인으로 전락하지 말아야 했으며 나 또한 아벨처럼 희생당하지 않아야 한다는 것 말이다.

김용성 대표중단편소설
슬픈 양복재단사의 나날
그는 볼펜과 치수철을 내게 맡기고 줄자를 꺼낸 뒤
나의 몸의 크기를 빠짐없이 재면서 날더러 적으라고 했다.
버스를 기다리고 있던 사람들과 행인들이
우리를 뻥 둘러싸고 진귀한 풍경을 구경하고 있었으나,
그는 조금도 개의치 않았다.

# 슬픈 양복 재단사의 나날

왁자지껄 떠드는 소음 속으로 이따금 애끓는 여자의 곡성이 손바닥만한 마당을 건너온다. 초상집의 곡성이란 한두 번 슬피 운 뒤로는 으레껏 허위와 가식의 울부짖음으로 시종하기 마련인데 그녀의 목소리에서는 조금도 그런 기미를 느낄 수가 없다. 그것은 혼이 우는 듯 애절하게 들린다. 그녀의 곡성을 듣고 있노라면, 죽은 사람의 혼령과 만날 수 있는 길은 오로지 오열과 더불어 저절로 뿜어져 나오는 소리를 통해서만 가능한 것처럼 느껴진다. 그러나 그녀는 곡성을 토해낼 때마다 오랫동안 계속하여 울지는 않는다. 그녀는 문상객 중에서도 죽은 사람과 친분이 있던 사람들, 특별히 가까이 지내던 친구가 분향을 할 때면 더욱 애통하게 울었는데, 그렇게 함으로써 죽은 사람을 산 사람의 의식 속으로 끌어 내려는 의도가 숨어 있는 것이 아닌가 여겨진다.

그가 살아 있던 동안, 그가 일정한 장소에 그토록 많은 사람을 모아 본 적이 없었음을 나는 잘 알고 있다. 그는 생전에 많은 사람들을 모아 보려고 시도하지 않았다. 마흔다섯 살로 끝을 막은 그의 생애는 너무나 평범했다. 그러나 나는 그가 꿈을 지니며 왔다는 것을 확신한다. 그는 인간의 삶이란 아름다운 것이며 보람 있는 것이라고 믿었고 완전한 삶을 성취하려는 꿈을 간직하고 있었다. 그러므로 요즘처럼 현재를 향락하는 것이 의미 있는 일로 생각하는 세상 풍조에 비추어 볼 때 어쩌면 그의 평범함은 비범함이었는지도 모른다.

어둠이 양복점의 열어 놓은 유리 출입문 밖에 다가와 무겁게 가로막는다. 바람 한 점 불지 않는 후덥지근한 날씨 탓으로 양복점 안은 한증막 같다. 나는 보름 전까지만 해도 그의 차지였던 등받이가 없는 네모난 딱딱한 나무의자에 앉아서 화투를 치느라고 낡은 소파에 둘러앉은 다섯 명의 사내들을 망연히 바라본다. 그들은 그와 나의 국민학교 동창생들로 상갓집과는 그리 멀지 않은 영천 시장에서 장사를 하는 상인들이다. 내가 앉은 곳에서 가까운 쪽부터 지물포 주인, 푸줏간 주인, 신발가게 주인, 세탁소 주인, 통닭집 주인의 순으로 둘러앉아 있다. 그들은 상의를 벗어 버려 모두 러닝셔츠바람으로 돈을 따는 친구는 따는 대로, 잃는 친구는 잃는 대로 열을 내며 소리친다. "못 먹어도 고!" 하고 푸줏간 주인이 시꺼먼 겨드랑이 털을 내보이며 팔을 허공 중에 들어 흔들며 소리치자, 신발가게 주인이 투덜거린다. "빌어먹을! 왜 이다지도 뒷장이 안 붙지?" 통닭집 주인은 머리끝부터 허리통까지 바가지로 물을 뒤집어쓴 듯 땀에 절어 있으면서도 소파 옆 땅바닥에 쟁반에다 차려 놓은 소주병을 들어 자작으로 잔에 술을 따라 홀짝 홀짝 마시고 호박전을 입 안에 틀어넣는다. "거 싸지도 않고 잘 먹는구먼!" 하고 세탁소집 주인이 누구에겐가 야지를 놓는다. 그러나 그들 사이에는 악의라고는 눈곱만치도 없다. 그들 다섯 명은 태어나서부터 무악재와 서대문 어간을 벗어나서 살아본 적이 없는 불알적 친구들이다. 지물포와 신발가게는 선대로부터 이어받은 가업인 셈이고 푸줏간, 세탁소, 통닭집은 시장 안에서 이것 저것 전업을 하던 끝에 근래에 잡은 직업들이다. 그들에게서 신선한 새로움을 느낄 수는 없으나 세태에 물들지 않은 자긍심만은 맛볼 수 있다. 그렇다. 그들과 그의 주변에 있는 것들은 모두 헐고 낡고 닳아 있다. 그가 손님을 위해 쓰다 남기고 간 소파도 등받이의 모서리 헝겁이 떨어져 너덜거리고 있다.

천장에 매어달린 희미한 일자 형광등이 고작해야 두 평 반밖에 되지 않은 양복점 안을 비추고 있었는데 어디 하나 낡지 않은 물건이란 눈을 까뒤집고 찾아보아도 띄지 않는다. 안쪽 벽으로부터 유리문까지 걸쳐 양복 재단대가 세로로 놓여 있고 그 위 안쪽 구석에는 거의 다 써버린 납작하게 된 세 뭉치의 두루마리 양복지가 세워져 있으나 그것들도 본래의 제 빛깔을 잃고 퇴색하여 이제는 아무짝에도 소용이 닿지 않는 물건 같다. 재단대 위에는 양복 원본과 커다란 대자와 한 움큼의 줄자와 까므스름히 기름 먹은 가위와 손님 명단철과 영수증철 따위가 어지럽게 흩어져 있다. 그의 아버지가 들고 다녔고 그가 들고 다녔던 눈에 익은 후줄근한 가죽가방도 보였다. 그리고 내가 지금 오른쪽 팔꿈치를 기대고 있는 재봉틀, 재봉틀은 나의 어린 시절부터 비가 뿌리거나 눈이 날리거나 골목길을 향해 난 유리 출입문과 함께 이 자리에 붙박이로 자리잡고 있다. 이 물건은 그의 아버지가 전쟁이 휩쓸고 간 연대에 을지로의 어느 큰 양복점에서 재단사로 일하다가 독립하기 위해 그만두면서 장만했을 때부터 이미 20년은 됐음직한 중고품이었다고 했으니까 그의 수명보다 더 오래 살아왔음에 틀림없다. "만중아, 이게 이래 뵈도 속은 말짱해서 쓸만하다구." 그가 청춘의 전도를 바꾸고 재봉틀 앞에 앉던 젊은 시절의 어느 날 내가 우연히 들렀을 때 그는 자랑삼아 말한 적이 있다. 그 두 부자의 자랑이었으며 삶 바로 그것이기도 했던 재봉틀은 그들이 이승을 떠났어도 건재하게 버티고 있다. 매표가 붙은 싱거 재봉틀.

그가 그랬던 것처럼 재봉틀 앞에 바로 앉아 유리문 밖을 본다. 골목길에는 행인들과 초상집에 드나드는 사람들이 끊임없이 오고 간다. 집 대문은 양복점과 잇대어 왼쪽에 나 있다. 조금 전만 하더라도 그 대문 옆 길가에 돗자리를 펴놓고 한 떼의 문상객이 역시 화투를 치고 있었는데 조용해진 것으로 미루어 파장을 낸 모양이다. 골목길이라고는 하지만 아래로는 영천 대로와 통하고 위로는 인왕산 선바위절에 이르는, 현저동 일대의 어느 곳에도 갈 수 있는 요긴한 길이다. 낮에 재봉틀 앞에 앉아 고개를 쳐들면 앞집의 낮은 지붕 저쪽 위로 두 개의 선바위가 빤히 올려다보인다. 지금은 어둠의 계곡 너머로 가물거리는 외등 하나가 보일 뿐 시내를 향해 굽어보는 듯 서 있는 선바위들은 보이지 않으나, 그것들을 바라볼 때면 그 앞에서 화려한 옷자락을 펄럭거리며 시퍼런 칼날 위에서 춤을 추던 무당의 모습이 떠오르곤 한다.

나는 끝모르게 떠들썩한 소음 사이로 갑자기 안채 쪽에서 목탁을 두드리며 외는 독경 소리가 은은히 들려 오는 것을 깨닫는다.

이시불 고장로사리불 종시서방 과십만억불토 유세계 명왈극락기토 유불 호아미타 금현재설법…….

그 독경 소리는 인생사의 사리사욕을 말끔히 제거하려는 듯 청정하고 낭랑하며 유장하다. 석가모니를 모시는 사람들이 죽은 자를 위로하기 위하여 흔히 스님의 입을 통해 바치는 아미타경(阿彌陀經)이리라. 그러고 보니 조금 전에 유리문 밖을 지나치는 스님의 장삼깃을 본 듯도 하고 그렇지 않은 듯도 하다. 여기에서 십만억 불국토를 지나간 곳에 극락이라고 하는 세계가 있다. 거기에 아미타불이 계시어 지금도 법을 설하신다. 사리불이여, 저 세계를 어째서 극락이라 하는 줄 아는가. 거기에 있는 중생들은 아무 괴로움도 없이 즐거운 일만 있으므로 극락이라 하는 것이다.

"뭘, 그렇게 뚫어지게 바라보고 있어?"

나는 보고 있는 것이 아니라 듣고 있었던 것인데 한 사내가 열어 놓은 유리 출입문 앞에 우뚝 서서 그렇게 말한다. 나는 목소리만 들어도 그가 누구인지 잘 안다. 이갑석(李甲石), 역시 국민학교 동창생이다. 그가 두툼하고도 허연 손을 내밀었으므로 나는 마지못해 딱딱한 나무의자에서 엉덩이를 들고 일어나 재봉틀을 사이에 두고 그의 손을 잡았다. 그의 손바닥에는 끈끈한 물기가 괴어 있다.

"자네가 웬일인가?"

하고 내가 말한다.

"정채수가 죽었다고 하는데 모른 척할 수야 없지. 출타했다가 회사에 돌아오니 비서가 그러더군. 친지라고만 밝힌 사람이 정채수가 죽었다고 전화를 했다는 거야. 옛정이 울컥 치밀어 가만히 있을 수가 없었어. 난, 혹시 자네가 전화를 했나 생각했었는데 아니었군. 헌데 어쩌다가 죽었대?"

"자세히는 나도 몰라. 심장마비라고들 하지만."

나는 의사가 심장마비라고 밝혔더라도 거기에는 다른 어떤 심리적 요인이 작용했을 것이라고 말하려다가 끓는 물주전자 뚜껑을 내리누르듯 나의 충동을 지그시 눌러 버린다.

"참으로 안 되었어. 어지간히 살려고 버둥대던 친군데 말이야."

세간에서 돈을 번 자는 늘 의젓하게 행세하려고 드는 법이다. 갑석은 초상집에 오기 위해 일부러 상복을 차려 입은 듯 까만 양복에 까만 넥타이를 매고 있었는데 그는 헛기침을 한 번 하고 나서, 내 손을 잡았다 놓은 손으로 넥타이 매듭을 바로잡으려고 몇 번 흔들어 본다.

"저 친구들 낯이 익은데?"

그는 유리문턱을 넘어 안으로 들어오면서 화투에 열중하고 있는 무리를 턱으로 가리킨다.

"국민학교 동창들이야."

"여전하군!" 그는 반가워서인지 아니면 경멸을 표시하기 위해서인지 알 수 없는 묘한 웃음을 입가에 흘리며 중얼거린다.

"야, 장사꾼들아, 여기 귀한 나으리께서 행차하셨다!"

나는 음흉스런 의도를 지니고 말하지만 갑석이나 그들은 아부하는 말로 들은지도 모르겠다. 그들이 더러는 화투패를 손아귀에 거머쥐고 더러는 옆에 놓은 채 자리에서 우루루 일어선다. 오, 이갑석, 이갑석, 오랜만이다. 멀끔해졌구먼. 신수가 훤해졌어! 갑석은 그들에게 웃음으로 대하며 한바탕 악수를 나누고 나서 말한다.

"화투를 돌리고 있었군. 내 채수에게 잘 가라구 절을 하고 냉큼 나올 테니까 그땐 나도 좀 끼어 주라구."

"여부가 있나? 어서 갔다 와. 재벌 사장 좀 울궈먹어 보자."

지물포 주인이 만만하게 말하자, "암, 그래야지" 하고 푸줏간, 신발가게, 세탁소, 통닭집 주인들이 이구동성으로 맞장구 친다. 상인들이란 할 수 없어. 돈푼깨나 있는 사람을 만나면 괜히 흥분하는 습성을 드러내 보이니 말이다. 물건을 파는 사람들에겐 돈 있는 자는 최상의 고객임에 틀림없지만 또 대체로 최악의 실망을 안겨 주는 사람인 것이다. 그들은 매번 배반감을 맛보고 있음에도 불구하고 그 사실을 순간적으로 깜빡 잊고 많은 물건을 팔아 줄 것이라는 기대감을 버리지 못한다. 어림도 없지, 이갑석이 자네들에게 호락호락 돈을 잃어 줄 것으로 믿나? 하고 나는 중얼거리며 도리질을 한다. 갑석이 안채로 통하는 나지막하고 좁은 쪽문 안으로 사라지고 나서 얼마 안 되어 "어이, 어이" 하는 그의 천연덕스런 곡성이 독경 소리에 섞여 들려온다. 여자의 애끓는 울음소리가 뒤를 잇는다. 어이, 어이, 오오, 오어, 어이, 호억, 어이, 어윽. 사리불이여, 어떤 사람이 아미타불의 세계에 가서 나기를 이미 발원하였거나 지금 발원하거나 혹은 장차 발원한다면 그는 바른 깨달음에서 물러나지 않고 그 세계에 벌써 났거나 지금 나거나 혹은 장차 날 것이다. 그러므로 신심이 있는 선남자 선여인은 마땅히 극락세계에 가서 나기를 발원해야 할 것이다. 남녀의 곡성이 멈추고 이어 갑석이 좁은 쪽문을 통해 양복점 안으로 들어온다. 나는 눈물로 벌겋게 충혈된 그의 두 눈을 보지만 조금도 슬픔의 표정을 읽을 수 없다.

"심장병이란 몹쓸 병이야. 하긴 그건 채수의 지병이었어. 그 친구, 어려서부터 심장이 약했었으니까."

하고 그는 네게 말을 건넨다.

"왜 자넨 화투판에 끼지 않나? 밤을 새우려면 이것처럼 좋은 땜질은 없지."

그는 내 대답은 필요 없다는 듯이 그들을 환영하는 무리 속으로 한바탕 기염을 토하며 끼어든다. 나는 그들에게 등을 돌리고 아까처럼 재봉틀 앞에 똑바로 앉는다. 나는 구두 한 짝을 벗고 구두를 벗은 발을 재봉틀 발판 위에 올려놓고 뒤꿈치에 힘을 가한다. 줄이 벗겨진 바퀴는 부드럽게 구른다.

나는 유리문 밖 저 바위산 위 먹장 어둠 속에 장승처럼 서 있을 선바위 쪽을 응시하고 있지만 내 온 신경은 소리에 집중되어 있다. 사리불이여, 사리불이여! 그때 나는 또 하나의 소리가 내 의식 속으로 파고드는 것을 느낀다. 그것은 내 등 뒤 벽에 걸려 있는 낡은 괘종시계가 내는 음울하고 둔탁한 음향이었다. 댕, 하나, 댕, 둘 댕 셋……. 그것은 이미 열다섯 번 이상을 치고도 아직도 멀었다는 듯이 울리고 있다.

나는 후딱 고개를 돌려 괘종시계를 바라본다. 시계와 시의 분침은 어김없는 10시를 가리키고 있다. 내 손목시계도 10시다. 분침이 움직인다. 1분, 2분, 괘종은 이미 서른 번 이상을 울렸다. 도대체 몇 번을 칠 것인가. 내 머릿속에는 걷잡을 수 없는 혼돈의 잿빛 티끌이 쌓여 하나의 구체(球體)를 이룬다. 티끌 속에는 시퍼런 칼날을 밟고 춤을 추는 무당의 모습이 어른거리는 것도 같고 스님의 펄럭이는 장삼 깃이 보이는 것도 같다. 아니, 그것은 빛도 말도 없던 태초의 암흑일까. 그 암흑이 내 육체 안에 존재하는 것이 아니라 내가 그 암흑 속에 있는 것일까. 나는 다른 한쪽 구두마저 벗는다. 재봉틀 위에 나의 두 발이 올려져 놓여 있고 무당이 시퍼런 칼날을 밟듯이 발 재봉틀의 발판을 마구 구른다. 괘종은 지쳐 버렸는지 더 이상 울리지 않는다.

"채수라는 친구, 어지간했어. 고장난 시계를 고칠 생각도 하지 않았으니……."

갑석이 그렇게 말한 것도 같다. 그렇다면 그가 괘종시계의 추를 멈춰 세웠는지 모른다. 돌려라, 돌려, 바퀴를. 바퀴는 힘을 얻어 회전속도가 빨라지기 시작한다. 굴러라, 굴러, 바퀴야. 바퀴는 휙휙 바람을 일으키며 구른다. 이제는 발에 힘을 가하지 않아도 저절로 구른다. 나는 열려진 유리 출입문 밖의 어둠 속으로 재봉틀을 타고 달려나가는 듯한 착각에 사로잡힌다. 이것은 흙먼지를 일으키며 달리는 수레 바퀴와도 흡사해.

"황소야, 달려라!"

갑석은 저만치 무악재 그늘 밑에 고단한 몸을 눕히고 코를 골며 잠을 자고 있는 주인 몰래 소달구지의 머리를 반대 방향으로 돌리고 나서 채수와 나를 어서 달구지에 타라고 강압적으로 채근한 뒤, 회심의 일갈을 하며 소의 등줄기에 채찍을 후려쳤다.

"달려라, 달려!"

낯선 소년의 매몰찬 채찍질에 놀란 소가 뒷발을 구르며 무악재 언덕 아래 영천 전차 종점을 향해 뛰기 시작했다. 우리의 키만큼 높은 커다란 달구지 바퀴가 덜커덕 덜커덕대며 붉은 흙먼지를 일으키면서 굴렀다. 내 머리통은 물론 뱃속의 내장까지 제각기 놀며 흔들렸다. 채수와 나는 달구지에서 떨어지지 않으려고 팔뚝만한 굵기의 통나무로 얼기설기 달구지의 가를 따라 얽어 놓은 막대를 피멍이 맺히도록 꽉 움켜잡았다. 채수는 검정색 책보자기를 허리 에 질끈 동여맨 채 두려움으로 덜덜 떨고 있었다. 잠에서 깨어난 달구지 주인이 꿈인지 생시인지 분간할 수 없는 듯 손등으로 두 눈을 비비며 달아나는 달구지를 바라보고 있다가 급기야 팔을 휘저으며 뒤뚱뒤뚱 뛰어오는 모습이 보였다.

"소도둑 잡아라!"

갑석은 소도둑으로 몰린 엄연한 현실 따위는 상관하지 않고 뒤로 고개를 돌려 채수를 향해 낄낄 웃었다.

"채수야, 편하지? 숨을 헐떡거리지 않아도 집 근처까지 단숨에 갈 수 있으니 얼마나 좋으냐? 만중아. 넌 어때, 꼽살이로 얻어 탄 재미가? 이게 다 나처럼 의협심이 강한 아이를 친구로 둔 덕분이라구,

하, 하, 하."

갑석은 채수와 나보다 두 살이 위였다. 그러므로 그가 심장이 약해서 이따금 숨이 차 고통스러워하는 채수를 위하여 어떤 수단을 강구하는 것을 스스로 의협심이라고 말할 때 나는 그 낱말이 그런 경우에 쓰는가 보다라고 믿고 말았다. 그날 하학길에서 채수는 얼굴이 핼쓱하게 질려서 가슴을 움켜쥐었고, 마침 무악재 마루턱에 쉬고 있는 소달구지가 갑석의 눈에 띄었으며, 그 때문에 그가 의협심을 발동할 기회를 얻게 되었던 것이다.

우리보다 앞서 가던 하학길의 아이들이 미친 듯이 달려 내려가던 달구지의 위세에 놀라 길을 비켜 섰고, 그것을 몰고 있는 아이와 거기에 타고 있던 두 명의 아이가 알 만한 얼굴들이어서 걸음을 멈추고 놀란 얼굴로 입을 딱 벌린 모습으로 지켜보자, 갑석은 의기양양하여 손을 흔들었다.

"소도둑 잡아라!"

흙먼지가 불길처럼 일어나는 꽁무니 저쪽에서 달구지의 임자가 팔자 걸음으로 뛰며 따라오는 모습이 때때로 드러났으나 좀처럼 거리는 줄어들지 않았다. 임자는 아침 새벽에 장작을 싣고 무악재를 넘어와 시내로 들어가 장작을 돈과 바꾼 뒤, 다시 무악재를 넘다가 변을 당한 것임이 분명했다. 그가 장작을 실었었다는 것은 달구지 바닥에 떨어져 있던 소나무 껍질로 미루어 보아서 알 수 있었다. 나는 붙잡혀 도둑으로 몰려 파출소로 끌려가기보다는 달구지를 버리고 도망치고 싶은 충동에 사로잡혀 있었다. 나는 달리는 달구지 위에서지만 넉넉히 뛰어내릴 자신이 있었다. 그러나 그것은 채수에 대한 의리가 아니라고 생각했다. 도둑이 되려면 다 같이 도둑이 되어야 한다는 것이 나의 생각이었다. 그렇다고 다 같이 달구지를 버리고 도망칠 수도 없었다. 채수는 뜀박질에 약해서 금방 달구지 임자에게 붙잡히고 말 것이 뻔했다. 나는 채수의 얼굴을 바라보았다. 그는 거의 울상이 되어서, 달리는 것에 대한 두려움과 도둑으로 몰리는 것에 대한 불안감으로부터 벗어나게 해달라고 간청하는 듯이 보였다. 그러나 우리의 심정이야 어떻든 갑석은 자기 고집대로 쇠불기에 채찍을 휘둘렀다. 소는 게거품을 뿌리며 머리를 좌우로 휘저으면서 뛰었다.

오른쪽 둔덕 위에는 푸른 수의를 입은 일단의 죄수들이, 중국인들이 물건을 져 나를 때처럼, 부러질 듯 휘이는 가로대 나무를 한쪽 어깨에 올려놓고 그 앞뒤 끝에 각기 분뇨통을 하나씩 매달고 일렬로 서서 분뇨를 뿌릴 채마밭으로 겅중겅중 뛰듯 가고 있었다. 그러나 달리는 달구지 위에서 눈길을 고정시키지 않고 보니까 마치 그들이 푸른 칠을 한 하나의 길다란 담벽처럼 보였다. 내게 갑자기 저 죄수들처럼 될는지 몰라 하는 불안감이 엄습해 왔다. 나는 무악재 고개 너머에 있는 학교를 오고 갈 때 비나 눈이 오지 않는 날이면 거의 하루도 빠짐없이 푸른 옷을 입은 죄수들을 보아 왔다. 그들은 분뇨통을 짊어지고 다니지 않을 때에는, 밭에 앉아서 꾸물꾸물 무엇인가 일들을 하고 있었다. 그들은 어느 날에는 무악재를 넘어 홍제동까지 가서 들일을 하고 돌아왔다. 나는 날마다 보는 얼굴들 중에서 전에 본 적이 있는 낯익은 얼굴을 볼 수 없었다. 날마다 다른 얼굴들을 보면서 나는 세상에 죄를 지은 사람들이 무척이나 많구나 생각했다. 그러니까 누구든지 저 형무소의 붉은 벽돌담 안으로 붙잡혀 들어갈 가능성은 있는 것이었다. 나라고 예외는 아니었다. 나는 전쟁이 나던 해의 어느 우중충하게 하늘이 흐리던 날, 인민군들이 탱크를 몰고 와서 죄수들을 모두 풀어 내보낸 텅 빈 형무소 안을 들어가 본 적이 있었다. 쇠창살과 정적에 묻힌 긴 복도, 송장이 썩어 가는 듯한 고약한 냄새가 코를 찌르던 그 복도 바닥에 뒹굴어 있던 수갑과 밥통들, 갑석이 저기가 사형장이라고 으시대며 손가락으로 가리키던 을씨년스런 공터, 어느 사무실 벽에 그때까지 온전히 걸려 있던 태극기와 이승만 대통령의 사진, 그 맞은편 벽에 어떤 호사가가 모시듯 보기 좋게 걸어 놓은 일본도, 붉은 건물 모퉁이에 걸레처럼 구겨져 버려진 간수복과 짓밟힌 냄비처럼 납짝해진 간수모, 부숴진 문짝들……. 아마도 그후 며칠 동안만 형무소 죄수가 없었을 것이다. 폭력범과 잡범들마저 인민의 영웅이 되어 풀려난 뒤로 인민의 배신자와 압박자들이 형무소의 죄수가 되어 들어갔다. 그래서 형무소에는 늘 죄수들이 있었다.

달구지가 분뇨통을 진 죄수들을 뒤로 하면서 곧 엿방동네에 이르렀다. 엿방동네를 지날 때면 늘 등줄기에 붙은 창자가 더욱 허기져 했다. 엿방동네에서는 달콤한 냄새가 났다. 엿방동네 길 양가에서는 사람들이 파쇠나 깨진 유리병이나 못 쓰게 된 신문지나 잡지들을 리어카에서 들어내 대형 앉은저울이 자리잡고 있는 공터에 부리는가 하면, 리어카 목판 위에 쟁반만한 검은 엿이랑 어린아이 팔뚝만한 밀가루 묻힌 흰 가래엿이랑 손가락 굵기의 깨엿과 엿치기하기 좋은 작은 가래엿 따위를 목판에 싣고는 했다. 열려진 엿공장 문 안으로 가마솥 밑 화덕에서 이글거리는 시뻘건 불길이 보였고 함석지붕 위로 높이 솟아오른 굴뚝들 위로 검거나 흰 연기가 피어 올랐다. 어느 엿공장의 함석추녀 밑에서는 하얀 김이 무럭무럭 솟아 나오기도 했다. 우리는 하학길에, 그런 기적이란 한 번도 일어나지 않았으나, 혹시 마음씨 좋은 엿장수나 공장 사람이 가위로 엿갈래를 뚝 잘라 한 조각 주지 않을까 엿동네를 지날 때마다 머무적거리며 시간을 보냈었다. 그러나 그날 달구지 위에 있는 우리는 달콤한 냄새를 오래 간직하려고 크게 숨을 한 번 들이마셨을 뿐, 순식간에 엿동네를 지나치고 말았다.

"소도둑놈들 잡아라!"

소달구지 임자는 지칠 줄 모르고 따라왔으나 달구지를 잡으려고 용감하게 앞으로 나서는 사람은 없었다. 마주 달려오던 군용 트럭도 달구지를 피해 갔을 정도였으니까.

달구지는 형무관학교 축대가 보이는 영천 전차 종점을 지나쳐 달렸다. 전쟁 이후 전차는 영천까지 오지 않았고 전찻길은 녹슬어 있었다. 종점 일대는 형무소와 형무관학교와 그 건너편 채수네 집이 있는 곳부터 나의 집이 있던 선바위절에 이르는 동네와 영천 시장 쪽의 파출소와 거기에 잇대어 선 몇 채의 길가 이층집들을 제외하고는 국군과 미군이 진격해 오고 인민군이 목숨 걸고 저항하던 날 오후에 포탄으로 쑥대밭이 되어 삭막한 폐허로 변해 버렸다. 보이는 것이라고는 무너지다 만 시꺼멓게 그을은 집벽들과 언덕 위로 뻗은 돌층계들, 그 사이사이로 그악스럽게 자라나고 있는 명아주 풀포기들, 그리고 파출소 건너편에 자리잡고 있던 거대한 양잠소 공장의 우그러진 형해뿐이었다.

달구지는 전찻길 복판을 달렸다. 파출소가 시야에 들어왔다.

"집으로 가는 골목길 앞을 벌써 지나쳤어."

내가 갑석의 등을 향해 소리쳤다.

"저 촌아저씨가 계속 쫓아오니 어떡해?"

갑석이 아무렇지도 않은 듯이 뒤를 돌아보고 히쭉 웃었다.

"그렇지만 걱정하지 마. 파출소 앞에 닿기 전에 달구지를 세울 테니까."

그는 정말 달구지를 세우려고 고삐를 잡아당겼다. 그러나 어떻게 된 노릇인지 소는 아픔도 모른 채 여전히 뛰었다. 파출소 앞에는 다행히 총을 맨 보초 순경이 보이지 않았고 순경이 뒤따라 나오는 기색도 없었다. 당분간 쫓고 쫓기는 경주가 계속될 것 같았는데 웬일인지 소가 제풀에 전찻길 한복판에 서고 말았다. 우리는 지체없이 달구지에서 뛰어내렸다. 채수와 내가 어디로 도망쳐야 할는지 잠시 허둥대고 있으려니까 벌써 저만치 앞서 내닫고 있던 갑석이 소리쳤다.

"야. 이리 와, 날 따라오란 말이야."

소달구지 임자는 헉헉 숨을 몰아쉬며 두 팔을 휘젓고 끈질기게 따라왔으므로 생각할 겨를도 없이 나는 채수의 손을 잡고 갑석을 뒤쫓아 뛰었다. 그때 우리 눈앞에 다가온 것은 주위에서는 가장 높은 건조물이랄 수 있는 독립문이었다. 이미 갑석은 아치형으로 된 독립문의 관문 아래서 우리를 기다리고 있었다. 우리는 낮은 철책을 넘어 잡초가 무성히 자란 좁은 풀밭을 지나 총탄에 무수히 상채기가 나고 마마 자국처럼 얽은 돌보는 사람 없이 버려진 독립문의 관문 안으로 들어섰다.

"독립문에 숨는 거야."

갑석이 관문 한쪽 돌벽에 사람이 하나 겨우 드나들 수 있게 나 있는 구멍을 가리켰다. 그것은 독립문 위로 올라갈 수 있도록 만든 엄연한 출입구였으나 문짝을 누군가 떼어 가 버려 마치 동굴의 입구처럼 시커먼 아가리를 벌리고 있었던 것이다.

"이 안에는 백 년 묵은 구렁이가 지키고 있다던데?"

채수가 왼손으로 가슴께의 옷자락을 움켜쥐고 창백한 얼굴을 들어 겁먹은 목소리로 말했다.

"야, 그건 거짓말이야. 백 년 묵은 구렁이라구? 독립문을 세운 지도 백 년이 안 되는데? 전에 구렁이가 있었다고 해도 난리통에 어디론가 달아나 버렸을 거야. 너, 못 봤어? 인민군이 들어왔을 때 저 꼭대기에 김일성 만세라고 써 붙였던 것 말이야. 또 작년까지만 해도 어땠니? 대한민국 만세 멸공통일이라고 써 붙여 있지 않았느냔 말이야. 그 커다란 헝겊을 걸려면 이 구멍으로 들어가지 않으면 안 된다구. 구렁이가 지키고 있었다면 어떻게 걸 수 있었겠니? 구렁이가 있다는 건 거짓말이야. 자, 어서 날 따라 들어와."

갑석의 설득력 있는 말에도 불구하고 나 역시 독립문의 수호신이라는 구렁이에 대한 소문의 환상을 떨쳐 버리지 못했으나, 뒤를 돌아다보았더니 그 임자는 길가에 버려진 소달구지를 거들떠 보지도 않고 길 한복판에 버려둔 채 우리 쪽으로 뛰어오고 있었고 그 거리가 너무 가까웠기 때문에 달리 도망갈 곳도 없는 듯이 보여 별수없이 그 구멍 안으로 발을 들여 놓고 말았다. 그러자 채수가 놓치면 죽기나 하는 듯이 찰싹 매달렸다.

"돌계단이니까 조심해서 올라와."

갑석의 목소리가 굉장히 멀리 있는 듯 길게 울려 왔다. 돌계단은 나선형으로 되어 있었기 때문에 조금 올라가자 갑자기 출입구로부터 흘러드는 빛줄기가 차단되고 우리는 먹물을 끼얹은 것 같은 암흑 속에 갇혔다. 나는 한 손으로는 채수의 손을 잡고 다른 손으로는 음습한 돌벽을 더듬으며 한 걸음 한 걸음 올라가면서, 어딘가 똬리를 틀고 웅크리고 앉아 있을 구렁이가 천천히 긴 몸뚱이를 풀고 나의 목덜미를 휘어감을는지도 모른다는 생각에 사로잡혀 잔뜩 목을 도사렸다. 채수는 아무 말도 하지 않았다. 그러나 나는 그가 무서워하고 있다는 것을 나의 손에 전해 오는 경련하듯 흠칠거리는 떨림으로 알 수가 있었다.

"구렁이는 없는 것 같아. 너무 무서워하지 말라구."

내가 말했으나 그는 침을 한 번 꿀꺽 삼켰을 뿐 여전히 침묵을 지켰다. 그때였다.

"이놈들!" 하는 외침 소리가 깜깜한 돌계단 벽에 울려 퍼졌다. 채수와 나는 그 순간에 심장마저 얼어붙는 듯 화들짝 놀라 꼼짝 못하고 그 자리에 딱 멈춰서고 말았다. 나는 돌벽 어딘가 구렁이 집에 숨어 있던 구렁이가 사람으로 둔갑하여 소리 지르는 줄로 알았다.

"이 소도둑놈들! 내, 네놈들이 그 속에 숨어 있는 거 다 알아. 어서 썩 나와!"

참으로 끈질긴 아저씨야, 나는 그 소리의 주인이 구렁이가 아니란 것에 숨을 몰아쉬었다. 그와 거의 때를 같이하여 나무 토막처럼 굳어져 있던 채수의 몸이 스르르 풀어지며 내 가날픈 허리에 기대며 늘어졌다.

"채수야, 왜 그래?"

나는 놀라서 그의 어깨를 흔들었다. 그러나 그는 쌕쌕 숨을 단속적으로 몰아쉴 뿐 아무 말도 하지 못했다. 나는 큰일났다 싶어 그의 겨드랑이에 팔을 끼고 정신없이 돌계단 위로 끌어올렸으나 척 늘어진 그의 몸은 천 근 쇳덩어리처럼 무거웠다.

"갑석아!"

나는 소달구지 임자가 듣지 못하도록 작은 목소리로 갑석의 도움을 청했다. 그러나 갑석을 벌써 꼭대기까지 다 올라갔는지 아무런 응답도 없었다. 내 이마와 등줄기에서 땀이 솟았다. 구렁이에 대한 환영은 사라지고 없었다. 내 몸은 금세 땀으로 흠빽 젖어 버렸다. 그러나 나는 한 걸음 한 걸음 채수의 늘어진 몸을 끌고 위로 올라갔다. 마침내 한 줄기의 빛이 위에서부터 쏟아져 들어왔다.

무슨 생각을 했는지 소달구지 임자는 우리를 따라 올라오지 않았으며 우리를 협박하는 그 어떤 외침 소리도 들려 오지 않았다.

나는 갑석의 도움을 받아 채수를 독립문 꼭대기 돌바닥에 눕혔다.
"야, 갑석아, 이 일을 어떻게 하면 좋으냐?"
나는 죽은 듯이 눈을 감고 있는 채수의 얼굴을 내려다보며 말했다.
"걱정 마, 조금 있으면 깨어날 거야."
그러나 채수가 죽을는지도 모른다는 공포심에 사로잡혀 있기는 그도 나와 마찬가지였다. 그는 채수의 광목 셔츠의 단추를 풀어 헤치고 앙상한 가슴을 두 손으로 쓰다듬기도 하고 양 볼따구니를 바꿔 가며 탁탁 때려 보기도 했다.
"만약에 채수가 죽더라도……."
하고 갑석은 잠시 말을 끊고 나를 쳐다보고 나서 조금은 비장기를 품으며 말했다.
"아무 데서나 죽기보다는 독립문 위에서 죽는 것은 영광스러운 일이야."
나는 얼른 그가 말하는 의미를 알아챌 수 없었으나 그다운 말이라고 생각했다. 채수가 눈을 뜬 것은 그때였다.
"난, 죽지 않아. 가슴이 좀 답답했을 뿐이지."
채수가 말했다.
"그럼, 그럼. 넌, 죽지 않아. 만중아, 내 뭐랬니? 채수는 곧 깨어날 꺼라고 했지? 자, 자, 일어나."
갑석이 등에 손을 넣어 채수를 일으켜 세웠다.
"보라구. 여기선 우리 동네가 한눈에 다 잘 보여. 왜 생각 안 나니? 인민군들이 여기다 고사포를 걸어 놓았던 거 말이야. 이 근처에서는 여기가 가장 높기 때문이었다구."
우리는 갑석을 따라 난간 기둥이 서 있는 곳으로 다가갔다. 정말 독립문 꼭대기에서는 모든 것이 잘 보였다. 전차의 도르레가 닿아 돌아가게 되어 있던 굵은 전선줄이며 안산과 인왕산이며 형무소의 감시탑과 양잠소의 타다 남은 건물들과 휘어진 철주들이며 무악재 고개며 개천가를 따라 길다랗게 좌판들을 벌인 영천시장의 장사꾼들이며 폐허 위에 듬성듬성 상처 딱지처럼 붙어 있는 판잣집이며 천연동 활터며 멀리 서대문의 적십자병원 건물 따위가 모두 훤히 보였다.

"저기, 봐라, 전차 종점에……."

갑석이 가리키는 곳에 그 소달구지 임자가 달구지를 끌며 터덜터덜 무악재 고개를 향해 걸어 가고 있는 모습이 눈에 띄었다.

"우린 나쁜 짓을 했어"

채수가 말했다.

"다아 너 때문이야. 난 네가 걷기에 숨차하니까 마음에 안 되어서 그 짓을 한 거야. 그렇지만, 잊어버리자. 덕택에 독립문 꼭대기에 올라왔으니까."

갑석이 말했다.

우리는 우리를 끈질기게 따라왔던 소달구지 임자가 돌아가는 것을 눈으로 확인했으므로 갑석의 말대로 독립문 꼭대기에 올라온 사실을 즐기기 시작했다.

"야, 만중아. 선바위절에 느이 집이 보인다. 전차 종점 골목 안의 채수네 집도 보이구. 만중아, 니 꼰대는 지금쯤 목탁을 두드리고 있겠지? 채수 꼰대는 재봉틀 바퀴를 돌릴꺼구."

갑석의 말투에는 야비한 데가 없지 않았으나 늘 그래 왔으므로 우리는 아무렇지도 않게 생각했다. 아버지는 대처승이었다. 난 아버지를 날 낳은 사람으로만 생각했지 아버지를 존경하지 않았다. 나는 스님이란 고고하게 혼자 살아야지 여자를 거느리는 스님은 가짜 중이라고 여겨 왔다. 나는 내 이름에 대해서도 불만스러웠다. 아이들이 내 이름을 가지고 아버지의 직업과 결부시켜 놀려댔기 때문이었다.

"만중이, 천중이, 백중이, 씹중이, 선바위 밑에 돌중이, 선바위 밑에 앉아서 불두덩이나 박박 긁어라" 하고 놀려댈 때면 아이들을 욕하기보다는 아버지를 원망스러워했다. 그러므로 갑석이 지금쯤 네 아버지는 목탁을 두드리고 있을 것이라고 말했어도 조금도 화가 나지 않았다. 그러나 나는 갑석만큼 야비해질 필요를 느꼈다. 나는 반대쪽 난간으로 뛰어가 소리쳤다.

"저기 봐라. 영천 시장 귀퉁이에, 갑석이네 술집도 보인다! 지금쯤 갑석이 엄마는 어떤 꼰대와 젓가락 장단을 맞추고 있을지도 몰라."

"이히히히이. 만중이, 너 제법이야. 그런 말도 다 할 줄 알구. 넌, 우등생이지만 나하구 어울릴 자격이 충분히 있어. 그래 엄마는 젓가락을 두드리며 진주라 천릿길을 부르고 있을지도 모르지. 선바위절 돌중이와 어울려서. 아니, 아니, 재봉틀 공장 사장인 미란이 아버지일지도 모르겠군."

갑석이 내 어깨를 치며 낄낄 웃었다. 선바위절 돌중이는 물론 아버지를 가리키는 것이었고 재봉틀 공장 사장이란 비좁고 허름한 그의 공장에서 재봉틀 부속품을 만들어내는 사람으로 이따금 채수의 아버지와 어울릴 때도 있었다. 그의 딸 미란은 우리와 같은 반이었고, 갑석이가 꽁무니를 따라다니며 지분거릴 만큼 얼굴이 예쁘장한 계집애였다.

"그래 뵈도 우리 엄마는 동네 유지하고만 친하게 지낸다구" 하고 갑석이 덧붙였는데 그다지 듣기 싫지는 않았다. 우리는 좋든 나쁘든 직접 간접으로 서로 얽혀 있는 족속이라는 유대감을 불러일으켰기 때문이었다. 그리하여 우리는 남산 언저리 하늘에서 시꺼먼 구름이 군마처럼 몰려오며 번개가 번쩍거리고 천둥이 치면서 마침내 빗줄기가 쏟아 붓기 시작하던 그날 저녁때까지 독립문 꼭대기에서 노닥거렸다.

"노래를 부르자, 노래를 불러!"

빗줄기가 우리의 몸을 금방 흠뻑 적시고 말았는데 그때까지 생기를 잃고 있던 채수가 힘이 솟아서 소리쳤다. 기미년 삼월 일일 정오 터지자 밀물 같은 대한독립 만세 태극기 곳곳마다 삼천만이 하나로…… 채수가 씩씩하게 목청을 돋우어 선창하자 갑석과 나도 따라 불렀다. 우리는 물에 빠진 생쥐꼴이었으나 한 줄로 서서 발을 구르며 주먹을 휘두르며 열광적으로 고래고래 노래를 부르면서 독립문 꼭대기의 좁은 공간을 맴돌았다.

의식이 짙은 안개 속을 헤매며 갈 곳 몰라 방황할지라도 빛의 부재를 노여워할 것은 없다. 영원한 것은 의식이며 안개의 배경인 우주이지 안개 자체는 아니다. 안개는 사라질 것이다. 그리고 소멸하는 것은 시간이다.

"비가 오는데 감기 들겠어. 그만 자고 우리와 함께 한잔 꺾으러 나가자구."

푸줏간 주인이 내 등을 가볍게 두드린다. 나는 잠을 자지 않았으므로 그것을 또렷하게 자각한다. 내 두 발은 재봉틀 발판 위에 올려져 있으나 바퀴의 회전은 오래 전부터 정지되어 있다. 나는 내가 깔고 있는 나무의자를 뒤로 조금 물리고 그를 돌아본다. 나를 내려다보고 있는 친구는 그만이 아니다. 지물포 주인, 세탁소 주인, 통닭집 주인, 신발가게 주인과 갑석이 나를 둘러싸고 있다.

"이 친구들 실력이 형편없더군. 내가 다 긁어 모았어. 친구들에게서 딴 돈, 인 마이 포켓 할 수도 없고 술값으로나 써야지. 열두 시야. 술집 문 닫기 전에 어서 일어나."

하고 갑석이 내 팔을 잡아 일으키려고 한다. 그래, 결국은 그렇게 되고 말 일이다. 다섯 명의 영천 시장 상인들은 갑석이 하나를 당해내지 못한다.

"채수가 저 뜰 건너 안방에 누워 있어."

나는 갑석의 손을 뿌리치며 괘종시계를 바라본다. 시계는 10시 8분. 날이 밝으면 채수도 그가 태어났던 집을 떠날 것이다.

"그걸 누가 모르나? 하지만 우리가 언제 또 한자리에 모이겠어? 한 두어 시간 회포라도 풀어 보자 이거야. 그리고 돌아와서 또 문상객 노릇을 하면 될 게 아닌가. 안 그래?"

갑석이 친구들을 둘러보며 동의를 구하자 모두들 고개를 끄덕거린다.

"만중이가 별로 맘이 내키지 않는 모양인데, 우리를 대표해서 여기 남아 있으라고 하는 것도 나쁠 것 같지는 않은데?"

하고 푸줏간 주인이 내가 술집에 가기 싫다는 구차한 변명을 늘어놓으며 자리를 지켜야 한다는 도덕성을 중뿔나게 주장하지 않아도 좋도록 훌륭한 제안을 하니까, 이구동성으로 그렇게 하자고 하며 양복점을 나간다.

"졸리면 의자에 앉아 졸지 말고 재단대 위에 올라가 눈을 붙이라구. 멋진 침대가 될 꺼야."

세탁소 주인이 비가 추적추적 내리는 어둠 속에서 소리친다. 그들의 쫓기듯 멀어져 가는 발짝 소리들이 사라지자 추녀 끝에 드는 궁상맞은 빗소리와 여전히 안뜰을 건너오는 독경 외는 소리뿐, 사방은 파장 뒤처럼 고즈넉하다. 나는 다시금 독경 소리에 귀를 기울인다. 저 스님은 아미타경을 몇 번이나 되뇌이고 있는 것일까.

우사리불 피불국토 상작천악 황금위지 주야육시 우천만다라화 기토중생 상이청단 각이의극 성중묘화 공양타방십만억불 즉이식시 환도본국 반식경행…….

사리불이여, 또 저 불국토에는 항상 천상의 음악이 연주되고, 대지는 황금색으로 빛나고 있다. 그리고 밤낮으로 천상의 만다라 꽃비가 내린다. 그 불국토의 중생들은 이른 아침마다 바구니에 여러 가지 아름다운 꽃을 담아 가지고 다른 세계로 다니면서 십만억 부처님께 공양하고, 조반 전에 돌아와 식사를 마치고 산책한다.

나는 가만히 귀 기울이면서 나도 모르게 경이로움과 황홀감에 도취하여 몸을 부르르 떤다. 낭랑하고 유장한 스님의 목소리와 청정한 목탁 소리 사이로 이따금 간헐적으로 우는 새소리를 들은 것이다. 삐삐 뱌르르르 뱌뱌 삐르르르. 가만히 귀 기울이지 않으면 빗소리 속으로 스러져 버릴 것 같은 가녀리고도 아련한 새소리. 적막한 심산유곡이 아니면 저승에서나 들을 수 있는 소리다. 환청일까. 그러나 새소리는 끊임없이 내 귓바퀴에 맴돈다. 나는 티끌 가운데 있으나 겁이 나지는 않았다. 영원 속에 존재한다는 것은 그 자체로도 기쁜 일이다. 나는 혼돈을 가중시킬 하나의 짓궂은 술책이 떠올라 의자에서 일어나 의자를 들어서 괘종시계 밑에 갖다 놓고 그 위에 올라서서 분침을 돌린다. 1, 2, 3, 4…… 분침이 돌아가고 드디어 12에 이르자 끊임없는 타종이 시작된다. 나는 다시금 1에서 12까지 분침을 돌린다. 그리하여 타종은 계속된다. 댕, 댕, 댕, 댕. 그래, 시계추를 움직이게 하자. 시계추를! 나는 시계추를 건드려 움직여 놓는다.

"고장이 난 시계예요. 어찌해 볼 도리가 없지요."

여자의 목소리가 등 뒤에서 들린다. 나는 종아리에 불을 달군 인두가 닿은 듯 화들짝 놀라서 의자에서 떨어지지만 다행이 넘어지지는 않는다. 장미란은 소복을 입고 머리에 조그맣고 흰 베일을 꽂고 있다. 나는 그녀의 화장기가 없이 슬픔에 지친 얼굴을 바라보며 못된 장난을 치다가 들킨 아이처럼 온몸이 후끈 달아오름을 느낀다.

"시계를 고물 장수에게 주자고 했지만 그이가 막무가내로 우기며 거기에 그렇게 두었어요. 시계 괘종 소리에 신경이 쓰여서 견딜 수 없다고 제가 말하죠. 그러면 그이는 그건 시계가 나빠서가 아니라 사람이 나빠서 그렇다는 거예요. 계속해서 울리는 괘종 소리를 노랫소리로 들으면 신경이 거슬리기는커녕 평안감을 얻을 수 있다고 했지요. 만중 씨도 그렇게 들어 보도록 노력해 보세요. 그러면 신경에 거슬리지 않을 테니까요."

"조금도 신경에 거슬리지 않아요. 그저 시계가 섰길래……."

"아, 그러셨군요? 전, 혹시 만중 씨가 고장난 것을 어떻게 고쳐 보겠다고 생각하셨는 줄로 알았어요. 그런데 다른 분들은 어디 가셨지요? 밤참을 내오려고 하는데요."

"그럴 필요 없습니다. 그 친구들 잠시 어디 좀 다녀오겠다고 했어요."

"만중 씨만이라도 좀 드시겠어요?"

"아뇨, 생각 없습니다."

"그럼, 안에 들어가 눈 좀 붙이세요."

"아닙니다. 여기가 좋아요."

"고단하실 텐데."

"제 걱정일랑 마십시오."

"정말, 이렇게 와 주셔서 고마워요. 생각나세요? 제가 여기 이 좁은 공간을 얼마나 좋아했는지…….”

“생각납니다. 헌데, 그 친구에게는 누가 연락했습니까?”

“그 친구?”

“이갑석…….”

“아, 제 친정 동생이 연락한 모양이에요. 저도 그분이 오신 걸 보고는 굉장히 놀랐어요.”

미란은 잠시 채수의 죽음을 잊은 듯 콧등에 여러 가닥의 잔주름을 잡으며 소녀처럼 수줍게 미소짓는다. 그렇지, 그녀는 젊은 시절에도 콧등에 잔주름을 잡으며 웃었다. 그녀는 웃을 때에 소리를 내지 않았는데 나는 콧등의 잔주름이 소리를 대신하는 것이라고 생각했었다.

“그이가 다리를 다친 이후 아무것도 변한 게 없죠? 이 안은.”

그녀는 몸을 움직여 낡은 소파에 가볍게 허리를 기대고 등받이를 자꾸만 쓰다듬는다.

“그렇군요.”

“그이가 이젠 없다는 것만 빼고는. 그인 외형적인 변화를 무척이나 싫어한 사람이에요. 아니, 싫어했다기보다는 무관심했다고 말하는 게 옳겠군요.”

나는 그 말이 전적으로 틀린 것은 아니지만 전적으로 옳다고 생각하지는 않는다. 나는 그 생각을 고쳐 주어야 한다고 생각하지만 입에서 새어 나오는 말은 엉뚱하다.

“새소리를 들었습니까?”

“새소리?”

그녀가 고개를 가로저었다. 환청이로구나. 내 귀에 언제나 들려 오던 이명이 새소리로 변한 것인가 보다. 내가 의아한 표정을 짓는 것을 보고 그녀는 고개를 숙이고 귀를 기울인다. 빗소리와 독경 소리에 섞여 또 새소리가 가날프게 들려 온다. 삐삐 뾰르르르 뾰뾰 삐르르르.

"카세트에서 나는 소리로군요."

"카세트라니요?"

"독경 카세트요."

"그럼 스님을 모신 게 아니란 말입니까?"

"죄송해요. 모실 만한 여유가 없었어요. 친정에서 녹음기를 빌려다가…… 그이는 부처님을 믿었어요. 그건 만중 씨네 영향인지도 모르겠지만."

나는 그녀의 가슴을 아프게 할 생각은 없다. 스님을 모시지 못한 것은 나의 책임이기도 한 것이다. 나아가 채수의 죽음을 진정으로 애석해 한다면 그 애석해 하는 모든 사람의 책임이다.

"언짢게 생각지 마세요. 저 독경 소리도 듣기에 좋으니까요. 채수의 영혼은 저 저승새를 따라 극락으로 가고 있을 겁니다."

"이해를 해주시니 고마워요."

그녀가 갑자기 어깨를 들먹거리며 오열을 하기 시작하더니 와락 울음을 터뜨리고 소파 위에 얼굴을 파묻으면서 쓰러진다. 나는 그녀를 울도록 내버려 둘 것인가, 아니면 그녀를 안아 일으켜 안채로 데리고 들어가야 할 것인가 결정을 내리지 못하고 안절부절한다.

나는 두려움 때문에 효자동 광장 한복판 전찻길 위에 피를 흘리며 쓰러져 있는 채수를 빤히 바라보면서도 어떻게 해야 할는지 얼른 결정을 내리지 못했다. 나는 채수와 함께 대열의 최선두에 서 있었다. 누군가 우리의 곁에서 태극기를 흔들고 있었다. 찌뿌둥히 흐린 폼이 하늘에서는 금방이라도 비를 뿌릴 것 같았다. 성난 파도가 거대한 암벽에 부딪쳐 소용돌이치듯 젊은이들은 효자동 광장에서 무장한 인벽에 부딪쳐 뚫고 나갈 방향을 찾느라고 맴을 돌았다. 종점의 막다른 길목에도, 칠궁으로 가는 길목에도, 독재자의 저택으로 가는 언덕에도 총을 겨눈 경찰관들이 에워싸고 있었다.

내가 채수를 만난 것은 우연이었다. 그와 나는 대학교는 같았으나 대학은 달랐다. 그는 문리과대학이었고 나는 사범대학이었다. 중앙청까지만 해도 질서정연하던 대열은 효자동 종점까지 나가면서 뒤죽박죽으로 앞뒤가 바뀌고 여러 개의 소규모 집단으로 변질되었다. 그것은 경찰관들이 쏘아대는 최루탄과 소방관들이 소방차 호스로 뿌리는 물감 세례 때문이었다. 누군가 내 앞에서 태극기를 흔들며 앞으로 나갔으므로 나는 그것을 따라 무의식적으로 뛰었다. 아니, 누군가 내 뒤에서 어서 앞으로 나가라고 등을 밀었던 것 같기도 했다. 어느덧 나는 우리과 학생들과 떨어져 있었고 낯선 젊은이들과 한 집단을 이루고 있음을 깨달았다. 바리케이드는 무너졌고 소방차는 버려졌으며 경찰관들은 후퇴하여 효자동 종점은 텅 비어 있었다. 태극기가 다시금 그 텅 빈 곳을 향해 앞으로 전진했다. 나는 태극기의 방향을 따라 더 갈 수 없는 최전선까지 뛰었는데 나보다 먼저 앞장서 있던 채수가 내 손을 덥썩 잡았던 것이다.

"야, 만중아, 여기서 만났구나. 우리가 최선두야, 혁명의!"

우리는 두 손을 마주 잡고 굳게 흔들었다. 나는 솔직히 말해서 채수가 말하는 혁명의 뜻을 잘 알고 있지 못했다. 나는 혁명이라고 하면 소년 시절의 서울이 공산군에게 점령당했을 때 거리에 걸렸던 현수막이나 나붙었던 벽보에서 보았던 붉은 군대의 혁명, 그 공포의 혁명밖에는 그 어떤 것도 떠올릴 수 없었다. 그러나 채수가 국민학교 때의 어느 날 독립문 꼭대기에서 "노래를 부르자, 노래를 불러!" 하며 선창하던 그 열정으로 "우리가 최선두야, 혁명의!" 하며 흥분했을 때, 나는 부패하고 타락한 제정(帝政)을 무너뜨리기 위해 바스티유를 공격하고 절대 군주를 단두대에 보내기 위해 베르사이유로 진군했던 프랑스의 민중들을 생각해냈고 비로소 전후의 사정을 파악한 듯이 느꼈다. 나는 나보다 앞서 시대의 요청을 이해했고 그것을 몸소 해결하기 위해 행동으로 실천하고 있는, 육체적으로는 누구보다도 허약하여 그 성스러운 과업을 도무지 수행하지 못할 것 같았던 채수에 대하여 외경심을 품지 않을 수 없었다.

소용돌이치던 물결이 갑자기 봇물터지듯 독재자가 살고 있는 저택 쪽으로 파동쳐 갔다. 그것은 암벽을 향해 치솟는 파도와 같았다. 한 번 밀려가서 깨어지면 다음 파도가 암벽을 때린 뒤 깨어지고 또 밀려가고 또 깨어지고. 역사의 암벽이 무너질 찰나였다. 탕! 총성이 한 방 울렸다. 그 첫번째 총성을 들은 젊은이들은 그다지 많지 않았다. 어떠한 동요도 보이지 않은 것이 그 증거였다. 감히 총을 쏘지는 못할 것이다. 환청이 탕, 탕, 탕, 탕! 총탄이 날아왔다. 내 눈앞에서 펄럭이던 태극기가 보이지 않았다. 젊은이들은 폭탄의 파편처럼 일순간에 사방으로 쫙 흩어졌다. 나는 칠궁 정문으로 가는 길을 따라 한참 도망치다가 내 곁에 채수가 없다는 것을 알았다. 총탄이 공기를 가르며 나는 소리가 꼭 귀밑에 스쳐 가는 것 같았다. 나는 더 좁은 골목 속으로 뛰어들면서 몸을 담벽에 찰싹 붙였다. 젊은이들은 골목 속을 달리고 주택가 담을 넘어 도망치고 있었다. 나는 몸을 조심스럽게 빼고 효자동 광장 쪽을 바라보았다. 정오가 가까운 그 시각에 정적이 내려앉았다. 나는 거기 한복판 전찻길 위에 피를 흘리며 쓰러져 있는 채수의 모습을 발견했다. 자, 어떻게 할 것인가? 내가 채수를 구하러 간다면 어딘가 숨어 있던 경찰관이 나를 향해 총질을 할는지도 알 수 없었다. 그대로 모른 척 도망친다면 아비규환의 극한 상황 속에서 뻘

뿔이 도망칠 수밖에 없었다는 타인들의 이해를 얻을 수는 있겠지만 결코 나 자신을 납득시킬 수는 없을 것이다. 그것은 평생 내 가슴속에 가책으로 살아 있게 될 것이다.

나는 주위를 살피며 광장 쪽으로 떨리는 발걸음을 옮겼다. 돌진용으로 쓰던 돌멩이들이 아스팔트 길 위에 자갈밭처럼 널려 있었다. 어디를 맞았을까. 혹시 죽은 것은 아닐까. 어쩌면 지금 이 순간에도 영천의 구질스런 골목 안의 양복점에서 채수의 아버지는 재봉틀 발판을 열심히 돌리고 있을는지 알 수 없었다. 그가 아들이 총에 맞았다는 사실을 안다면……. 이 모든 것은 나의 책임이었다. 채수가 뜀박질을 못 한다는 것은 그 누구보다도 내가 더 잘 알고 있지 않은가. 광장 건너 저 멀리 삼청동으로 넘어가는 언덕 위에 최후의 저지선으로 쳤던 바리케이드가 음울한 하늘 밑에 아직도 페퍼포그에 가리어 가물가물 보였다. 경찰관들은 저들이 벌인 처참한 살육의 현장에 대하여 재빨리 수습하려고 드는 것 같지는 않았다. 그들은 책임을 회피하거나 또 다른 효과적인 음모를 꾸미기 위하여 고심하는 상관의 지시에 따라 힘을 규합하는 듯 군데군데 집결하고 있었다. 나는 결코 뛰지는 않았다. 그것은 몹시 위험하다는 것을 알고 있었기 때문이었다. 흰 와이셔츠를 입고 쓰러져 있던 한 학생이 어깨를 움켜쥐고 내가 있는 쪽으로 걸어왔다. 그러자 어딘가 숨어 있던 한 여학생이 선혈로 범벅이 된 그의 성한 쪽 겨드랑이 사이로 그녀의 어깨를 밀어넣어 그를 부축했다. 누군가 또 쓰러져 있던 젊은이를 부축하여 끌고 갔다. 나는 채수 앞에 무릎을 꿇고 앉아 다급하게 흔들었다.

"채수야. 채수!"

"아, 만중이구나. 난, 괜찮아. 다리를 좀 다쳤을 뿐이야."

채수는 고개를 모로 돌리고 숨이 가쁜 목소리로 말했다.

"넌, 피를 많이 흘렸어. 네 바짓가랑이가 온통 피투성이야. 가자, 서둘러야 돼. 또 언제 총질을 할지 모르니까. 내 등에 어서 업혀!"

나는 소방차가 뿌린 검정 물감에 젖었던 축축한 잠바를 벗어 찢어서 피가 더 이상 흐르지 않도록 허벅지를 압박하여 묶었다. 나는 그의 상체를 일으켜 그를 내 등에 업었다.

"우린, 실패한 것 같애. 경무대 안까지 들어가야 하는 건데."

채수는 무엇인가 더 말을 하려다가 말고 내 어깨 너머로 목을 늘이고 눈을 감았다. 나는 채수의 쌔근거리는 어린아이의 숨결과 같은 숨소리를 가까이 들으며 궁정동과 옥인동의 골목길을 뛰었다. 병원을 찾아 헤매는 부상자들이 여기저기 눈에 띄었다. 더러는 부축을 받으며 더러는 업혀서. 등에 업힌 젊은이들 가운데는 이미 숨이 끊어진 사람도 있었다. 도도하게 밀려가던 청순하고 정의로운 물결은 핏빛으로 물들어 더 큰 분노로 울부짖으며 더 큰 고통으로 신음하면서 되돌아 흘렀다. 채수의 절망처럼 혁명은 실패한 것일까. 나는 자꾸 그 의문을 되풀이하며 병원을 찾아 뛰었다.

병원은 만원이었다. 어떤 병원에는 의사가 도망가고 없었다. 그날 채수를 업고 뛰던 끝에 겨우 적십자 병원에 입원을 시킬 수 있었다. 다행스럽게도 그의 총상은 깊지 않았다. 총알은 왼쪽 다리의 오금을 스치고 지나갔다. 의사의 말에 따르면 3주일만 입원하면 거뜬히 나을 것이라고 했다. 그날 내가 양복점에 나쁜 소식을 가지고 갔을 때 재봉틀 바퀴를 돌리고 있던 채수의 아버지는 아무 소리도 없이 나를 따라나섰다.

"아버지, 죄송해요. 아버지 말씀대로 양복 재단 기술이나 익힐 걸 그랬어요. 없는 돈 억지로 타서 등록금 내자마자 이렇게 되어서요."

그는 병상에 누워 그의 아버지가 화를 내며 해야 할 말을 스스로

했다. 나는 놀라워하지 않을 수 없었다. 내 소견으로는 채수가 젊은 혈기로서 자신의 행동에 대한 정당성을 설명함으로써 그의 아버지에게 자식에 대한 자부심을 갖게 하려고 노력할 것으로 믿고 있었던 것이다. 그렇다면 그는 불과 몇 시간 전에 "우리가 최선두야, 혁명의!"라고 열광하던 그 열정을 그의 빈약한 가슴 어디에 누르고 있는가 의심스럽지 않을 수 없었다.

아무튼 그는 3주일 동안 병실에 누워 있었고, 그 사이에 여대 간호과에 다니고 있던 장미란이 자주 찾아왔었다. 그녀는 처음에 그녀의 아버지를 대신해서 병문안을 왔다고 했으나, 전쟁 때 보리쌀을 구하러 시골로 갔다가 행방불명이 된 채수의 어머니가 살아 있었다면 해야 할 일을 대신해 주었다. 그녀의 그에 대한 헌신은 사랑이기보다는 모성애와 같은 것이었다. 채수는 그녀가 자신에게 쏟은 정성에 대하여 열띤 사랑의 감정을 품고 내게 말하지 못해 안달이었다.

"오늘, 미란이가 왔다 갔지. 내 소변통을 치워 주었어. 그리고 어떻게 했는 줄 알아? 여기 이 볼에 입을 맞추어 주었지."

그렇게 말할 때 그의 창백하던 뺨은 방금 그녀가 그의 뺨에 입술 자국을 남기기나 한 듯이 홍조를 띠었다.

"허, 그거 기분 좋았겠다. 허지만 주의해야 할 꺼야. 갑석이가 호시탐탐 미란이를 노리고 있으니까."

"내가 그런 것쯤 모르는 줄 아니? 갑석이 어떻게 용케 알고 미란이가 와 있을 때만 문병을 온다구. 그 친구 미란이가 날 위해 궂은 일을 하려고 하면 제가 빼앗아서 대신하지. 질투 때문이란 걸 난 알아. 쓰레질도 제가 하고 밥도 제가 타 온다구. 허지만 그 친구 이걸 모르고 있더군. 그 사이에 다른 환자 모르게 미란이가 살짝 내 볼에 입을 맞춘다는 것 말이야."

그는 속삭이듯 낮은 목소리로 말하고는 했다. 그럴 때면 내게는 갑석이 측은하다는 생각이 들지 않는 것도 아니었다. 그는 우리보다 두 살이 위였고 조숙했기 때문에 국민학교 때부터 그녀를 따라다녔을 뿐만 아니라 중학교 때에도 그녀에게 사랑 편지를 전해 주기 위해서 학교에 지각하는 것조차 모르고 전차 종점 형무관학교 축대에 기대어 하염없이 그녀가 나타나기를 기다린 적도 한두 번이 아니었으니까.

채수의 퇴원 날짜가 가깝던 어느 날이었다. 그날은 나도 마침 병실에 있었는데 미란이 가방 속에서 팜플렛으로 된 학생 혁명시집을 꺼내 시 한 편을 낭독했을 때였다. 질투가 난 갑석은 시집을 나꿔채듯 빼앗아 나머지 시들을 자신이 다 읽었다. 그 돼지 멱따는 소리가 듣기 싫으니 미란에게 도로 넘겨 주라고 내가 핀잔을 주어도 그는 막무가내로 나머지 열아홉 편의 시를 모두 낭송했던 것이다.

채수는 예정대로 3주일 만에 퇴원했다. 너무 가볍게 여겼던 탓일까. 아니면 의술이 미치지 못한 탓일까. 의술에 성의가 없었던 탓일까. 불행하게도 그는 왼쪽 다리를 보일 듯 말 듯 절게 되었다. 시간이 흐르면 전처럼 온전하게 될 줄로 믿었었지만, 그렇지가 않았다. 그는 걸음을 걸을 때 구두 안창에 못이 솟아 힘차게 땅바닥을 디딜 수 없는 사람처럼 왼발을 조심스럽게 옮겼다. 원래 걷기나 뜀박질에 소질이 없는 사람처럼 그는 더욱 세심한 사람으로 변한 듯이 보였다. 그런데 그가 효자동 광장에서 총상을 입어 다리를 절게 되었다는 사실이 갑석의 웅변을 위해 좋은 소재가 되었다는 것이다. 채수가 총상을 입은 뒤 일 주일 만에 독재자가 물러나고 제 2인자의 일가가 자살로 종말을 고하자 혁명이 성공했다는 분위기가 고조되었다. 우리는 다방이나 고궁이나 서울 근교 산에 모여 다음으로 우리가 취할 길을 모색했다. 갑석은 채수와 나와는 다른 대학교의 정외과에 다니고 있었지만 우리는 갑석이 거느리고 다니는 네 명의 하급생과 더불어 일 주일에 한 번씩 만났다. 갑석은 웅변조로 외쳤다.

"우리는 혁명의 투사, 불타는 열정으로 목숨을 바쳐 산화한 영령들의 넋을 헛되이 할 수는 없습니다. 또 여기 독재자를 향해 최전선에서 돌진하다가 영예로운 총상을 입은 우리 동지 정채수 군의 혁명적 의지도 저버릴 수 없습니다. 정채수 군이 흉악한 독재자의 총탄에 맞기 직전 외친 말이 무엇인지 아십니까? '우리가 최선두야, 혁명의!' 바로 이것이었습니다. 혁명의 선봉적 실천, 이것이야말로 우리 시대가 요구하는 행동 강령입니다. 일차적 혁명이 성공한 현단계에서 우리는 다음 단계로 나아가야 합니다. 그것은 혁명의 완수라 할 수 있는 것으로, 우리의 지상과제인 통일 성업의 성취를 향한 이차적 혁명의 길입니다. 그것은 바로 조국 분단의 휴전선을 제거하는 과업입니다. 그 실천을 위해서 우리는 휴전선으로 가서 이북 학생 대표와 담판을 하고 평양으로 가서 김일성을 만나야 합니다."

갑석은 다방이나 술집 같은 곳에서도 낮은 목소리로 말하지 않았다. 오히려 그의 주장이 틀리지 않고 그러한 행동이 가능한 것처럼 여겨졌으므로 누구 한 사람 이의를 제기하는 사람은 없었다. 이미 어떤 그룹의 지도자는 평양까지 다녀왔다는 헛소문이 공공연하게 퍼져 있었다. 그 소문 속에서 갑석은 자신이 그 주인공이 되지 못했음을 매우 안타깝고 초조하게 생각하고 있었다. 우리의 소원은 통일, 꿈에도 소원은 통일, 통일이여 어서 오라. 우리는 어렸을 적에 독립문 꼭대기에서처럼 노래를 합창했다. 이제는 갑석이 언제나 선창을 했다.

그러나 채수는 갑석의 언행에 대하여 어딘가 못 미더워하는 표정이었는데, 갑석이 어머니의 이야기를 듣고 완전히 회의를 품게 되었고 갑석을 멀리하려고 들었다. 채수와 나는 어느 겨울날 저녁, 다음 모임에 대한 언질을 얻기 위해 그의 어머니가 영업을 하고 있는 막걸리 집에 들렀다. 그날 그의 어머니는 갑석이 학교에 가서 아직 돌아오지 않았다면서 돌아가겠다는 우리를 기어코 붙잡아 앉히고 빈대떡과 막걸리를 한 되 내어 놓으며 들라고 권했다.

"이젠, 다들 머리에 상투 올릴 때가 되었는데 뭐가 쑥스러운가? 나야 갑석이 등록금 대고 밥 벌어 먹자고 하는 짓이니, 가끔 자네들도 와서 술을 팔아 주면 누이 좋고 매부 좋고 그런 것 아니겠어? 자, 오늘은 내 서비스하는 것이야. 갑석이 올 때까지 천천히 들라구."

술청에 드럼통이 다섯 개 놓인 통술집이었으나, 변소로 가는 통로 옆에는 방이 하나 있어 작부도 둘이나 데려다 놓아 이른바 동네 유지들은 그 안에서 은밀히 술을 마셨다. 마침 그날은 손님이 없는지 안이 조용했다. 그래서 우리에게 관심을 기울일 수 있었던 갑석이 어머니는 날씨가 차가워질수록 총상 입은 다리가 당긴다고 내게 하는 채수의 말을 듣고 졸레졸레 우리에게 다가와서 날김치 한 접시를 더 놓고 가면서 수다를 떨었다.

"매사 자기 몸은 자기가 알아서 건사해야 하는 법이네. 그래 어쩌자고 총알비 속으로 들어갔담? 참으로 안된 얘기지만서두 갑석이는 그날 어디 있었는지 아나?"

나는 이따금 그 점에 대해서 궁금히 여긴 적이 있었으나, 그의 학교 학생들과 함께 행동했으려니 여겨 그에게 까놓고 물어 보지는 않았었다. 그러나 입버릇처럼 외치는 '혁명의 그날' 그는 어디에 있었던 것일까. 채수와 나는 그 수수께끼와 같은 비밀을 오늘에서야 듣게 되었다고 생각하면서 갑석 어머니의 다음 말을 기다렸다.

"인왕산 성벽 위에 있었다네."

"그걸 어떻게 아시죠? 갑석이가 제 입으로 그러던가요?"

채수는 그럴 리 없다는 듯이 물었다.

"사실 내가 그렇게 시킨 거지. 그날 난 잠에서 깨자마자 새벽 뉴스를 틀어 보았는데 어쩐지 일진이 흉흉할 것 같지 뭔가? 자네들이야 부친도 계시고 형제도 있지만, 이 불쌍한 늙은이에게는 갑석이 하나뿐이란 말일세. 학교를 가지 못하게 꼭 붙들고 있었지. 점심때가 되자 라디오만을 붙들고 있던 녀석이 저도 나가 보긴 봐야 한다는 거야. 그래서 말해 줬지. 가까이 가서는 못쓴다, 저기 선바위절 위 성벽이나 올라가 보려무나, 거기선 모든 게 다 잘 보일 게다, 하구 말일세. 그래서 내 착한 아들 갑석이는 그렇게 했다네."

채수는 갑석 어머니의 그 말을 들은 후로는 갑석이 주도하는 그 어떤 명목을 띤 모임에도 얼굴을 내밀지 않았다. 나는 함박눈이 펑펑 쏟아지던 어느 날, 월례모임에서 돌아오다가 갑석에게 말했다.

"넌, 채수가 모임에 나오지 않는 것이 채수의 의지가 약해졌기 때문이라고 공개석상에서 공격하지만 그건 그렇지가 않아. 너 때문이야. 너 같은 친구를 리더로 모실 수 없기 때문이지."

"그게 무슨 소리야?"

갑석은 그의 집으로 가는 시장 입구 어귀에 걸음을 멈추고 서서 내 어깨를 흔들었다. 그의 등 뒤로 우리에게는 언제나 거대하게 느껴졌던 독립문이 눈발에 가리어 멀게 작은 모습으로 서 있었다.

"너는 '혁명의 그날' 인왕산 성벽 위에 있었다며?"

내가 다그쳤다. 그는 태연을 가장하며 공허하게 웃었다.

"그랬어, 나는 거기 있었어."

"네 말대로 혈기 끓는 젊은이들이 독재자와 맞서 피를 뿌릴 때 너는 그 산등성이에 서서 강 건너 불구경하듯 했어. 스스로 비겁하다고 생각지 않아?"

"난, 그렇게 생각하지 않아. 지도자는 전체를 파악할 줄 알아야 돼. 나는 그날 하루 종일 그 산 위에서 데모가 벌어지는 양상을 지켜보면서 최일선에 서서 싸웠던 그 어느 누구보다도 많은 것을 배웠어. 효자동 종점에서 세종로와 중앙청 가로에서, 국회의사당과 시청 앞에서, 내무부 앞에서, 대법원과 서대문 일대에서 벌어진 실천적 혁명 의지를 나는 한눈으로 내려다볼 수 있었어. 시내 한복판에서 거센 물결이 물러간 뒤에도 동대문 쪽에서는 끊임없이 총소리가 들려 왔었지. 나는 생각했어. 시내 요소요소에서 벌어진 격전이 우연의 일치였을까. 아니면 누군가의 손에 의해 조종된 것일까."

"그거야, 뻔해. 독재정권을 타도하려는 민중의 분노가 필연적으로 그날 일제히 터진 거야. 조종한 손은 없어."

"그럴까? 그렇다고 치자. 허지만 우연의 일치라는 것은 자주 일어나는 것이 아니야. 제 이단계의 목적을 위해서는 무르익은 혁명 기운을 규합할 필요가 있어. 난, 그날 내가 그 임무를 수행해야 한다는 것을 나는 총탄과 솟구치는 불길을 보면서 깨달은 거라구."

나는 그 눈 오던 날, 채수와 갑석의 사이에는 합쳐질 수 없는 틈이 있다는 것을 알았고 그것은 오히려 더 벌어져 갔다. 이듬해 쿠데타는 모든 열정을 좌절로 이끌어 갔고 우리의 청춘의 방향을 뿔뿔이 흩어지게 했다. 우리가 흔히 청춘의 공백기라 부르던 그 계절을 맞이했던 것이다. 건강치 못한 심장과 총상으로 채수는 군대에 가는 것이 면제되었으나 학업에 열중하기보다는 아버지의 양복점 일을 돌보는 데 시간을 할애했고, 갑석은 입대를 보류하고 요령 있게 데모를 조종하면서 의식의 선봉에 섰으며 나는 대다수의 청년들이 그렇듯 군대에 입대했다.

나는 망설임을 버리고 흐느끼는 미란의 어깨를 감싸안고 말한다.
"여기서 이러는 것 좋아 보이지 않아요. 그만 안으로 들어가세요."
그녀는 마지못해 소파에서 몸을 일으키고 진물이 터질 것처럼 보이는 퉁퉁 부은 눈으로 건너다본다.
"세상이 착한 그이를 속였어요."
그녀는 밑도 끝도 없이 말한다. 그러나 나는 그녀의 말을 이해할 수 있다. 세상만이 아니라 주위의 사람들, 그리고 나도 그를 기만한 것이다.
"그이가 학교를 졸업하고 저와 결혼한 뒤에도 소설을 쓰겠다고 몇 년간 세상을 떠돌아다녔던 것 생각나세요? 그이는 가정에 무책임한 사람처럼 보이기도 했지만 결코 절 잊은 건 아니었어요. 그인 결국 안주했고 시험을 쳐 신문사에 들어갔었잖아요? 그리고 전, 나가던 병원 일자리를 그만두었구요. 아이가 생긴 데다가 밤늦게 귀가하는 그이의 건강이 걱정되기두 해서였지요. 그이가 방황했던 것은 그이만이 간직하고 있던 꿈 때문이었는데 신문사에 들어간 무렵에 꿈도 버린 것 같았죠. 아, 내가 무슨 주책이람! 고단하실 텐데 안으로 들어가 눈 좀 붙이세요."
그녀가 안뜰로 통하는 쪽문으로 허리를 굽혀 들어간다. 나는 따라가지 않는다.
"저 재단대 위에서 자렵니다."
나는 잘 생각은 없었으나 그녀를 안심시키기 위해 말한다.
"그럼, 담요를 한 장 내보내죠."
그녀가 안으로 들어가자 나는 재단대 위로 올라가 눕는다. 정말이지 잘 생각은 없다. 채수가 수없는 나날을 마름질하고 시침질하던 재단대 위에 누워 있다는 것은 내게 행복한 느낌을 안겨 준다. 이제는 독경 소리도 들려 오지 않는다. 미란이 내가 별로 탐탁치 않게 생각하는 눈치임을 알고 꺼 버린 것 같다. 상갓집의 새벽녘은 대체로 조용하기 마련이다. 아침에 장례를 치르자면 그 동안 모자랐던 잠을 보충해 두어야 한다. 일가붙이인 듯 보이는 젊은 여자가 내게 담요를 한 장 가져다 준다. 나는 그것을 배 위에 덮었으나 잠을 잘 생각은 없다. 청승맞게 추적추적 내리는 빗소리뿐 고요하다. 머리는 초저녁 때보다 훨씬 더 맑다. 소주 몇 잔을 마신 것이 깨는 모양이다. 눈을 붙이고 싶더라도 잠은 올 것 같지 않다. 내가 시계추를 움직여 놓은 뒤로 괘종시계는 잘 가고 있다. 똑딱 똑딱 똑딱. 시간 가는 소리를 듣고 있노라니까, 어느 책에서 읽었던 대목이 새삼 떠오른다. 똑딱 똑딱을 영어로는 틱택 틱택이라고 하는데 틱은 천지창조를 의미하고 택은 지구의 종말을 의미한다고 하였지. 그러므로 인간이란 천지창조와 지구의 종말을 수없이 되풀이하며 살고 있는 존재가 된다. 그러나 아무리 많은 천지창조와 종말을 산다고 해도 인간이 경험하는 것은 오로지 창조와 종말의 사이뿐이다. 그렇다면 인간은 그 밖을 경험할 수는 없다는 것인가. 그 밖이란 신의 영역일 게 분명하다. 누군가 또 말했다. 인간은 죽어서만 신의 영역에 들어간다. 그러나 죽은 이에게 있는 영혼이라면 살아 있었을 때에도 그에게 영혼은 있어야 한다. 그러므로 자유자재인 영혼은 살아 있는 이를 통해서도 창조와 종말 밖의 세계를 경험할 수 있어야 한다. 틱의 의미란 언어의 뿌리를 연구하던 호사가가 만들어낸 유희일 뿐이다. 이건 선과 악, 상과 벌과는 다른 문제야. 나는 너 죽은 자와 함께 여기 누워 있을 수가 있어, 채수야! 괘종시계는 몇 번째인가 또 그 혼돈의 소리를 울린다.

제 1인자가 소비가 미덕인 시대의 도래를 확신하듯 강조하던 그 시절의 초여름에 나는 학생들의 월례고사 시험 점수를 뽑느라고 늦게까지 교무실에 남아 있었다. 사환 아이가 내게 전화기를 건네 주었다.

"그이가 잡혀 갔어요!"

미란의 목소리는 너무나 떨고 있었기 때문에 전화선마저 떠는 것 같았다.

"어쩌다가요?"

그 동안 내가 유의 깊게 보아 온 채수의 기사의 논조는 그 어떤 불길한 전조를 예감케 하기는 했지만 나는 그녀의 목소리를 듣는 순간 빨래방망이로 뒷통수를 얻어맞은 듯한 당혹감을 떨쳐 버리지 못했다.

"택시 운전사가 고발을 했대요."

"뭐라고 했길래요?"

"그건 잘 모르겠어요. 경찰도 그이도 운전사도 함구하고 있으니까요. 과격한 말을 한 것만은 틀림없어요."

나는 미란을 만나 면회를 가기로 약속하고 전화를 끊었다. 나는 하던 일을 중단하고 책상을 정리했다. 시간이 아직 여유가 있었으므로 의자를 돌려 앉아 먼 하늘을 바라보았다. 한강이 가까운 언덕 위에 자리잡고 있는 학교 교무실에서는 도심 어느 곳에서보다 넓은 하늘을 볼 수 있었다. 진한 핏물을 풀어 놓은 듯 붉은 노을이 하늘을 뒤덮고 있었다. 한강 하류에서 길을 잘못 들어 강을 따라 올라왔던 갈매기 한 마리가 흠뻑 핏빛을 뒤집어쓰고 불새처럼 붉은 강 위를 선회하고 있었다. 어쩐지 그날의 하늘은 순화된 정서보다는 분노와 격정을 불러일으켰다.

나는 서울 변두리 강가 중학교에 부임을 하여 학교 가까운 곳으로 처자식을 거느리고 이사하고부터 채수를 자주 만나지는 못했다. 생활의 안정이나 꾀하는 소시민으로 전락한 나로선 성격이 다른 직장에 근무하는 친구를 만난다는 것은 매우 번거로운 일처럼 느껴졌다. 아름다운 동심의 세계에서 우정이 싹텄고 젊은 날의 열기로 뭉쳐졌던 친구도 세월이 지나면 모두 제각기의 삶의 터전에서 자신만을 생각하며 사는 것이라고 생각했다. 과거에 품었던 꿈은 시간 속에 사라져 가고 남은 것은 오직 현실, 각박한 현실뿐이었다. 그러므로 나는 강 위에 갈 길 잃고 방황하는 저 갈매기처럼 채수가 위난을 당했다는 소식을 듣고 분노를 느끼면서도 무력감에 빠져 관망만 할 것이었다.

"전화를 드렸던 바로 한 시간 전에서야 연락을 받고 그이를 만났어요. 잡혀 가기는 어젯밤이었대요. 취재를 마치고 집에 돌아오는 택시 안이었는데, 술을 좀 마신 모양이에요."

그 네거리의 한 모퉁이에 서 있는 경찰서 건물은 철갑으로 두른 듯 차갑게 느껴졌다. 일제 시대에도, 해방 후에도, 붉은 군대가 왔을 때에도, 그리고 그들이 쫓겨간 뒤에도 우리의 어린 시절부터 한 자리에 움직일 줄 모르고 웅크리고 있는 냉혹한 괴물과도 같은 건물이었다. 미란은 네거리 극장 앞에서 나를 만나자마자 그 건물을 향해 발길을 옮기면서 말했다.

"어젯밤 집에 돌아오지 않길래 무척 걱정을 했어요. 아침에 신문사에 전화를 걸었죠. 신문사에서도 나름대로 수소문을 해보는 것 같았지만 당국이 쉬쉬하는 바람에 찾지를 못했던가 봐요. 운전사가 택시에 그이를 실은 채 경찰서로 직행하여 불순분자로 신고한 데다가, 신고받은 경찰서는 주소지 관할로 그이를 옮겨 버렸구요. 오늘 하루 조사를 받고 겨우 가족이나 직장에 연락을 해도 좋다는 허락을 받았다는군요. 신문사에서 경찰출입 기자들이 달려와서 항의도 하고 간청도 넣어 보았지만, 상황을 알 만한 신분의 소유자가 과격한 발언을 했고 신고 사건이기 때문에 풀어 줄 수 없다는 얘기에요."

그렇다면 일개 중학교 교사인 내가 그를 위해 도울 수 있는 일이란 무엇이 있단 말인가. 나는 무력감을 지나쳐 수렁 속으로 침잠하는 듯한 절망감에 몸부림쳤다. 하마터면 나는 채수를 만나고 싶지 않아요, 하고 미란에게 실토할 뻔했다.

"부담을 갖지는 마세요. 제가 만중 씨에게 나오시라고 연락드린 것은 그이가 만중 씨를 만나고 싶어하기 때문이었어요."

"어째서 절 만나고 싶어하는 걸까요?"

나는 경찰관이 보초를 서고 있는 그 싸늘한 건물의 현관 앞 거리에서 걸음을 멈추고 물었다.

"그건 저도 모르겠어요."

채수는 유치장이 아니라 '회의실'이라는 팻말이 붙은 비교적 널찍한 방에 홀로 앉아 있었다. 문 밖 어딘가 그를 감시하고 있는 눈이 있었겠지만 그 방 안에서 그는 자유스럽게 행동할 수 있었다. 그것은 결코 채수나 나를 위해 취해진 배려는 아니었다. 어디까지나 그를 면회하겠다는 신문사 사람이나 국제적인 인권 옹호 기관에 관계하는 사람에게 평안감을 심어 주기 위한 조처였다. 탁자 위에 놓인 재떨이에 담배 꽁초가 두 개비 짓눌려져 꺼져 있는 것으로 보아 방금 전에도 누군가 다녀간 것 같았다. 채수는 가슴이 답답하고 학생 때부터 담배를 일체 피우지 않아온 터였으니까. 그는 내가 방 안으로 들어가자 의자에서 일어나 내 손을 잡았다.

"바쁠 텐데 나오라고 해서 미안해."

그는 뜻밖에도 침착하고 담담한 음성으로 말했다.

"무슨 말을 했길래?"

내가 머무적거리며 묻자 그는,

"자네 같은 훈장샌님까지 내가 뭐라고 했는지 궁금하게 여기나? 그런 건 모르는 게 신상에 좋아"
하고 조용히 미소지었다.
"꽤 피로해 보여."
"좀 피곤한 것도 좋지. 이제부턴 별로 피곤할 일도 없을 테니까. 내겐 이 밤이 지나면 매일 먹고 자는 일만이 남아 있게 돼. 오늘이 지나면 자네 같은 소시민과는 만날 기회가 없을 것 같은 생각도 들고 말이야."
"자네 굉장히 거슬리는 말을 하는군."
나는 그의 말을 듣고 조금은 놀라서 호들갑을 떨었다.
"그런지도 모르지. 아무튼 난 자네를 만나고 싶었다네. 오늘 새벽 이곳으로 이첩되어 오면서 건물 현관의 돌계단을 한 발짝 내어디뎠을 때 문득 자네 얼굴이 떠올랐어. 그리고 내내 그때의 악몽 같은 추억만 반추했지. 오늘 나는 좀 심하게 조사를 받기는 했지만 그때 생각을 하니 조금도 고통스럽지가 않더군. 날 빨갱이로 취급하려고 하는데 난 그럴 수가 없는 놈이지 않은가……."
나는 주머니를 뒤져 담배 한 개비를 뽑아 입에 물고 라이터 불을 당기고는 그에게 담배 연기가 날아가지 않도록 고개를 돌려 창가로 연기를 내뿜었다. 창 밖은 이미 어둠이 깔려 있었서 아무것도 보이지 않았다. 유리창에 그와 나의 우수에 잠긴 두 얼굴이 드러나 있었다. 그때 우리는 이 건물의 주위를 맴돌다가 교감 선생님의 비명 소리를 듣고는 얼마나 괴로워했었던가.
"그 일을 아직 잊지 못하고 있군? 난 까마득히 잊고 있었는데……."
"나도 잊고 있었지. 헌데 오늘 새벽에 그의 망령이 날개를 달고 나를 찾아온 거야. 교감 선생님은 우리가 입을 다물고 있었으면 무사했었을지도 몰라. 사회에서 잠적해 초야에 숨어 여생을 보낼 수 있었을 거야. 경찰관이 선바위절을 덮쳤을 땐 어디론가 잠적하려고 머리를 칼로 밀고 장삼을 입고 떠나려던 참이었다고 했지? 우리가 무슨 나치의 소년단원이나 되듯 그를 고발했었을까."

그는 공허하게 웃으면서 머리칼을 쥐어뜯었다. 그가 괴로워하는 것은 교감 선생님이 잡혀 들어왔던 그 건물 안에 그가 들어와 있다는 사실 때문이라고 나는 짐작했으나 그것이 아니었다.

"난 인간의 입을 증오해. 입을 통한 말은 사고력을 대신할 수가 없어. 나는 교감 선생님이 무엇을 하고 있었는지 전혀 알고 있지 못했지. 우린 피상적으로 그를 이해했을 뿐이야. 나를 고발한 운전기사도 마찬가지야. 그는 나를 이해하려고 하지 않았어. 그 사람은 눈앞에 보이는 이익을 위해 기계적으로 날 고발했거든."

그가 교감 선생님에 대하여 회한을 품게 된 그 사건은 나에게도 관계되는 것이었으나 나는 그처럼 후회스럽게 생각지는 않았다. 우리는 배운 대로 했을 뿐이었다. 내가 아는 바로는 교감 선생님은 공산주의자였다. 그는 붉은 군대가 서울에 들어왔었던 그 여름의 초입에 자기의 세상을 만났다. 잠시 휴교령이 내렸던 학교가 다시 개학을 했다. 우리가 학교 교정에 모였을 때, 교단 위에 선 사람은 교장 선생님이 아니라 교감 선생님이었다. 그는 단구에 깡마른 얼굴을 하고 있었으며 항상 목구멍에 생선가시가 걸려 있는 듯이 캑캑거리면서 말을 했던 인상이 그다지 좋다고는 할 수 없는 사람이었다.

"조선 민주주의 인민공화국의 인민군이 악랄한 미제 군대를 부산 앞바다에 쓸어넣고 남조선을 해방시킬 날도 머지않았습니다. 우리 학생들은 인민군의 성스런 과업을 찬양하는 뜻에서 노래를 부릅시다! 노래를!"

장백산 줄기줄기 피어린 자국 높이 들어라. 붉은 깃발을…… 그는 또 이렇게도 역설했다.

"우리 학생들은 전사들의 혈전의 고통을 함께 체험해야 합니다. 뜁시다! 뛰어!"

그러나 채수는 뛸 수가 없었다. 채수가 염천의 넓은 운동장을 세 바퀴째 돌다가 쓰러졌을 때 교감 선생님은 채수를 일으켜 세우고 두 손바닥으로 번갈아 따귀를 올려붙였다. 그는 우리에게 증오의 감정을 불러일으켰다. 그러나 이상한 것은 붉은 군대가 패주할 때 함께 묻어 가지 않았다는 사실이었다. 그가 선바위절 부근에 숨어 들었던 것은 영천 일대가 피아의 교전으로 쑥대밭이 되고도 한 달쯤 지나서였는데 나는 아버지가 어느 박수와 이야기를 나누는 자리에서 그 소문을 엿들었다. 나는 채수네 집으로 달려 내려갔다. 우리는 왜 그가 서울에 남아 있었으며 선바위절에 숨어 들었는지 여러 모로 생각하지 않았다.

"남로당이야, 뭔가 일을 꾸미려고 남아 있는 거라구."

하고 채수가 결론을 내렸다.

"고발을 해야 돼, 고발을!"

우리는 파출소에 신고를 했다. 파출소 앞에 교감 선생님을 알 만한 아이들이 구름떼같이 모여들었다. 채수와 나는 아이들에게 둘러싸여 영웅처럼 어깨를 으쓱거렸다. 그러나 우리는 그때부터 그 전까지는 조금도 예측하지 못했던 공포심에 사로잡히게 되었다. 그것은 또 세상이 바뀌어 보복을 당할는지도 모른다는 두려움 때문이 아니라 어떤 할머니를 따라왔던 어린 계집아이의 울부짖음 때문이었다.

"아버지, 아버지, 우리 아버지는 잘못한 게 없어요! 아버지를 잡아가지 말아요!"

할머니는 결국 계집아이를 데리고 어둠 속으로 사라졌지만, 그리고 그 뒤로 한 번도 볼 수 없었지만 그때 우리는 무엇인가 큰 실수를 저지른 것이 아닌가 하는 불안감에서 헤어날 수 없었다. 그래서 교감 선생님이 파출소를 나와 포승줄에 묶이어 경찰서까지 걸어 갔을 때 채수와 나는 구경꾼 아이들의 뒤를 따라 서까지 같이 갔었던 것이다. 그후 우리는 그 할머니가 교감 선생님의 어머니이며 계집아이는 그의 딸이라는 풍문을 들었으나 그것을 확인하려고 들지는 않았다. 교감 선생님은 그 일이 있은 뒤 곧 사형을 당했다는 소문도 들렸다.

"헌데 말이야. 나를 고발한 택시 운전사가 웬일인지 그 교감 선생님을 닮은 것 같은 생각이 들었어. 머리칼은 허옇게 세었으나 날카로운 코며 뾰죽한 턱이며 무엇보다도 살기를 띤 듯한 그 눈이……."

"그럴 리가 있나? 그렇게 봐서 그런 거야. 교감 선생님은 사형을 당했다고들 하지 않았나?"

나는 될 수 있는 대로 악몽과도 같은 추억을 떨쳐 버리려고 애를 쓰며 소리쳤다.

"자넨 허깨비를 본 거야."

"글쎄. 그럴지도 모르지. 하지만 확인해 주게, 여기 그의 전화번호가 있으니까."

그가 상의 안주머니에서 종이 쪽지를 꺼내 탁자 위에 밀어 놓았다. 나는 어쩌겠다는 단안도 내리지 못한 채 그것을 받아 펼쳐 보았다. '89-5052 박영남' 쪽지에는 휘갈긴 듯한 글씨로 그렇게 적혀 있었다.

"내, 한번 전화를 걸어 보지. 그렇지만 자네가 틀렸다는 걸 알게 될 거야."

나는 그에게 작별을 고하고 경찰서를 나왔다. 경찰서 밖 어둠 속에서 기다리고 있던 미란이 무슨 이야기를 하더냐고 물었지만 나는 그와 나눈 대화의 내용을 말할 수가 없어 다른 말로 대신하고 말았다.

"아무래도 채수 군이 건강이 좋지 않은 것 같습니다. 위험에 대처하려는 용기를 상실한 듯이 보여요. 주어진 상황을 그대로 운명으로 받아들일지도 모르겠군요."

미란과 나는 네거리를 건너 그녀의 집이 있는 영천 쪽으로 걸음을 옮겼다. 당장 내가 할 수 있는 일이라고는 그녀를 집까지 바래다 주는 것밖에 없는 듯이 여겨졌다.

"경찰에서는 재판을 받아야 할 것처럼 말하더군요. 그이가 전과자가 되다니 그건 견딜 수 없는 노릇이에요."

그녀가 말했다.

"재판을 받는다고 다 유죄가 되는 것은 아니잖습니까?"

"그걸, 모르세요? 재판을 받으면 유죄가 될 게 틀림없어요."

그녀가 구원을 청하듯이 내 팔을 껴안았다.

"이갑석 씨를 아시죠? 그분에게 말하면 혹시……."

그렇다. 왜 갑석이 생각을 하지 못했던 것일까. 그렇게 하면 채수를 검찰에 송치시키지 않고도 빼낼 수 있는 길이 있을지도 모른다. 그러나 나는 지푸라기라도 잡으려는 미란의 심정을 모르는 바가 아니었으나 즉시 아무런 대꾸도 할 수가 없었다. 그를 만난 것이 내가 군대에서 제대한 이듬해였으니까 칠 년째 그를 보지 못한 셈이었다. 그와 나는 이미 친구의 관계를 떠나 남남의 사이라고 해야 옳았다. 그 무렵 그는 벌써 변신을 꾀해 여당 국회의원의 비서를 하고 있었다고 했는데 실제는 비서의 비서로, 말하자면 보디가드였다는 것이다. 그때까지만 해도 그의 어머니는 여전히 시장 끄트머리에서 술장사를 하고 있었지만 그녀의 예언대로 그는 착착 출세가도를 달리고 있었다. 그는 그 국회의원이 실력자로 부상하는 것과 비례하여 실력자의 부하이자 자신의 상전인 그 비서를 몰아내고 자신이 그 자리를 차지했다는 풍문이더니 이번에는 그 실력자의 추천으로 모 기관에 들어갔다는 것이었고, 장기집권의 체제가 굳혀진 뒤로는 그 구축의 공로로 계장이라는 벼슬을 받았다는 소식이 들려 왔다.

"제게는 학생 시절의 관계도 있도 또 그이의 자존심에도 관계되는 일이어서……. 저보다는 만중 씨께서 사정을 말해 주신다면."

그리하여 그날 나는 그들 부부에게서 두 개의 임무를 부여받게 되었다. 우선 이갑석과 통화하는 일이 급했다. 다음날 나는 학교에 출근하자 수업이 없는 시간을 틈틈이 이용하여 통화를 시도한 끝에, 퇴근 무렵에야 겨우 갑석의 목소리를 들을 수 있었다.

"알았어. 오늘 내일 내 알아 볼 테니까, 내일 오후 네 시 조선호텔 커피숍에서 만나자구."

약속 장소에 시간을 맞춰 내가 나갔을 때 다리를 꼬고 앉았던 그는 다짜고자 내 어깨를 밖으로 밀었다. 원래 체격이 건장했던 그였던지라 나는 아무 저항도 못 하고 밖으로 밀려났다.

"칠 년 만이지? 우리 한잔 걸쳐야지 않겠나?"

"아니, 채수의 일은 어떻게 되었어?"

내가 다그쳐 묻자,

"그건 한잔하면서 얘기하지."

하고 그가 말했는데 나는 이미 일이 글렀다는 것을 알아챘다. 그는 나를 몰아 다동 골목의 어느 살롱으로 데리고 갔다. 여자 종업원과 수작을 걸던 그는 칵테일이 한 순배 돌자, 눈앞에 주먹을 쥐어 보이고 나서 엄지 손가락을 세웠다.

"나로서도 어쩔 수가 없어. 이걸 건드렸으니까."

그가 인지와 중지를 연달아 세워 보였다.

"이거나 이거라면 또 모르지만. 자, 자, 그러니 술이나 마시자구. 너희를 만나면 우리 어머니나 나나 술대접하는 일밖에 없으니. 이것도 운명의 장난이군. 너도 알지? 내가 어려서부터 채수를 위해 얼마나 애를 썼는지 말이야. 그러나 이걸 건드렸기 때문에 난 어쩔 도리가 없어."

그가 다시금 엄지 손가락을 세워 보였다. 그와 나의 면담은 그것으로 끝이났다.

마침내 채수는 검찰로 송치되었는데 재판까지 꽤 날짜를 끌었다. 나는 방학이 가깝던 어느 무덥던 여름날, 내딴에는 용기를 내어 시간이 없다는 그 운전사를 봉천동의 기사 식당에서 만나 보았다. 나는 실망을 하고 말았다. 그는 눈살이 곱상스럽지는 않았으나 그에게서 코가 날카롭거나 턱이 뾰족한 인상을 느낄 수가 없었다. 더욱이 그의 키는 남자로서는 보통의 중키였던 것이다.

"도대체 그 친구가 뭐라고 했습니까?"

나는 할 말이 없어서 그것만 물었다. 그가 얼굴에 근육을 일으키며 무뚝뚝하게 말했다.

"그건 높으신 분이나 국가에 대한 지독한 모독이어서 내 입에 다시 담고 싶지가 않아요."

나는 여러 가지 정황으로 미루어 채수가 병적 증세를 나타내고 있다고 확신했다. 그는 반 년이나 끌던 끝에 재판을 받았는데, 일 년의 집행유예로 풀려 나왔다. 그는 직장을 그만두게 되는 형편이었으나 항소를 하지 않았다.

그 해 겨울, 교외선 장흥역 뒤에 자리잡고 있는 공원 묘지에 할머니를 묻고 돌아오던 길에 문득 채수의 얼굴이 떠올라서, 교도소로 올라가는 입구에서 대절해 갔던 버스를 세우고 혼자 내렸다. 나는 옛날 보다 넓어진 한길을 건너 그의 집으로 가는 골목길로 들어섰다. 아직 석양의 햇살이 골목길을 비추고 있었다. 골목길은 조금만 들어가면 반들반들 마모된 암석의 지각에 반사하여 눈이 부셨다. 나를 앞질러 김장 배추를 잔뜩 짊어진 지게꾼이 지나갔고 밤직장으로 출근을 서두르는 듯이 보이는 두 명의 젊은 여인이 외투깃을 세우며 내려왔다.

그 바윗길을 지나면 길은 다시 판판해졌고 채수의 집은 바로 그 길 오른쪽에 자리잡고 있었다. 나는 간판도 없는 그 양복점의 유리 출입문 앞에 얼어붙은 듯 우뚝 멈춰 서고 말았다. 유리창 안에 재봉틀 바퀴를 열심히 돌리며 이쪽을 향한 자세로 앉아 오르락내리락 빠르게 움직이고 있는 재봉틀 바늘 끝을 들여다보고 있는 채수의 모습을 보았던 것이다. 나는 가슴이 뭉클해 오는 충격을 지그시 누르면서 살며시 유리문 앞으로 다가갔다. 바늘 끝에 어두운 그림자가 드리우자 그는 하던 일을 슬그머니 멈추고 나를 쳐다보았다. 나는 순간 그의 맑은 두 눈에 투명한 물기가 고이는 것을 본 것 같았다.

"이거 만중이 아닌가?"

그는 소리치며 유리문을 열더니 내 두 손을 부여잡고 나를 안으로 끌었다.

"헌데 이거 웬일이냐?"

내가 바보스럽게 물었다.

"웬일은? 내 직업이야. 가업을 이어받은 거지. 자, 추울 텐데 이리 앉아. 그렇게 멀거니 서 있지 말구."

그는 나를 끌어다 연탄 난로가의 소파에 앉혔다. 난로에서는 내 몸으로 온기가 옮겨 오지 않았다. 그러나 그는 난로의 구멍을 열려고 하지도 않았다.

"미란 씨는 잘 있나? 이이두?"

"아, 그럼, 잘 있구말구. 그 동안 내가 놀았더니 애엄마가 걱정되는지 살림을 꾸려 가겠다구 개인병원에 다시 일을 나가고 있지. 허지만 요즘 세상에 한물 간 퇴물을 젊은 간호원만큼 쳐 주는가 어디?"

그는 노래를 부르듯 높낮이를 붙이며 익살스럽게 말했으나 나는 조금도 우습지가 않았다.

"허지만 내가 이 가업을 이어받았으니 형편이 곧 펴질 걸세. 돈이 좀 모이면 한길가로 큼직한 점포를 얻어 나갈 계획이야. 애엄마가 없으니 저녁을 대접할 수는 없구 말씀이야, 우리 요 아래 내려가서 돼지고기에 쏘주나 한잔 하세."
하더니 그는 안채로 통하는 쪽문에 대고 소리쳤다.

"상선아! 아버지, 손님이 오셔서, 요 아래 쏘주집에 간다. 이리 나와 가게 좀 보려무나."

쪽문이 열리고 어렸을 때의 채수를 빼어 닮은 한 소년이 모습을 드러냈다.

"내 자식일세. 미란이와 내가 만든 유일한 보물이지. 이 녀석아, 아빠 친구를 뵈었으면 인사를 드려야지, 왜 그렇게 두 눈을 멀뚱거리고서 있기만 하니?"

나는 얼떨결에 소년의 인사를 받았고 소년의 머리를 쓰다듬어 주었으나, 어린 시절의 채수의 머리를 어루만지고 있는 것 같아 섬찟했다. 나는 소년을 두 번 다시 눈여겨 보지 않고 채수의 뒤를 따라 양복점을 빠져 나왔다. 나는 채수가 권하는 대로 잔을 받아 술을 마셨다. 취하여 내 몸을 가누기 어려울 때까지 나는 내내 채수의 모든 것은 그 소년에게 옮겨 갔고 눈앞에 있는 채수는 채수가 아니라고 생각했다. 말씨도 행동도 사고도 완전히 다른 사람이 되어 있었다.

나는 그들이 유리 출입문 턱을 넘어 들어오는 소리를 꿈결 속에서 처럼 느낀다. 북망산, 이제 가면 언제 오나. 푸줏간 주인이 흥얼흥얼 읊조린다. 헤어지게 되어 슬프기보다는 밤샘의 의식도 이것으로 끝이라는 안도의 숨결이 짙게 배어 있었다. 소파에 피곤한 듯 그들이 털썩털썩 몸을 던지는 소리가 들린다.

"이갑석 덕택에 오늘 새벽, 여의도까지 드라이브 한번 잘했어."

세탁소 주인이 혀 꼬부라진 소리로 말한다.

"뭐, 덕택이랄 것까지야 있나? 차는 대어 놓은 것이겠다. 돈은 땄겠다. 회포나 풀어 보자 이거였지."

갑석이 의젓한 목소리가 겸손을 떤다.

"내 옆에 앉았던 애 말이야. 실은 가기로 약속이 다 돼 있었거든. 하지만 양심상 나 혼자 도망칠 수가 없더라 이거야. 채수의 장삿날만 아니었더라도……. 으흐, 그냥, 고걸."

통닭집 주인이 못내 아쉬운 듯 꺼져라 한숨을 토한다.

"그런 소리 마라. 채수가 죽지 않았다면 우리가 어떻게 갑석일 만났겠어? 갑석이도 갑석이지만 채수에게 감사할 줄 아아야 해."

지물포 주인이 점잖게 통닭집 주인을 나무란다.

"그건 그렇구, 갑석이 자넨 학생 때만 해도 운동이다, 데모다 뛰어다니지 않았나? 그런 자네가 어떻게 칠층짜리 커다란 빌딩을 여의도에다 세웠어?"

몹시 부럽다는 듯 신발가게 주인이 군침을 삼키며 묻는다.

"이 사람들 사촌 땅 사니까 괜히 배가 아파서 이러는 거 아니야?"

갑석은 그다지 기분이 나쁘지는 않아서 너털웃음을 웃어젖힌다.

"운동이다, 데모다 하고 뛰어다닌다 해서 모두 추운 데서 사는 것은 아니라구."

하고 푸줏간 주인이 아는 체를 한다.

"갑석이처럼 두뇌 회전이 바르면 거금을 모을 수도 있다 이거지."

"두뇌 회전이라니?"

통닭집 주인이 미련스럽게 묻는다.

"적당한 때 반대파에 가 붙는 거야."

하는 푸줏간 주인의 말에 통닭집 주인이 되묻는다.

"그건 배신이잖아?"

"배신?"

푸줏간 주인이 당황하는 것 같다. 그러자 기회를 놓치지 않고 갑석이 끼어든다

"그건 배신이 아니라 신념의 심화와 확대라구 하지. 사실상 운동이나 데모는 민족과 조국을 위해서라는 순수한 명분 때문에 하는 거야. 일종의 애국 애족의 신념의 발로이지. 하지만 우리나라를 보라구. 두 쪽으로 허리가 동강나 있잖은가. 거기에 또 명분을 세워 분파 작용을 하는 것은 민족의 역량을 사분오열하는 것이나 마찬가지라구. 여기서 우리는 곰곰 생각하게 되지. 다 애국 애족하는 길인데 어디가 나쁘고 어디가 좋다 할 것이 없다, 요는 나의 애국 애족의 신념을 보다 더 심화시키고 확대시키는 길을 택할 뿐이다, 그 결과 과거를 깨끗이 청산하고 보다 전망이 밝은 곳을 택하자, 뭐, 이런 것이었지."

아무도 그의 말에 반발하는 친구가 없다. 술과 여자 대접을 받은 데다가 무엇보다도 그의 재산의 위력에 압도당한 탓이겠다. 나는 구질스럽게 내리는 빗소리를 듣는다. 빗속에 후줄근히 비를 맞은 개 한 마리가 차를 타고 앞서 간 주인을 따라 헐레벌떡 뛰어간다. 주인은 광장의 한가운데서 차를 세우고 충직한 개를 기다리고 있다가 개가 기진맥진 다다르자 숨돌릴 겨를도 주지 않고 무엇인가 물어 오라고

지시를 내린다. 광장 저쪽에서 사라졌던 개가 잠시 뒤에 피가 뚝뚝 떨어지는 살점을 물어 온다. 개의 상처난 몸에서도 피가 흘러 털을 벌겋게 적시고 있다. 그러나 주인은 사정을 보아 주지 않고 또 무엇인가 지시를 내린다. 다시 광장 저쪽으로 사라졌다 돌아온 개의 입에는 커다란 가방이 물려 있다. 개는 가방을 내려 놓고 혀를 빼어 물며 주인 앞에 널브러진다. 주인은 잔인하게 개를 일으켜 세워 엉덩이를 때리며 또 다른 명령을 내린다. 그러나 광장 저쪽으로 사라진 개는 돌아오지 않는다. 영영 돌아오지 않는다. 주인은 비가 내리는 광장에 홀로 서서 발을 동동 구르며 소리친다.

"개놈이 내 땅을 물고 달아났다!"

신념의 심화와 확대.

무거운 침묵이 내리누르는 양복점 안에 괘종시계의 종이 친다. 하나, 둘, 열다섯, 스물일곱, 쉰다섯…….

"아니 저 시계, 아까 내가 세워 놓았는데 누가 또 만졌어? 다섯 시야, 쉰다섯 시가 아니구 다섯 시야."

갑석이 나무 의자를 끌어다 놓고 올라서며 투덜거린다. 시계 뚜껑을 여닫는 소리가 나더니 시계추 움직이는 소리가 멎는다.

"이놈의 시계 치는 소리를 듣고 있노라면 내가 현실에 살고 있는 것 같지가 않아서 불안해."

"우리 중엔 아무도 시계를 만진 사람이 없어. 필경, 세상 모르게 쿨쿨 잠자고 있는 돌중이가 만졌을 거야."

신발가게 주인이 갑석의 이해를 구하며 나를 지목한다.

"우리 대신 밤샘을 하겠다던 녀석이 잠만 자다니. 깨우자, 깨워."

그들이 나의 몸을 마구 흔든다. 그러나 나는 눈을 뜨지 않았다.

"이 친구, 지독하군."

나는 할 일이 남아 있다고 생각했다.

"깨어나기 싫어하는 것을 보니 채수를 따라 북망산에 가고 싶은 게로군."

교무실 창가에 목백일홍이 화사하게 꽃봉오리를 터뜨리던 그 해 여름 어느 날, 학교 부근의 중국집에서 자장면 한 그릇을 점심으로 시켜 먹고 내 자리로 돌아와 담배 한 개비를 꼬나물고 막 수업이 시작되어 선생님들이 쑥 빠져 나간 교무실의 한가로움을 망연히 즐기고 있을 때, 쥐색 신사복을 입었지만 어딘가 모르게 구차하고 꾀죄죄해 보이는 내 또래의 한 사내가 발소리를 죽이며 쪼르르 미끄러지듯 다가와서 속삭였다. 처음에는 책상에 가리어 보이지 않았지만, 내 앞에 왔을 때 보니 가방을 하나 들고 있었다.

"선생님, 저로 말할 것 같으면 영등포 네거리에 자리잡고 있는 양일사라는 양복점에 근무하는 사람으로 여름 양복 수요 기간을 맞이하여 선생님께 저렴한 가격으로 봉사하고자 이렇게 실례를 무릅쓰고 찾아뵈었습니다."

나는 느닷없는 양복 타령에 나도 모르게 내 행색을 훑어보았다. 오년 전에 해입은 내 양복은 그의 것보다 조금도 나을 것이 없었다. 그는 내 마음을 간파한 듯이 잽싸게 가방을 열고 견본철을 꺼내 카드장을 튀기듯 자르르 넘겨 보였다.

"어떻습니까? 하나 골라 보시죠."

그때 나는 문득 채수를 떠올렸다.

"아, 전, 그만두겠습니다. 제 친구 중에도 양복점을 경영하는 친구가 있어서."

하고 사양하자 그는 내가 거짓말을 하는 줄 알고 그러지 말라는 듯 애소가 담긴 눈길로 무릎을 꿇으며 앉아 내 눈을 들여다보고는 또 가방에서 줄자를 꺼내 "치수를 재시죠" 하고 말했다. 나는 두 손을 흔들어 억지로 그 사내를 따돌렸는데, 교무실로 나가는 그의 축 늘어진 왜소한 어깨를 보면서 가슴이 무거워 하마터면 옷을 맞추자고 그를 불러 세울 뻔했다.

나는 채수가 가업을 이어받았다고 내게 말한 이래 세 번 가량 그의 양복점에 들러 보았으나 돈 벌어 한길로 나가겠다던 소망은 좀처럼 이루어지지 않는지, 그는 언제나 그 유리 출입문 안에서 재봉틀을 돌리고 있었다. 내가 입고 있던 옷도 그에게서 맞춰 입은 것이었지만 그 사내의 방문은 다시 그에게 가서 옷을 맞춰 입어야겠다는 생각을 굳히게 했다. 마침 이틀 뒤가 월급날이어서 그날을 기다렸다가 열 일을 제쳐 눈을 딱 감고 퇴근길로 채수의 양복점을 찾아갔다.

열려진 유리 출입문 사이로 보니 채수는 막 양복 대금으로 받은 돈을 받아 세어 보고 바지 주머니에 찔러 넣고 나서 플라스틱 양복걸이에 건, 그리고 은빛 비닐 커버를 씌운 양복을 이십대의 젊은 손님에게 건네준 뒤 "안녕히 가십시오" 하고 깍듯이 인사를 하고 있었다. 그는 내가 들어가자 채 나를 보지도 않고 "어서 오세요" 하고 말했다.

"이 사람아, 날쎄."

내가 그의 어깨를 치며 소리쳤다.

"아, 이 사람 만중이 아닌가. 그 동안 별 일 없이 잘 지냈나? 그래, 선생님께서 어떻게 이런 누추한 데까지 어려운 걸음을 하셨지?"

그는 익살스런 억양으로 말하면서 내 손을 크게 흔들었는데 그것은 은연중에 몸에 배어 버린 버릇인 듯했다.

"그래 어려운 걸음이었어. 하지만 문득 자네가 보고 싶어서 왔지."

"그래두 자네가 복이 있어. 이렇게 척 돈이 들어왔을 때 찾아왔으니 우리 오랜만에 쏘주나 한잔 하세."

그가 좀 전에 넣었던 천 원짜리 돈뭉치를 꺼내 돈을 쥐지 않은 손바닥에 탁 때려 보였다.

"아니, 소주는 좀 이따 하고 오늘 나 옷 하나 맞춰 줘. 이 옷 맞춘 지가 벌써 오 년이나 됐어."

"아, 벌써 그렇게 됐나? 그럼, 맞춰 입어야지."

그가 재단대 위에 놓인 견본철을 집어 보여주려고 했으므로 나는 들어올 때까지 보아 두었던 재단대 한쪽 구석에 세워져 있던 감색 두루마리를 가리켰다.

"저거면 됐어."

"저건 별로 좋은 기지가 아니야."

"요즘 사람 기지 보고 맞추나? 색깔 보고 맞추지."

"정 그렇다면 하는 수 없지."

그는 능숙한 솜씨로 키며 어깨며 가슴이며 허리며 엉덩이며 팔이며 다리의 치수를 재어 기록했다. 그러고는 어서 양복점을 빠져나가는 일이 급한 것처럼 쪽문 안에다 대고 소리쳤다.

"야, 상선아! 가게 좀 봐라."

쪽문으로 소년이 나왔다. 거의 채수와 맞먹게 자라난 그의 아들은 해가 갈수록 그를 닮아 가고 있었다. 소년은 나를 보자 알고 있다는 듯 인사를 했는데 나는 소년에게서 대견하면서도 섬찟한 그 무엇을 느꼈다.

"양복값 얼마지? 오늘 월급을 탄 김에 아예 선불을 하고 싶어."

나는 주머니에서 월급 봉투를 꺼내며 채수에게 물었다.

"이 친구, 재단도 하지 않았는데 양복값부터 내려나? 자네도 박봉에 시달릴 텐데 그만둬, 그 동안 아버지 때나 나 때에도 꼬박 돈을 받아 왔는데 내 이번 한 번은 선심을 쓰겠어. 그러니 그건 도로 넣어 둬."

그가 팔을 저으면서 유리 출입문 밖으로 앞서 나갔다. 나는 결코 그럴 수가 없어서 내가 맞출 감색 양복기지를 가리키며 소년에게 값을 물었다. 소년은 40대 초입에 벌써 풍뎅이 어깨처럼 잔뜩 굽은 아버지의 등을 바라보며 쭈빗거리며 더듬더듬 말했다. 그것은 그의 아버지가 찾아온 손님에게 수없이 뇌었을 또는 아버지가 부재중에 소년이 대신 뇌었을 그런 내용이었다.

"우리집에서는 염가 제공을 하고 있습니다. 저 기지라면 한 벌에 육만 원 하지요."

나는 육만 원을 세어 떠맡기듯 건네 주고 양복점 밖으로 나갔다. 채수는 그 일에 대해 더는 뭐라고 말하지 않았다.

"집사람은 여전히 병원에 나가고 있나?"

우리는 어깨를 나란히 비비며 좁은 언덕길을 걸어 내려갔다.

"음, 허나 그것도 그만둬야 할 모양이야. 그 일을 하기엔 너무 늙었다나 봐. 눈치가 보인다 이거지."

거리에는 안개 같은 황혼이 스믈스믈 엉겨 붙고 있었다. 전과 같으면 그는 골목 어귀에 자리잡고 있는 삼겹살집으로 나를 데리고 갈 것이었으나 한길을 따라 아래쪽으로 내쳐 걸었다. 그는 벌써 전찻길이 없어진 지 이십 년 가까이 된 영천 종점과 교도소 입구와 파출소와 고등학교로 변한 양잠소 자리가 보이는 길을 지나 금화터널 때문에 반 토막이 난 영천시장 쪽으로 왼쪽다리를 보일 듯 말 듯 절며 걸었다. 이윽고 그는 버스 정류소 앞 사층 건물 아래층에 자리잡고 있는 족발집으로 나를 안내하고는 소주 한 병과 족발 한 접시를 시켰다.

"자, 밖이 잘 보이는 이쪽으로 와서 앉아."

하고는 그는 거리가 내다보이는 자기 자리 옆으로 나를 끌어 앉혔다. 그 자리에서는 사직터널로 빠지는 고가도로와 무악재로 오르는 언덕길이 환히 내다보였다. 바야흐로 네거리 건너편 고등학교 유리창에 불빛이 켜지고 행촌동 비탈받이 주택가에도 등불이 하나둘 빛나기 시작했다. 가로수 잎이 저녁 바람에 실랑살랑 흔들리고 있었다.

"옛날과 같은 모습을 하고 있는 것은 아무것도 없어."

그가 시야에 들어오는 풍경을 가늘게 뜬 눈으로 돌아보며 중얼거렸다.

"저 독립문마저도……."

그는 금화터널로 통하는 고가도로 때문에 상당 부분이 잘 보이지 않는 곳에 푸른 외등 불빛을 받고 섰는 독립문을 턱짓으로 가리켰다. 전에 독립문은 지금 차량들이 신호 대기에 걸려 줄지어 서 있는 저 네거리 한복판에 솟아 있었다!

"원래의 자리에 서 있지 못하는 독립문은 그 자체의 의미를 완전히 상실한 거야."

그가 다시 말했다.

"지금 저곳은 중국인들이 지나다니던 그 길목이 아니야. 저 독립문은 옛날 사람들이 독립의 의지를 품고 돌을 쪼며 쌓아 올렸던 얼도 간직하고 있지 못해. 그 정신은 우리들이 독립문을 해체할 때 무너지고 만 거라구."

그의 목소리는 울먹임으로 차츰 잦아들었다. 나는 그의 눈에 물기가 맺히더니 드디어 눈물 줄기가 볼을 타고 흐르는 것을 보며 당황하지 않을 수 없었다.

"십 년이면 강산도 변한다고 했으니까……."

내가 어리석은 소리를 씨부렸다.

“그게, 그렇지. 너, 갑석이 어머니 알지? 그분 참 억척스러운 사람이었지. 아들 배경을 타고 영동에서 땅장사를 해서 한밑천 크게 잡아 다더군.”

“누가 그래?”

“이 바닥에선 다들 그렇게 알구 있어. 왜 우리, 갑석이 어머니한테서 가끔 막걸리 얻어 마시던 것 생각나? 그 술집 자리가 어디냐 하면…….”

그는 잠시 말을 멈추고 소주 한 잔을 훌쩍 목구멍 너머로 털어 넣었다.

“어디냐 하면 지금 독립문이 서 있는 바로 저 자리지. 우리의 꼰대들이 작부들과 어울려 젓가락을 두드리며 진주라 천릿길이나 황성옛터에를 부르던 그 자리란 말이야.”

시장 끄트머리 개천가 그 자리. 조그만 공원으로 단장되어 있고 개천은 말짱히 복개가 되어 있지만 그 자리임에 틀림없었다. 나는 그날 저녁 바람을 쐬려고 벤치에 나와 앉은 주민들을 건너다보면서, 구렁이가 또아리를 틀고 앉아 독립문을 지킨다는 전설이 다시 생겨 나려면 한 백년은 실히 지나야 가능하리라 생각했다.

감색 양복을 해입은 뒤로 이 년이 흘렀다. 나는 그 동안 시흥 쪽의 고등학교로 근무지를 옮긴 데다가 삼 학년 담임을 맡아 바쁜 나날을 보내고 있었다. 이따금 채수의 얼굴이 떠오르지 않는 것은 아니었으나 그럭저럭 살아가고 있으리라고 편안하게 생각하며 지냈다. 그에게서 옷을 한 벌 해입을까 하는 생각을 했음에도 불구하고 그를 만난다는 일 자체를 부담스럽게 느끼고 있었다. 세속의 타성이 빚어낸 이기주의였다. 추석이 아직 이십여 일이나 남아 있었는데도 신문이나 텔레비전에서는 백화점 경기가 어떠니 시장 경기가 어떠니 하면서 연일 떠벌이고 있었다. 전국이 가마솥처럼 지글지글 끓으며 이상 고온이 계속되던 방학중이었으나 나는 보충수업 때문에 연일 학교에 나갔다. 나는 여느 날보다 일찍(일찍이라고 해야 해가 떨어진 으스름녘이었다) 교문을 나섰다. 교문 밖에는 양쪽에 수양버들을 심어 놓은 꺼끌꺼끌한 콘크리트 길이 뻗어 있었다. 나는 봄에 눈발처럼 날리는 꽃씨 때문에 수양버들을 좋아하지 않는 편이었다. 더욱이 으슥한 밤길의 수양버들은 산발한 여인의 머리칼을 연상시켜 을씨년스럽기조차 한 분위기를 자아내었다. 나는 학생들이 공부를 하고 있는 학교를 뒤로 하며 혼자 가로등이 없는 길을 걸어 내려갔다. 그 길 끝은 주택가였고 주택가 골목길을 빠져 나가야 버스 정류소가 나타났다. 내가 콘크리트 길을 다 내려갔을 때였다. 수양버들 그늘 밑에서 웬 사람이 하나 슬그머니 나와서 내 길을 가로막고 섰다. 나는 흠칫 걸음을 멈추었다.

"날세, 채수야."

목소리조차 내기가 힘에 겨운 듯 꺼져 가는 음성이었다. 그가 스스로 나를 찾아온 것이 처음이었으므로 나는 당황하여 말문을 열지 못하고 그대로 서 있었다. 그러자 가슴에 홀쭉한 가방을 보물인 양 부둥켜안고 너댓 걸음 내게로 다가왔는데 전에 없이 왼쪽 다리를 크게 절었다.

"웬일이냐?"

나는 겨우 그렇게 물었다.

"보고 싶어서……."

"그럼, 학교로 들어올 일이지, 여기서 뭘 하고 있는 건가?"

나는 어쩐지 그를 힐난하고 있는 것 같아서 내 자신이 짜증스러웠다.

"수위에게 물어 보았지. 자네가 아직 퇴근을 하지 않았다더군. 별로 말쑥하지 못한 내 꼴을 여러 사람 앞에 내보이기가 싫기도 하려니와 여기 앉아 생각하는 것이 좋아서……."

그는 천천히 말했으나 숨이 찬 듯이 숨결을 내뿜었고 그 숨결에는 아직 삭지 않은 깡소주 냄새가 묻어 있었다.

"아무튼, 어디든 들어가서 얘기를 나누는 것이 좋겠어."

내가 말했다.

우리는 주택가 어두운 골목길을 걷기 시작했다. 그때까지 한가롭게 나를 기다리고 있던 그가 갑자기 급한 약속이 생각난 사람처럼 헉헉거리며 계속 입을 놀렸다.

"요즘 세상살이가 고달프고 서글퍼져서……. 왜 언젠가 내가 말했지. 돈을 벌어 한길가로 점포를 늘려 나가겠다고 하던 말 생각나? 아무래도 그런 소망은 이뤄질 것 같지가 않아. 벌써 오래 전부터지만 이 장사판에도 기성복이란 게 생겨나서 나 같은 영세업자는 발붙일 곳이 없어. 그래 나 같은 사람들이 그렇듯이 나도 이렇게 가방을 들고 서울 거리의 상점이나 회사를 떠돌며 주문을 받으러 나섰지. 집사람도 병원을 그만두고 산파 노릇이나 하고 있는 판이니 별수없지."

그는 갑자기 걸음을 멈추고 왼손으로 가슴팍을 쥐어뜯었다. 나는 그 옛날 독립문 돌계단을 올라가다가 그가 쓰러졌던 기억이 떠올라 얼른 그의 몸을 한 손으로 감아 안았다. 후줄근한 양복 밑으로 비쩍 마른 그의 몸이 만져졌다.

"빌어먹을!"

그는 잠시 뒤에 후 하며 큰숨을 몰아쉬고 나서 씹어뱉었다.

"안 되겠어. 얘기는 됐다 하고 거리에 나가면 택시를 잡을 테니까, 자네 집으로 돌아감세."

"그럴 것 없어. 하루에도 여남은 번은 더 이러니까. 난 말을 하고 싶어."

우리는 다시 걸었고 그는 중얼거리듯 말했다.

"오늘은 여의도를 돌았지. 어느 건물인지 기억은 나지 않아. 건물을 가리고 다닐 만큼 한가하지는 않으니까. 엘리베이터를 피해 층계를 누비며 사무실마다 도둑놈처럼 스며들면서 주문을 청하는데 누군가 내 등더미를 나꿔채지 않겠나? 어떻게 세게 조여잡던지 가까스로 목을 돌려 보니, 글쎄 그가, 미색 양복을 아래위로 뽑아 입은 갑석이가 아니었겠어. 나도 놀랐지만 갑석이도 무척 놀란 기색이더군. 그가 말했지. 어쩌자고 이 지경이 되었나? 나는 할 말이 없었어. 나는 잡상인 금지구역에 들어간 죄로, 별수없이 넓직하고 호화로운 그의 방으로 끌려가 사이다 한 잔을 얻어 마셨지. 갑석이 또 말했어. 난, 한때 유명한 신문기자였던 내 친구가 양복 재단사가 되어 도둑고양이처럼 내 빌딩 안을 돌아다니며 직원들의 업무를 방해하는 것을 보아줄 수가 없어. 정, 그렇게 살기가 힘들다면 내 일자리를 하나 주지. 자네 건강으로 보아 힘든 일을 시킬 수 없고……. 자네 같은 잡상인을 잡아내는 일은 어떻겠나? 그저 평상복을 입은 채로 말이야. 이따금 어떤 과의 어떤 사원이 농땡이 치는가 하는 것을 보고해 주면 더욱 좋지. 월급은 후하게 줄 꺼야. 그래서 내가 말했지. 지금 내가 여길 나가도 되는 건지. 그리고 그의 방과 건물을 빠져 나와 하염없이 걸었어. 눈물이 솟구쳐서 더 배겨낼 수가 없더군."

마침 우리는 큰길까지 나와 있었으므로 어디 음식점에라도 들어가서 저녁을 먹자고 하니까 그는 막무가내로 팔을 내저었다. 그는 택시를 타고 그의 집까지 가자는 내 제의도 뿌리쳤다. 훤한 불빛에 비친 얼굴은 광대뼈가 나오도록 여위고 창백하여 병색이 완연했다. 비가 오거나 겨울철이 되어야 저려 온다던 그의 다리가 눈에 띄게 절룩거리는 것도 불길한 전조였다.

"난 괜찮아. 버스를 타고 가겠네. 집사람이 기다리고 있을 꺼야."

"이봐."

나는 버스 정류소를 향해 걷는 그를 다급하게 붙잡아 세웠다.

"정말, 이렇게 돌아다니는 일은 그만두는 게 좋겠어. 건강을 위해서 말이야. 신문사를 그만둔 사람들은 번역일 같은 것도 맡아 한다는데 그런 방면에 신경을 쓰면 어떤가? 나도 알아 볼 테니까."

그가 나를 뚫어지게 바라보다가 소리 없이 미소를 지었다. 오랜만에 보는 순결한 웃음이었다.

"나도 언젠가는 우리들의 지난날들을 글로 써 봐야겠다는 꿈을 가지고 있지. 충고는 고맙네. 하지만 아직은 가업이 좋은 걸 어쩌겠나?"

"아, 그럼, 그럼, 내 옷을 한 벌 맞춰 주게. 내 돈은 지금 가지고 있지 않지만 찾을 때 줄 테니까."

나는 그가 도망칠 것 같아서 바싹 쫓아가며 말했다.

"그거야, 어렵지 않아. 자, 그럼, 치수를 재어 볼까?"

그가 나를 가로등 밑으로 끌고 가더니, 그의 홀쭉한 가방을 열고 볼펜과 치수철을 꺼냈다.

"이럴 것까지는 없어 색깔과 천은 지금 자네가 입고 있는 그것으로 해주게. 짙은 갈색이지? 그리고 치수는 적어 둔 게 남아 있다면 좋겠는데, 이 년 전 그 치수로 해주면 되겠어."

그러나 그는 고집을 부렸다.

"사람의 몸 사이즈라는 건 해마다 달라진다구. 자기도 모르는 사이에 배가 나오기도 하고 가슴이 좁아지기도 하지. 치수는 그때 그때

재 봐야 하는 거야."

그는 볼펜과 치수철을 내게 맡기고 줄자를 꺼낸 뒤 나의 몸의 크기를 빠짐없이 재면서 날더러 적으라고 했다. 버스를 기다리고 있던 사람들과 행인들이 우리를 뻥 둘러싸고 진귀한 풍경을 구경하고 있었으나, 그는 조금도 개의치 않았다. 치수 적어 넣기를 끝내자, 이내 그는 버스 정류소로 갔고 그의 집 방향으로 가는 버스에 올라타면서 말했다.

"자네, 내 기술을 믿지? 먼 길인데 가봉하러 올 생각은 마. 내 일주일 뒤에 말쑥하게 뽑아 학교로 가지고 갈 테니까."

나는 양복값을 마련하여 교무실 책상 깊숙이 넣어 두고 그가 나타나기를 기다렸다. 그러나 약속 날짜인 일 주일이 지나고 열흘이 되어도 소식이 없었다. 나는 불길한 예감이 들어 열흘째 되던 날 학교 일이 끝나자 곧장 영천 그의 집으로 갔다. 양복점에는 훤히 불이 켜져 있었고 재단대 앞에서 가위로 천을 자르고 있는 채수의 옆모습을 보았다. 그러나 나는 잠시 착란에 빠져 있었던 것이다. 나는 유리 출입문 가로 바짝 다가가 자세히 뜯어보았다. 그것은 이십수 년 전에 틈틈이 아버지의 일을 돌보던 때 보았던 기억 속의 젊은 채수였다.

"이젠 어른이 다 되었군. 일을 거들다니."

나는 양복점 안으로 들어서면서 될 수 있는 대로 쾌활하게 말했다.

"선생님, 오셨군요? 그 동안 안녕하셨어요?"

상선이 인사를 했다.

"이 양복이 선생님 것이죠?"

상선은 재단대 옆, 사람 모양 틀에 걸쳐져 있는 갈색의 양복 상의를 가리켰다.

"음, 그래, 그거 같군."

“제가 갖다 드리려고 했는데 좀 바쁜 일이 있었어요.”
하고 상선이 우울하게 말했다. 나는 심상치 않은 낌새를 느끼고 다그쳤다.

“왜, 어버지께선?”

“선생님의 옷을 다 지어 놓던 날 밤 주무시다가 갑자기 이상해지셨어요. 그러니까 나흘 전이로군요. 지금 적십자 병원에 산소 마스크를 쓰고 누워 계시죠. 어머니가 간호를 하고 계시지만 가망이 없대요. 하긴 그 일 주일 전부터 밤마다 잠을 못 주무시며 가슴을 쥐어뜯으시면서 고통스러워하시긴 했어요. 어머닌 아버지더러 쉬셔야 한다고 애원했지만 듣지를 않으셨구요.”

나는 상선이 전하는 말을 들으면서 눈앞이 깜깜해지고 발바닥이 꺼져 천길 나락으로 떨어지는 아뜩함을 느꼈다.

“한번 입어 보시겠습니까?”

상선이 물었으나 나는 아무것도 생각할 수가 없어서 상선이 하라는 대로 멍청이 서 있었다. 그는 채수가 손님에게 익살을 떨 때처럼 가락을 붙이며 말했다.

“참, 썩 잘 어울리십니다.”

그래도 내가 잠자코 있자, 그는 다시 우울한 목소리로 되돌아갔다.

“아버지를 만나 보고 싶으시겠지만 면회 금지예요. 아버질 병원에서 돌아가시게 할 수는 없다고 어머니는 생각하고 계시니까 아마 며칠 안으로 집에 모셔올 거예요.”

면회가 가능하더라도 내가 무슨 면목으로 그를 만날 수 있을 것인가. 나는 병원으로 가는 대신에 어린 채수를 으스러지게 끌어안는 것으로 만족해야 했다.

“너무 슬퍼하지 마세요. 전, 이 일을 계속하지 않아요. 언젠가는 반

드시 신문기자가 될 거예요."
하고 상선이는 어른답게 말했다.

날은 밝았지만 음울하고 구질스럽게 추적추적 내리는 비 때문에 골목길은 어슬한 저녁 무렵 같다. 베 상복에 테두리를 쓰고 대지팡이를 겨드랑이에 낀 상제가 영정을 안은 사람의 뒤를 따른다. 시신은 그 뒤 바로 내 곁에 있다. 시신의 머리 건너편은 갑석의 자리이다. 그리고 우리 뒤로는 푸줏간 주인, 신발가게 주인, 세탁소 주인, 통닭집 주인이 섰고 누군가 낯선 사람이 하나 더 있다. 살아서는 가볍던 친구가 죽어서는 왜 이다지도 무거운 걸까. 우리가 받쳐든 관 뒤로 소복을 입은 여자가 소리 없이 눈두덩을 누르면서 따라오고 있다.

"난, 말이야, 언제나 이 친구를 도우려고 애를 썼지. 얼마 전만 해도 꽤 좋은 제안을 했다구. 그걸 뿌리치더니, 이 지경이 되었어."

갑석이 내게 들으라고 말한다. 나는 채수의 머리 앞에서 그의 입을 지질러 주고 싶은 충동을 느낀다.

"오늘 아침 나는 그 비슷한 제안을 미란 씨에게 했지. 고마워하더군. 어쨌든 산 사람은 살아가야 하니까."

"제발 좀 입 좀 다물고 있어."

나는 낮지만 격앙된 소리로 말한다.

"괴로워할 줄을 알아야지."

"지난 일에 괴로워하면 무엇하나? 나는 현실을 중요하게 생각해, 현실을!"

그는 지지 않으려고 발악한다. 나는 한길가에 서 있는 영구차에 관을 밀어넣으며 독경 소리에 섞여 들리던 새소리를 기억하려고 안간힘을 쓴다. 뱌뱌 삐르르르 삐삐 뱌르르

「김용성 대표중단편소설」

해설

인간에 대한 깊은 통찰과 애정의 작가 (남기홍)

문학적 연대기

사회의식의 깊이와 그 문학화에 이르는 도정 (김종회)

작가연보

# 인간에 대한 깊은 통찰과 애정의 작가

— '상황'에서 '과정'으로 변화하는 작품세계

南基弘
(인하대학교 국어국문학과 강사)

金容誠은 1961년 장편『잃은 자와 찾은 자』로 데뷔한 이래 올해로 꼭 작가 경력 40년을 맞이하는 작가다. 현재까지 그는 장편 12편, 중편 9편, 단편 49편을 발표하였다. 다작의 작가라고 할 수는 없지만 12편의 장편소설을 발표한 것으로 보아 중·단편보다는 장편 쪽에 많은 힘을 기울였던 것으로 보인다. 데뷔작도 장편이고 대표작이라 할 수 있는『도둑일기』역시 장편이다. 그러다 보니 상대적으로 그의 중·단편 소설은 일반 독자들에게 잘 알려지지 않았고 큰 관심을 갖지 않았던 것도 사실이다. 그러나 그의 작품세계를 면밀히 검토하다 보면 작품의 완성도가 뛰어나고 아울러 문학성을 겸비하고 있는 빼어난 중·단편이 여러 편 존재하고 있음을 알게 된다. 이번 선집은 김용성의 중·단편 중에서 대표작으로 삼아도 손색이 없을 만한 秀作들만을 모아본 것이다. 편의상 작품의 발표 순서에 준하여 논의를 진행하고자 한다.

김용성의 작품세계는 한두 가지의 일관된 주제 혹은 경향을 보여주고 있는 작가와는 달리 "김용성만큼 다양한 작품세계를 보여주는 작가도 그리 흔치 않"[1]다는 정규웅의 지적처럼 폭넓고 다양한 것이 사실이다. 이는 작가적 관심과 호기심의 대상이 다양한 분야와 세계에 걸쳐 있다는 말과도 다르지 않을 것이다.

1991년 김용성은 정규웅과의 대담에서 자신의 작품세계를 3기로 구분한 적이 있다. "제 1기는 61년 『잃은 자와 찾은 자』가 당선된 후 직장(한국일보사—필자주)을 그만둔 71년까지, 제 2기는 「리빠똥 장군」을 발표한 71년부터 『도둑일기』를 발표하기 이전의 80년대 초까지, 그리고 제3기는 『도둑일기』부터 그 이후"[2]라고 밝히면서 "제 1기는 사실상 습작기의 연장이라고 말할 수밖에 없"[3]다고 고백하였다. 작가의 말대로 제 1기는 습작기의 연장임을 감안해서 논외로 하고, 제 3기는 현재도 진행중이니까 특징적 경향을 단정하는 것은 아직 이르다고 할 수 있겠는데 그렇다면 작가가 말한 제 2기부터가 본격적으로 작품 활동을 시작한 시기이며 작품에 관한 충분한 논의가 가능한 시기로 볼 수 있을 것이다. 여기서는 선집에 수록된 7편의 작품을 김용성의 작품활동 제2기에 해당하는 작품들과 『도둑일기』로 시작되는 제 3기의 작품들로 구분하여 살펴봄으로써 그의 작품세계의 흐름이 어떻게 변모하고 있는지를 점검하고자 한다. 덧붙여 말하거니와 이것은 아직도 진행중인 제 3기의 작품세계를 단정·제시코자 하는 것이 아니라 2기와 3기 작품들 사이의 주된 변화가 무엇인가를 검토해 보는 작업으로 국한한다. 현재에도 활발한 문학활동을

1) 「내용과 형식은 두 개의 톱니바퀴 - 金容誠」(정규웅, 『글동네 사람들』, 작가정신, 1991),195면.

2) 위의 글, 199면.

3) 위의 글, 200면.

전개하고 있는 작가의 작품세계를 고찰한다는 것이 시기상조일 수도 있고 작가에게 누가 될 수도 있겠지만 지금까지 축적된 그의 문학적 성과에 대한 중간 검토라는 측면에서 본다면 그리 무의미한 일도 아닐듯싶다.

김용성의 작품세계에서 제2기를 대표하는 작품은 역시 「리빠똥 장군」(1971)으로 이 작품은 그의 데뷔작 『잃은 자와 찾은 자』(1961) 이후 최초의 평판작이며, 조직의 메커니즘에 의해 파멸하는 한 인간의 비극을 그린 중편소설이다.

소설은 리빠똥 장군이란 별명을 가진 연대장의 부임에서부터 시작한다. 장군 진급을 열망하는 리빠똥 장군은 카리스마적으로 연대를 지휘하여 연대 장·사병 모두에게 두려움의 대상이었다. 그러나 월남전에서 돌아온 고릴라라는 별명을 가진 정 중위만이 그에게 희극적으로 저항할 뿐이었다. 리빠똥 장군은 대대 단위 훈련이 장군 진급의 마지막 기회라고 믿고 대대장 송 중령의 지휘권을 박탈, 그를 OP로 올려 보내고 연대장인 자신이 직접 대대를 지휘하지만 훈련은 실패로 돌아가고 상급부대로부터 훈련 성과에 대한 좋은 평가를 받지 못해 장군 진급에도 실패하고 만다. 하물며 리빠똥 장군은 훈련 중 OP에 있는 대대장 송 중령에게 포사격을 가했던 일로 정신이상자로 몰려 상급부대로부터 불명예 제대를 강요당한다. 군대를 떠나서는 아무것도 할 수 없는 자신을 알고 있는 리빠똥 장군은 정 중위의 방조로 병동에서 권총 자살을 감행하고 정 중위 역시 그 충격으로 형무소행을 결심한다.

이 작품은 표면적으로 보면 리빠똥 장군과 정 중위의 성격 대립에 초점이 맞춰져 있는 것 같지만 간과해서는 안 될 또 하나의 문제적

인물이 송 중령이다. 송 중령은 리빠똥 장군이 월권을 행사하며 과도하게 대대를 지휘하는 것에 불만을 품고 군대라는 조직 자체에 용감하게 도전함으로써 그의 정당성이 후에 입증되지만 종국에는 그 자신도 군대 조직의 대행자로 변모하고 마는 것이다. 결국 이것은 제 2, 제 3의 리빠똥 장군 혹은 그보다 더욱 악의적인 인물이 출현할 수도 있다는 것을 암시·예고하는 것으로 이 작품의 또 다른 주제를 내포하고 있어 주목을 요하는 부분이다. 정 중위가 교도소행을 결심하게 된 것은 리빠똥 장군의 자살을 방조한 것에 대한 양심의 가책 때문이기도 하지만 조직에 도전하던 송 중령이 군대 조직의 충실한 시녀로 급변한 데 대한 두려움 때문이기도 한 것이다. 그 두려움이란 조직이 갖고 있는 거대한 힘에 대한 두려움과 다르지 않다.

김윤식 교수는 군대를 다룬 여타 작가의 작품들과 일정하게 구별되는 「리빠똥 장군」의 미덕을 아래와 같이 평하고 있다.

> 여태껏 細流로서 각각 유형을 이루어온 李浩哲의 「추운 저녁의 무더움」·洪盛原의 「어떤 除隊」·徐廷仁의 「後送」·李清俊의 「共犯」·金東銑의 「개를 기르는 將軍」 등 군대 관계를 다룬 여러 작품이 「리빠똥 장군」에 와서 교차되고 모여져 로망의 한 중간 단계로 정착되었음을 볼 수가 있으리라. 구체적으로 말하면 앞에서 보인 여러 유형의 작품들의 주제가 「리빠똥 장군」 속에 부분적으로 혹은 전면적으로 오우버랩되어 있는 것이다. 이러한 진술은 동시에 「리빠똥 장군」이 독자적 발견이나 심화를 보였다는 사실과 모순되지 않음은 물론이다.[4)]

---

4) 金允植, 「組織의 메카니즘과 人間의 症狀」(『文學과知性』, 일조각, 1971, 겨울), 841~848면 참조.

그렇다면 「리빠똥 장군」이 지니고 있는 소설의 성공적인 효과는 어디에서 기인하는 것일까? 그것은 김용성이 「리빠똥 장군」에서 작가의 개입을 철저히 배제한 채 리빠똥 장군·정 중위·송 중령 등으로 이어지는 등장인물의 대화와 행동을 통해 그들의 성격 대립을 표출하면서도 팽팽한 긴장감을 유지한 채 이야기를 끌어나가고 있는 서술의 힘 때문이다. 등장인물의 날카로운 성격 대립이 이 소설의 갈등구조를 이루는 축인 셈인데 이러한 성격 대립이 이루어내는 갈등의 효과는 작가의 예리하고도 적절한 '상황'의 포착 및 제시에 있다. 「리빠똥 장군」은 짧은 시간 동안 급박하게 돌아가던 군대내의 상황을 인물들의 성격 대립을 통해 독자들에게 제시함으로써 소설적 효과를 증폭시키고 있다 하겠다.

적절한 '상황' 제시에 충실한 또 하나의 작품은 「홰나무 소리」(1975)이다. 소설 속의 시간적 배경은 1907년으로 거슬러 올라간다. 작중화자인 '나'의 할아버지 홍순구(洪淳九)는 구한말 의병운동을 전개하던 지사였다. 충직한 가노였던 칠성이도 홍순구를 도와 의병에 참여하였다. 일본군의 신식무기를 당해낼 수 없었지만 의병들은 의기와 야습으로 왜놈들의 간담을 서늘하게 하곤 했다. 이렇게 약 두 달간을 활동하던 의병들은 어느 날 일본 병졸 열댓 명을 참살하는 전과를 올리기도 하였다. 그러나 얼마 후 수를 헤아릴 수 없는 일본군의 의병토벌작전으로 '나'의 할아버지 홍순구와 충복 칠성이는 마을의 오래된 홰나무 앞에서 긴 장대 위에 처참한 몰골로 목이 내걸리고 말았다.

비극은 여기서 끝나지 않았다. 좌·우익이 대립하던 1940년대 말 '나'의 아버지는 소학교 교원이었다. 어느 날 '나'의 아버지는 선대의 가노 칠성이의 손자인 덕보를 가르치던 수업시간에 총성을 듣게 되고 얼마 후 붉은 깃발의 장대를 든 사내들로부터 밖으로 끌려 나오게 되었다. 이 낯선 사내들은 그 마을의 부르주아 계급을 처단하러 온 좌익분자들이었는데 놀랍게도 아버지를 처형 대상으로 지목한 것은 다름 아닌 덕보의 아버지였던 것이다. '나'의 아버지는 홰나무 밑으로 끌려가 두 발의 총소리와 함께 처형당하고 말았다.

오랜 세월이 흐른 후 '나'는 덕보로부터 뜻밖의 편지를 한 통 받았다. 편지의 내용은 고향 마을이 수출공업단지로 조성이 되어 마을 사람들이 모두 타지로 이주해야 함은 물론 오랜 세월 마을을 지켜 왔던 홰나무도 베어져 없어지고 말 것이라는 내용이었다. 덕보는 고향에서 자기 아버지의 악업을 대신 속죄하려는 각오로 초등학교 교사 생활을 하고 있었는데 '나'는 내키지는 않았지만 이제 곧 사라지고 말 고향의 홰나무를 보기 위해 고향으로 가서 어둠이 깔려 있는 가운데 홰나무 앞에서 덕보를 만났다. 덕보와 '나'는 홰나무 앞에서 더 이상 좁혀질 수 없는 거리감만을 확인한 채 쓸쓸히 헤어졌다. 마을의 이장 집에서 하룻밤을 묵은 '나'는 아침에 뜻밖에도 덕보의 자살 소식을 전해 듣고 망연해질 수밖에 없었다.

이 작품 속에서 다루어지는 시간적 배경은 근 100년 가까이 되는 기간이라 단편 분량의 소설에서 소화하기에는 좀 무리일 듯 싶지만 작가는 세월의 흐름보다는 문제적 '상황'만을 그때그때 제시함으로써 장구한 시간적 배경이 가져올 수 있는 구성의 느슨함을 극복하고 긴 세월 동안의 사건을 압축시켜 보여주는 효과를 발휘하고 있다. 이 작품 역시 적절한 '상황'을 포착하여 제시하는 방법으로 작품의 긴장을 유지하고 있는 것이다.

소재나 모티프 측면에서 본다면 상술한 두 작품과 다르지만 독특한 상황 설정으로 눈길을 끄는 작품은 「그 해 日記」(1981)이다. 이 작품 역시 김용성의 작품세계 2기에 해당하는 작품인데 작가의 데뷔작 『잃은 자와 찾은 자』 그리고 작가의 대표작 『도둑일기』를 떠올리게 하고 있어 흥미롭다. 「그 해 日記」의 주인공은 고아 3형제다. 『도둑일기』의 주인공 역시 고아 3형제이며 이들은 친형제이지만, 「그 해 日記」의 고아 3형제는 피를 나눈 형제가 아니라 고아원에서 만난 사이이다. 그러나 『도둑일기』의 3형제나 「그 해 日記」의 3형제는 어린 나이에 전쟁을 겪고 그 폐허 위에 남겨져 굶주림과 추위를 견디며 생존을 위해 주어진 상황과 맞서 싸워 나가던 인물들이라는 점은 동일하다. 『도둑일기』에서 본 고아 3형제를 통한 전형적 인물의 세 유형에 대한 근간을 「그 해 日記」의 인물 설정에서 찾아볼 수 있어 눈여겨볼 필요가 있다. 「그 해 日記」는 고아 3형제가 임시로 거처하고 있던 집에 부상당한 중공군과 미군이 찾아들면서 새로운 국면을 맞이한다. 중공군과 미군은 상대방에 대한 적의를 품고 한시도 긴장을 늦추지 않는다. 그러다가 부상당한 중공군과 미군이 통하지 않는 언어 대신 〈클레멘타인〉의 곡조를 휘파람으로 같이 불며 서로의 이유 없는 적대감을 씻어 버리고 따뜻한 화해를 나눈다. 작가의 데뷔작 『잃은 자와 찾은 자』에서 인민군에 입대한 강철이 중공군에게 사살당하고 국군에 입대한 허준이 미군에게 사살당함으로써 영원히 이루어질 수 없었던 것처럼 보이던 이데올로기의 화해가 20년이 지난 「그 해 日記」를 통해 비로소 이루어지고 있다는 것은 자못 흥미로운 일이 아닐 수 없다. 또 「그 해 日記」는 6·25의 문제와 이데올로기 대립이라는 문제를 희미하게 내포하고 있으나, 적절한 상황 설정과 작가의 상황성에 대한 인식이 그것을 압도하고 있다.

제 2기 작품 중 「탐욕이 열리는 나무」(1982)는 김용성의 작품세계에서 매우 독특한 모습을 지니고 있는 소설이다. 다분히 상징적이기도 한 이 소설은 어느 도시의 평화로운 마을에서 매일 나무에 500원짜리 지폐가 열리면서 벌어지는 사건을 다루고 있다. 아이들이 제일 먼저 발견한 이 돈을 복덕방 주인이 차지하게 되고, 복덕방 주인의 은밀한 획득을 눈치챈 중국집 주인은 타협을 요구하여 2백 50원씩 서로 나누어 가진다. 소문은 퍼지게 마련이어서 이 사실은 온 동네에 소문이 나고 돈이 열리는 나무로 사람들이 모여 북새통을 이루는 바람에 경찰이 동원되는 소동이 일어난다. 나무에 열리는 돈의 액수는 점점 커져서 500원에서 1,000원, 5,000원, 10,000원까지 불어난다. 화목하게 지내던 이웃들의 인심이 날로 흉흉해지고, 돈을 차지하는 사람에게 적선을 바라는 앉은뱅이 거지까지 등장한다. 돈을 차지한 사람은 선심 쓰듯 소득의 반 정도를 거지에게 적선하다가 날이 갈수록 액수가 줄어들어 100원짜리 동전 한 닢만 거지의 깡통 속에 던져 넣는 사람까지 생겨나게 되었다. 경찰의 조사 끝에 나무에 돈을 매단 범인은 자신의 동생이 죽어서 모아 둔 돈이 필요없게 되었다고 주장하는 열댓 살 먹은 소년이었다. 그 소년의 체포로 사건은 일단락되고 소동도 잠잠해진 듯했다. 그러나 다음날 500원 짜리가 다시 나무에 열리기 시작했고 나흘째 되는 날 10,000원 짜리가 다시 등장한다. 파출소장이 문제의 나무를 베어 버리기로 작정한 직후, 나무의 건너편 옥상에서 한 사내가 뛰어내려 자살하는 사건이 발생한다. 그는 앉은뱅이 거지였고 그의 손에는 나일론 끈과 10,000원 짜리 지폐가 쥐어져 있었다. 500원짜리가 나무에 매달리기 시작하면서 벌어지는 상황을 가정해 본 이 소설은 탐욕에 눈이 먼 인간들의 모습을 그럴 듯하게 보여주고 있다. 여기서 제시된 상황은 탐욕이 빚어내는 인간들의 갈등과 타협, 증대된 욕심에 비례해서 그만큼 더 인색해지는 모순된 인간의 속성, 이러한 상황에 비관한 것으로 보이는 거지의 자살

등으로써 인간의 탐욕에 대한 상징소설로 읽히기에 충분하다.

지금까지 살펴본 김용성의 작품활동 제 2기에 해당하는 「리빠똥 장군」·「홰나무 소리」·「그 해 日記」·「탐욕이 열리는 나무」 네 작품에서 사용한 작가의 돋보이는 소설적 수법은 '상황의 포착 및 제시'이다. 김용성은 이들 작품에서 상황성에 대한 날카로운 인식을 공통적으로 견지하고 있다. 이들 작품에서 문제가 되는 것은 한 개인의 몰락이나 파멸 혹은 이데올로기의 화해, 탐욕이 부른 재앙이나 교훈 등이 아니라 그러한 "결과가 초래되도록 만든 상황 설정과 그 상황적 메커니즘"[5]에 문제가 있는 것이며 우리는 바로 그 점을 주목해야 하는 것이다.

전술한 김용성의 작품세계 2기에 해당하는 네 작품은 인생의 한 단계나 국면을 포착하여 그대로 보여주면서 '상황성' 혹은 '상황인식'에 충실한 작품들임은 이미 말한 바와 같다. 그러나 2기의 작품 중 중편 「안개꽃」은 앞으로 논의할 김용성의 작품세계 2기에서 3기로의 변모를 예고하는 작품이다. 「안개꽃」은 6·25전쟁 때 남과 북으로 헤어진 이산가족 2대의 수난사를 그리고 있다. 북에서 동독으로 유학 갔다가 전향하여 남한으로 오게 된 주인공 이승호(李承鎬)가 아버지의 행방을 찾아 나선다. 그러나 브라질로 이민 갔지만 적응하지 못하고 북에 두고 온 처자식에 대한 그리움만을 안고 귀국한 이승호의 아버지는 정신병원에 수용되어 있어 아들을 만나도 알아보지 못하는 상태가 되어 있었던 것이다. 최근에 이루어진 이산가족 상봉의 한 가족사로 읽히기에도 충분한 이 작품은 '상황성'이나 '상황인식'보다는 이산가족 2대의 수난사를 통한 가족간의 헤어짐과 슬픈 상봉의 '과정'과 삶의 '흐름'에 무게를 두고 거기에 초점을 맞춘 작품이

5) 권영민, 「상황성과 역사성의 차이」(『우리시대 우리작가』, 동아출판사, 1987), 397면 참조.

다. 그리하여 이 작품은 작가의 소설적 시야가 '상황'에서 '과정' 또는 '역사'쪽으로 변모하면서 심화·발전하는 단초를 제공하고 있다고 볼 수 있다.

이제 3기의 작품을 검토하면서 그러한 작품세계의 변모 과정을 확인해 보고자 한다. 여기서 논의할 김용성의 작품세계 3기에 해당하는 작품은 「슬픈 양복 재단사의 나날」(1984)과 「아카시아꽃」(1986)이다.

먼저 「슬픈 양복 재단사의 나날」은 45세를 일기로 세상을 등진 정채수라는 인물의 삶을 조명한 중편소설이다. 작품에 등장하는 주요 인물인 나레이터 만중 그리고 정채수 · 이갑석은 서대문 영천 일대에서 어린 시절을 같이 보냈던 국민학교 동창이며 배꼽친구들이다. 정채수의 죽음을 애도하기 위해 옛친구들이 모인 자리에서 만중은 정채수가 살아온 인생의 행로를 반추하면서 자신과 이갑석의 삶도 거기에 교차시키며 회상한다. 정채수는 어려서부터 심장병이 있어 몸이 허약했지만 대학생이었던 4·19 때 시위대의 선두에 서서 전진하다가 경찰의 총에 맞아 다리를 절게 된다. 그는 대학 졸업 후 신문기자 생활을 하면서 신념을 지키며 살아가려 했으나 '국가원수 모독죄'로 직장에서 쫓겨나 아버지가 하던 양복점을 운영하며 근근이 살아간다. 그러나 양복을 만드는 일도 의류공장에서 대량생산되는 기성복에 밀려 시세에 뒤쳐질 수밖에 없었다. 자신의 신념이 결실을 보지도 못했고 가업을 번창시키지도 못한 채 스스로 선택한 소멸의 길을 걸어간 정채수의 삶은 과연 실패한 삶이었을까? 반면 이갑석은 어린 시절에는 채수의 병약함을 동정도 했지만 대학생이 되어 4·19 학생의거가 한창일 때 친구 채수가 경찰의 총에 맞아 쓰러져 있던 순간에 비겁하게 인왕산 성벽 위에 숨어서 시위 현장을 엿보고 있었다. 그리고 나서 갑석은 자신이 혁명의 주동세력임을 자처하며 요령 있게 데모를 조종해 나갔다. 대학 졸업 후 갑석은 여당 국회의원 비서를 거쳐 모 기관의 계장을 지내기도 했다. 그리고 그는 사업 수완을 발휘하여 여의도에 빌딩을 소유한 부호로 변신하였다. 철저한 기회주의자이며 출세 지향적 인물의 전형이라 아니할 수 없다. 중학교 교사인 작중화자 '만중'은 스스로의 고백처럼 "생활의 안정이나 꾀하는 소시민으로 전락한"[6] 인물로 채수를 이해하고 동정하면서도, 갑석에게는 분노를 느끼지만 정작 채수를 위해서는 양복을 맞춰 입는 것 말고는 아무것도 해줄 수 없다는 무력감에 빠져 그저 관망하며 채수의 죽음에 깊은 애도를 표할 뿐이었다.

그가 살아 있던 동안, 그가 일정한 장소에 그토록 많은 사람을 모아 본 적이 없음을 나는 잘 알고 있다. 그는 생전에 많은 사람들을 모아 보려고 시도하지 않았다. 마흔 다섯 살로 끝을 막은 그의 생애는 너무나 평범했다. 그러나 나는 그가 꿈을 지니며 살아 왔다는 것을 확신한다. 그는 인간의 삶이란 아름다운 것이며 보람 있는 것이라고 믿었고 완전한 삶을 성취하려는 꿈을 간직하고 있었다. 그러므로 요즘처럼 현재를 향락하는 것이 의미 있는 일로 생각하는 세상 풍조에 비추어 볼 때 어쩌면 그의 평범함은 비범함이었는지도 모른다.[7]

이 작품에서 채수를 『도둑일기』의 막내 성수와, 갑석을 형 한수와, 만중을 중수와 비교해 본다면 그 인물 설정과 중립적 인물의 입을 통

---

6) 金容誠, 『슬픈 양복 재단사의 나날』(청림출판사, 1989), 278면.
7) 위의 책, 243~244면.

해 이야기를 풀어 나가는 방식이 『도둑일기』와 유사하다는 것을 알 수 있다. 「슬픈 양복 재단사의 나날」은 중립적 화자 만중을 통해서 신념을 잃지 않고 살았지만 스스로 소멸의 길을 택한 친구 정채수를 중심으로 기회주의자이며 출세 지향적 인물인 이갑석을 내세워 1950년대 후반부터 1970년대 중반에 이르는 기간 동안 격동의 세월을 살아냈던 다양한 인물들의 삶의 '과정'을 그리고 있는 작품이다. 이 작품을 통해서 작가는 4·19와 군사독재, 근대화라는 물결 속에서 어떻게 살았던 삶이 과연 의미 있는 삶인가라는 진지한 물음을 독자들에게 던지고 있는 것이다.

「아카시아꽃」은 제1회 동서문학상(1986) 수상작으로, 치우 선생이라는 인물의 죽음을 통해 월남한 지식인의 비참한 일대기를 그린 소설이다. 학창 시절, 세계사를 담당했던 치우 선생의 강의는 해박한 지식과 열정으로 가득 차 있었으며 화자인 나와 친구들에게 용기와 꿈을 불어넣어 주기에 충분했었다. 그러나 조문객으로 모인 제자들의 입을 통해 알려진 선생의 일생은 불행하다 못해 비참하기까지 한 것이었다. 선생은 자유당 말기에 공산주의자이거나 정신병자로 낙인 찍혀 학교에서 파면당한 뒤 월부책장사·학원강사 등을 하며 쓸쓸히 지내다가 죽기 직전까지는 영천시장에서 지게를 졌는데 연명조차 어려웠다는 것이다. 그래도 선생에게 쌀 말이라도 보내드렸던 것은 출세욕에 가득 찬 갑부 친구 박월진이 아니라 시장에서 장사를 하던 친구들이었다.

> 오해와 소외 속에 쓸쓸하게 살다가 조용히 죽은 월남한 한 지식인의 생애가 우리에게 되새겨져야 하는 이유는 그런 인물이 바로 죄없

8) 정현기, 「평형원리와 작가적 전망 - 金容誠論」, 위의 책, 361면.

이 희생되는, 이상한 우리 민족 공동체의 숙명을 상징적으로 드러낸 비극적 전형이기 때문이다.[8]

「아카시아꽃」은 위에 인용한 정현기의 지적처럼, 치우 선생의 쓸쓸한 죽음 그 자체보다도 자유를 찾아 사선을 넘은 한 지식인이 월남한 곳에서 고단한 삶을 살다가 세상과 사람들로부터 소외된 채 죽음을 맞이할 수밖에 없었던 우리 민족이 안고 있는 비극적 모순과 그 '과정'에 더 큰 의미를 두고 있다.

「슬픈 양복 재단사의 나날」과 「아카시아꽃」은 앞서 논의한 2기 작품들에서 볼 수 있었던 적실한 '상황' 제시나 '상황 인식'의 형상화와는 달리 한 개인의 혹은 몇몇 인물들의 삶의 '과정'을 담담하게 보여줌으로써 작가의 보다 심화·확대된 작품세계를 보여주는 작품들이다. 권영민은 『도둑일기』를 논하는 글에서 "작가 김용성의 지적인 태도가 상황성에서 역사성으로 그 인식의 방향을 전환하고 있음"[9]을 지적하면서 "그는 이제 상황성에 집착하는 것이 아니라 역사성에 접근하고 있으며, 새로운 역사적 인식에 의해 작가의 시야를 조정하고 있다"[10]고 말해 김용성의 2기 작품세계와 3기 작품세계의 변모 과정을 일찍이 예견하였다. 인생의 한 단계나 국면을 포착하는 작가의 상황 인식이 축적된 뒤에 삶의 과정이나 비교적 긴 시간의 흐름 속에서 전체를 조망하고 파악하는 역사성 내지는 역사적 인식으로 작가의식이 발전하는 것은 자연스러운 일일 것이다. 그런 의미에서 본다면 김용성의 작품세계 2기에서 3기로의 변모, 간단히 말해 '상황'에서 '과정'으로의 변화는 갑작스런 방향 전환이 아니라 자연발생적인 것이

9) 권영민, 앞의 글, 400면.
10) 위의 글, 395면.

며 2기 작품 「안개꽃」에서 그 변모의 단초가 이미 보이고 있다. 요컨대 김용성의 작품세계 2기에서 3기로의 주된 변모는 '상황'에서 '과정'으로의 변화이며 작가의 시야와 창작 방향이 '상황적 인식'에서 '역사적 인식'으로 변모하면서 심화·발전하고 있다고 말할 수 있겠다.

덧붙여 말하자면 독자들은 아마 이 선집을 읽고 난 후 김용성은 인간에 대한 깊은 통찰력을 지니고 있는 작가이며, 인간에 대한 따뜻한 애정이 그의 소설의 근저를 이루고 있음을 확인할 수 있을 것이다.

# 사회의식의 깊이와 그 문학화에 이르는 도정

—『잃은 자와 찾은 자』에서 『이민』까지

김종회
(문학평론가, 경희대 교수)

## 1. 문학의 길과 그 성숙을 예비한 서장(1940~1963)

김용성은 간결하고 평이한 문체로 정확하고 객관적인 서술의 행보를 유지하고 있는 작가이다. 그의 작품들은 당대의 공시적인 문제들에 대해서 강렬한 사회학적 관심을 함축하고 있으며, 타락해 가는 사회 속에서 타락해서는 안 될 정신적 순수성을 끈질기게 추구해 왔다. 그것을 표현하는 소설의 제재는 우리 사회의 여러 면모에 폭넓게 이르고 있으며, 그 다각적인 성과로 인하여 우리 문학이 끌어안고 있는 소중한 작가의 한 사람으로 기록되고 있다.

바로 그 김용성의 출생지는 일본이다. 1940년 11월 22일 고베(神戶)에서 아버지 김명수(金明洙)와 어머니 강신원(姜信元) 사이의 삼남매 중 장남으로 이 세상에 왔다.

부친은 경기도 포천 사람으로 몰락한 집안에서 농업에 종사하였으나, 일제 말기의 어려움과 궁핍을 벗어나고자 서울 출신의 규수와 결혼한 후 일본으로 건너가서 기계 기술을 익혔다.

그래서 김용성이 일본에서 태어났던 것인데, 그는 고베의 어느 학교 교실에서 여섯 살의 어린 나이에 폭격으로 죽은 수도 없이 많은 시신들을 목격하게 된다. 그 충격으로 그는 세상을 우울하게 바라보는 아이가 되었다고 술회한 바 있다. 세상을 '우울하게' 받아들이는 반성적 성찰의 시작, 어쩌면 거기에서부터 '작가 김용성'의 여린 움이 돋고 있었는지도 모른다. 2차대전 말기 미군의 공습이 가일층 심해지던 1945년 6월, 그러니까 해방을 두 달 앞두고 김씨 일가는 폭격을 견디기 어려워 귀국을 결행한다. 배를 타고 여수를 거쳐 열차 편으로 서울에 와서 맨 먼저 궁정동에서 살았다. 일본에서 김용성의 이름은 '마코도(誠)'였는데, 서울에 와서는 광산(光山) 김씨의 돌림인 용(容) 자를 찾아 지금의 이름으로 불리게 되었다.

▲ 다섯 살 때 어머니와 함께.

처음 서울에 온 그가 우리말을 잘 모르는 것은 당연했다. 동네의 아이들은 그를 '쪽바리'라고 놀렸다. 그렇게 우리말과 글에 서툰 채 삼청국민학교에 입학하여 학교를 다녔는데, 국어 점수는 대체로 30점 정도에 그쳤다. 그 언어 장애가 해소되기까지는 2년의 세월이 걸렸다.

김용성이 우리 나이로 9살 되던 1948년, 체신부 직원이던 부친이 위암으로 청량리 밖 위생병원에서 두 번 수술한 끝에 사망했다. 험악한 외풍의 바람막이로서 부친이 건재해 있어도 살기가 어려웠던 시절, 그의 가족은 하는 수 없이 모친의 친정이 가까운 서대문 밖 현저동으로 이사했다. 김용성은 학교를 옮겨 안산국민학교로 전학을 했다.

그의 대표적 장편 『도둑일기』를 포함한 몇몇 소설의 무대가 영천과 서대문 일대로 되어 있는 것은, 그의 성장지인 이곳에서의 삶을 체험적으로 반영하고 있다. 구 형무관 학교와 담 하나를 사이에 두고 연접해 있던 그의 옛집은, 그의 표현에 의하면 "6·25와 더불어 슬픔과 눈물로 점철"되어 있다.

1950년 6·25가 발발하자 인민군 탱크가 서울까지 진입해 왔고, 김용성은 그 탱크가 서대문 형무소의 철문을 부수고 들어가는 엄청난 광경을 목도하게 된다. 그리고 죄수들이 쏟아져 나와 "인민군 만세! 김일성 만세!"를 부르며, 전날까지 "국군 만세! 이승만 대통령 만세!"를 부르던 연도의 구경꾼들까지 덩달아 전혀 다른 만세를 부르는 모습을 보았다. 학교에서는 그 인자하던 교감 선생이 이제는 자기가 교장이라며, 위대한 김일성과 스탈린에 충성해야 한다고 목청을 높이는 모습도 보았다. 김용성은 이때부터 '인간의 이중성'을 실감하게 되었고 이는 나중 그의 작품 처처에 각기 다른 차림으로 출현한다.

일본이 전쟁으로 위험했던 만큼 서울 또한 그렇게 위험했다. 1950년 7월 말 김용성은 공습을 피하고 또 식솔을 줄이고자 하는 모친의 뜻을 따라 막내동생 용태(容泰)와 함께 포천의 큰댁으로 피신했다. 거기서 여름을 지내고 수복이 된 후 서울로 돌아오니, 집은 불타 버렸고 그 자리에 판잣집이 세워져 있었다.

그의 『도둑일기』에 등장하는 판잣집, 서울은 물론 일선까지 다녀오는 구두닦이 행각, 서울역에서의 석탄 훔치기 등은 이 무렵에 실제로 그가 체험한 사실을 바탕으로 한다. 이 시절의 심정적 동향, 전쟁을 바라본 시각에 대해 작가는 이렇게 술회했다. "무엇을 선택할 능력이 없는 한 소년이 전쟁에 부대끼며 체험한 것은 오직 한 가지—전쟁은 파괴를 그림자처럼 거느리고 있는 괴물이라는 것이다."

이러한 수준의 사고, 이러한 부피의 인식이 가능했던 만큼, 국민학교 6학년인 그에게 '문학'이 있었다. 이때 그는 소설이란 것을 처음으로 대면했으며, 그것은 외사촌으로부터 빈 겉장 떨어진 이광수의 역사소설 『이차돈의 사(死)』였다. 이 소설과의 만남을 시발로, 그에게는 차츰 '될성 부른 나무'의 흔적이 나타나기 시작한다.

전쟁으로 한 해를 쉬고 1년 늦게 국민학교를 졸업한 다음, 김용성은 1954년 배재중학교에 입학했다. 이때도 여전히 구두닦이를 했으며, 구두약에 노란 물이 든 손가락을 보고 친구가 담배 피우는 줄 오해하는 사단이 있었을 만큼 그는 가난했고 힘들었고 슬펐다.

고등학교는 학비를 내지 않고 공부할 수 있는 학교를 찾았다. 그는 무려 24대 1이라는 놀라운 경쟁률을 헤치고 교통고등학교 업무과에 합격을 했고, 이 학교 재학 시절에 오랜 문우인 작가 양문길을 만났다. 이 실업계 겸 공업계 고등학교에는 문예반을 중심으로 묘하게도 문학하는 전통이 살아 있었으며, 김용성은 무턱대고 40매짜리 소설을 한 편 써서 교지에 실었는데 그것이 그의 40년 문학성상(星霜)에 첫 작품이었다. 재학중에 대학에서 시행하는 학생 문예작품 공모에 두어 번 입선하기도 했다.

이때 그가 살던 곳 부근 영천시장 북쪽 끝머리에 책 대본집이 하나 있었는데, 그는 여기서 빌려 『전쟁과 평화』, 『바람과 함께 사라지다』 등의 대작들, 그리고 헤르만 헤세와 트루게네프와 도스토예프스키와 앙드레 지드의 소설들을 탐독했다. 그는 자신의 초기 소설에 번역투의 문장 냄새가 나는 것이 그 체험 때문이며, 이 외국 소설에 대한 다독이 자신의 문학에 토대와 자양이 되었다고 믿고 있다.

4·19 혁명이 일어나던 1960년, 고등학교를 졸업하고 취직을 전제로 하여 야간인 국제대학 영문과에 입학하였으나 정부가 혼란한 와중이라 취직을 할 수가 없었다. 이 향방 없던 때에 그의 눈앞에 새로운 목표가 나타났다. 한국일보에서 화폐개혁 전의 돈으로 육백만환을 걸고 장편소설 공모를 발표했던 것이다. 고등학교 학우였던 양문길을 통해 김원일, 김원두, 신중신 등과 교유하면서 문학에의 꿈을 키우던 때였다. 김용성은 도서관에 틀어박혀 소설 쓰기에 몰두했다.

그래서 김용성의 입신작 『잃은 자와 찾은 자』가 탄생했다. 그는 이 현상공모를 통해 무엇인가를 성취하겠다는 욕구도 있었지만 솔직하게 한국일보에서 내건 대단한 현상금이 탐이 났다고 했다. 당시의 그 금액이 얼마만한 가치에 이르는지 판단이 잘 안 되지만, 나중에 그가 그 당선금의 절반으로 20평 남짓한 기와집을 사서 이사했다고 했으니 대략 규모를 짐작할 만하다.

그러나 욕심이 재능과 노력보다 앞설 수는 없었다. 그는 어렸을 때부터 겪어온 대동아 전쟁과 6·25 동란을 바탕으로 북한군으로 자원해 갔던 주인공, 국군이었던 또 하나의 주인공을 내세웠다. 자신의 체험은 어린 시절의 목격밖에 없으므로, 국립·시립 도서관의 책들을 뒤지며 '철저한 거짓말' 곧 완벽한 허구를 준비했다. 그리고 두 주인공이 각기 같은 편인 중공군과 미군의 총격에 죽는 아이러니컬한 상황을 연출함으로써 전쟁이 어떤 방식으로 얼마나 무섭게 인도

백두산 천지에서 ▶
(1996년. 여름).

주의와 인간 중심주의의 적대세력인가를 밝혔다. 그의 나이 스물이 갓 넘었을 때의 일이었다.

『잃은 자와 찾은 자』는 그를 작가의 길로 들어서게 했으며, 작품을 써서 이름을 얻고 또 생계를 유지할 수도 있다는 자신감을 갖게 했을 터이다. 그러기에 그가 군에서 제대한 후 짧은 직장생활을 거쳐 일찍부터 전업작가의 길로 들어서지 않았나 싶다.

이 요란한 등단으로 문단에 얼굴을 내민 후, 이듬해인 1962년 중편 「도전하는 혼」을 썼다. 그리고 문학공부를 제대로 하기 위해 등단시 심사위원이었던 황순원 선생께 청원하여 학교를 경희대학교 영문과로 옮겼다. 그리하여 나중에, 지금 이 글을 쓰고 있는 필자와도 선후배의 인연이 닿았으며, 그가 늦깍이로 대학원에 진학함으로써 필자는 그와 한 교실에서 공부하는 행운(?)을 누리게 된다.

경희대 영문과를 다니는 동안 김용성은 애드가 앨런 포, 토마스 하디, 윌리엄 포크너, 어네스트 헤밍웨이에 주로 관심을 갖고 있었다. 그리고 앞서의 상금 덕분에 형편이 나아져서 서대문 천연동, 충정로

3가 등지로 이사하며 살았다. 1963년에는 단편 「제6열 인간」과 중편 「버림받은 집」을 발표했으며 그 해에 경희대에서 4학년을 마쳤다.

대개의 한국 현대문학 작가들이 단편에서 출발하여 중편과 장편으로 확대 발전해 가는 것이 상례인데, 김용성은 처음부터 장편으로 시작했고 초기에도 중편을 시도한 비교적 호흡이 긴 작품을 가지고 있었다.

어려운 가정 환경과 생활 여건을 뚫고 여기에까지 이른 것은, 가히 입지전적인 의지와 노력의 결과였다고 말할 수 있겠다. 이 어려운 시절이 말하자면 작가 김용성의 문학적 성숙과 성과를 예비하는 준엄한 수업기간이었던 것이다.

## 2. 다각적인 현실체험의 문학적 변용(1964~1987)

대학을 졸업하자마자 김용성은 곧바로 군문에 입대했다. 군대생활을 제대로 체험하겠다는 각오로, 해병대 간부 후보생에 지원했던 것이다. 필자 또한 해병대 출신이어서 익히 아는 터지만, 그 무렵의 해병대 훈련과 내무생활의 고됨이란 필설로 형용하기 어려운 바가 있었다.

1965년 1월, 훈련이 끝나 소위로 임관하고 포항 사단에 배치되어 보병 소대장으로서 군대생활을 시작했다. 그로부터 1969년 4월까지 만 5년간 그는 군대에서 "고도의 교육을 받은 지적이고 이상적 인간일지라도 본능적이고 충동적인 인간으로 전락할 수 있다는 것과 군대 조직을 움직이는 것은 인간이 아니라 메커니즘이라는 것"을 배웠다.

그 보병 소대장 생활 첫 해에 단편 「아플락싸스」를 썼으며, 나중에 이 시기의 체험을 바탕으로 자신의 평판작이 되었던 중편 「리빠똥 장군」을 쓰게 된다. 그러나 그것은 1971년에 가서의 일이다.

▲ 해병대 장교 시절.

군문에 머무는 동안, 그는 시간을 쪼개어 계속해서 작품을 썼다. 1966년에 단편 「환멸」 등 4편을, 1967년에 단편 「벽」 등 2편을, 그리고 1968년에 단편 「불상」 등 2편을 발표했다. 이는 기실 놀라운 일이다. 그 고된 군생활을 헤치고 지속적인 작품을 발표한 것도 그렇거니와, 아무리 한국일보 장편 공모로 이름을 얻었다 할지라도 신인 작가가 그처럼 지속적으로 발표 지면을 확보한다는 사실이 결코 용이한 일이 아니었을 것이기 때문이다.

이러한 대목들은 결국 그가 가진 작가로서의 끈기와 성실성으로밖에는 설명할 길이 없다. 이 무렵의 작품들은 주로 군생활의 체험과 연관된 것들이 많았으나 그다지 그의 마음에 드는 작품은 없었다.

군인의 신분으로 김용성은 1968년 1월 중앙대학교 영문과 출신의 규수 이근희(李槿姬)와 결혼하고 12월에 장남 홍중(泓中)을 얻음으로써, 한 가정의 주인이 되었다. 험준한 시대사의 파고 속에서 가족구

성원의 의미를 유다르게 체험해 온 그로서는, 이를 테면 인생의 한 전기(轉機)에 해당하는, 하나의 단계를 넘는 시기였다.

1969년 4월, 그는 월남전 때문에 연장되었던 복무기간을 임시 대위 계급장을 끝으로 청산했다. 그리고 곧바로 5월, 한국일보 기자로 입사했다. 이래저래 한국일보는 그와 인연이 깊은 셈이다. 군생활 5년간이 길고 지루하긴 했으나 그 동안 '수직적 사고'에 익숙해 있던 그에게 세상은, 사회는 낯설게만 보였다. 그러나 그 '낯설다'라는 인식이 그로 하여금 작가로서, '제 2의 생'을 다시 출발하게 하는 추동력이 되었다.

한국일보 기자로 일하던 그 첫 해에 단편「덜미 잡힌 사내」등 3편을 발표하고, 다음해인 1970년 김포 임진강변의 군대생활에서 얻었던 체험을 토대로 하여 단편「거짓말장이」를 발표했다. 이 해에 차남 욱중(郁中)이 출생했다. 기자와 작가는 같은 글 쓰는 직업을 가졌으되 그 시각과 사유의 방향이 상당히 다를 수밖에 없다. 그는 '작가'에 충실하고 전념하기 위하여 이태에 걸쳐 붙들고 있던 '기자'를 버리기로 결심하고 1971년 한국일보를 퇴사했다. 그리고 곧바로 앞서 언급한「리빠똥 장군」을『월간문학』에 분재하기 시작했으며, 이를『문학과지성』에 재수록했다.

김용성의 저서 가운데 작고한 문인의 행적을 뒤쫓아 그 작품 서지와 작품세계, 그리고 전기적 사실과 작품과의 관련성 등을 총괄적으로 수록한 것으로『한국현대문학사 탐방』이 있다. 한 작가를 단기간에 전체적으로 파악하는 데 있어서는 더없이 좋은 길잡이가 되는 책이다. 이 책의 서두를 김용성은 1972년 9월부터 주 1회 한국일보에 르포 기사로 연재하는 것으로 시작했다.

이 연재가 꼭 1년이 걸렸는데, 이는 기자로서 문화부 일을 할 때

구상했던 것으로 생각보다 반응이 좋았다. 이 연재를 계속하는 동안 1973년까지 「조그만 영토」를 비롯하여 모두 6편의 단편을 발표했다. 이때의 문학사 탐방은 10년 후인 1982년 6월부터 12월까지 주 1회로 한국일보에 제 2차 연재가 이어지게 된다.

1974년 김용성은 강력한 풍자의 정신으로 동시대 독자들의 가슴, 그리고 동시대 삶의 중심을 두드린 장편 『리빠똥 사장』을 일간스포츠에 연재한다. 그러면서 단편 「조상기(眺翔記)」 등 4편을 발표했다. 이듬해 1975년 첫 작품집인 『리빠똥 장군』과 장편 『리빠똥 사장』을 예문관에서 간행했으나, 그 제목의 어의(語義)에서부터 발산되는 비판의식과 풍자성으로 인하여 당시 박정희 정권에서 발동한 긴급조치 제 9호에 걸려 광고 한 번 해보지 못하고 만다. 이 해에도 단편 「마(魔)의 자유」 등 3편을 발표했다.

두 번째 작품집 『홰나무 소리』는 1976년 현암사에서 나왔다. 첫 작품집 『리빠똥 장군』은 1970년대 발표된 것들을 수록한 반면, 여기에서는 문단 데뷔 이후 이때까지의 전 기간에 걸쳐 발표된 작품 가운데 13편을 추렸다. 「후기」에서 작가 자신의 진단에 의하면 데뷔 이래 15년간의 작품이 대체로 '비극적 관점'에 입각해 있다는 것인데, 그것은 아마도 그가 살아온 신산스러운 세월과 관련이 있을 터이다. 그는 추후 '도태되지 않고 창조하는 인간'을 그리고 싶다는 소망을 적어 두었다.

1976년에 단편 「도주」 등 4편을 발표하는 한편, 장편 『정죄(淨罪)의 산』을 여성지에, 그리고 또 다른 장편 『내일 또 내일』을 한국일보에 연재하기 시작했다. 이처럼 한국일보와 끊임없는 관련을 보여주는 것은, 그를 가까이서 겪어본 사람들이 그의 인품과 기량을 십분 인정한다는 증좌에 다름 아닐 것이다.

1977년에는 그 동안 살던 충정로 3가에서 아현동으로, 개봉동 박 철산리로 전전하다가 마침내 관악구 남현동 지금의 집으로 이사했다. 이 해에 단편 「뻐꾸기에서 기러기까지」 등 2편을 발표하고 작품집 『화려한 외출』을 갑인출판사에서 묶어내었다.

1978년에는 장편 『내일 또 내일』 『야시』 『오계의 나무들』 등을 간행하고 『떠도는 우상』을 부산일보에 연재하기 시작했으며 중편 문제작 「밀항」을 그 다음해에 이르기까지 3부의 연작으로 발표하기 시작했다. 중편집 『밀항』은 1981년에 단행본으로 간행되었는데 여기에는 「밀항」 외에 「그날의 행방」, 「안개꽃」 등 3편의 작품이 실려 있다.

『내일 또 내일』은 이규화, 강진우 등 당대 젊은이들의 전형성을 가진 탁월한 인물들을 창조하면서 장안에 화제를 뿌렸다. 비극적 세계관을 배경으로 세 남자와 세 여자의 위선, 욕망, 사랑, 희생을 펼쳐 보임으로써 당대 사회의 정체성과 그것의 핍진한 의미를 소설문법으로 걷어올린 작품이었다. 이 소설에는 외형적 사회 현상의 배면을 읽어내는 작가의 깊은 눈과 이를 비판적으로 바라보는 작가의 비판정신이 잘 드러나 있다.

1979년에는 장편 『그것은 우리도 모른다』를 매일신문에 연재했으며, 1980년에 장편 『나신(裸身)의 제단』을 경향신문에 연재했다. 1981년에 단행본으로 나온 『나신(裸身)의 제단』은, 베트남 전쟁을 참전하고 돌아온 세 명의 주인공들을 중심으로 그들이 각기 다른 사회 계층 속에서 어떻게 서로 다른 삶을 영위하고 있는가를 보여준다. 작가의 표현에 의하면 전쟁터에서 '동류항(同類項)'이었던 그들이 어떻게 어떤 '이류항(異類項)'으로 변화해 가는가를 추적하는 것인데, 이와 같은 접근법은 이 작가가 우리 사회의 본질적 성격을 끊임없이 탐색해 나가는 또 하나의 도정(道程)에 해당한다.

김용성은 1980년 동인지 '작단(作壇)'의 일원으로 가입하고 이를 통해 전상국, 김원일, 유재용, 김문수, 김국태, 현기영, 최창학, 한용환, 이진우 등의 동년배 작가들과 교유하며 그 문학과 삶의 폭을 넓혀 나간다. 필자가 이 작가를 처음으로 가까이 만난 것은 이 무렵이었으며, 작단의 동인들이 그때 우리 제자들이 가까이 모시고 있던 스승 황순원 선생과 자주 자리를 함께 하면서였다.

여기까지 김용성은 '불혹'의 나이를 넘기고 있었고 문필에 임하여 소설을 써온 지 20년, 그러니까 지금 현재까지의 40년 문필생활에 비견해 보면 대략 절반의 기간을 지나고 있던 시점이다. 그는 그 동안 강력한 사회의식과 비판적 안목으로 우리 사회의 정체성과 부정적 측면의 의미를 구명하고, 그것을 딛고서 발아할 수 있는 새로운 소망의 내일을 조망해 왔다. 그리고 이와 같은 태도를 소설 제작의 성실성을 통해 증명했던 것이다.

▲ 동료 문인들과 함께.

## 3. 원숙한 세계관과 사회의식의 형상(1982~2000)

1982년 김용성은 그의 삶과 작가로서의 길에 있어서 시사점이 될 만한 몇 가닥의 행적을 보인다. 우선 그는 그 동안 빈번히 연재해 오던 신문소설에 회의를 품고 될 수 있으면 신문 연재를 하지 않으리라 자신에게 다짐한다. 전업작가로서 상당한 수준의 금전 치환이 가능한 이 연재를 거부키로 한 것은, 사실 상당한 각오와 자기 독려가 없이는 어려운 일이다.

다음으로 오래 전부터 품어온 뜻을 따라 비록 만학(晩學)이긴 하나, 경희대 대학원에 진학했다. 필자가 이때부터 이 작가와 석사과정 및 박사과정을 함께 다닌 연고로, 그 무렵의 그의 늦은 대학원 생활을 손바닥 안의 그림처럼 익히 알고 있는 편이다. 그런데 그때는 경희대 대학원의 새 르네상스 시절이었다. 만학의 바람이 어떻게 불었는지 신봉승, 전상국, 조세희, 조태일, 정호승, 박남철 등 우리 문단의 쟁쟁한 문인들이 한 강의실에 함께 앉은 진풍경, 한국 문단사에 전무후무한 상황이 전개되었던 것이다.

그런데 그때 김용성은 누구보다도 성실하고 부지런했다. 한번도 결석이나 지각을 하는 법이 없었고 발표나 과제물도 우리들 같은 젊은 축들보다 항상 앞섰다. 지금에야 전업작가들이 많이 있고 또 그것으로 생활이 유지되기는 하는 시대이지만, 필자로서는 그때까지 전업작가로는 살기가 어려운 우리 문단 풍토에서 저 작가가 저만이나 하니까 버티고 나왔구나 하는 느낌이었다.

그의 눈매는 본인의 작위적인 의지와 관계없이 날카롭게 보이는 쪽이다. 그는 언젠가 어느 주점에서 전혀 상관도 없는 사람들로부터 이유 없이 왜 째려보느냐는 시비를 당한 적이 있다고 술회했다. 그는 그 정직하고 무거운 눈으로 세상을 바로 보려 애쓰는 작가이다.

그가 가진 강렬한 사회사적 관심, 사회의식은 일찍이 그가 대학의 사회학과를 가고 싶어 했다는 고백을 통해서도 그 밑동을 짐작해 볼 수 있다. 반면에 안으로 갈무리된 그의 심성은 매우 따뜻하며 또 공의롭다. 필자는 한번도 그가 부당하게 남을 비방하는 언사를 내놓는 것을 보지 못했다. 이를 테면 그의 비판의식에는 항상 납득할 만한 이유와 설명이 있었다는 것이다.

그와 더불어 주석에 앉았을 때, 혹 식대를 계산할 의향이 있을 량이면 매우 빨리 움직여야 한다. 그는 대체로 자신이 참석한 모든 자리의 식대를 모두 자신이 내려는 쪽이다. 이것이 해병대 장교 시절부터 몸에 밴 지휘관의 기질인지, 아니면 어린 시절의 어려웠던 기억에 대한 반사작용인지 필자는 잘 알지 못하겠다. 그런데 중요한 점은 그가 전업작가로 거의 무직에 가까웠을 때에도 그러하였으니, 이는 분명 그의 무엇이든지 먼저 감당하려는 공의로움의 자세에서 말미암은 것이라 여겨진다.

1982년에 앞서 일러둔 바 『한국현대문학사 탐방』을 다시 연재하기 시작한 김용성은, 1983년 자신의 성장지인 서대문 일대를 배경으로 하여 장편 『도둑일기』를 『현대문학』에 연재하기 시작했다. 다음해 2월 이 작품으로 제29회 '현대문학상'을 수상했으며, 그 직후 경희대에서 「채만식의 '태평천하' 연구」로 석사학위를 받고 곧바로 박사과정에 진학하게 된다. 『한국 현대 문학사 탐방』은 개정 보완되어 현암사에서 다시 간행되었다.

『도둑일기』는 1980년 현대문학에서 한 권이 나왔고, 나중 1992년 2부를 『동서문학』에 연재한 다음 1·2부 2권으로 동서문학사에서 다시 나오게 된다.

『도둑일기』의 제 1부는 6·25동란기로부터 4·19 직전까지의 1950년대를, 제 2부는 그 이후 10년간, 즉 1960년대를 시간상의 무대로 하여 펼쳐진다.

소설의 중심인물 한수·중수·성수 삼형제는 이 격동의 근대사와 더불어 삶의 첫 장을 연 전쟁고아로 출발한다. 이들의 성장과 성인화 과정을 통하여, 이제는 이들이 중추가 되어 있는 우리 사회의 난맥상과 그 원인을 추적하는 이 소설은, 지나치게 엄숙한 표정을 짓지 않고서도 분단모순과 계급모순의 민족사적인 문제들을 폭넓게 조감한다. 지금까지 이 두 가지 민족모순에 대응한 작품들이 허다히 산출된 것은 사실이지만 그 통상적인 주제의 심화를 위해 이 작가가 새롭게 제기하고 있는 글쓰기의 방식, 이른바 성장소설 형식의 도입은 선택된 과제에 이르는 길을 매우 원활하고 설득력 있게 열어 나간다.

『도둑일기』는 우리 문학사에 거의 그 전통이 없다시피한 부피 있고 체계적인 성장소설의 지평을 개척했다는 사실만으로도 주목에 값할 만하다. 더 나아가서는 큰형 한수가 사업가로, 둘째 중수가 소설가로, 막내 성수가 성직자로 삶의 목표를 설정하고 자의적으로 그 단계를 밟아 나가는 사정을 통해, 동시대 현실의 밑그림을 효율적으로 부각시키고 있다. 아울러 이들 형제의 서로 다른 목표와 성격 유형은, 서로 대비되는 사회세력들의 행로와 가치관 및 현실 반응의 양태를 총괄적으로 검증하기 위한 주밀한 배합이라 할 것이다.

이렇게 본다면 『도둑일기』가 단순한 성장소설이 아니라 강력한 사회학적 관심으로 지나간 1950년대와 1960년대를 조명하고 있다는 사실을 쉽사리 수긍할 수 있게 되는 셈이다. 그 중에서도 큰형 한수의 경우, 곧 이제는 도둑질에 대한 변명거리로서의 명분도 없고 따라서 인도주의적 차원에서 용서받을 만한 근거도 없는 시대에 반성 없이 도둑질을 계속하는 인간형에 대해, 작가는 날카로운 비판의 칼날을 세우고 있다 할 것이다. 전후의 혼란한 사회가 정비됨과 함께 산업자본주의의 시대로 이행하고 물질만능주의의 팽배가 진실된 가치의 타락을 가속화시키는 시대에 대한 경각심, 그것이 한수의 언행을 그려 나가는 작가의 심중에 자리잡고 있을 것임에 틀림없다.

이 글의 서두에서 이 작가의 성장사를 통해 살펴본 것처럼, 『도둑일기』는 작가의 직접적 체험의 반영과 사회학적 관심 또는 견식이 조합되어 산출된 수작이다. 그 제목을 두고 장 쥬네의 『도둑일기』를 운위하는 이들도 있으나, 그것은 전혀 다른 종류의 이야기이다.

1985년 김용성은 인하대학교 국문과 소설 담당 교수로 부임함으로써 만학의 열정이 객관적 성과에 이르게 된다. 1986년에는 「아카시아 꽃」으로 제1회 동서문학상을 수상하고, 작품집 『탐욕이 열리는 나무』를 문학사상사에서 간행한다. 그리고 경희대 대학원에서 드디어 「한국소설의 시간의식 연구」라는 논문으로 문학박사 학위를 수득

▶ 6·25 당시 중공군으로 참전했던 김 노인을 취재하면서 (1998. 7).

▲ 1986년 제1회 동서문학상을 수상하고.

하기에 이른다. 한국 나이로 48세, 지천명(知天命)을 눈앞에 둔 만학이었으되, 그의 열심과 성실성은 후학들의 귀감이 되기에 족했다.

1989년에는 작품집 『슬픈 양복 재단사의 나날』을 묶어내었고, 1990년 장편 『큰 새는 나뭇가지에 앉지 않는다』를 펴낸 다음 이 작품으로 1991년 대한민국문학상을 수상했다. 이 수상작은 한 중진작가의 시대와 사회를 보는 균형잡힌 시각을 보여주면서, 당대의 첨예한 명제였던 학생운동이나 노학연계투쟁에 대해 올바른 내포적 의미망을 제기하고 있다.

우선 등장인물들의 입체적 운동 범주와 사실성에의 공감이 매끄럽게 객관화되어 있다는 점이다. 단순한 운동권의 학적 박탈자인 조예수가 점진적으로 확고한 의식과 균형 감각을 획득해 나가는 과정에 무게와 설득력이 있다. '해전총'의 대표였던 '백'의 결별이나 분신에까지 이르는 방선구의 배신을 동료들이 선별적으로 받아들이는 대목도 현실적인 사태의 바닥과 든든하게 연결되어 있어 보인다.

다음으로 이와 같은 인물들을 하나의 연결고리로 묶어 주는 상징적인 장치로서, 예수 그리스도의 사역에 의지한 중의법적 의미의 활용이 효율적으로 도입되었다는 점이다. 주 예수에 대응한 조예수란 이름, 운동의 지도자 가운데 한 사람인 남민철이 개척교회를 이끄는 전도사이며 목회와 운동을 동일한 차원에 상정하고 있는 상황, 희생의 덕목에 대한 강조, 나무십자가를 메고 나아감, 대단원에서 애순이의 "오오, 오빠, 오오, 예수!"라는 부르짖음 등이 모두 이를 함축적으로 드러내고 있다 하겠거니와, 참으로 척박한 시대적 배경에 견주어 종교적 수준의 결단과 희생이 전제되지 않고서는 역동적인 저항력을 확보하기 어렵다는 깨우침이 자연스럽게 건어올려진다.

그리하여 김용성이 궁극적인 답변으로 제시하는 대안은 "누구나 K이다", 즉 누구나 은밀한 조정과 표면적 행동을 포괄하는 대표자로 올라설 수 있다는 민중 주체의 사고이다. 막심 고리키의 『어머니』에서 볼 수 있는 변모 양상과 마찬가지로, 도입부의 평범한 조예수는 결미에 이르러 마침내 시대적 전형성을 갖춘 문제적 인물로 떠오르게 된다.

이 시기의 젊은 작가 김인숙이 퇴락하고 병약한 분위기의 초기소설에서 의욕적인 변신을 보인 바 있지만, 이미 확정된 세계를 가진 한 중진 작가가 우리 사회를 향해 내놓은 엄중한 도전에 대해 우리는 경각심을 갖지 않을 수 없었던 것이다.

1992년에는 콩트집 『고장난 시계는 고쳐서 씁시다』를 간행했으며, 연말인 12월 문예진흥원의 기금을 지원받아 2개월간 남미 한국 이민들의 실상을 소설화하기 위해 취재여행을 떠났다.

1994년에 『도둑일기』 3부를 『동서문학』에 연재 완료하였고, 1998

▲ 장편 『이민』 취재 여행 중 브라질 이파수 폭포에서(1993. 1).

년 앞서 취재여행의 결과로 전작 장편 『이민』 전 3권을 밀알출판사에서 간행하였다. 늘 이 사회의 구석이나 배면에서 소외된 자, 두려움과 추위와 사랑의 결핍으로 떨고 있는 자를 형상화하던 그의 '작가의 눈'은, 이번에는 그 시선을 멀리 들어 이역만리 먼 곳의 힘겹고 슬픈 풍속도를 우리의 시계(視界) 안으로 끌어당겨 준 것이었다.

이 근자에, 우리들의 스승 황순원 선생이 별세하시기 전에는, 두 달에 한 번 꼴로 선생님을 모시고 그를 중심으로 동문수학한 문인들이 자리를 함께 했었다. 선생님이 가신 다음에는 아마도 이 작가의 회갑 모임이 우리들의 첫 모임이 될 듯싶다. 필자가 처음 만났을 때 '불혹(不惑)' 전후의 활기차고 튼실하던 그에게서, 이제는 오랜 그리고 중후한 세월의 족적이 느껴지고 있다. 부디 바라기로는 더욱 역부강(力富强)하시어, 우리들에게 계속해서 좋은 작품을 만나는 행복을 누리게 해주었으면 한다.

•

## 김용성(金容誠)

**1940년 : 1세**

11월 22일 일본 고베(神戶)에서 아버지 金明洙와 어머니 姜信元의 사이에서 3남매 중 장남으로 태어남. 부친은 경기 포천 사람으로 몰락한 집안에서 농업에 종사하였으나 결혼 후 기술을 배우고자 일본으로 건너갔다고 함.

**1945년 : 6세**

2차대전 말기 미군의 공습이 가일층 심해지자 6월 가족이 귀국, 서울 궁정동에 거주함. 우리말을 못해 동네 아이들로부터 '쪽바리'라는 놀림을 받음.

**1947년 : 8세**

우리말과 글에 서툰 채 삼청국민학교에 입학하여 국어 점수는 30점이었음. 언어 장애가 해소된 것은 2학년 때였음.

**1948년 : 9세**

체신부 직원이었던 부친이 위암으로 청량리 밖 위생병원에서 두 번 수술한 끝에 사망함. 궁정동으로부터 모친의 친정이 가까운 서대문 현저동으로 이사하였고 학교를 안산국민학교로 전학함.

**1950년 : 11세**

6 · 25 전쟁 발발. 인민군 탱크가 서대문 형무소의 철문을 부수고 들어가는 것을 구경함. 7월 말 공습을 피하고 식솔을 줄이고자 하는 모친의 뜻에 따라

막내동생 容泰와 함께 포천 큰댁으로 감. 여름을 지내고 수복이 된 후 서울로 돌아와 보니 집은 불타 버렸고 그 자리에 판잣집이 세워져 있었음.

**1954년 : 15세**

전쟁으로 한 해 쉰 탓에 1년 늦게 국민학교를 졸업하고 배재중학교에 입학.

**1957년 : 18세**

학비를 내고는 더 공부할 수 없는 형편이었으므로 국비 학교인 국립교통고등학교 업무과에 입학. 1학년 때는 어느 정도 학업에 열중하였으나 곧 흥미를 잃고 오히려 소설을 읽고 쓰는 일에 더 큰 매력을 느낌. 대학에서 시행하던 학생 문예작품 공모에 두어 번 입선.

**1960년 : 21세**

고등학교를 졸업하고 취직을 전제로 하여 야간인 국제대학 영문과에 입학하였으나 4·19혁명으로 정부시책이 혼란에 빠져 취직을 하지 못하고 있던 중 한국일보의 6백만 환 현상 장편소설 공모를 목표로 하여 대학 도서관에서 소설 쓰기에 몰두함. 이 무렵 고등학교의 학우였던 양문길을 통해 김원일, 김원두, 신중신 등과 교우하게 됨.

**1961년 : 22세**

4월 장편소설 『잃은 자와 찾은 자』가 한국일보 공모에 당선됨.

**1962년: 23세**

중편 「도전하는 혼」(『희망』)을 발표하였고, 문학공부를 제대로 하기 위해 황순원 선생께 청원하여 봄에 경희대학교 영문과로 옮김. 서대문 천연동으로 이사.

**1963년 : 24세**

충정로 3가로 이사하고 12월에 경희대학교를 졸업. 단편 「제6열 인간」(『현대문학』), 중편 「버림받은 집」(『소설계』) 발표.

**1964년 : 25세**

3월 군대 생활을 제대로 체험하기 위해 훈련이 고되다는 해병대 간부 후보생을 지원 입대.

**1965년 : 26세**

1월 포항 사단에 배치되어 보병 소대장으로 군대 생활을 시작하면서 틈틈이 소설을 쓰고자 노력함. 단편 「아플락싸스」(『현대문학』) 발표.

**1966년 : 27세**

단편 「환멸」(『사상계』), 「망각된 강」(『문학』), 「상한(象限) 밖으로」(『사상계』), 「시자(始者)와의 결별」(『신동아』) 발표.

**1967년 : 28세**

「벽」(『현대문학』), 「신이여 우리에게 화평을」(『신동아』) 발표.

**1968년 : 29세**

「불상」(『현대문학』), 「인간의 죽음」(『현대문학』) 등을 발표. 67년과 68년에 발표한 작품 중에는 군대 체험과 연관된 것들이 많았으나 마음에 드는 작품은 없었음.

**1969년 : 30세**

1월에 중앙대학교 영문과 출신의 李槿姬와 결혼하고 12월에 장남 泓中을 얻음. 4월, 월남전 때문에 연장되었던 군대생활을 임시대위 계급장을 끝으로 겨우 청산. 5월에 한국일보 기자로 입사. 단편 「덜미 잡힌 사내」(『현대문학』), 「비극적 환상」(『월간문학』), 「바드레」(『현대문학』) 발표.

**1970년 : 31세**

김포 임진강변의 군대생활에서 얻었던 체험을 토대로 하여 단편 「거짓말장이」를 『현대문학』에 발표. 차남 郁中 출생.

**1971년 : 32세**

창작활동에 전념하기 위해 한국일보사를 퇴사. 평판 작품이 된 중편 「리빠똥 장군」을 『월간문학』에 분재, 『문학과지성』에 재수록.

**1972년 : 33세**

9월부터 르포 「문학사 탐방」을 『한국일보』에 주 1회 연재하기 시작하여 다음해 8월에 마침. 이 르포는 작고 문인의 행적을 추적한 것으로 신문기자 시절에 구상하였는데 의외로 반응이 좋았음. 단편 「조그만 영토」(『월간중앙』), 「재판관 귀하」(『창조』), 「욕망의 꼬리」(『지성』) 발표.

▲ 1961년 한국일보 장편소설 공모 시상식이 열린 반도 호텔 정문에서.
▼ 인도 아그라에서 인도 소년들과 함께(1983).

**1973년 : 34세**

「문학사 탐방」을 보완한 『한국현대문학사 탐방』을 국민서관에서 간행. 단편 「촉각」(『문학사상』),

「유적지(流謫地)」(『한국문학』), 「도(刀)」(『세대』) 발표.

**1974년 : 35세**

장편 「리빠똥 사장」을 『일간 스포츠』에 연재하여 독자의 관심을 끌었음. 단편 「조상기(眺翔記)」(『문학사상』), 「벽과 흐름」(『월간중앙』), 「시인의 얼굴」(『창작과비평』), 「제비 이야기」(『세대』) 발표.

**1975년 : 36세**

첫 작품집인 『리빠똥 장군』과 장편 소설 『리빠똥 사장』을 예문관에서 간행했으나 긴급조치 9호로 광고 한 번 해보지 못함. 단편 「마(魔)의 자유」(『한국문학』), 「홰나무 소리」(『문학사상』), 「괴물」(『소설문예』) 발표.

**1976년 : 37세**

두 번째 작품집 『홰나무 소리』 간행(현암사). 단편 「도주」(『현대문학』), 「밤의 기아(棄兒)」(『문학사상』), 「사해 위에서」(『한국문학』), 「권마부행전」(『월간중앙』) 발표. 장편 「정죄(淨罪)의 산」을 『주부생활』에 연재. 11월부터 장편 『내일 또 내일』을 『한국일보』에 연재하기 시작함.

**1977년 : 38세**

6월 그 동안 충정로 3가에서 아현동으로, 개봉동 밖 철산리로 전전하다가 관악구 남현동 지금의 집으로 이사. 단편 「빼꾸기에서 기러기까지」(『문학사상』), 「굴레」(『한국문학』) 발표. 작품집 『화려한 외출』을 갑인출판사에서 간행.

**1978년 : 39세**

『내일 또 내일』을 현암사에서, 『야시』를 우일문화사에서, 『오계의 나무들』을 월간독서사에서 간행. 단편 「강 건너 북촌」(『문학사상』), 연작 「밀항 I」(『한국문학』) 발표. 장편 「떠도는 우상」을 『부산일보』에 연재.

▲▲ 베드로 성당에서.
▲ 겨울 관악산에서 작가 김원일과 함께.
▼ 1991년 대한민국문학상을 수상하고.

**1979년 : 40세**

연작 「밀항Ⅱ」(『문학사상』), 「밀항Ⅲ」(『현대문학』), 단편 「유예(猶豫)에서의 꿈」(『문학사상』), 중편 「안개꽃」(『한국문학』), 장편 『그것은 우리도 모른다』를 『매일신문』에 연재.

**1980년 : 41세**

'작단(作壇)' 동인에 가입하였고 단편 「하늘의 공원」(『작단』), 중편 「그날의 행방」(『월간조선』) 발표, 「나신의 제단」을 『경향신문』에 연재. 『떠도는 우상』을 현암사에서, 『그것은 우리도 모른다』를 문음사에서 간행.

**1981년 : 42세**

단편 「그 해 일기」(『문학사상』), 「작가와 도둑」(『한국문학』), 「무거운 손」(『현대문학』), 「무거운 발」(『문예중앙』)에 발표. 장편 『나신의 제단』을 고려원에서, 중편집 『밀항』을 도서출판 우석에서 간행.

**1982년 : 43세**

그 동안 연재했던 신문소설에 대하여 회의를 품고 될 수 있으면 신문 연재를 하지 않으리라 다짐함. 만학이나 오래 전부터 뜻한 바 있어 경희대학교 대학원 국문과 석사과정에 입학. 6월부터 12월까지



▲ 1991년 대한민국문학상을 수상하고.

『한국일보』에 주 1회로 제 2차 「문학사 탐방」 연재. 단편 「탐욕이 열리는 나무」를 『문학사상』에 발표.

### 1983년 : 44세

성장지인 서대문 일대를 배경으로 한 『도둑일기』를 『현대문학』 9월호부터 3회 분재.

### 1984년 : 45세

2월 『도둑일기』로 제29회 현대문학상을 수상하고 논문 「蔡萬植의 '태평천하' 연구」로 석사학위를 취득함과 동시에 대학원 박사과정에 입학. 1, 2차 「문학사 탐방」을 종합 재구성하고 보완하여 『한국현대문학사 탐방』을 현암사에서 간행. 단편 「침묵의 메아리」(『현대문학』), 「진혼제」(『소설문학』), 「가오리연」(『문학사상』), 「도망자」(『문예중앙』), 중편 「슬픈 양복재단사의 나날」(『한국문학』)을 발표. 장편 『도둑일기』를 현대문학사에서 간행.

### 1985년 : 46세

단편 「침묵의 소리」(『현대문학』), 「뱀탕과 종이학」(『세계의 문학』), 「두 아들」(『두 아들』) 발표. 장편 『잃은 자와 찾은 자』를 중앙일보사에서 간행. 인하대학교 전임대우 강사.

### 1986년 : 47세

「슬픈 양복 재단사의 나날」 계통에 속하는 「아카시아꽃」(『동서문학』)으로 제1회 동서문학상 수상. 작품집 『탐욕이 열리는 나무』를 문학사상사에서 간행.

### 1987년 : 48세

경희대학교 대학원에서 논문 「한국소설의 시간의식 연구」로 문학박사학위 취득.

▲ 백두산 천지에서(1996. 여름).
▼ 중국 길림성 집안현 광개토대왕비 앞에서(1998).

**1988년 : 49세**

인하대학교 국어국문학과 조교수.

**1989년 : 50세**

소설집 『슬픈 양복 재단사의 나날』(청림출판사) 간행.

**1990년 : 51세**

장편 『큰 새는 나뭇가지에 앉지 않는다』(문학세계사) 간행.

**1991년 : 52세**

장편 『큰 새는 나뭇가지에 앉지 않는다』로 1991년도 대한민국 문학상 수상.

**1992년 : 53세**

장편 『도둑일기』 2부를 『동서문학』에 연재. 콩트집 『고장난 시계는 고쳐서 씁시다』(판출판사) 간행. 장편 『도둑일기』 1·2를 각각 동서문학사에서 간행. 저서 『한국소설의 시간의식』(인하대출판부) 간행. 문예진흥원 기금으로 12월부터 2개월간 남미 한국 이민들의 실상을 취재하기 위해 여행함.

**1994년 : 55세**

장편 『도둑일기』 3부를 『동서문학』에 연재 완료. 인하대학교 국어국문학과 부교수.

**1998년 : 59세**

남미 한국 이민들의 삶과 애증을 그린 전작 장편 『이민』(전3권)을 밀알출판사에서 간행. 인하대학교 인문학부 정교수.

**2000년 : 61세**

인하대학교 인문학부 국어국문학 전공 교수로 재직.